# O MITO DE LINCOLN

## OBRAS DO AUTOR PUBLICADAS PELA RECORD

**Série Cotton Malone**
*O legado dos templários*
*O elo de Alexandria*
*Traição em Veneza*
*A busca de Carlos Magno*
*Vingança em Paris*
*A tumba do imperador*
*O enigma de Jefferson*
*A farsa do rei*
*O mito de Lincoln*

*A profecia Romanov*
*A Sala de Âmbar*
*O terceiro segredo*
*A conspiração Colombo*

# STEVE BERRY

# O MITO DE LINCOLN

Tradução de
PAULO GEIGER

1ª edição

EDITORA RECORD
RIO DE JANEIRO • SÃO PAULO
2017

CIP-BRASIL. CATALOGAÇÃO NA PUBLICAÇÃO
SINDICATO NACIONAL DOS EDITORES DE LIVROS, RJ

B453m

Berry, Steve, 1955-
   O mito de Lincoln / Steve Berry; tradução de Paulo Geiger. –
1ª ed. – Rio de Janeiro: Record, 2017.

Tradução de: The Lincoln Myth
ISBN 978-85-01-10976-7

1. Romance americano. I. Geiger, Paulo. II. Título.

17-44183

CDD: 813
CDU: 821.111(73)-3

Título original em inglês:
THE LINCOLN MYTH

Copyright © 2014 by Steve Berry

Proibida a venda em Portugal, Angola e Moçambique.

Texto revisado segundo o novo Acordo Ortográfico da Língua Portuguesa.

Todos os direitos reservados. Proibida a reprodução, no todo ou em parte, através de quaisquer meios. Os direitos morais do autor foram assegurados.

Direitos exclusivos de publicação em língua portuguesa somente para o Brasil adquiridos pela
EDITORA RECORD LTDA.
Rua Argentina, 171 – Rio de Janeiro, RJ – 20921-380 – Tel.: (21) 2585-2000, que se reserva a propriedade literária desta tradução.

Impresso no Brasil

ISBN 978-85-01-10976-7

Seja um leitor preferencial Record.
Cadastre-se no site www.record.com.br e receba informações sobre nossos lançamentos e nossas promoções.

Atendimento e venda direta ao leitor:
mdireto@record.com.br ou (21) 2585-2002.

*Para Augustus Eli Reinhardt IV,*
*um rapaz especial*

# AGRADECIMENTOS

Obrigado a Gina Centrello, Libby McQuire, Kim Hovey, Cindy Murray, Jennifer Hershey, Debbie Aroff, Carole Lowenstein, Matt Schwartz e Scott Shannon, bem como a todos nos departamentos de Arte, Promoção e Vendas – a equipe da Random House.

A Mark Tavani e Simon Lipskar, agradeço por mais um grande trabalho.

Algumas menções especiais: Grant Blackwood, romancista supertalentoso, que ajudou com o início da trama; Meryl Moss e sua extraordinária equipe de publicidade (especialmente Deb Zipf e Jeri-Ann Geller), Jessica Johns e Esther Garver, que continuam a manter a Steve Berry Enterprises em funcionamento sem percalços; John Cole, na Biblioteca do Congresso, por providenciar uma visita esclarecedora; e John Busbee, em Des Moines, que me apresentou à Salisbury House. Um agradecimento especial a Shauna Summers, editora competente na Random House, que auxiliou em tudo que diz respeito aos mórmons (eventuais erros remanescentes foram meus).

Como sempre, à minha esposa, Elizabeth, dedico o mais especial de todos os agradecimentos.

Já dediquei romances a pais, filhos, netos, uma tia, meu antigo grupo de escritores, meu editor, agentes e colegas de trabalho. Quando Elizabeth e eu nos casamos, estava incluído no pacote Augustus Eli

Reinhardt IV. Na época, ele tinha 4 anos. Agora, é um adolescente. Eli idolatra sua mãe e seu pai. Mas eu gostaria de pensar que ele reserva um pequeno lugar para mim também. Assim como Cotton Malone, não sou o sujeito mais adorável do mundo. Mas isso não quer dizer que não nos importamos.

Assim, este livro é para Eli.

*Qualquer povo, em qualquer lugar, se estiver propenso e dispuser
de poder, tem o direito de se erguer e livrar-se do governo existente,
bem como de instituir um novo, que lhe sirva melhor.
Este direito é um dos mais valiosos e sagrados — o direito,
assim esperamos e cremos, de libertar o mundo.
E tal direito não está restrito a casos em que um povo inteiro
sob o regime de um governo decida exercê-lo.
Qualquer parcela de um povo que seja capaz de assim proceder
pode fazer uma revolução e tornar seu o território que habita.*

— Abraham Lincoln
12 de janeiro de 1848

# Prólogo

WASHINGTON, D.C.
10 DE SETEMBRO DE 1861

ABRAHAM LINCOLN CONSEGUIA controlar o próprio temperamento, mas a mulher à sua frente estava esgotando sua paciência.

— O general fez apenas o que qualquer pessoa decente acredita ser a coisa certa — disse ela.

Jesse Benton Fremont era esposa do general John Fremont, do Exército dos Estados Unidos, o homem encarregado de todos os assuntos militares da União a oeste do rio Mississippi. Herói da Guerra Mexicana e renomado explorador, Fremont fora designado para sua missão mais recente em maio. Então, um mês antes, com a Guerra Civil assolando o sul, o general declarara, por conta própria, que todos os escravos dos rebeldes do Missouri que entraram em luta armada contra os Estados Unidos seriam emancipados. Isso já era ruim o bastante, mas o Decreto de Fremont ia além e afirmava que todos os prisioneiros de guerra seriam fuzilados.

— Senhora — disse o presidente, em voz baixa —, seu marido realmente acredita que todos os rebeldes capturados devem ser executados?

— Esses homens devem saber que são traidores de seu país, e traidores sempre foram mortos.

— A senhora tem consciência de que, assim que o fizermos, os Confederados, em retaliação, irão fuzilar nossos homens que estiverem em suas mãos? Um a um. Indefinidamente.

— Senhor, não fomos nós que começamos a rebelião.

O relógio sobre a lareira lhe informava que era quase meia-noite. Três horas antes, um bilhete havia chegado à mansão presidencial, contendo uma mensagem concisa. A Sra. Fremont tem uma carta e algumas comunicações verbais do general Fremont para o presidente, e gostaria de transmiti-las o mais rápido possível. Se fosse da conveniência do Sr. Lincoln, que ele marcasse uma hora para recebê-la naquela noite ou na manhã seguinte, bem cedo.

Sua resposta dizia que viesse de imediato.

Estavam no Salão Vermelho do primeiro andar, onde um lustre reluzia intensamente. Ele já ouvira falar daquela mulher dominadora. Filha de um ex-senador dos Estados Unidos, muito culta, criada em Washington, D.C., educada na política. Havia desafiado seus pais ao se casar, aos 17 anos, com Fremont, posteriormente dando à luz cinco filhos. Apoiara o marido em suas expedições no oeste e estava lá quando ele serviu como governador militar da Califórnia e como um dos primeiros senadores dos Estados Unidos pelo mesmo estado. Participara da campanha quando Fremont se tornou, em 1856, o primeiro candidato à presidência indicado pelo novo Partido Republicano. O homem passara a ser conhecido como o Desbravador, e sua candidatura havia despertado, mais uma vez, o entusiasmo popular. E, apesar de ter perdido para James Buchanan, se a Pensilvânia tivesse votado de outro jeito, ele teria sido eleito.

Assim, para Lincoln, como primeiro presidente do Partido Republicano efetivamente eleito, nomear John Fremont comandante do oeste havia sido uma escolha fácil.

Agora, contudo, ele estava arrependido.

Perguntava-se se a vida poderia piorar ainda mais.

O orgulho que sentira em março ao fazer o juramento como décimo sexto presidente cedia lugar à agonia da Guerra Civil. Onze estados haviam se separado da União, formando sua própria confederação. Atacaram Fort Sumter, obrigando-o a bloquear os portos do sul e suspender os mandados de *habeas corpus*. O exército da União fora enviado, mas sofrera uma humilhante derrota em Bull Run — um golpe esmagador que o convencera de que o conflito seria longo e sangrento.

E agora Fremont e sua grande emancipação.

Lincoln tinha motivos para simpatizar com o general. Os rebeldes haviam derrotado completamente as forças da União no sul do Missouri e avançavam rumo ao norte. Fremont estava isolado, com homens e recursos limitados. A situação exigia uma tomada de posição e, assim, ele havia declarado o Missouri sob lei marcial. Em seguida, foi longe demais, ao ordenar a libertação dos escravos de todos os rebeldes.

Nem o próprio presidente nem o Congresso tinham ousado tanto.

Diversas mensagens e até mesmo uma ordem direta para modificar a proclamação foram ignoradas. Agora, o general enviava a esposa para entregar uma carta e defender sua causa.

— Senhora, temos de considerar fatos que vão muito além da situação do Missouri. Como a senhora mesma me lembrou, uma guerra está sendo travada. Infelizmente, as questões que dividem os lados opostos nesse conflito não são assim tão divergentes.

E a escravidão é o principal ponto de discordância.

Do ponto de vista de Lincoln, a escravidão simplesmente não era um problema. Ele já havia apresentado uma oferta aos separatistas, afirmando que poderiam manter seus escravos. Poderiam até mesmo desfraldar uma nova bandeira, enviar representantes a Montgomery e *ter* sua confederação — contanto que permitissem ao norte cobrar tarifas em seus portos. Se o sul ficasse isento delas, os interesses industriais do norte seriam bastante prejudicados, e o governo nacional iria à bancarrota. Não haveria necessidade de exércitos para derrotá-lo. As tarifas eram a principal fonte de receita do país. Sem elas, o norte se veria em apuros.

Mas o sul havia rejeitado a proposta, disparando contra Fort Sumter.

— Senhor presidente, viajei mais de três dias num trem superlotado, num calor infernal. Não foi uma jornada prazerosa, mas vim porque o general quer que o senhor entenda que as únicas considerações relevantes são aquelas que importam principalmente para a nação. Os rebeldes pegaram em armas contra nós. Eles têm de ser detidos, e a escravidão, extinta.

— Escrevi ao general, e ele sabe muito bem o que eu quero que seja feito — esclareceu Lincoln.

— Ele sente que está em grande desvantagem por ter como opositores pessoas nas quais o senhor deposita enorme confiança.

Uma resposta curiosa.

— O que quer dizer com isso?

— O general acha que seus conselheiros, homens mais próximos ao senhor do que ele, são mais acolhidos por seus ouvidos.

— Então, por causa disso, ele desobedece às minhas ordens? Senhora, essa proclamação de emancipação não é necessária nem se circunscreve ao âmbito da lei militar. O general tomou uma decisão política que não cabe a ele tomar. Há apenas algumas semanas, enviei meu secretário particular, o Sr. Hay, para se encontrar com o general, e ele lhe pediu que modificasse a parte da proclamação que libertava todos os escravos no Missouri. Nenhuma resposta foi dada à minha solicitação. Em vez disso, agora o Sr. Fremont envia a senhora para falar diretamente comigo.

Pior do que isso, os relatos de Hay deixaram claro que a corrupção tomava conta do governo de Fremont, e suas tropas estavam à beira da rebelião. Isso não era uma surpresa. O general era obstinado, histérico e precipitado. Toda a sua carreira havia sido um fiasco após outro. Ainda em 1856, ignorara o conselho de especialistas em política ao fazer da escravidão o principal tema da campanha presidencial. Mas o país ainda não estava preparado para essa mudança. A mentalidade geral era outra.

E isso lhe custara uma vitória.

— O general acredita — disse ela — que será difícil e trabalhoso conquistar os rebeldes apenas por meio de armas. A fim de assegurar o apoio de países estrangeiros, é preciso levar em conta outros pontos. O Sr. Fremont sabe da simpatia dos ingleses por uma emancipação gradual, e da intensa vontade que homens importantes do sul têm de corresponder a esse sentimento. Não podemos permitir que isso aconteça. Como presidente, o senhor certamente sabe que a Inglaterra, a França e a Espanha estão prestes a reconhecer o sul. A Inglaterra, por causa de seus interesses no algodão. A França, porque o imperador não gosta de nós...

— A senhora certamente é bem política.

— Não ignoro o que se passa no mundo. Talvez o senhor, um homem que praticamente não reivindicou esse elevado cargo, devesse levar em conta a opinião de outras pessoas.

Esse era um insulto que ele já ouvira outras vezes. Vencera as eleições de 1860 graças à divisão no Partido Democrata, que, absurdamente, apresentara dois candidatos. Então, o recém-fundado Partido da União Constitucional escolhera um candidato próprio. Os três obtiveram, juntos, 48 por cento dos votos populares e 123 votos do Colégio Eleitoral, o que lhe permitira proclamar vitória com seus 40 por cento de votos populares e 180 do Colégio Eleitoral. Sem dúvida, Lincoln era apenas um advogado de Illinois, e toda a sua experiência nacional era de um mandato na Câmara dos Representantes. Tinha até perdido a disputa de 1858 para o Senado dos Estados Unidos por Illinois para seu inimigo de longa data, Stephen Douglas. Mas, agora, aos 52 anos, abrigado na Casa Branca para um mandato de quatro anos, Lincoln se via no centro da maior crise constitucional que a nação jamais enfrentara.

— Devo dizer que não costumo desconsiderar as ideias alheias, pois sou bombardeado por elas diariamente. O general não deveria ter arrastado os negros para a guerra. Esse é um conflito por um objetivo nacional maior, e os negros nada têm a ver com isso.

— O senhor está equivocado.

Lincoln havia permitido à mulher certa liberdade, levando em conta que ela estava meramente defendendo seu marido, tal qual uma esposa deve fazer.

Mas agora os Fremont estavam *ambos* à beira da traição.

— Senhora, os atos do general fizeram com que Kentucky repensasse se deveria ficar na União ou juntar-se aos rebeldes. Maryland, Missouri e vários outros estados na fronteira também estão reconsiderando suas respectivas posições. Se o conflito envolver a libertação de escravos, então certamente vamos perder.

Ela abriu a boca para falar, mas Lincoln a silenciou, erguendo a mão.

— Já fui bastante claro. Minha tarefa é salvar a União. Seria mais rápido fazer isso seguindo a Constituição. Quanto antes for restabelecida a autoridade nacional, mais próxima a União estará de voltar a ser o que era. Se a solução para salvá-la fosse não libertar um só escravo, assim eu agiria. Se a solução para salvá-la fosse libertar todos os escravos, também assim eu o faria. Se, no entanto, a solução para salvá-la fosse libertar alguns e abandonar outros, eu faria isso também. Minhas atitudes em relação à escravidão e à raça negra são tomadas na crença de que ajudarão a salvar a União. Se eu me abstiver de fazer algo, será por minha descrença de que isso pode salvar o país. Farei menos quando acreditar que minhas ações prejudicam a causa, e farei mais ainda quando acreditar que minhas ações ajudam a causa.

— Então, o senhor não é o meu presidente. Nem é o presidente daqueles que lhe deram um voto.

— Mas eu *sou* o presidente. Portanto, leve esta mensagem de volta ao general Fremont. Ele foi enviado para o oeste para levar o exército até Memphis e continuar avançando para o leste. Essas ainda são as ordens para ele. Então, ou obedece a essas ordens ou será removido de seu posto.

— Devo adverti-lo, senhor, de que a situação pode ficar difícil se continuar a se opor ao general. Ele poderia adotar medidas próprias.

O tesouro federal estava vazio. O Departamento de Guerra, uma confusão. Nenhum exército da União, onde quer que estivesse, tinha condições de avançar. E agora essa mulher e seu marido insolente ousavam ameaçar com uma revolta? Ele deveria mandar prender os dois. Infelizmente, contudo, a emancipação unilateral de Fremont tornara-se popular entre os abolicionistas e republicanos liberais, que desejavam acabar imediatamente com a escravidão. Um golpe violento contra seu paladino poderia representar um suicídio político.

Então, ele declarou:

— Esta reunião está acabada.

A mulher lhe lançou um olhar que dizia não estar acostumada a ser dispensada. Mas Lincoln ignorou sua expressão desdenhosa e atravessou a sala, abrindo a porta para que ela saísse. Hay, seu secretário particular, estava a postos do lado de fora, assim como um dos mordomos. A Sra. Fremont passou por Hay sem dizer uma palavra, e o mordomo a acompanhou até a saída. Lincoln esperou até ouvir a porta da frente se abrir, depois fechar, antes de fazer um sinal ao secretário para que se reunisse a ele no salão.

— Eis aí uma criatura impertinente — disse. — Nem sequer nos sentamos. A mulher não me deu a oportunidade de lhe oferecer uma cadeira. Ela bombardeou tanto meus ouvidos que tive de usar todo o tato desajeitado que tenho para não perder o controle da situação.

— O marido dela não é melhor. A missão dele é um fracasso.

Lincoln assentiu.

— O erro de Fremont é que ele se isola. Não sabe o que está acontecendo em relação às questões das quais foi encarregado.

— E se recusa a ouvir.

— A mulher efetivamente ameaçou que ele poderia estabelecer seu próprio governo.

Hay balançou a cabeça, em sinal de repulsa.

Lincoln tomou uma decisão.

— O general será removido. Mas não antes de se encontrar um substituto adequado. Encontre alguém. De maneira discreta, é claro.

Hay assentiu.

— Entendo.

O presidente notou que seu auxiliar de confiança segurava um grande envelope e gesticulou em sua direção.

— O que é isso?

— Chegou hoje, já bem tarde, da Pensilvânia. Wheatland.

Ele conhecia o lugar. O lar da família de seu predecessor, James Buchanan. Um homem vilipendiado pelo norte. Muitos diziam que havia preparado o caminho para a secessão da Carolina do Sul, pondo a culpa por essa ação na *interferência destemperada do povo do norte na questão da escravidão*.

Palavras fortes, tendenciosas, para um presidente.

Depois, Buchanan fora mais além ao dizer que era necessário permitir que os estados escravistas cuidassem sozinhos de suas instituições domésticas, a seu próprio modo. Os estados no norte também deveriam rejeitar toda lei que encorajasse os escravos a se tornarem fugitivos. Caso contrário, *os estados atingidos, depois de terem recorrido a todos os meios pacíficos e constitucionais para recompor a ordem, estariam justificados para opor resistência revolucionária ao governo da União*.

Isso equivalia ao endosso presidencial de uma rebelião.

— O que o ex-presidente quer?

— Ainda não abri. — Hay lhe estendeu o envelope. Cruzando o papel, estava rabiscado: PARA SER ABERTO APENAS PELO SR. LINCOLN. — Acatei a vontade dele.

O presidente estava cansado, pois a Sra. Fremont esgotara as poucas forças que lhe haviam restado depois de um longo dia. Mas estava curioso. Buchanan estivera muito ansioso para deixar o cargo. No dia da posse, na carruagem, no percurso de volta do Capitólio, ele deixara claras as suas intenções. *Se você está tão feliz por entrar na Casa Branca quanto eu me sinto por voltar a Wheatland, você realmente é um homem feliz.*

— Pode ir — disse ele a Hay. — Vou ler isto, e depois também irei dormir.

O secretário saiu, e ele se sentou, sozinho, no salão. Rompeu o lacre de cera no envelope e tirou duas folhas do interior. Uma era um pergaminho — escurecido pelo tempo, manchado de água, ressecado e quebradiço. O segundo, um papel velino macio, mais novo, a tinta preta ainda fresca, escrita numa letra firme e masculina.

Leu o velino primeiro:

*É um lugar lamentável, o país que lhe deixei, e me desculpo por isso. Meu primeiro erro foi haver declarado, em minha posse, que não seria candidato a uma reeleição. Minha motivação era autêntica. Não queria que nada influenciasse minha conduta na administração do governo, exceto o desejo de servir com competência e fidelidade, e viver na memória agradecida de meus compatriotas. Mas, no final das contas, não foi isso que aconteceu. Ao voltar para a Casa Branca no dia em que fiz o juramento, aguardava-me um pacote lacrado, semelhante a este em formato e tamanho. Dentro, havia um bilhete de meu predecessor, o Sr. Pierce, juntamente com o segundo documento que anexei aqui. Pierce escrevia que esse anexo fora entregue pela primeira vez pelo próprio Washington, que decidira que ele deveria ser passado de presidente a presidente, cada um livre para fazer com ele o que julgasse adequado. Sei que você e muitos outros me culpam pelo atual conflito nacional. Mas, antes de seguir me criticando, leia o documento. Para meu crédito, tentei, de todas as maneiras possíveis, cumprir o que ele diz. Prestei cuidadosa atenção a seu discurso no dia da posse. Você chamou a União, explicitamente, de perpétua, no nome e no texto. Não esteja tão certo disso. Nem tudo é o que parece. Minha intenção inicial não era passar este documento adiante. Em vez disso, havia planejado queimá-lo. Nos poucos meses fora da agitação do governo e das pressões da crise nacional, passei a acreditar que não se deve evitar a verdade.*

*Quando a Carolina do Sul rompeu com a União, declarei publicamente que eu poderia ser o último presidente dos Estados Unidos. Você, abertamente, chamou esse comentário de ridículo. Talvez você descubra que não fui tão tolo quanto inicialmente pensou. Agora, sinto que meu dever foi fielmente cumprido, embora possa ter sido levado a cabo de maneira imperfeita. Seja qual for o resultado, levarei para o túmulo a crença de que pelo menos quis o bem de meu país.*

Ele ergueu os olhos do documento. Que estranho lamento! E uma mensagem? Passada de presidente para presidente? Retida por Buchanan até agora?

Esfregou os olhos cansados e aproximou deles a segunda folha. A tinta havia desbotado, a escrita era mais estilizada e difícil de ler.

Assinaturas ornavam a parte de baixo.

Ele percorreu a página inteira.

Depois tornou a ler as palavras.

Com mais cuidado.

O sono já não era mais importante.

O que Buchanan havia escrito?

*Nem tudo é o que parece.*

— Não pode ser — murmurou.

# Parte 1

# Capítulo 1

AO LARGO DA COSTA DA DINAMARCA
QUARTA-FEIRA, 8 DE OUTUBRO
19:40

BASTOU UM OLHAR para Cotton Malone saber que havia um problema.

O Øresund, que separa a Zelândia, ilha no norte da Dinamarca, da Escânia, província no sul da Suécia, geralmente uma das vias marítimas mais movimentadas do mundo, estava com pouco tráfego. Apenas dois barcos à vista cruzavam a água cinza-azulada — o dele e a silhueta de outro que cortava as águas na direção oposta, aproximando-se rapidamente.

Malone notara a embarcação logo após terem deixado a doca em Landskrona, no lado sueco do canal. Era vermelho e branco, de vinte pés, com motor interno duplo. Seu barco era alugado, vinculado à zona portuária de Copenhague, no lado dinamarquês; tinha quinze pés e um único motor externo, que roncava enquanto o barco sulcava suavemente a espuma. O céu estava claro e o ar fresco da noite não tinha brisa — um adorável clima de outono para a Escandinávia.

Três horas antes, Malone trabalhava em sua livraria, na Højbro Plads. Havia planejado jantar no Café Norden, como fazia quase todas as noites. Mas uma ligação de Stephanie Nelle, sua ex-chefe no Departamento de Justiça, mudara tudo.

— Preciso de um favor — disse ela. — Não pediria se não fosse uma emergência. Tem um homem chamado Barry Kirk. Cabelos curtos e pretos, nariz grande. Preciso que você o encontre.

Ele captou o tom de urgência em seu pedido.

— Tenho um agente a caminho, mas ele sofreu um atraso. Não sei quando vai chegar aí, e esse homem tem de ser encontrado. Agora.

— Suponho que você não vai me dizer por quê.

— Não posso. Mas você é a pessoa mais próxima. Ele está no outro lado do canal, na Suécia, esperando alguém ir buscá-lo.

— Isso está soando como encrenca.

— Tenho um agente desaparecido.

Ele odiava ouvir essas palavras.

— Kirk pode saber onde ele está, por isso é importante encontrá-lo o mais rápido possível. Espero estar me antecipando a qualquer problema. Apenas leve-o para sua loja e mantenha-o lá até que meu agente chegue para pegá-lo.

— Vou cuidar disso.

— Mais uma coisa, Cotton. Leve a sua arma.

Então, imediatamente ele subiu as escadas até o seu apartamento no quarto andar, em cima da loja, e apanhou debaixo da cama a mochila que mantinha sempre pronta com documentos de identidade, dinheiro, um telefone e sua Beretta exclusiva do grupo Magellan Billet, que Stephanie lhe permitira guardar quando se aposentara.

Agora, a arma estava aninhada na base das costas, sob seu paletó.

— Eles estão se aproximando — disse Barry Kirk.

Como se ele não soubesse... Era sempre melhor ter dois motores do que um.

Malone mantinha o timão estabilizado, com o acelerador engatado a três quartos da velocidade máxima. Decidiu acelerar tudo, e a proa se ergueu quando o barco com quilha em V ficou mais rápido. Ele olhou para trás. Havia dois homens na outra embarcação — um dirigindo, e o outro de pé com uma arma.

A coisa estava ficando cada vez melhor.

Não haviam chegado nem à metade do canal, ainda no lado sueco, rumando em diagonal para sudoeste, na direção de Copenhague. Ele poderia ter ido de carro, atravessando a ponte Øresund, que liga a Dinamarca à Suécia, mas isso levaria uma hora a mais. A água era uma via mais rápida, e Stephanie estava com pressa, então ele alugara uma lancha na mesma loja de sempre. Era muito mais barato alugar um barco do que ter um, especialmente levando em conta quão poucas vezes se aventurava na água.

— Qual é o seu plano?

Que pergunta estúpida! Não restava dúvida de que o sujeito era um chato. Malone o encontrara andando pelo cais, exatamente onde Stephanie disse que estaria, ansioso para ir logo embora. Combinaram palavras de código para que ambos soubessem que haviam encontrado a pessoa certa. *Joseph* para ele. *Moroni* para Kirk.

Que escolhas esquisitas!

— Você sabe quem são esses homens? — indagou Malone.

— Eles querem me matar.

Malone manteve o barco apontado para a Dinamarca, com a quilha arrostando as ondas em arremetidas trepidantes, espalhando borrifos de água.

— E por que querem matar você? — perguntou, mais alto que o ronco do motor.

— Quem é você, exatamente?

Ele lançou um olhar rápido para Kirk.

— O cara que vai salvar a sua pele miserável.

O outro barco estava a menos de trinta metros de distância.

Ele perscrutou o horizonte em todas as direções e não localizou nenhuma outra embarcação. O crepúsculo se adensava, o azul do céu tornava-se cinzento.

Um estouro.

Depois outro.

Malone deu uma guinada.

O segundo homem no outro barco estava atirando neles.

— Abaixe-se! — gritou Malone para Kirk. Ele também se agachou, mantendo o curso e a velocidade estáveis.

Mais dois tiros.

Um atingiu a fibra de vidro à sua esquerda.

Agora, o outro barco estava a quinze metros de distância. Malone decidiu forçar seus perseguidores a fazer uma pequena pausa. Levou a mão às costas, pegou sua arma e mandou uma bala na direção deles.

O outro barco deu uma guinada para estibordo.

Estavam a mais de um quilômetro e meio da costa dinamarquesa, quase no centro do Øresund. O segundo barco fez uma curva e agora se aproximava pela direita, numa rota que acabaria diretamente na frente deles. Malone viu que a pistola fora substituída por um rifle automático de cano curto.

Só havia uma coisa a ser feita.

Então, Malone ajustou o curso para ir na direção deles.

Era hora de ver quem pedia arrego primeiro.

Uma série de tiros cortou o ar. Ele mergulhou para o chão da lancha, mantendo uma das mãos no volante. As rajadas passavam zumbindo acima de sua cabeça, e algumas balas atingiram a proa. Malone arriscou uma olhada. O outro barco havia dado uma guinada a bombordo, fazendo uma volta e preparando-se para atacar por trás, onde o convés aberto não dava muita cobertura.

Ele decidiu que seria melhor tentar uma abordagem direta.

Mas teria de ser sincronizada com muita precisão.

Então, manteve a lancha correndo quase em velocidade máxima. A proa do outro barco ainda apontava na sua direção.

— Fique abaixado — repetiu para Kirk.

Não havia dúvida alguma de que obedeceria à sua ordem. Kirk estava grudado ao piso, abaixo dos painéis laterais. Malone ainda segurava sua Beretta, mas a mantinha fora do campo de visão. O outro barco se aproximava cada vez mais.

E rapidamente.

Cinquenta metros.

Quarenta.

Trinta.

Malone puxou o acelerador para trás, obrigando o motor a parar. A velocidade cessou. A proa afundou na água. Eles deslizaram alguns metros até parar. O outro barco continuou vindo.

Ao mesmo tempo.

O homem com o rifle apontou.

Mas, antes que atirasse, Malone o atingiu bem no peito.

O outro barco passou por eles a toda.

Ele voltou a engatar o acelerador, e o motor voltou a funcionar.

No outro barco, Malone observou o piloto se abaixar e encontrar o rifle. Uma curva ampla trouxe a embarcação novamente a uma rota de interceptação.

Sua estratégia tinha funcionado uma vez.

Mas não funcionaria novamente.

Ainda havia mais de um quilômetro de água entre eles e a costa dinamarquesa, e seria impossível ultrapassar o outro barco. Talvez Malone conseguisse enganá-lo, mas por quanto tempo? Não. Ele tinha de ficar e lutar.

Olhou para a frente, tentando se orientar.

Estava cerca de oito quilômetros ao norte da periferia de Copenhague, perto do lugar em que seu velho amigo Henrik Thorvaldsen havia morado.

— Veja só — disse Kirk.

Malone virou-se para trás.

O outro barco estava a uma distância de uns cem metros, avançando ameaçadoramente. Mas, destacando-se de um céu ocidental cada vez mais escuro, um Cessna monomotor de asa alta havia arremetido para baixo. Com o trem de aterrissagem característico, em forma de triciclo, não mais de dois metros acima da superfície da água, ele metralhava o outro barco, as rodas quase atingindo o piloto, que desapareceu na direção do fundo do barco, as mãos aparentemente fora do timão, a proa guinando para a esquerda.

Malone aproveitou esse momento para apontar a lancha para seu atacante.

O avião embicou para cima, ganhou altitude e fez um grande giro para voltar. Malone se perguntou se o piloto notara que havia uma arma automática prestes a ser apontada para o céu. Malone avançou diretamente ao encontro do problema, tão rápido quanto lhe permitia o motor da lancha. Agora, o outro barco estava parado na água, a atenção de seu ocupante totalmente voltada para o avião.

E isso permitiu que Malone chegasse perto.

Ele se sentia grato por aquela distração, mas a ajuda estava prestes a se tornar um desastre. Então, viu o rifle automático apontado para o avião.

— Venha aqui! — gritou para Kirk.

O homem não se moveu.

— Não me faça ir até aí buscar você.

Kirk se levantou.

— Segure o timão. Continue avançando reto.

— Eu? O quê?

— Apenas obedeça.

Kirk agarrou o timão.

Malone subiu na popa, firmou os pés e apontou a arma.

O avião continuava a vir. O inimigo estava a postos com seu rifle. Malone sabia que tinha poucas chances naquele convés, que não parava de balançar. Subitamente, o outro homem se deu conta de que o barco estava chegando ao mesmo tempo que o avião.

Ambos representavam uma ameaça.

O que fazer?

Malone atirou duas vezes. Errou.

Um terceiro tiro atingiu o outro barco.

O homem foi para a direita, decidindo que a lancha era o problema maior naquele momento. O quarto tiro de Malone encontrou o peito do sujeito, que projetou seu corpo por cima da borda, para dentro da água.

O avião passou roncando, as rodas baixas e rasantes.

Ele e Kirk se abaixaram.

Malone pegou novamente o timão e desacelerou, voltando-se para seu inimigo. Aproximaram-se pela popa, a arma pronta para disparar. Um corpo boiava na água, o outro estava estendido no convés. Não havia mais ninguém a bordo.

— E não é que você é uma tonelada de problemas? — disse a Kirk.

Tudo estava quieto novamente, apenas o ronco suave do motor em marcha lenta perturbava o silêncio. A água batia mansamente nos dois cascos. Ele devia contatar alguma autoridade local. Os suecos? Os dinamarqueses? Mas, com Stephanie e o Magellan Billet envolvidos, sabia que trabalhar em conjunto com a polícia local não seria uma opção.

Ela detestava fazer isso.

Malone olhou para cima, para o céu já turvo, e viu o Cessna, agora novamente a uma altitude de uns seiscentos metros, passando sobre eles.

Alguém saltou do avião.

Um paraquedas se abriu, enfunou, seu ocupante guiando-o para baixo numa estreita espiral. Malone já saltara de paraquedas diversas vezes e notou que o paraquedista sabia o que estava fazendo, inclinando o velame e navegando num curso que levava diretamente a eles, os pés cortando a água a menos de cinquenta metros de distância.

Malone manobrou suavemente o barco e foi até ele.

O homem içado a bordo devia ter uns vinte e muitos anos. Seus cabelos louros mais pareciam aparados do que cortados, o rosto radiante era bem-barbeado e tornado caloroso por um sorriso amplo que lhe exibia os dentes. Estava vestido com um pulôver escuro, camisa e jeans que modelavam uma compleição musculosa.

— A água está fria — observou o jovem. — Obrigado por ter esperado por mim. Desculpe o atraso.

Malone apontou para o som de uma hélice, que se desvanecia à medida que o avião voava para leste.

— Tem alguém a bordo?
— Negativo. Piloto automático. Mas não resta muito combustível. Vai cair no Báltico em poucos minutos.
— Que desperdício caro!
O jovem deu de ombros.
— O cara de quem eu o roubei fez por merecer.
— Quem é você?
— Ah, desculpe. Às vezes esqueço as boas maneiras.
Uma mão molhada foi estendida.
— Meu nome é Luke Daniels. Magellan Billet.

# Capítulo 2

KALUNDBORG, DINAMARCA
20:00

JOSEPE SALAZAR FICOU esperando enquanto o homem se recompunha. Seu prisioneiro jazia semiconsciente na cela, mas desperto o bastante para ouvi-lo dizer:

— Acabe logo com isso.

O homem ergueu a cabeça do chão de pedra empoeirado.

— Tenho me perguntado... nos últimos três dias... como você pode ser tão cruel. Você acredita... no Pai Celestial. É um homem... supostamente de Deus.

Ele não via contradição nisso.

— Os profetas enfrentaram ameaças tão grandes ou maiores do que aquelas que enfrento hoje. Mas nunca vacilaram em fazer o que precisava ser feito.

— *Isso lá é verdade* — disse-lhe o anjo.

Salazar olhou para cima. A imagem pairava bem perto dele, em uma túnica branca e solta, banhada em um brilho intenso, pura feito um relâmpago, mais brilhante do que qualquer outra coisa que ele já vira.

— *Não hesite, Josepe. Nenhum dos profetas jamais hesitou em fazer o que precisava ser feito.*

Salazar sabia que seu prisioneiro não podia ouvir o anjo. Ninguém podia, a não ser ele. Mas o homem no chão percebeu que seu olhar se desviara para a parede do fundo da cela.

— O que você está olhando?

— Para uma visão gloriosa.

— *Ele não é capaz de compreender o que nós sabemos.*

Salazar encarou seu prisioneiro.

— Eu tenho Kirk.

Ainda não tinha recebido confirmação do que acontecera na Suécia, mas seus homens haviam relatado que o alvo estava à vista. Finalmente. Depois de três dias. A mesma quantidade de tempo em que esse homem jazia na cela, sem alimento nem água. A pele estava machucada e pálida, os lábios, rachados, o nariz, quebrado, os olhos, vazios. Provavelmente algumas costelas estavam quebradas também. Para aumentar o suplício, um balde com água estava bem ali do outro lado das barras, ao alcance da vista, mas não das mãos.

— *Pressione-o* — ordenou o anjo. — *Ele tem de saber que não vamos tolerar insolência. As pessoas que o enviaram têm de saber que vamos lutar. Há muita coisa a ser feita, e eles se colocaram em nosso caminho. Faça-o falar.*

Salazar sempre aceitava as recomendações do anjo. Como seria possível não aceitar? Elas vinham diretamente do Pai Celestial. Aquele prisioneiro, no entanto, era um espião. Enviado pelo inimigo.

— *Sempre fomos duros com os espiões* — disse o anjo. — *No início, havia muitos, e eles causaram grande dano. Precisamos retribuir esses danos.*

— Mas eu não deveria amá-lo? — indagou Salazar à aparição. — Ele ainda é um filho de Deus.

— Com quem você... está... falando?

Salazar olhou para o prisioneiro e perguntou o que queria saber:

— Para quem você trabalha?

Nenhuma resposta.

— Diga.

Ele ouviu sua voz se elevar. Isso raramente acontecia. Salazar era conhecido como alguém de fala suave, sempre exibindo um comportamento tranquilo — que se esforçava para manter. Decoro era uma arte perdida, era o que sempre dissera seu pai.

O balde de água estava junto a seus pés.

Ele encheu uma concha e jogou o conteúdo pelas grades, molhando o rosto ferido do prisioneiro. A língua do homem tentou saborear o que pudesse encontrar naquele pequeno refrigério. Mas saciar três dias de sede levaria tempo.

— Diga-me o que eu quero saber.

— Mais água.

A piedade havia muito o abandonara. Salazar estava encarregado de uma missão sagrada, e o destino de milhões de pessoas dependia das decisões que tomasse.

— *Tem de haver uma expiação de sangue* — disse o anjo. — *É a única maneira.*

A doutrina proclamava que havia pecados pelos quais os homens não poderiam ser perdoados neste mundo nem no mundo por vir. Mas, se lhes abrissem os olhos para que fossem capazes de ver sua condição verdadeira, certamente iriam querer ter seu sangue derramado como perdão por suas faltas.

— *O sangue do filho de Deus foi derramado pelos pecados cometidos pelos homens* — continuou o anjo. — *E existem pecados que podem ser expiados com uma oferenda no altar, como nos tempos antigos. Mas também existem aqueles que o sangue de um cordeiro, de um bezerro ou de uma pomba não pode remir. Esses têm de ser expiados pelo sangue do homem.*

Pecados como assassinato, adultério, mentira, rompimento de uma aliança e apostasia.

Salazar se agachou e olhou fixamente para aquela alma desafiadora no outro lado das grades.

— Você não pode me deter. Ninguém pode. O que tem de acontecer vai acontecer. Mas estou disposto a ajudá-lo. Apenas me diga para quem você trabalha e qual é a sua missão, e essa água será sua.

Ele retirou mais uma concha cheia e a ofereceu.

O homem estava estendido de barriga para baixo, os braços abertos, o rosto molhado junto ao chão. Lentamente, rolou e ficou de costas, os olhos no teto.

Ele e o anjo esperavam.

— Sou um agente... do... Departamento de Justiça. Nós estamos... na sua cola.

O governo dos Estados Unidos. Eram cento e oitenta anos de aborrecimento.

Mas quanto seus inimigos sabiam?

O homem rolou a cabeça em sua direção, os olhos cansados buscando foco.

— A minha morte não vai lhe proporcionar... nada a não ser... mais encrenca.

— *Ele mente* — disse o anjo. — *Pensa que pode nos assustar.*

Cumprindo sua palavra, Salazar passou a concha pelas grades. O homem agarrou a oferta e derramou a água na boca. Então, ele empurrou o balde para mais perto, e o homem despejou mais líquido em sua garganta seca.

— *Não hesite* — retomou o anjo. — *Ele sabe que cometeu um pecado que vai privá-lo da exaltação que deseja. E não pode alcançá-la sem derramar o próprio sangue. Ao ter seu sangue derramado, ele expiará o pecado e será salvo e louvado por Deus. Não existe homem ou mulher que não dissesse: "Derrame meu sangue para que eu possa ser salvo e exaltado por Deus".*

Não, não existe.

— *Houve muitas ocasiões, Josepe, em que homens foram piedosamente massacrados para expiar seus pecados. Testemunhei muitos casos de pessoas para as quais haveria uma possibilidade de exaltação se suas vidas fossem tomadas e seu sangue derramado como um incenso fumegante ao Todo--Poderoso. Mas, agora, elas são anjos do Demônio.*

Ao contrário desse emissário, que falava a palavra de Deus.

— *Isso é amar o próximo como a nós mesmos. Se ele precisa de ajuda, ajude-o. Se precisa de salvação e é necessário derramar seu sangue na terra para que seja salvo, derrame-o. Se você cometeu um pecado que exige derramamento de sangue, não se dê por satisfeito nem descanse até que seu sangue seja derramado, para que possa obter a salvação que deseja. É desse modo que se ama a humanidade.*

Salazar afastou o olhar da aparição e perguntou ao prisioneiro:

— Você está em busca de salvação?

— Por que você se importa com isso?

— Seus pecados são grandes.

— Assim como os seus.

Mas os dele eram diferentes. Mentir em busca da verdade não era mentir. Matar pela salvação dos outros, sim, era um ato de amor. Salazar devia a esse pecador a paz eterna, então colocou a mão sob o paletó e pegou a arma.

Os olhos do prisioneiro se arregalaram. Ele tentou recuar, mas não havia onde se esconder.

Matá-lo seria fácil.

— *Ainda não* — disse o anjo.

Salazar baixou a arma.

— *Ainda precisamos dele.*

Então, a aparição ascendeu até sua forma desaparecer no teto, deixando a cela sombria como era antes de a luz aparecer.

Um sorriso amável brincou nos lábios de Salazar.

Seus olhos brilhavam com uma luz nova, que ele atribuiu à gratidão divina por sua obediência. Consultou o relógio e fez o cálculo de oito horas a menos.

Era meio-dia em Utah.

O presbítero Rowan devia ser informado.

## Capítulo 3

**SUL DE UTAH**
12:02

O senador Thaddeus Rowan desceu do Land Rover e deixou que o sol o inundasse de um calor familiar. Passara a vida inteira em Utah, agora era senador sênior dos Estados Unidos pelo estado, posição que mantinha havia trinta e três anos. Era um homem poderoso e influente — importante o bastante para que o secretário do Interior tomasse um voo para acompanhá-lo pessoalmente hoje.

— É um belo lugar — elogiou o secretário.

A metade meridional de Utah pertencia ao governo federal, lugares com nomes como Arches, Capitol Reef e Bryce Canyon. Aqui, no Zion National Park, 147 mil acres estendiam-se do noroeste ao sudeste entre a Interstate 15 e a Highway 9. Houve uma época em que a tribo paiute vivia ali, mas, a partir de 1863, os santos dos últimos dias, movimentando-se de Salt Lake para o sul, os desalojaram e deram a esse lugar desolado um nome — Zion. Isaac Behunin, o santo que primeiro se estabeleceu no local com seus filhos, declarara que *um homem pode cultuar Deus nas grandes catedrais tão bem quanto em qualquer igreja feita pelo homem.* Mas, após uma visita em 1870, Brigham

Young discordou disso e denominou o local como Não é Zion, e o apelido fez sucesso.

Rowan viera de Salt Lake de helicóptero, um trajeto de quatrocentos quilômetros para o sul, pousando dentro do parque com o secretário, enquanto o superintendente local aguardava por eles. Ser presidente do Comitê do Senado para Apropriações tinha muitas vantagens. Uma delas era o fato de que nem um centavo de dinheiro federal era despendido no que quer que fosse e em lugar algum sem a sua aprovação.

— É uma área maravilhosa — disse ao secretário.

Rowan caminhara muitas vezes por esse deserto de rochas vermelhas, repleto de fendas e cânions tão estreitos que o sol nunca chegava ao fundo. As cidades nos arredores eram habitadas por santos, ou mórmons, como a maioria das pessoas gostava de chamá-los. Alguns santos, entre os quais o próprio senador se incluía, não gostavam muito desse rótulo. Ele era originário de meados do século XIX, quando o preconceito e o ódio os obrigaram a fugir gradualmente para o oeste, até encontrarem a isolada bacia de Salt Lake. Seus antepassados estavam nas primeiras carroças que chegaram em 24 de julho de 1847. Nada havia lá a não ser grama verde e, de acordo com as lendas, uma única árvore.

*Um esplendor solitário.* Fora assim que um dos santos descrevera a paisagem.

Quando seu líder, Brigham Young, chegara, doente e febril, deitado num leito em uma das carroças, supostamente teria se levantado e proclamado: *Este é o lugar.*

Seguiram-se mais dezenas de milhares de colonos, que evitavam as rotas convencionais, fazendo o percurso por trilhas abertas a fogo por santos pioneiros, replantando os alimentos após colherem safras ao longo do caminho, para que as caravanas subsequentes também tivessem o que comer. Naquele dia, no entanto, na primeira leva, cento e quarenta e três homens, três mulheres, duas crianças, setenta carroças, um canhão, um barco, noventa e três cavalos, cinquenta e duas mulas, sessenta e seis bois, dezenove vacas, dezessete cães e algumas galinhas encontraram um lar.

— É logo ali em cima, no cume — disse o superintendente, apontando para a frente.

Somente os três homens haviam deixado o helicóptero, embarcando, em seguida, no Land Rover. Todos usavam botina, jeans, camisa de mangas compridas e chapéu. Aos 71 anos, o corpo de Rowan ainda era forte — as pernas estavam prontas para aquela paisagem proibitiva que se estendia em todas as direções.

— Onde estamos? — quis saber. — A uns sessenta quilômetros para dentro do parque?

O superintendente assentiu.

— Quase oitenta. Esta área é muito restrita. Não permitimos caminhadas ou acampamentos aqui. As fendas nos cânions são muito perigosas.

Rowan conhecia os dados. Três milhões de pessoas por ano visitavam Zion, o que fazia do parque uma das atrações mais populares de Utah. Era necessário ter permissão para fazer qualquer coisa, e eram necessárias tantas autorizações que os andarilhos, caçadores e anticonservacionistas tinham pedido um alívio. Pessoalmente, ele concordava, mas se mantivera fora desse debate.

O superintendente os guiou até um cânion de paredes escarpadas e cheio de bordos, mostardas-dos-campos e encorpados arbustos de chaparreiro, misturados com tufos de grama rija. Muito alto, contra o céu claro, um condor planava, aparecendo e desaparecendo da linha de visão.

— Foi por causa dos invasores — disse o superintendente — que tudo isso foi descoberto. Algumas pessoas entraram ilegalmente nesta parte do parque na semana passada. Uma delas escorregou e quebrou a perna, e tivemos de resgatá-la para tratamento médico. Foi quando percebemos aquilo.

O superintendente apontou para uma abertura escura na parede da rocha. Rowan sabia que cavernas em arenito eram uma ocorrência comum, milhares grassavam pelo sul de Utah.

— Em agosto passado — explicou o secretário — houve uma inundação súbita nesta área. Tudo ficou alagado por três dias. Acreditamos que foi nessa época que a entrada se abriu. Antes disso, estava selada.

Ele olhou para o burocrata.

— E qual é o seu interesse nesse caso?

— Assegurar que o presidente do Comitê do Senado para Apropriações esteja satisfeito com os serviços do Departamento do Interior.

Rowan duvidava disso, uma vez que, nos últimos sete anos, a administração do presidente Danny Daniels se importara muito pouco com o que o senador sênior de Utah pensava. Eles eram de partidos diferentes, o seu no controle do Congresso e o de Daniels dominando a Casa Branca. Em geral, esse tipo de divisão estimulava cooperação e acordos. Mas, nos últimos tempos, qualquer espírito amigável se fora. *Impasse* era o termo popular. Para complicar ainda mais a situação, havia o fato de que Daniels estava no crepúsculo de seus dois mandatos, e seu sucessor era incerto.

Os dois partidos tinham chance.

Porém, Rowan não se interessava mais por eleições. Ele tinha planos mais grandiosos.

Os três se aproximaram da abertura, e o superintendente tirou sua mochila e pegou lanternas.

— Elas serão úteis.

Rowan aceitou uma.

— Mostre o caminho.

Eles se esgueiraram, entrando numa caverna espaçosa, o teto a seis metros de altura. Com a luz das lanternas, examinaram a entrada e viram que havia sido muito mais larga e alta.

— Houve uma época em que essa abertura tinha um bom tamanho — observou o superintendente. — Como uma porta de garagem gigantesca. Mas foi coberta de propósito.

— Como você sabe disso?

O homem gesticulou para a frente com a lanterna.

— Vou mostrar. Mas tenham cuidado. É um lugar perfeito para cobras.

Rowan já imaginava isso. Sessenta anos explorando a Utah rural o haviam ensinado a respeitar tanto a terra quanto seus habitantes.

Quinze metros mais para dentro, algumas formas começaram a surgir das sombras. Ele contou três carroças. De rodas largas. Talvez com três metros de comprimento, um metro e meio de largura. E altas, os arcos e a cobertura cilíndrica de lona há muito desaparecidos. Ele se aproximou e examinou uma delas. Madeira sólida, com exceção de aros de ferro nas rodas, incrustados de ferrugem. Juntas de quatro a seis cavalos devem tê-las puxado, talvez até mesmo mulas e bois.

— Antiguidades do século XIX — disse o superintendente. — Eu sei alguma coisa sobre elas. O ar do deserto e o fato de terem sido lacradas aqui dentro favoreceram sua preservação. Estão intactas, o que é raro.

Rowan se aproximou e viu que os leitos estavam vazios.

— Elas devem ter passado pela abertura — disse o superintendente. — Assim, a entrada teria de ser muito maior.

— Tem mais — disse o secretário.

Rowan seguiu um raio de luz que varou a escuridão e focalizou um entulho. Pedaços de mais carroças, empilhados, em grande altura.

— Eles as destruíram — disse o superintendente. — Meu palpite é que talvez fossem vinte ou mais antes de começarem a despedaçá-las.

Eram vinte e duas, na verdade. Mas Rowan não disse nada. Em vez disso, seguiu o superintendente em volta da pilha de destroços, onde suas luzes revelavam esqueletos. Ele se aproximou, o cascalho solto estalando feito neve seca sob suas botinas, e contou três, percebendo imediatamente como haviam morrido.

Buracos de bala no crânio.

Ainda restavam farrapos de suas roupas, assim como dois chapéus de couro.

O superintendente movimentou sua luz.

— Este viveu um pouco mais.

Rowan viu uma quarta vítima, apoiada contra a parede da caverna. Nenhum orifício no crânio. Em vez disso, a caixa torácica estava despedaçada.

— Tiro no peito — disse o superintendente. — Mas viveu o bastante para escrever isso.

A luz revelou um escrito na parede, como as gravuras rupestres que tinha visto em cavernas em outras partes de Utah.

Rowan se inclinou e leu a escrita fragmentada.

> FJELDSTED HYDE WOODRUFF EGAN
> MALDITO SEJA O PROFETA
> NÃO SE ESQUEÇAM DE NÓS

O senador percebeu instantaneamente o que significavam os sobrenomes.

Mas somente ele, um dos dozes apóstolos da Igreja de Jesus Cristo dos Santos dos Últimos Dias, seria capaz de reconhecer seu significado.

— Foi a referência aos profetas que nos levou a chamar o senhor — disse o secretário.

Ele se recompôs e ficou de pé.

— Vocês têm razão. Esses homens eram santos.

— Foi o que pensamos.

Ao longo da história humana, Deus sempre lidou com Seus filhos por meio de profetas. Homens como Noé, Abraão e Moisés. Em 1830, Joseph Smith fora ungido pelo céu como um profeta do último dia para restaurar a plenitude do evangelho na preparação da segunda vinda de Cristo. E, assim, fundara uma nova igreja. Desde então, dezessete homens haviam assumido, um de cada vez, o título de profeta e presidente. Cada um desses dezessete tinha vindo do Quórum dos Doze Apóstolos, que estavam logo abaixo do profeta na hierarquia da igreja.

O plano de Rowan era se tornar o décimo oitavo.

E aquela descoberta poderia ser bem útil.

Ele percorreu a caverna com os olhos e tentou imaginar o que havia acontecido ali em 1857.

Tudo naquele lugar se encaixava na lenda.

Só que agora ela se mostrava verdadeira.

# Capítulo 4

COPENHAGUE, DINAMARCA
20:40

MALONE PILOTAVA A LANCHA, enquanto Luke Daniels, as roupas encharcadas pelo desfecho de seu salto de paraquedas, mantinha-se abaixado para evitar o vento frio que passava sobre o para-brisa.

— Você salta regularmente? — perguntou ele.

— Tenho mais de cem saltos no livro de registro, mas fazia tempo que não pousava na água.

O homem mais jovem apontou para Kirk, que se aninhara junto da popa, e gritou sobre o ronco do motor:

— Você é um pé no saco.

— Pode me dizer por quê? — perguntou Malone.

— O que Stephanie lhe contou?

Boa saída, responder a uma pergunta com outra pergunta.

— Apenas que um agente está desaparecido e esse sujeito talvez saiba onde ele está.

— Isso mesmo. E este aqui fugiu como um gato escaldado.

— E por quê?

— Porque é um dedo-duro. E ninguém gosta de dedos-duros. — Luke encarou Kirk. — Quando chegarmos à terra firme, nós dois vamos ter uma conversa.

Kirk não disse nada.

Luke se aproximou mais, embora ainda abaixado por causa do vento, pernas flexionadas em reação a cada sacudida e balanço da lancha.

— Diga-me, meu velho, você é mesmo tão bom quanto todos dizem que é?

— Não sou tão bom quanto já fui, mas, em um dia, posso ser tão bom quanto sempre fui.

— Você conhece a música. Adoro Toby Keith. Assisti a um show dele cinco anos atrás. Eu jamais diria que você gosta de música country.

— E eu não tenho certeza do que diria sobre você.

— Sou apenas um humilde funcionário do governo dos Estados Unidos.

— É o que sempre digo.

— Eu sei. Stephanie me instruiu a dizer isso.

— Você sabe — disse Malone — que seu avião estava a ponto de ser pulverizado por um rifle automático. Foi uma tolice atacar tão baixo.

— Eu vi o rifle. Mas ele estava de pé num barco que balançava muito, e você parecia estar precisando de ajuda.

— Você é sempre assim, tão impulsivo?

Ele desacelerou novamente a lancha quando se aproximaram da margem dinamarquesa.

— Você tem que admitir, foi um voo bem legal. Aquelas rodas estavam a, tipo, dois metros da água.

— Já vi melhores.

Luke pôs a mão no peito, num arremedo de dor.

— Ah, meu velho, assim você me corta o coração. Sei que foi piloto aéreo da Marinha. Piloto de guerra. Mas não pegue pesado comigo. Só quero um elogio. Afinal, salvei a sua pele.

— É mesmo? Foi isso que você fez?

Em outra vida, Malone fora um dos doze agentes originais de Stephanie Nelle no Magellan Billet. Era um advogado formado em Georgetown e ex-comandante da Marinha. Agora, tinha 47 anos. Mas ainda tinha cabelos, coragem e a mente aguçada. Sua compleição robusta carregava as cicatrizes das diversas vezes em que fora ferido em missão, que era um dos motivos de se ter aposentado tão cedo, três anos antes. Agora, era dono de uma livraria de livros antigos em Copenhague, onde supostamente estaria a salvo de problemas.

— Vamos, admita — disse Luke. — Seria difícil livrar-se daqueles sujeitos. Eu salvei a sua pele.

Malone desligou o motor, e eles passaram tranquilamente pela residência real dinamarquesa, depois pelo píer em Nyhavn, deslizando a estibordo para um plácido canal. Atracou logo depois do Palácio Christianborg, perto de uma multidão de cafés ao ar livre, onde ruidosos fregueses comiam, bebiam e fumavam. A praça abarrotada, a cinquenta metros dali, era a Højbro Plads. Seu lar.

Com o motor desligado, ele se virou, desferindo um *uppercut* de direita que atingiu violentamente o queixo de Luke, jogando o agente no chão do barco. O jovem refez-se do golpe e se levantou num salto, pronto para lutar.

— Primeira coisa — disse Malone —, não me chame de meu velho. Segunda, não gosto de sua atitude arrogante, esse tipo de coisa faz com que pessoas morram. Terceira, quem eram esses homens que tentavam nos matar? E, finalmente — apontou para Kirk —, quem afinal esse cara está dedurando?

Ele captou a mensagem nos olhos do jovem, que dizia: *Eu queria tanto brigar com você.*

Mas havia alguma outra coisa.

Controle.

Não houve resposta a nenhuma de suas perguntas. Ele estava sendo manipulado, e não gostava disso.

— Existe realmente alguém desaparecido?

— Pode crer. E esse cara pode nos mostrar o caminho.

— Me dá seu telefone.

— E como é que você sabe que eu tenho um?

— Está no seu bolso traseiro. Eu vi. Coisa do Magellan Billet. Cem por cento à prova d'água, o que não eram na minha época.

Luke tirou o aparelho do bolso e o destravou.

— Ligue para Stephanie.

O número foi digitado.

Malone pegou o telefone e disse:

— Leve Kirk e espere naquele café. Preciso falar com ela em particular.

— Não gosto muito de receber ordens de sujeitos aposentados.

— Considere isso um pagamento por tê-lo pescado de dentro da água. Agora vá.

Malone ficou esperando a ligação ser atendida enquanto observava Luke e Kirk saltarem do barco. Não era um imbecil. Sabia que sua ex-chefe tinha instruído o novato sobre como lidar com ele. Provavelmente lhe dissera para pressioná-lo, mas não a ponto de fazê-lo ir embora. Do contrário, um cara metido como Luke Daniels teria tentado assumir o controle da situação. Mas até que isso seria bom... Fazia tempo que não se metia numa boa briga.

— Quanto tempo levou até você lhe dar o primeiro soco? — perguntou Stephanie após o quinto toque.

— Na verdade, esperei um pouco mais do que deveria. E acabei de matar dois bandidos.

Malone contou a ela o que havia acontecido.

— Cotton, eu entendo. Você não tem nada a ver com essa briga. Mas realmente tenho um homem desaparecido, que tem esposa e três filhos. E preciso encontrá-lo.

Stephanie sabia como convencê-lo das coisas.

Ele localizou Kirk e Luke a cinquenta metros de distância. Poderia ter esperado até chegarem à livraria para dar o telefonema, mas estava ansioso para saber qual era a situação; assim, falava em voz baixa, e se virou na direção do canal, de costas para os cafés.

— Barry Kirk sabe de muita coisa — continuou ela em seu ouvido. — Preciso que ele seja interrogado, então me ajude. Vá com Luke procurar meu agente.

— Esse moleque de fraternidade que você enviou é bom?

— Na verdade, ele nunca foi para a faculdade. Mas, se tivesse ido, eu lhe garanto que não teria estado em nenhuma fraternidade. Não faz o tipo.

Malone imaginava que Luke devia ter uns 27 anos, talvez 28, provavelmente um ex-militar, já que Stephanie gostava de recrutar entre as suas fileiras. Mas sua falta de respeito e as atitudes descuidadas pareciam ser opostas a qualquer forma de disciplina institucionalizada.

E ele não era advogado.

Mas Malone sabia que Stephanie estivera gradualmente flexibilizando essa regra para seus agentes.

— Imagino que ele seja insuportável — disse Malone ao telefone.

— Para dizer o mínimo. Mas é bom. E é por isso que eu tolero seu... excesso de autoconfiança. Até parece outra pessoa que certa vez trabalhou para mim.

— Aqueles homens estavam bem ali — disse ele. — Na água. Preparados para nós. Isso significa que, ou tiveram sorte, pois estavam no lugar certo, na hora certa, ou alguém sabia que você tinha ligado para mim. Seu desaparecido sabia para onde Kirk estava indo?

— Não. Dissemos a Kirk que seguisse para a Suécia.

Malone sabia que ela se fazia a mesma pergunta.

Como aqueles homens *sabiam* que deviam estar ali?

— Presumo que você só vai me contar o que acha que eu preciso saber.

— Você sabe como são as coisas. Esta operação não é sua. Apenas cuide de achar meu agente, e depois está liberado.

— Pode deixar.

Ele encerrou a ligação, saltou para a margem e caminhou até Luke, dizendo:

— Você ganhou um parceiro.

— Você tem um bloco de papel e uma caneta para me emprestar, para que eu possa anotar tudo que estou aprendendo?

— Você é sempre tão espertinho assim?

— Você é sempre tão caloroso e amigável assim?

— Alguém tem que zelar para que as crianças não se machuquem.

— Não precisa se preocupar comigo, meu velho. Posso cuidar de mim mesmo.

— Acho que lhe disse para não me chamar assim.

As costas de Luke se retesaram.

— Sim. Eu ouvi. E lhe concedi, seguindo minhas ordens, um soco grátis. Não haverá mais brindes.

Seus olhos verdes lançaram um desafio ao rapaz.

Que parecia ter sido aceito.

Mas não agora. Talvez depois.

Malone apontou para Kirk.

— Vamos ouvir o que o dedo-duro tem a dizer.

# Capítulo 5

ATLANTA, GEÓRGIA
14:45

STEPHANIE NELLE OLHOU para o relógio. Seu dia havia começado às seis da manhã — meio-dia na Dinamarca — e estava longe de terminar. De seus doze agentes, nove estavam atualmente em ação. Os outros três estavam fora da escala, de folga. Ao contrário do que mostravam os romances de espionagem e os filmes de ação, agentes não trabalhavam vinte e quatro horas por dia, sete dias por semana. A maioria tinha esposas e filhos, vidas fora de seu trabalho. O que era bom. O emprego já era bastante estressante sem uma obsessão maníaca para piorar a situação.

Ela havia fundado o Magellan Billet dezesseis anos atrás. Era seu bebê, e Stephanie cuidara dele até a puberdade e a adolescência. Agora, era uma equipe de inteligência totalmente adulta, que tinha em seu histórico alguns dos mais recentes sucessos dos Estados Unidos.

Porém, naquele instante, ela só conseguia pensar em uma coisa.

O agente desaparecido na Dinamarca.

Olhou para o relógio no canto de sua escrivaninha e se deu conta de que havia deixado passar o café da manhã e o almoço. Seu estômago estava roncando, então decidiu beliscar algo na cafeteria do prédio, três andares abaixo.

Saiu do gabinete.

Tudo estava quieto.

O Magellan Billet fora projetado para uma equipe pouco numerosa. Além de seus doze agentes de campo, a divisão empregava cinco funcionários administrativos e três auxiliares. Stephanie insistia em mantê-lo pequeno. Menos olhos e menos ouvidos significavam menos vazamentos. A segurança do Magellan Billet nunca havia sido comprometida. Nenhum dos dozes agentes originais continuava na folha de pagamento — Malone fora o último a deixá-la, quatro anos antes. Em média, substituía uma pessoa por ano. Mas tivera sorte. Todos os seus recrutas tinham sido excelentes, e os problemas burocráticos foram poucos e eventuais.

Stephanie saiu pela porta principal e caminhou até o elevador.

O prédio estava situado em um tranquilo centro de escritórios no norte de Atlanta, que também era sede de divisões dos departamentos do Interior e da Saúde e Serviços Humanos. Por insistência de sua fundadora, o Magellan Billet ficava intencionalmente fora de vista, as letras discretas na porta anunciando FORÇA-TAREFA DO DEPARTAMENTO DE JUSTIÇA.

Ela apertou o botão e esperou o elevador chegar.

As portas se abriram, e um homem magro, com o rosto alongado e fino, e vasta cabeleira prateada, saiu.

Edwin Davis.

Como Stephanie, Davis era funcionário civil de carreira, tendo começado duas décadas antes no Departamento de Estado, ocasião em que três secretários o haviam usado para pôr em ordem seus precários departamentos. Tinha doutorado em Relações Internacionais e era dotado de um senso político incomum. Um homem simples e cortês que as pessoas tendiam a subestimar, servia como vice-conselheiro de segurança nacional quando o presidente Danny Daniels o promovera a chefe da equipe da Casa Branca.

Instantaneamente, ela se perguntou o que seria tão importante para fazer Davis voar oitocentos quilômetros de Washington, D.C., sem se fazer anunciar. O chefe de Stephanie era o procurador-geral dos Estados Unidos, e o protocolo obrigava que ele fosse incluído em qualquer cadeia de comunicação que viesse da Casa Branca.

Mas isso não havia acontecido.

Será que Davis viera a trabalho? Ou seria uma visita social? Os dois eram amigos bem próximos. Haviam passado por muita coisa juntos.

— Você estava indo a algum lugar? — perguntou ele.

— À cafeteria.

— Vamos juntos.

— Vou me arrepender disso?

— Provavelmente. Mas não tem jeito.

— Você lembra que, na última vez que você e eu estivemos bem aqui, neste mesmo lugar, e tivemos uma conversa exatamente como esta, quase fomos mortos?

— Mas vencemos aquela briga.

Ela sorriu.

— Sim, vencemos.

Os dois desceram para a cafeteria e encontraram uma mesa vazia. Stephanie ficou mordiscando pedaços de cenoura e tomando suco de mirtilo, enquanto Davis despejava uma garrafa de água mineral garganta abaixo. Seu apetite havia desaparecido.

— Como vai o presidente? — perguntou ela.

Fazia três meses que Stephanie e Danny Daniels não se falavam.

— Está ansioso pela aposentadoria.

O segundo mandato de Daniels logo terminaria. Sua carreira política estava encerrada. Mas fora um percurso e tanto, de vereador por uma pequena cidade no Tennessee a dois mandatos como presidente dos Estados Unidos. Ao longo do caminho, no entanto, perdera uma filha e uma esposa.

— Ele gostaria de ter notícias suas — disse Davis.

E ela gostaria de ligar. Mas era melhor assim. Pelo menos até que o mandato dele terminasse.

— Vou falar com ele. No momento certo. — Ela e Daniels haviam descoberto que nutriam sentimentos um pelo outro, uma ligação talvez oriunda das muitas batalhas que haviam enfrentado. Nenhum dos dois tinha certeza de nada. Mas ele ainda era o presidente dos Estados Unidos. Seu chefe. E era melhor que mantivessem alguma distância. — Você não veio até aqui só para me dar essa mensagem. Então, vá direto ao ponto, Edwin.

Um vinco no rosto do amigo expressava divertimento. Stephanie sabia que ele tinha quase idade bastante para se aposentar, mas seu físico juvenil lhe dava o aspecto de um homem muito mais jovem.

— Fiquei sabendo que você está sendo alvo de interesse do Capitólio.

E ela estava.

Seis requisições de dados confidenciais haviam chegado do Comitê do Senado para Apropriações na última semana. O que não era incomum. O Congresso tinha o hábito de buscar informações na comunidade de inteligência. Se um departamento ou órgão não cooperasse, as "requisições" eram seguidas de intimações, que não poderiam ser ignoradas sem uma batalha judicial. Litígios públicos sobre informações confidenciais eram raros. O Congresso tinha de ser aplacado. Afinal, eles controlavam o dinheiro. Assim, no geral, as disputas resultavam em acordos privados. Essas seis requisições, no entanto, não davam margem a eventuais negociações.

— Eles querem toda e qualquer coisa que diga respeito à minha agência — respondeu. — Absolutamente tudo. Finanças, relatórios, avaliações internas e o que mais você imaginar. É algo sem precedentes, Edwin. Quase todo esse material é sigiloso. Eu passei o caso para o procurador-geral.

— Que, por sua vez, o passou para mim. Vim lhe dizer que essas requisições estão relacionadas àquele favor que lhe pedi quanto a Josepe Salazar.

Seis meses antes, uma ligação de Davis dera início a uma investigação de Salazar pelo Billet. A Casa Branca queria um dossiê completo, inclusive todas as associações financeiras, de negócios e políticas. Desde o berço até o presente. Salazar tinha dois passaportes, um dinamarquês e um espanhol, graças a seus pais, que eram naturais desses dois países. Ele morava metade do ano na Espanha, a outra metade na Dinamarca. Era um magnata internacional que havia passado para outras pessoas o controle diário de seus empreendimentos europeus multibilionários, para que pudesse dedicar-se apenas a seus deveres como presbítero na Igreja Mórmon. Segundo todos os relatos, ele era devoto, não tinha registros criminais e seguia uma vida exemplar. O fato de haver atraído a atenção da Casa Branca despertou inúmeras indagações na mente de Stephanie. Mas, como servidora pública leal que era, não expressara nenhuma delas.

Um erro.

De que finalmente se dera conta três dias antes, quando o homem que enviara à Europa para compilar o dossiê de Salazar desapareceu.

E que se havia revelado ainda maior depois de Stephanie falar com Malone.

— Meu agente que trabalhava no caso de Salazar desapareceu — disse ela. — Tenho gente em campo, neste momento, tentando rastreá-lo. Em que você me meteu, Edwin?

— Não faço ideia. O que aconteceu?

— A situação se complicou. Um dos funcionários de Salazar, um homem chamado Barry Kirk, fez contato com o meu agente. Ele tinha informações privilegiadas e até alegava que seu chefe poderia ter matado alguém. Não podíamos ignorar isso. Agora temos Kirk em nossas mãos, embora dois dos homens de Salazar tenham sido mortos nesse processo. Cotton atirou neles.

— Como você conseguiu envolvê-lo?

Davis e Malone também haviam trabalhado juntos antes.

— Ele estava por perto, e também não gosta que nossos homens desapareçam.

— Há uma conexão entre Josepe Salazar e o senador Thaddeus Rowan.

— E só agora você me conta isso?

Rowan era o presidente do Comitê do Senado para Apropriações. Todas as seis requisições traziam a sua assinatura.

— Não foi minha ideia reter essa informação.

Stephanie sabia o que isso significava. Apenas uma pessoa poderia sobrepor-se ao chefe de equipe da Casa Branca.

— O presidente deveria entender que não posso fazer meu trabalho se não tiver todas as informações — disse ela. — Isso virou um circo. Um dos nossos homens pode estar morto.

Davis assentiu.

— Tenho consciência disso.

Mas havia mais alguma coisa.

Era verdade, Stephanie tinha dois agentes em campo — Luke e seu homem desaparecido. Malone agora se juntara à briga, ao menos por aquela noite, perfazendo três.

Mas, na verdade, havia uma quarta pessoa.

Que ela não havia mencionado a Malone.

# Capítulo 6

KALUNDBORG, DINAMARCA
20:50

Salazar sorriu quando entrou no restaurante e avistou sua companhia para o jantar. Estava atrasado, mas havia ligado e pedido que lhe transmitissem suas desculpas, juntamente com um copo do que quer que sua convidada quisesse saborear.

— Sinto muito — disse ele a Cassiopeia Vitt. — Alguns assuntos importantes me detiveram.

Ambos eram amigos de infância, ele, dois anos mais velho que ela, e seus pais haviam sido amigos pela vida inteira. Quando estavam na casa dos 20, tornaram-se mais próximos, namorando por cinco anos, até que ela aparentemente percebera que a atração entre eles poderia ter sido mais em benefício de seus pais do que propriamente dela.

Pelo menos fora o que lhe dissera.

Mas Salazar sabia qual era a verdadeira razão.

O que realmente os tinha afastado fora algo bem mais simples.

Ele havia nascido membro da Igreja de Jesus Cristo dos Santos dos Últimos Dias. Ela também. Isso significava tudo para ele, mas nem tanto para ela.

Onze anos se haviam passado desde a última vez que estiveram juntos. Mantiveram contato, encontrando-se em eventos sociais. Ele sabia que Cassiopeia tinha se mudado para a França e começado a construir um castelo — usando apenas material e tecnologia do século XIII — que estava sendo erguido lentamente, pedra após pedra. Vira fotografias do castelo e da casa de campo dela. Ambos eram impressionantes e belos.

Assim como sua dona.

— Tudo bem — disse Cassiopeia. — Fiquei apreciando a vista.

Kalundborg começara como um vilarejo viking na costa oeste da Zelândia e era uma das cidades mais antigas da Dinamarca. Sua praça pavimentada era ancorada pela singular Igreja de Nossa Senhora, uma obra-prima do século XII que compreendia cinco torres octogonais. O café ficava em um canto da praça, com mesas iluminadas por velas, lotadas de clientes para o jantar. A deles, a pedido de Salazar, ficava junto à janela da frente, de onde era possível avistar a igreja de tijolos, iluminada para a noite.

— Passei o dia ansioso por este jantar — disse ele. — Gosto muito daqui. Estou feliz por você finalmente ter conseguido me visitar.

A mãe dele fora uma dinamarquesa introvertida totalmente devotada ao marido e aos seis filhos, entre os quais ele era o mais jovem. Quando alguns missionários da igreja chegaram ali, no fim do século XIX, a família dela fora uma das primeiras na Dinamarca a se tornar Santos dos Últimos Dias. Seu avô materno havia ajudado a organizar a primeira ala da Escandinávia, e muitas mais se seguiram. Essas seções posteriormente formaram estacas. O mesmo acontecera na Espanha, onde vivia a família de seu pai. Posteriormente, ambos os avós lideraram grandes estacas. Ele havia herdado a propriedade de sua mãe em Kalundborg, e todo ano passava de maio a outubro ali, fugindo do calor do verão na Espanha.

O garçom apareceu, e Salazar pediu um copo de água mineral. Cassiopeia pediu outro. Vieram os cardápios, e os dois percorreram as seleções da casa.

— Você vai mesmo embora amanhã? — perguntou ela.

— Infelizmente, sim. Tenho alguns assuntos que demandam a minha atenção.

— Odeio isso. Bem quando estávamos recomeçando a nos aproximar.

— E você tem sido muito misteriosa, algo com que não me importei até agora. Mas já é tempo de você me dizer. Por que voltou? Por que veio até aqui?

Cassiopeia fizera contato cinco meses antes, através de uma ligação telefônica. Seguiram-se mais ligações e e-mails. Outra ligação na semana anterior levara ao convite até ali.

Que ela aceitara.

— Resolvi que posso ter me enganado sobre certas coisas.

Suas palavras o deixaram intrigado. Salazar colocou o cardápio de lado.

— Conforme fui envelhecendo — disse ela —, percebi que as crenças de meus pais talvez não fossem tão erradas.

Salazar sabia que, tal como ele, Cassiopeia fora instruída desde a mais tenra idade no Livro de Mórmon, aprendendo a Doutrina e os Convênios e sendo incentivada a ler a Pérola de Grande Valor. Essas coisas lhe teriam ensinado todas as revelações feitas aos profetas que lideraram a igreja, fazendo-a compreender plenamente a sua história. Todo santo dos últimos dias tinha de estudar os mesmos textos.

Mas ele sabia que ela se havia rebelado.

E rejeitado o legado.

O que, felizmente, nenhum de seus pais estava vivo para ver.

— Esperei muito tempo para ouvir você dizer essas palavras — disse ele. — Sua negatividade quanto à igreja foi a causa de nosso distanciamento.

— Eu me lembro. E veja só você agora. Naquela época, você estava prestes a liderar uma ala. Agora, é membro do Primeiro Quórum dos Setenta, a um passo do Quórum dos Doze Apóstolos. Talvez o primeiro espanhol a alcançar uma honra tão elevada.

Salazar ouviu o orgulho em sua voz.

A primeira presidência estava no topo da liderança da igreja, e consistia no profeta e em dois conselheiros escolhidos a dedo. Abaixo disso, estavam os Doze Apóstolos, que serviam a vida toda e ajudavam a estabelecer políticas. Depois vinham os vários Quóruns dos Setenta, cada participante um membro antigo respeitado, encarregado de ajudar com a organização e a administração, detentor da autoridade apostólica de *testemunhas especiais de Cristo*. Muitos apóstolos tinham vindo dos Setenta, e todos os profetas tinham vindo dos apóstolos.

— Quero redescobrir o que perdi — disse Cassiopeia.

O garçom voltou com a água.

Salazar estendeu o braço por sobre a mesa e segurou levemente a mão dela. O gesto não pareceu surpreendê-la.

— Eu ficaria muito feliz em ajudá-la a redescobrir sua fé. Trazer você de volta seria uma honra para mim.

— Foi por isso que procurei você.

Salazar sorriu, a mão ainda sobre a dela. Santos dos últimos dias devotos não aceitam sexo antes do casamento, de modo que seu relacionamento nunca fora físico.

Mas fora real.

Tão real que tinha sobrevivido dentro dele por onze anos.

— Estou com fome — disse Salazar, os olhos fixos nela. — Vamos curtir o jantar. Depois quero lhe mostrar uma coisa. Lá em casa.

Cassiopeia sorriu.

— Isso seria ótimo.

# Capítulo 7

ATLANTA, GEÓRGIA

**STEPHANIE ERA ADVOGADA DE CARREIRA.** Havia começado no Departamento de Estado assim que se formara na faculdade de direito, depois fora para o Departamento de Justiça e subira na hierarquia até se tornar vice-procuradora-geral. Depois disso, poderia ter sido nomeada para o posto máximo por algum presidente, mas o Magellan Billet mudara tudo. A ideia era desenvolver uma unidade especial de investigação, fora do FBI, da CIA e da inteligência militar, que respondesse diretamente ao Poder Executivo, seus agentes instruídos tanto na lei como na espionagem.

Independente. Inovador. Discreto.

Esses eram os ideais.

E a ideia havia funcionado.

Mas a política ainda era uma de suas preocupações. Havia servido a presidentes e procuradores-gerais de ambos os partidos. Embora eleito e reeleito em um pleito de cooperação bipartidária, Danny Daniels passara os últimos sete anos e meio embrenhado em uma ferrenha guerra política. Tivera problemas de deslealdade com seu vice-presidente, um procurador-geral e um ex-vice-conselheiro para segurança nacional. Até mesmo uma tentativa de assassinato. Stephanie e o Billet se envolveram em todas essas crises. Agora, aqui estava ela novamente. Bem no meio de algo extraordinário.

— Você já se perguntou o que vai fazer quando sua estada aqui terminar? — quis saber Davis.

Ainda estavam na cafeteria, vazia no meio da tarde.

— Meu plano é trabalhar para sempre.

— Nós dois poderíamos escrever livros contando todos os podres. Ou talvez ir trabalhar na televisão. CNN, CNBC ou Fox. Seríamos especialistas em política, esguichando sensacionalismos. Falando como o novo presidente é idiota. É muito mais fácil esconder-se nos bastidores do que dar a cara a tapa.

Stephanie se surpreendeu com o fatalismo de Davis, provavelmente um caso de melancolia de fim de mandato. Já tinha visto isso antes. Durante o primeiro governo de Daniels, sofrera pressão efetiva para ser substituída, mas esse esforço havia fracassado. Talvez porque ninguém quisesse seu cargo. Não havia muito glamour em trabalhar em um gabinete tranquilo na Geórgia, longe das luzes da ribalta de Washington, D.C., carreiras precisavam ser tecidas com fios muito mais grossos. Uma coisa, contudo, estava clara — Edwin Davis era totalmente leal a seu chefe. Assim como ela. E mais uma coisa. Geralmente, ninguém na Justiça, no Congresso ou na Casa Branca pensava muito em Stephanie ou no Billet. Mas ela agora tinha surgido no radar do senador sênior de Utah.

— O que Rowan quer de mim?

— Ele está atrás de algo que pensávamos ser apenas um mito.

Stephanie captou o tom de sua voz, que sinalizava encrenca.

— Preciso lhe contar uma história.

*Em 1º de janeiro de 1863, Abraham Lincoln emitiu sua Proclamação de Emancipação. A história registra isso como uma conquista memorável. A realidade, no entanto, foi muito diferente. A proclamação não era lei. O Congresso nunca a promulgou, e nenhum estado a adotou. Lincoln a emitiu* com base em sua suposta autoridade como comandante em chefe das forças armadas. Mas ela não libertou ninguém. Seu mandato aplicava-se apenas aos escravos mantidos nos dez estados então em rebelião. Não deslegitimava a escravidão, e não concedia cidadania aos que eram libertados. Nas regiões que a Federação mantinha no sul, que incluíam grande parte do Tennessee e da Virgínia, onde os negros poderiam efetivamente ser libertados e feitos cidadãos, a proclamação não era aplicável. Maryland e Kentucky eram, da mesma maneira, isentos, assim como parte da Louisiana. Em resumo, a Proclamação de Emancipação não era nada além de um estratagema político. Só libertava escravos onde Lincoln não tinha autoridade. William Seward, secretário de Estado de Lincoln, foi quem melhor a definiu: "Demonstramos nossa simpatia pela escravidão ao emancipar escravos onde não temos acesso a eles e mantendo-os na servidão onde podemos pô-los em liberdade."

Publicamente, Lincoln chamou a proclamação de "medida de guerra", mas, às pessoas próximas, admitiu que se tratava de algo inútil. Afinal, a própria Constituição sancionava a escravidão. O Artigo I, Seção 2, determinava especificamente que escravos seriam contados como três quintos de uma pessoa em questões de representação no Congresso e de impostos. O Artigo IV, Seção 2, estipulava que escravos fugitivos em estados livres deveriam ser devolvidos a seus donos. Muitos dos delegados à Convenção Constitucional tiveram escravos — assim, não era surpresa que não houvesse uma única palavra que prejudicasse esses direitos.

Na época, o sul estava vencendo a Guerra Civil. Então, o único efeito político que a proclamação poderia ter era o de inspirar um levante de escravos — uma rebelião interna, que poderia prejudicar o inimigo. Isso certamente era uma grande preocupação, uma vez que os sulistas mais fisicamente capacitados estavam ausentes, lutando no exército, suas fazendas e plantações sendo supervisionadas pelos mais velhos e por suas mulheres.

Mas não houve um levante.

Em vez disso, o efeito da proclamação foi sentido no norte.

E de um modo nada favorável.

A maior parte dos nortistas ficou chocada com essa artimanha. Poucos associavam a guerra à abolição da escravatura. Nortistas brancos, de modo *geral, menosprezavam africanos, e seus Códigos Negros nada ofereciam na questão da igualdade aos escravos libertados que lá viviam. A discriminação era profundamente institucionalizada. Os jornais do norte opunham-se veementemente ao fim da escravidão. E, depois da Proclamação de Emancipação de Lincoln, a violência contra os negros do norte aumentou radicalmente.*

*Assim como as deserções.*

*Cerca de duzentos mil fugiram do exército da União. Outros 12 mil esquivaram-se à convocação. Mais noventa mil fugiram para o Canadá. O número de alistamentos despencou. Bônus de guerra não eram comprados.*

*Para o norte, a luta não tinha ligação alguma com a escravidão.*

— O que você está querendo dizer? — perguntou Stephanie.

— Abraham Lincoln não foi um emancipador — disse Davis. — Pouquíssimas vezes ele falou sobre escravidão antes de 1854. Na verdade, era publicamente contrário à igualdade política ou social entre as raças. Ele favoreceu o Ato do Escravo Fugitivo, que permitia aos donos reivindicar sua propriedade nos estados livres. Nem uma vez sequer, como advogado, defendeu um escravo fugitivo. Mas defendeu um proprietário de escravos. Ele gostava de colonização, da ideia de devolver escravos libertos para a África, o Haiti, a Guiana Britânica, a Companhia Holandesa das Índias Orientais. Qualquer lugar, menos os Estados Unidos. Sua administração se empenhou em desenvolver um plano exequível para a deportação depois da guerra. Mas então havia mais de quatro milhões de escravos aqui. Devolvê-los não era financeira ou logisticamente possível.

Stephanie não era desinformada quanto a Lincoln. Havia tempos o presidente se tornara tema de mitos, histórias e lendas popularizados por muitos livros, filmes e programas de televisão.

— Lincoln fez-se muito claro em seu discurso de posse — continuou Davis. — Ele disse ao país que não iria interferir no direito de possuir um escravo nos estados do sul. Ponto final. Fim da história. Ele se opunha à *disseminação* da escravidão para novos territórios.

— Nunca me dei conta de que você sabia tanto sobre Lincoln.

— E realmente não sei. Mas fatos são fatos. A Guerra Civil não foi travada por causa da escravidão. Como poderia ser? A própria Constituição sancionava essa prática. E a Suprema Corte, na decisão *Dred Scott*, de 1857, a reconheceu como legal. Nenhuma emenda à Constituição jamais foi votada para mudar isso até a Décima Terceira Emenda passar, *depois* que a guerra terminou. Assim, como poderíamos começar uma guerra para acabar com algo que nossa Constituição permitia expressamente?

Boa pergunta.

— Mas Lincoln, coitado — continuou Davis —, teve de tomar algumas decisões bem difíceis. Nenhum outro presidente passou por isso. Ele estava literalmente encarando o fim do país. A Europa estava observando, pronta para dar o bote e limpar nossa carcaça. A situação dele era desesperadora. O que é o motivo da nossa conversa.

Ela esperou.

— Secessão.

— Como a de um estado deixando a União?

Davis assentiu.

— Essa foi a questão por trás da Guerra Civil. Os estados do sul disseram que chegaram ao seu limite e que tinham o direito de deixar a União. Lincoln disse que não tinham. A União era eterna e não podia ser dissolvida. Seiscentas mil pessoas morreram para solucionar esse debate.

Stephanie também conhecia um pouco o assunto, já que era apaixonada por direito constitucional.

— A Suprema Corte resolveu esse debate em 1869 — disse ela. — *Texas versus White*. A corte decidiu que a secessão não era permitida. A união era indissolúvel, e para sempre.

— E o que mais a corte poderia dizer? A guerra havia terminado com tantas perdas, o sul em ruínas. O país tentava se reconstruir. E alguns urubus do norte vestidos de preto iam decretar que aquilo tudo fora inconstitucional? Acho que não.

— Eu não sabia que você sentia tanto desdém por juízes.

Ele sorriu.

— Juízes federais são um pé no saco. Sempre é um problema nomear alguém para um cargo vitalício. A Suprema Corte em 1869 não tinha outra escolha a não ser decidir assim.

— E nós temos?

— Aí é que está, Stephanie. E se Lincoln e a Suprema Corte estivessem errados?

## Capítulo 8

MALONE DESTRANCOU A PORTA de sua livraria e entrou com Luke Daniels e Barry Kirk. A Højbro Plads estava movimentada, mas não como no verão, quando o pôr do sol chegava mais tarde e a praça ficava apinhada até a meia-noite. Então mantinha o estabelecimento aberto até às dez da noite, pelo menos. Nessa época do ano, fechava às seis.

Ele acendeu as luzes e voltou a trancar a porta.

— Que legal — disse Luke. — Este lugar parece Hogwarts. E o cheiro. Parece que todo sebo tem o mesmo aroma.

— Isso se chama perfume do conhecimento.

Luke apontou um dedo para Malone.

— Isso foi uma piada de livreiro? Aposto que vocês se reúnem e trocam gracinhas desse tipo. Estou certo?

Malone jogou suas chaves em cima do balcão da frente e olhou para Barry Kirk.

— Fui informado de que você talvez saiba onde o nosso homem desaparecido está.

Kirk ficou em silêncio.

— Só vou perguntar com educação mais uma vez.

— Eu assino embaixo — disse Luke. — Conte o que sabe, agora.

— Salazar está com o seu agente.

— Quem é Salazar? — quis saber Malone.

— Ele é o centro disso tudo — disse Luke. — Um espanhol. Podre de rico. A família está no ramo de guindastes. Desses que você vê nos canteiros de construção, subindo ao lado dos prédios. Seu pai começou o negócio após a Segunda Guerra Mundial.

— Eu me tornei um dos assistentes pessoais do Señor Salazar cinco anos atrás. Mas acabei percebendo que havia um problema com ele. Meu empregador é mórmon.

— E por que isso seria um problema? — perguntou Malone.

— Ele é presbítero, membro sênior do Primeiro Quórum dos Setenta, talvez seja nomeado apóstolo da igreja.

— Isso significa estar no topo — disse Luke.

— Eu conheço os santos dos últimos dias. — Malone fixou o olhar em Kirk. — Qual é o *problema* com Salazar?

— Ele está envolvido em alguns esquemas sinistros. Eu preferi fechar meus olhos para isso... até recentemente, quando acho que ele matou alguém.

— E como você soube disso?

— Eu não soube, não com certeza. Mas ele estava tentando obter um diário do século XIX. O Señor Salazar é um ávido colecionador da história dos mórmons. O dono do livro se recusou a vender. Isso foi... motivo de frustração. Depois o diário foi adquirido, e soube que o dono foi encontrado morto.

— E como isso tem conexão com Salazar?

— É muita coincidência, você não acha?

Malone olhou para Luke, esperando mais.

— Você pode preencher as lacunas?

— Gostaria de poder. Nossa missão era apenas investigar a vida de Salazar. Só isso, fatos e números. Tínhamos um agente em campo, trabalhando no caso durante alguns meses. Kirk fez contato com ele. Então, há três dias, o agente desapareceu. Fui enviado para encontrá-lo. Esta tarde, tive um atrito com alguns dos homens de Salazar, então roubei um de seus aviões.

— Ele tem mais de um?

— O sujeito tem uma força aérea. Como disse, ele é *podre de rico.*

— Seu agente falou comigo — disse Kirk. — Ele ia me levar para um lugar seguro. Mas, quando eu soube que o Señor Salazar o pegou, entrei em pânico e fugi. Ele tinha me dado um número de contato, e eu liguei. Disseram-me para ir para a Suécia, mas os homens de Salazar me seguiram.

— Seu empregador tem *homens*? — perguntou Malone.

— Danitas.

Era uma palavra que ele não esperava ouvir, mas que conhecia.

Malone foi até o corredor com a etiqueta RELIGIÃO e procurou o livro que esperava que ainda estivesse ali. Ele o comprara algumas semanas antes, de uma senhora já bem idosa que tinha trazido várias caixas.

E, sim — continuava lá, na prateleira de cima.

*O reino dos santos.*

Publicado em meados do século XX.

A palavra *danitas* havia desencadeado algo em sua memória eidética. Ele tinha essa reação a muitas coisas. O termo *fotográfica* seria muito simplista para aquele traço genético, e não inteiramente correto. Era mais uma aptidão para absorver detalhes. Uma chatice que, às vezes, podia ser útil.

Malone verificou o índice e encontrou referência a um sermão proferido em 17 de junho de 1838 por Sidney Rigdon, um dos primeiros convertidos por Joseph Smith.

*"Você é o sal da terra, mas, se o sal perdesse seu sabor, por meio do que a terra seria salgada? De agora em diante, isso não serve para nada, exceto para ser expulso e pisado pelo pé dos homens. Nós provemos o mundo com nossa bondade, sofremos seu abuso imotivado com paciência e resistimos sem ressentimento, até hoje, e sua perseguição e sua violência ainda não cessaram. Mas, a partir deste dia e desta hora, não vamos aturar mais."*

Rigdon dirigia seus comentários a outros apóstatas que, assim ele acreditava, haviam traído os demais, mas também se referia aos gentios, que, repetidas vezes, levavam morte e violência aos santos dos últimos dias. Um novo convertido, Sampson Avard, homem descrito como "astuto, pleno de recursos e extremamente ambicioso", aproveitou o sentimento despertado pelo que veio a ser chamado Sermão do Sal. Ele formou uma organização militar secreta que passou a ser conhecida como Filhos de Dan, nome tirado de uma passagem do Gênese, *Dan será uma serpente no caminho, uma víbora na trilha, que morderá os calcanhares do cavalo para que seu montador caia para trás*. Os danitas deviam alistar os mais jovens, os mais ousados e os mais vigorosos para formarem um corpo de elite que serviria secretamente. Eles não agiam em grupo, mas como indivíduos que poderiam ser chamados a exercer uma rápida e imediata vingança por qualquer ato de violência praticado contra os santos.

Malone ergueu os olhos do livro.

— Os danitas eram fanáticos. Radicais do início da Igreja Mórmon. Mas desapareceram há muito tempo.

Kirk balançou a cabeça.

— O Señor Salazar acha que vive em outra época. É um seguidor fanático de Joseph Smith. Ele segue crenças antigas.

Malone sabia sobre Smith e suas visões do anjo Moroni, o qual, supostamente, o levara a placas douradas que Smith traduziu e usou para formar uma nova religião — inicialmente chamada Igreja de Cristo, agora conhecida como Igreja de Jesus Cristo dos Santos dos Últimos Dias.

— O Señor Salazar é inteligente — disse Kirk. — Tem vários diplomas da Universidade de Barcelona.

— Mas segue um homem que alega ter encontrado placas douradas nas quais estava gravado um texto em língua estrangeira. Ninguém, exceto Smith e algumas testemunhas, jamais viu essas placas. Se não me falha a memória, algumas dessas pessoas chegaram a repudiar seu testemunho. Mas Smith ainda foi capaz de traduzir as placas lendo as palavras com uma pedra de adivinhação no fundo de um chapéu.

— Isso não é semelhante à crença de que um homem foi crucificado, morreu e ergueu-se dos mortos três dias depois? Ambas são uma questão de fé.

Malone quis saber:
— Você é mórmon?
— De terceira geração.
— A religião é importante para você?
— Desde que eu era menino.
— E para Salazar?
— É a vida dele.
— Você se arriscou ao fugir.
— Eu rezei, perguntando o que fazer, e me foi dito que essa era a atitude certa a ser tomada.

Pessoalmente, Malone nunca fora inclinado a depositar cegamente sua vida nas mãos da fé. Mas aquele não era um momento propício para debater religião.

— Onde está o nosso homem?
— Seu agente está preso nos arredores de Kalundbord — disse Kirk. — Numa propriedade do Señor Salazar. Não na casa principal, mas num espaço adjacente, bem a leste. Tem uma cela no porão.
— E ele guarda alguma informação na casa principal? — quis saber Luke.

Kirk assentiu.

— O escritório é seu santuário. Ninguém entra lá sem permissão.

Malone estava junto ao balcão, olhando pela janela da frente para a praça já escura. Havia trabalhado durante doze anos como agente de campo do Departamento de Justiça, aprimorando talentos que nunca o abandonariam. Um deles consistia em sempre estar alerta ao que acontecia à sua volta. Até então, era incapaz de comer em um restaurante com as costas voltadas para a porta. Através da placa de vidro, trinta metros além de sua loja, avistou dois homens. Ambos jovens, usando paletós escuros e calças pretas. Estavam no mesmo lugar fazia alguns minutos, diferentemente de quase todos ao redor. Ele havia tentado não encará-los, mas mantinha a vigilância.

Luke foi até o balcão, de costas para a janela.

— Você também os viu?

Seu olhar cruzou com o do homem mais jovem.

— Seria difícil não ver.

Luke ergueu os braços, fingindo estar contrariado, mas suas palavras não correspondiam a seu gesto.

— Diga-me, meu velho, você tem uma porta dos fundos neste lugar?

Malone manteve a encenação, apontando, irritado, mas assentindo com um gesto de cabeça.

— O que está havendo? — perguntou Kirk.

Os dois homens lá fora se moveram.

Em direção à loja.

E então surgiu um novo som.

Sirenes.

Chegando cada vez mais perto.

# Capítulo 9

STEPHANIE OUVIA A EXPLICAÇÃO DE DAVIS.

— A Revolução Americana não teve nada de revolução. Em nenhum momento seu objetivo foi a derrubada do governo britânico. Nenhum de seus objetivos declarados incluía conquistar Londres e substituir a monarquia por uma democracia. Não. A Revolução Americana foi uma guerra de secessão. A Declaração de Independência foi uma declaração de secessão. Os Estados Unidos da América foram fundados por separatistas. Seu objetivo era abandonar o Império Britânico e formar um governo próprio. Houve duas guerras de secessão na história americana. A primeira foi travada em 1776, a outra, em 1861.

As consequências daquilo a fascinavam, mas ela estava mais curiosa quanto à relevância das informações.

— O sul queria deixar a União porque não concordava mais com o que o governo federal estava fazendo — disse Davis. — Os impostos eram a grande fonte de receita. O sul importava muito mais do que o norte, então pagava mais da metade dos impostos. Porém, o norte abrigava mais da metade da população do país e sugava a maior parte dos dispêndios federais. Isso era um problema. Os industriais do norte deviam sua existência aos impostos caros. Se fossem eliminados, seus negócios iriam à falência. Os impostos eram alvo de discussão desde 1824, com o sul resistindo a eles, e o norte continuando a impô-los.

A recém-criada Constituição Confederada proibiu, especificamente, os impostos. Isso significava que os portos do sul teriam agora uma vantagem decisiva sobre seus competidores ao norte.

— E Lincoln não poderia permitir isso.

— Como poderia? O governo federal ficaria sem dinheiro. Simples assim. Em essência, o norte e o sul discordavam integralmente sobre como o dinheiro deveria ser adquirido e como deveria ser gasto. Após décadas dessa situação, o sul decidiu que não queria mais ser parte dos Estados Unidos. Então, os estados foram embora.

— O que Josepe Salazar e o senador Rowan têm a ver com tudo isso?

— Os dois são mórmons.

Stephanie ficou aguardando mais.

*Na época em que a Proclamação de Emancipação foi promulgada, em janeiro de 1863, Lincoln estava em pânico. Depois de ter vencido a batalha de Manassas, em julho de 1861, o exército da União havia passado por uma série de derrotas. Ainda faltavam seis meses para a batalha decisiva de Gettysburg, quando a maré da guerra se inverteu. Assim, no inverno de 1863, Lincoln enfrentava uma crise. Ele tinha de manter tanto o norte como o longínquo oeste. Perder o oeste para a Confederação significaria a certeza da derrota.*

*Manter o oeste significava fazer um acordo com os mórmons.*

*Eles ocupavam o vale de Salt Lake desde 1847. Antes de sua chegada, a área era conhecida como Grande Deserto Americano, e o lago morto das proximidades havia desencorajado a colonização. Mas os mórmons trabalharam durante dezesseis anos, construindo uma cidade, criando o Território de Utah. Queriam ser um estado, mas isso lhes fora negado, uma reação à sua postura rebelde e às suas crenças heterodoxas, especialmente à poligamia, à qual se recusavam a renunciar. Seu líder, Brigham Young, era determinado e competente. Em 1857, ele se posicionara contra o presidente James Buchanan, quando cinco mil tropas federais foram enviadas para restaurar a ordem. Felizmente para Young, essa força invasora não era liderada por estrategistas militares. Em vez disso, era comandada por políticos, que ordenaram uma marcha por 1.600 quilômetros de inclemente território selvagem, terminando perto de Utah exatamente na chegada do inverno, quando, então, empacou nas montanhas e muitos morreram. Young foi sábio ao determinar que seria inútil combater tamanho exército diretamente, e adotou táticas de guerrilha — incendiando trens de suprimentos, roubando animais de carga, queimando a terra. Buchanan viu-se contra a parede e fez o que qualquer bom político faria — declarou-se vitorioso e apelou por paz. Chegaram, então, emissários com perdão total para Young e os mórmons. O conflito acabou sem que se disparasse um tiro sequer entre os lados opostos e com Young, mais uma vez, no controle total da situação. Em 1862, tanto a ferrovia quanto as linhas de telégrafo passavam pelo Território de Utah em direção ao Pacífico. Se Lincoln não as quisesse cortadas, o que o isolaria do remoto oeste, teria de encontrar um modo de lidar com Brigham Young.*

— É uma história um tanto complicada — continuou Davis. — O Congresso tinha aprovado a lei antipoligamia Morrill em meados de 1862, que dizia respeito a esse assunto. Os mórmons não gostaram nada disso. Assim, no início de 1863, Young enviou a Washington um emissário para se encontrar com Lincoln. A mensagem era clara. *Se arrumarem encrenca conosco, vamos arrumar encrenca com vocês.* Isso significava interromper a ferrovia e as linhas telegráficas. Significava até mesmo que as tropas mórmons poderiam entrar na guerra ao lado do sul. Lincoln sabia que era sério. Então, enviou uma resposta para Brigham Young.

*Na minha infância, quando eu vivia na fazenda em Illinois, extraíamos muita madeira do campo. Às vezes deparávamos com um tronco caído. Era duro demais para ser rachado, úmido demais para ser queimado, pesado demais para ser removido, então arávamos em torno dele. Diga a seu profeta que vou deixá-lo em paz, desde que ele também me deixe em paz.*

— E foi isso que aconteceu — disse Davis. — O general Cooner, que comandava as tropas federais em Utah, recebeu ordem de não confrontar os mórmons na questão da poligamia ou em qualquer outra questão. Deveria deixá-los em paz. Foi somente em 1882 que surgiu outra lei federal contra a poligamia. Dessa vez, isso criou problema, e milhares de pessoas foram perseguidas. Mas, nessa época, a Guerra Civil terminara havia muito tempo, e tanto Lincoln quanto Young estavam mortos.

— Como é que você sabe desse acordo?

— Registros confidenciais.

— De 1863?

Davis ficou em silêncio por um instante, e Stephanie notou que o amigo estava perturbado. Sua capacidade de blefar era lendária, mas ela o conhecia. Já o vira em seu estado mais vulnerável, e vice-versa. Entre eles, não existia fingimento.

— Os mórmons não confiavam em Lincoln — disse Davis. — Não tinham motivos para confiar em ninguém em Washington. Haviam sido ignorados, postos de lado e enganados durante décadas. O governo era seu pior inimigo. Mas, agora, finalmente, estavam em posição privilegiada. Então fizeram o acordo, mas também fizeram exigências.

Stephanie se espantou.

— O que Lincoln podia dar a eles?

— Só sabemos pedaços fragmentados desse ponto da história. Mas já é o bastante. O pior é que o senador Thaddeus Rowan também sabe alguma coisa. O homem é apóstolo na Igreja Mórmon, e, além de nós, eles são as únicas pessoas que têm conhecimento desse assunto.

— Por isso você queria que Salazar fosse investigado? Por causa de suas ligações com Rowan?

Davis assentiu.

— Tomamos conhecimento de algumas coisas que Rowan vinha fazendo há cerca de um ano. Então descobrimos sobre a conexão com Salazar. Quando solicitamos um dossiê, já sabíamos que havia um problema. Problema que agora aumentou.

Stephanie tentou se lembrar do que sabia sobre os mórmons. Não era uma pessoa religiosa e, pelo que conhecia de Edwin Davis, ele pensava da mesma maneira.

— Rowan é esperto — afirmou Davis. — Ele tramou seu plano cuidadosamente e esperou o momento certo para agir. Precisamos do nosso melhor pessoal trabalhando nisso. O que está prestes a acontecer poderia ter consequências catastróficas.

— Todo o meu pessoal é muito bom.

— Podemos manter Malone envolvido?

— Não sei.

— Pague a ele. Faça o que for necessário. Mas quero que ele trabalhe no caso.

— Acho que nunca o vi tão ansioso. A situação é tão ruim assim?

— Sinto muito ter enganado você. Quando pedi o dossiê sobre Salazar, deveria ter lhe contado o que sabia. Mas omiti as informações, na esperança de estar enganado.

— O que mudou?

— Não estávamos enganados. O secretário do Interior, que está com Rowan em Utah, acabou de falar comigo. Eles encontraram alguns corpos e carroças do século XIX no Zion National Park. Existe uma ligação com os mórmons. Rowan foi direto para Salt Lake City e, neste exato momento, está se reunindo com o profeta da igreja. A conversa deles pode mudar o país.

— Ainda tenho um homem desaparecido. Essa é a minha prioridade neste momento.

Davis se levantou.

— Então cuide disso. Mas preciso de você em Washington amanhã de manhã. Temos de tratar disso rapidamente e com muito cuidado.

Stephanie assentiu.

Ele balançou a cabeça.

— Certa vez, Thomas Jefferson disse que uma rebelião pequena de vez em quando faz bem, sendo tão necessária no mundo político quanto uma tempestade é no físico, um remédio que mantém um governo saudável. Jefferson não viveu em nosso mundo. Não estou certo de que isso ainda seja verdadeiro.

— Do que você está falando?

Davis olhou para ela com frieza.

— Do fim dos Estados Unidos da América.

# Capítulo 10

**COPENHAGUE**

Malone observou Luke reagir à aproximação dos homens, protegendo Barry Kirk. Avançou até a janela da frente, a mão na arma. Não havia respondido à pergunta de Luke sobre a porta dos fundos.

— O que está acontecendo? — perguntou Kirk.
— Temos visitas.
— Onde? Quem?
— Lá fora.

Ele viu o olhar de Kirk atravessar a janela e seguir até a praça. Os dois homens estavam quase chegando à livraria.

— Conhecidos seus? — perguntou Luke a Kirk.
— Danitas. São homens de Salazar. Eu os conheço. Eles me encontraram na Suécia. Me encontraram aqui. Vocês são uns inúteis. Vou acabar morrendo.
— Meu velho, a porta dos fundos. Onde fica?
— Basta seguir o corredor à sua frente. Mas, sabe como é, esses dois não vão criar estardalhaço com tanta gente na rua.
— Certo, já captei. Por isso eles nos querem lá atrás. Quantos homens devem estar nos esperando?
— O bastante para não darmos conta apenas com uma arma.

— Chame a polícia — sugeriu Kirk.

Luke balançou a cabeça.

— Isso seria mais inútil que mijar num incêndio. No entanto, parece que alguém já fez isso por nós. O som das sirenes está aumentando.

— Não sabemos se estão vindo para cá — disse Malone. — Mas a última coisa de que precisamos é ficarmos presos aqui, junto com os locais. Vamos sair pela frente e torcer para que esses caras não queiram mesmo criar escândalo.

— Você tem um plano para depois disso?

— Todo bom agente tem.

Ele havia censurado Luke por ter sugerido a fuga pela porta dos fundos, mas admirava a calma do jovem sob pressão.

E tinha ouvido como Kirk chamara os homens que se aproximavam.

*Danitas.*

Se o grupo realmente tivesse existido — e havia muitos questionamentos históricos quanto a isso —, teria sido dois séculos atrás. Uma reação a uma época e a um mundo bem diferentes. Uma forma compreensível de responder à violência que os mórmons enfrentavam rotineiramente. Então, o que estava acontecendo agora?

Malone pegou as chaves que estavam sobre o balcão e abriu a porta da frente. O barulho das pessoas que curtiam a noite dinamarquesa ficou mais alto, assim como o das sirenes. Ele saiu, esperou que Luke e Kirk fizessem o mesmo, depois fechou a porta e a trancou.

Os dois homens os encararam.

Malone virou à direita, em direção ao Café Norden, que ficava no extremo leste da Højbro Plads. Uma caminhada de cinquenta metros, cruzando um calçamento apinhado de gente. Entre os três e o café, a Fonte das Cegonhas estava iluminada, com sua água a fluir e respingar. Havia pessoas sentadas em sua beirada, socializando. Pelo canto de olho, Malone viu que os dois homens os seguiam. Deliberadamente, começou a andar mais devagar, para lhes dar a oportunidade de alcançá-los. Seu pulso acelerou, todos os sentidos em alerta. Preferia que qualquer confronto acontecesse ali, em público.

Os dois homens ajustaram o ângulo de sua aproximação e chegaram pela frente, obstruindo a passagem. O peso frio da arma sob o paletó só o tranquilizava em parte. Para além da praça, próximo ao canal, onde o barco alugado estava ancorado e a rua terminava, quatro carros da polícia municipal freavam, derrapando.

Dois policiais corriam em sua direção.

Outros dois seguiram rumo ao barco.

— Isso não é nada bom, meu velho — murmurou Luke.

Os policiais seguiram pela Højbro Plads, a caminho da livraria. Olharam pela janela da frente da loja e tentaram abrir a porta trancada. Então, um deles quebrou o vidro, e os dois entraram com armas na mão.

— Você matou a minha gente.

Malone se virou e encarou os dois homens.

— Poxa, me desculpe. Posso fazer algo para compensar?

— Você acha que o que está acontecendo é uma piada?

— Não sei o que está *acontecendo*. Mas seus camaradas vieram prontos pra briga. Tudo que fiz foi lhes dar uma.

— Nós queremos esse homem — disse um deles, apontando para Kirk.

— Na vida, não se pode ter tudo que se quer.

— Nós vamos pegá-lo, de um jeito ou de outro.

Malone se desviou da dupla, e os três continuaram caminhando para o café.

Ele estava certo.

Aqueles dois não queriam dar escândalo.

Ao redor, a atenção de quase todo mundo estava na polícia e no que acontecia na livraria. Felizmente, havia quatro andares para eles fazerem sua busca.

No Café Norden, a calçada diante das janelas do térreo estava pontilhada de mesas cheias de pessoas que saboreavam um jantar tardio. Geralmente, Malone era uma dessas pessoas, hábito que cultivava desde que se mudara da Geórgia para a Dinamarca.

Mas não esta noite.

— Quantos mais devem estar de tocaia? — perguntou Luke.

— Difícil dizer. Mas pode apostar que eles estão aqui.

— Seja esperto, Barry — gritou um dos homens.

Kirk parou e se virou.

— Você será tratado com respeito — disse o homem mais jovem — se demonstrar respeito também. Tem a palavra dele. Caso contrário, haverá consequências.

O rosto de Kirk foi tomado pelo medo, mas Luke o puxou para continuarem.

Malone se adiantou.

— Diga a Salazar que nos veremos muito em breve.

— Ele ficará ansioso por isso. — Pausa. — Assim como eu.

Os dois policiais saíram da livraria. A busca não havia demorado muito. Malone apontou para um dos jovens e gritou:

— *Jeg ringede til dig. Zdet er Malone. Det er ham, du er efter, og han har en pistol.* — Fui eu quem ligou para vocês. Esse aí é Malone. É o homem que vocês estão procurando, e ele tem uma pistola.

O efeito foi instantâneo.

Os policiais lançaram-se sobre o alvo.

Malone recuou para dentro do Café Norden.

— O que você fez? — perguntou Luke.

— Atrasei um pouco nossos amigos.

Ele ignorou a escada que levava ao salão do segundo andar e fez o percurso sinuoso entre as mesas lotadas em direção aos fundos do térreo. O ritmo do restaurante era rápido, como sempre. Pela janela, Malone via as pessoas passeando para lá e para cá pelo calçamento de pedras. Ele era um cliente regular ali, e conhecia a equipe e o proprietário. Assim, quando entrou na cozinha, ninguém lhe deu qualquer atenção. Foi até a porta que ficava do outro lado e desceu uma escadaria de madeira para o porão.

Havia três saídas no final. Uma abria para o elevador que levava aos andares superiores do prédio, outra para um escritório, a terceira para um depósito.

Ele acendeu uma lâmpada incandescente no depósito. O espaço estava apinhado de material de limpeza, caixotes vazios de frutas e legumes, e outros suprimentos de restaurante. Teias de aranha cobriam os cantos, e um forte cheiro de desinfetante pairava no ar gelado. Em uma das extremidades, havia uma porta de metal. Malone atravessou o espaço com cuidado e destrancou a porta. Outro cômodo se abriu à sua frente, e ele acendeu outra lâmpada. Três metros acima, uma rua estreita corria paralela aos fundos do Café Norden. Os porões debaixo dos prédios havia muito se tinham fundido, formando um andar subterrâneo que se estendia de um quarteirão a outro, e os lojistas dividiam o espaço. Ele já estivera ali embaixo diversas vezes antes.

— Suponho — disse Luke — que vamos sair num ponto fora da vista deles.

— Esse é o plano.

Depois do segundo porão, Malone encontrou um lance de degraus de madeira que levava ao nível do solo. Ele os galgou de dois em dois, e chegou a um espaço vazio que pertencera a uma loja de roupas caras. Ilhas sombrias de caixas, sacos de lixo de celofane, balcões, manequins e prateleiras de metal vazias jaziam espalhadas por todo aquele interior escuro. Pelas janelas descobertas, ele via as árvores iluminadas de Nikolaj Plads, que ficava um quarteirão atrás do Café Norden.

— Vamos sair e virar à direita — disse ele —, e ficaremos bem. Tenho um carro estacionado a alguns quarteirões daqui.

— Acho que não.

Malone se virou.

Barry Kirk estava atrás de Luke Daniels, com uma arma encostada na têmpora direita do jovem agente.

— Já era tempo — disse Malone.

# Capítulo 11

SALT LAKE CITY, UTAH

ROWAN VOLTARA DA REGIÃO MERIDIONAL do estado no mesmo helicóptero do governo que o levara ao Zion National Park. Estava acostumado a esses privilégios. Era uma das vantagens de ser um homem poderoso em âmbito nacional. Porém, tomava o cuidado de nunca abusar delas. Já testemunhara muitos colegas perdendo prestígio. O outro senador por Utah era um perfeito exemplo disso. Não era um santo dos últimos dias, mas um gentio que menosprezava seu cargo e, acima de tudo, as pessoas que o haviam eleito. Atualmente, estava sob investigação do Comitê de Ética do Senado, e diziam por aí que seria condenado por conduta danosa. Felizmente, era ano eleitoral e a oposição assumira a dianteira, então os eleitores provavelmente o livrariam de seu infortúnio.

Utah era, equivocadamente, visto como um estado formado, em sua maioria, por santos dos últimos dias. Mas não era o caso. Segundo o censo mais recente, a proporção era de 62,1%, e esse número caía a cada ano. Rowan começara na política quatro décadas atrás, como prefeito de Provo, depois servira por um curto período como deputado estadual e, finalmente, fora para Washington, como senador dos Estados Unidos. Nenhum indício de escândalo jamais fora associado a seu nome ou a qualquer coisa em que se envolvera. Estava casado com a mesma mulher havia cinquenta e um anos. Tinham criado seis filhos — dois advogados, um médico e três professores —, agora casados e com seus próprios filhos. Todos foram educados na igreja e continuavam fiéis, vivendo em várias partes do país, ativos em suas congregações. Ele os visitava com frequência, e era próximo dos dezoito netos.

Vivia de acordo com as Palavras de Sabedoria. Não tomava bebidas alcoólicas, não fumava, não consumia café ou chá. O primeiro profeta, Joseph Smith, proclamara essas proibições em 1833. Poucos anos atrás, uma quarta fora acrescentada, incentivando a limitação no consumo de carne, dando preferência à ingestão de cereais, frutas e legumes. Rowan lera um estudo externo feito com membros que praticavam todas as quatro abstenções, e os resultados não causaram surpresa. As taxas de câncer pulmonar eram baixas, e as de doença cardíaca ainda menores. No total, a saúde dos santos dos últimos dias devotos era significativamente melhor do que a da população como um todo. A letra de um hino infantil que ele muitas vezes ouvira na igreja soava verdadeira.

> *Que toda criança muito viva,*
> *Bela e forte, sempre ativa.*
> *Café, chá, fumo, sua vontade não desperta,*
> *Álcool não lhe chega à boca,*
> *Carne então, só muito pouca;*
> *Para ser grande, boa e esperta.*

Ele fizera uma ligação do helicóptero e combinara uma reunião em particular. Vinte e três anos atrás, fora convidado a servir no Quórum dos Doze Apóstolos. Originalmente, eles atuavam como conselheiros itinerantes, encarregados de novas missões, mas haviam evoluído para ser o principal corpo governante da igreja. Era uma posição vitalícia. Esperava-se que os membros dedicassem toda a sua energia a seus deveres, mas havia exceções.

Como em seu caso.

Ter um presbítero como membro do Senado dos Estados Unidos tinha lá suas vantagens.

E havia precedentes.

Reed Smoot fora o primeiro a servir com distinção em ambas as posições. Mas fora necessária uma luta de quatro anos para assegurar isso, contra o argumento de que sua religião "mórmon" o desqualificava para o cargo. Um comitê congressional de elegibilidade recomendou posteriormente que ele fosse destituído, porém, em 1907, o Senado derrotou a proposta por unanimidade e permitiu que Smoot servisse como senador, o que fez até 1933.

A posse e o mandato de Rowan não enfrentaram tanta dificuldade. Os tempos haviam mudado.

Atualmente, ninguém ousaria contestar o direito de uma pessoa servir em um cargo governamental com base em sua religião. De fato, a simples sugestão já seria ofensiva. Um santo tinha até mesmo conseguido tornar-se o candidato do Partido Republicano à presidência.

Mas isso não significava que o preconceito havia desaparecido.

Pelo contrário, os santos ainda encontravam resistência. Não os espancamentos, roubos e matanças de cento e cinquenta anos atrás.

Porém, ainda assim, era preconceito.

Rowan entrou em um prédio residencial alto que ficava a leste da Praça do Templo de Salt Lake, um lugar modesto que abrigava um condomínio de propriedade da igreja, onde morava o atual profeta. O saguão estava guarnecido de dois guardas de segurança, que permitiram sua entrada com um aceno.

Ele entrou no elevador e registrou um código.

Além de presbítero, Rowan era presidente do Quórum dos Doze, aquele que quase certamente se tornaria o próximo líder, e seu acesso ao atual profeta era irrestrito.

A igreja progredia com base na lealdade.

A senioridade era recompensada.

Como deveria ser.

Ele não havia trocado as roupas sujas de poeira, dirigindo para lá diretamente do aeroporto. O homem que o esperava lhe dissera que formalidades não seriam necessárias. Não hoje. Não depois do que fora descoberto.

— Entre, Thaddeus — convidou o profeta quando Rowan chegou à residência iluminada pelo sol. — Por favor, sente-se. Estou ansioso para ouvir as novidades.

Charles R. Snow servia como profeta havia dezenove anos. Começara com 63 anos e, agora, estava com 82. Só caminhava quando estava fora de casa; caso contrário, usava uma cadeira de rodas. Os apóstolos tinham sido informados de seus vários problemas de saúde, que incluíam anemia crônica, hipotensão e falência renal progressiva. No entanto, a mente do velho homem continuava aguçada, tão ativa quanto quarenta anos antes, quando se tornara presbítero.

— Que inveja de você! — elogiou Snow. — Vestindo roupas de caminhada, capaz de curtir o deserto. Sinto falta das minhas trilhas pelos cânions.

Snow havia nascido perto do Zion National Park, um santo de terceira geração, descendente de uma das famílias pioneiras que fizeram a jornada original para o oeste em 1847. Enquanto a maioria dos imigrantes se estabelecera na bacia de Salt Lake, Brigham Young tinha enviado grupos de vanguarda a várias regiões da nova terra. A família de Snow fora para o sul e prosperara naquele ambiente inóspito e árido. Ele era economista, graduado na Universidade Estadual de Utah e na Brigham Young, onde lecionara durante duas décadas. Servira como secretário-assistente de estaca, depois secretário, bispo e conselheiro antes de ser convocado para o Primeiro Quórum dos Setenta, finalmente tornando-se apóstolo. Havia atuado por muitos anos como presidente da missão na Inglaterra, responsabilidade posteriormente atribuída pelos irmãos a Rowan. Seu exercício como profeta fora tranquilo, com poucas controvérsias.

— Já me ofereci para levá-lo até as montanhas sempre que quiser — disse Rowan ao se sentar diante do idoso. — Basta pedir, e eu cuido de todos os preparativos.

— Como se meus médicos fossem permitir isso. Não, Thaddeus, minhas pernas quase não funcionam mais.

A esposa de Snow falecera há dez anos, e todos os seus filhos, netos e bisnetos viviam fora de Utah. Sua vida era a igreja, e ele demonstrara ser um gerente ativo, supervisionando grande parte de sua administração cotidiana. Na véspera, Rowan tinha ligado para Snow, informando-o sobre o achado em Zion, o que suscitara muitas perguntas. O profeta pedira a Rowan que fosse até lá para verificar se haveria algumas respostas.

Ele relatou o que tinha encontrado, e depois disse:

— São as carroças certas. Não há dúvida.

Snow assentiu.

— Os nomes na parede são a prova disso. Nunca acreditei que fosse ouvir falar desses homens novamente.

*Fjeldsted. Hyde. Woodruff. Egan.*

— *Maldito seja o profeta.* Eles nos amaldiçoaram ao morrer, Thaddeus.

— Talvez tivessem direito a isso... Eles foram assassinados.

— Sempre pensei que se tratava de uma história inventada na época. Mas, pelo visto, é verdadeira.

E Rowan a conhecia em detalhes.

Em 1856, parecia inevitável uma guerra entre os Estados Unidos e os santos dos últimos dias. As discórdias quanto às questões de poligamia, religião e autonomia política haviam chegado ao limite. Brigham Young conduzia sua isolada comunidade como considerava adequado, sem se importar com a lei federal. Ele coletava seus próprios fundos, aprovava suas próprias regras, criava seus próprios tribunais, educava os jovens como achava melhor e realizava os cultos de acordo com suas crenças. Até mesmo o nome a ser dado à terra recém-colonizada era motivo de disputa. Os locais se referiam a ela como Deseret. O Congresso a chamava Território de Utah. Finalmente, vieram notícias de que um exército da União estava marchando no sentido oeste para subjugar os rebeldes, que todos no leste chamavam de mórmons.

Assim, Young decidiu reunir todas as riquezas da comunidade e escondê-las até que o conflito terminasse. Todo material valioso foi convertido em lingotes de ouro, os membros da comunidade desfazendo-se voluntariamente de quase todos os seus bens terrenos. Vinte e duas carroças foram selecionadas para levar o ouro para a Califórnia, onde outros santos aguardavam, prontos para recebê-lo. A fim de impedir uma eventual interceptação, foi escolhida uma rota tortuosa que evitava passar por assentamentos povoados.

Pouco se sabe sobre o que aconteceu depois disso.

A história oficial conta que a caravana seguiu com o ouro, atravessando as terras inóspitas e não mapeadas da região centro-sul de Deseret. Logo ficaram sem água, e todos os esforços para encontrar uma fonte restaram infrutíferos. Decidiram refazer o trajeto de volta até o último poço que haviam achado, mais de um dia de viagem atrás deles. Os carroceiros foram instruídos a cuidar dos cavalos e vigiar as carroças e o ouro, enquanto quarenta milicianos iam buscar água. Ao voltarem, vários dias depois, encontraram as carroças queimadas e os destroços enegrecidos, todos os carroceiros mortos, os cavalos e o ouro desaparecidos.

A culpa pelo ataque foi atribuída aos paiutes.

Os milicianos passaram vários dias explorando a região, seguindo rastros que sumiam nas escarpas rochosas ou desapareciam abruptamente nos leitos secos e sinuosos dos rios. Então, acabaram desistindo e voltaram de mãos vazias para relatar seu fracasso a Brigham Young.

Foram enviadas mais equipes de busca.

Nenhum ouro jamais foi encontrado.

Segundo registros, estavam sendo transportadas aproximadamente oitenta mil onças, cada uma valendo dezenove dólares na época. O mesmo ouro valeria mais de 150 milhões de dólares agora.

— Você entende que a história que ouvimos durante tanto tempo está errada — disse Rowan.

Ele notou que Snow já havia considerado a realidade.

— Aquelas carroças não foram queimadas e carbonizadas — continuou Rowan. — Foram deliberadamente desviadas para dentro de uma caverna. Escondidas. Quatro homens foram fuzilados. E então a caverna foi lacrada. — E ainda havia outro problema. — Nenhum sinal do ouro lá.

Snow permaneceu em silêncio, sentado em sua cadeira de rodas, claramente refletindo sobre o assunto.

— Eu estava torcendo para que isso não acontecesse durante a minha gestão — murmurou o velho homem. Rowan olhou para o profeta. — *Não nos esqueçam*. É interessante que eles tenham escolhido essas palavras, porque não os esquecemos, Thaddeus. De forma alguma. Há uma coisa que você não sabe.

Ele ficou esperando.

— Temos de ir para o templo do outro lado da rua. Lá, poderei lhe mostrar.

## Capítulo 12

MALONE ANALISOU A SITUAÇÃO. Obviamente, Kirk estava armado desde o primeiro momento. Mas, com toda aquela agitação, quem pensaria em revistar a vítima? Mesmo assim, ele sentira que havia algo de errado com aquele homem no momento em que se conheceram.

E a ligação para Stephanie havia consolidado suas dúvidas.

— Você está trabalhando com os homens da praça — concluiu Malone.

— Na verdade, eles trabalham para mim.

Luke estava em posição de sentido, seus olhos parecendo dizer: *Devíamos acabar com esse filho da puta neste exato momento*.

Mas o olhar que Malone enviou de volta alertava: *Não*.

Ainda não.

Kirk engatilhou a arma.

— Estou morrendo de vontade de estourar os miolos desse cara. Então é melhor você me obedecer.

— A polícia veio depressa demais — disse Malone. — Os corpos na água seriam descobertos, mas não com tanta rapidez. E não havia como a polícia ter imediatamente descoberto que estávamos envolvidos. Foram seus homens que a chamaram?

— Era uma boa maneira de tirar vocês da toca. Mantê-los em movimento. Precisávamos levar vocês para fora da cidade.

— E tinha os dois caras no rio. No lugar certo, na hora certa. Só havia um jeito de eles saberem onde e quando estar. — Malone apontou para Kirk. — Foi você quem contou. Para que esse teatrinho?

— Pensamos que descobriríamos mais se nos infiltrássemos no campo inimigo. Seu agente passou meses fuçando por aí, fazendo perguntas. Ficamos observando com paciência, mas chegamos à conclusão de que um traidor poderia acelerar o processo.

— Então vocês sacrificaram dois de seus homens?

O rosto de Kirk anuviou-se, cheio de raiva.

— Isso não fazia parte do plano. Eles deveriam ser realistas, fazer pressão, reforçar a ameaça. Infelizmente, você decidiu matá-los.

— Salazar deve ter muita coisa a esconder.

— Meu empregador simplesmente quer ser deixado em paz. Só deseja que seu governo pare de interferir na vida dele.

— Nosso homem está morto? — perguntou Luke.

— Se não está, é apenas uma questão de tempo. O plano era levar vocês ao mesmo lugar em que ele está preso e cuidar de todos juntos. Mas aquele seu truque barato na praça, fazendo a polícia ir atrás dos meus homens, acabou com tudo.

— Sinto muito ser tão estraga-prazeres.

— É melhor dar um jeito em vocês aqui mesmo. Esta loja vazia parece perfeita, assim como os porões lá embaixo. Então vamos esperar até que meus homens cheguem.

— Você está sendo rastreado?

Kirk deu de ombros.

— Celulares servem para isso.

Isso queria dizer que Malone teria de agir rápido.

— Você é um danita?

— Ordenado e juramentado. Agora, preciso que você largue sua arma no chão.

Amador. Só um idiota pediria que seu adversário jogasse uma arma fora. Gente esperta simplesmente a tomaria.

Malone procurou dentro do paletó e achou a Beretta.

Em vez de deixá-la cair no chão, ele apontou o cano curto e grosso para Kirk, que se encolheu, mas manteve a arma na cabeça de Luke.

— Não seja idiota — disse Kirk. — Eu o matarei.

Ele deu de ombros.

— Vá em frente. Não dou a mínima. O sujeito é um pé no saco.

Seu olho direito alinhava-se com o cano curto da Beretta. Já fazia quatro anos desde a última vez que praticara tiros. Estava um pouco enferrujado, mas tinha acabado de demonstrar no rio que ainda sabia atirar. Era verdade que ali estava escuro, mas ele afugentou toda dúvida de sua mente e mirou.

— Solte a arma — disse Kirk, elevando a voz.

O olhar de Luke estava fixo na Beretta, mas os nervos do jovem pareciam estar resistindo. Malone sentiu pena dele. Ninguém jamais desejaria estar encurralado entre duas armas.

— Vou contar até três — disse ele. — É melhor que você tenha baixado essa arma quando eu terminar.

— Não seja idiota, Malone. Meus homens já estão a caminho.

— Um.

Ele viu o dedo de Kirk se contrair no gatilho. O dilema era claro. Ou o sujeito atirava na cabeça de Luke, o que significaria que Malone atiraria nele, ou teria de afastar o braço e atirar do outro lado da loja. Mas nunca conseguiria fazer isso antes que a bala da Beretta saísse do cano. O lance mais esperto seria baixar a arma. Amadores, contudo, raramente fazem a coisa certa.

— Dois.

Malone apertou o gatilho.

O tiro fez a loja estremecer.

A bala atingiu o rosto do oponente, e o corpo foi jogado para trás. Com as mãos se agitando no ar, Kirk cambaleou para os lados e finalmente, com um baque, caiu no chão.

— Três.

— Ficou maluco? — gritou Luke. — Senti a bala raspar na minha orelha.

— Pegue a arma dele.

Luke já se lançara em busca da arma.

— Malone, você é doido. Está pouco se importando com os outros. Eu poderia ter dado um jeito nele. O cara seria útil vivo.

— Isso não era uma opção. Ele tinha razão. Em breve teremos companhia.

Malone abriu a porta que dava para o exterior e vasculhou a calçada de pedras em busca de qualquer sinal de encrenca, perguntando-se se alguém tinha ouvido o tiro. A dez metros à sua esquerda, uma procissão de pessoas desfilava nos dois sentidos da rua seguinte, com a Højbro Plads a mais quinze metros dali. Acima dele, o domo verde da igreja Nikolaj brilhava na noite.

— Pegue o telefone dele — disse a Luke.

— Já peguei. Sei o que estou fazendo.

— Então esconda o corpo atrás daqueles balcões e vamos embora.

Luke fez isso e, em seguida, caminhou até a porta.

Os dois saíram da loja, seguindo por uma ruela tranquila em direção à agitada Kongens Nytorv, a praça pública mais movimentada da cidade. Ruas congestionadas com o tráfego noturno circundavam uma estátua de Cristiano V. O teatro real estava brilhantemente iluminado, assim como o Hotel d'Angleterre. Os cafés de Nyhavn, no lado mais afastado da praça e limítrofe com a beira do rio, ainda estavam cheios de gente. Malone havia retardado o avanço dos dois danitas na Højbro Plads, mas isso não duraria muito. Se Kirk não se equivocara e estivesse sendo rastreado, eles precisavam ser rápidos. Seus olhos varreram aquele cenário apinhado de gente, e chegaram à solução perfeita.

Atravessaram a rua e foram andando até a parada de ônibus.

Copenhague tinha um sistema de transporte fantástico, e Malone com frequência tomava ônibus. Eles chegavam e partiam a intervalos de poucos minutos, o dia inteiro, e um acabara de chegar ao ponto, os passageiros entrando e saltando.

— O telefone — pediu a Luke, que logo o apresentou.

Malone casualmente o colocou do lado de dentro do para-choque traseiro.

As portas se fecharam, e o ônibus se afastou no sentido norte, em direção ao palácio real.

— Isso deve manter seus amigos ocupados — disse Malone.

— Você acha que ele estava falando a verdade?

Malone assentiu.

— Kirk mostrou todas as suas cartas. Mas ele achava que estava no controle e que podia dar conta da situação.

— É. Um grande erro. Ele não sabia que estava lidando com um caubói maluco.

— Temos de investigar o lugar que ele mencionou, apesar de a coisa toda cheirar a uma armadilha. — Malone apontou para o sul. — Tenho um carro estacionado a alguns quarteirões daqui. Onde é a propriedade de Salazar?

— Kalundborg.

# Capítulo 13

KALUNDBORG, DINAMARCA
23:00

SALAZAR ESTAVA SABOREANDO O JANTAR, animado com o fato de que Cassiopeia, após tantos anos, tinha retornado à sua vida. Seus telefonemas, alguns meses atrás, haviam sido tão bem-vindos quanto inesperados. Sentira sua falta. Ela fora seu primeiro amor, a mulher com quem chegara a acreditar que poderia casar-se.

Mas, infelizmente, o relacionamento terminara.

— *Isso não vai dar certo* — disse ela.

— *Eu a amo. Você sabe disso.*

— *E eu tenho sentimentos profundos por você, mas somos... diferentes.*

— *A fé não deveria nos separar.*

— *Mas separa* — afirmou ela. — *Você acredita de verdade. O Livro de Mórmon lhe é sagrado. As Palavras de Sabedoria guiam a sua vida. Eu respeito isso. Mas você tem de respeitar que essas coisas não representam o mesmo para mim.*

— *Nossos pais acreditavam, assim como eu acredito.*

— *E eu também não concordava com eles.*

— *Então você quer ignorar seu coração?*

— *É melhor nos separarmos como amigos, antes que surjam ressentimentos entre nós.*

Cassiopeia tinha razão em um aspecto. A fé era importante para Salazar. *Nenhum sucesso pode compensar um fracasso no lar.* Era isso que David O. McKay ensinava. Somente maridos e esposas, atuando juntos, podem alcançar a vida eterna no céu. Se um deles se mostrar iníquo, a ambos será negada a salvação. Casamento é uma ligação eterna — entre um homem e uma mulher —, a família terrena sendo reflexo da família no céu. Ambas tinham de ser totalmente dedicadas.

— Senti muito quando soube de sua esposa — disse ela.

Salazar se casara menos de um ano após ele e Cassiopeia terminarem o relacionamento. Uma mulher adorável de Madri, nascida dentro da fé, devota no cumprimento dos preceitos dos profetas. Tinham tentado ter filhos, mas sem sucesso; os médicos diziam que era mais provável que o problema fosse dela. Ele atribuíra isso à vontade de Deus e aceitara a proibição. Então, quatro anos atrás, ela morrera em um acidente de carro. Salazar também aceitara isso como a vontade de Deus. Um sinal, talvez, para uma mudança de direção. E agora essa mulher bela e vibrante ressurgira de seu passado. Outro sinal?

— Deve ter sido terrível — disse Cassiopeia, e ele lhe ficou grato por suas condolências.

— Tento me lembrar dela com todo o cuidado. A dor da perda ainda está presente, não posso negar. Suponho que por isso não procurei outra mulher. — Ele hesitou por um instante. — Mas eu ia lhe fazer esta pergunta: Você chegou a se casar?

Cassiopeia balançou a cabeça.

— É meio triste, você não acha?

Ele saboreava o bacalhau que tinha pedido, e Cassiopeia parecia estar gostando do camarão báltico que preenchia seu prato. Salazar percebeu que ela não pedira vinho, preferindo água mineral. Além da explícita proibição religiosa, ele sempre acreditara que o álcool faz as pessoas dizerem e fazerem coisas das quais se arrependem depois, por isso nunca adquirira o hábito de beber.

Cassiopeia estava linda.

Seus cabelos pretos e cacheados caíam abaixo dos ombros e emolduravam as mesmas sobrancelhas finas, o mesmo rosto pensativo, o mesmo nariz arrebitado de que se lembrava. A pele morena permanecia tão lisa e imaculada quanto um sabonete macio e leitoso, o pescoço arredondado esculpido feito uma coluna. A sensualidade que ela irradiava parecia tão tranquila e controlada que poderia até ter sido coreografada.

Uma verdadeira beleza divina.

— *O amor é uma qualidade constante e infalível, que tem o poder de nos elevar acima do mal. É a essência do evangelho. É a segurança do lar. É a salvaguarda da vida comunitária. É um raio de esperança em um mundo aflito.*

Salazar sabia muito bem disso.

Gostava que o anjo o protegesse.

Infalível. Sempre certo.

— Em que você está pensando? — perguntou Cassiopeia.

Ela atraía sua atenção como se fosse um ímã.

— Apenas que é maravilhoso estar novamente com você, mesmo que só por poucos dias.

— E o tempo precisa ser tão limitado?

— De modo algum. Mas eu me lembro de nossa última conversa, anos atrás, quando você deixou bem claro o que sentia em relação à nossa fé. Preciso deixar claro que nada mudou para mim.

— Mas, como eu disse antes, as coisas mudaram.... para mim.

Salazar esperou por uma explicação.

— Recentemente, fiz algo que nunca havia feito na juventude. — Cassiopeia o encarou. — Li o Livro de Mórmon. Cada palavra. Quando terminei, me dei conta de que tudo ali era a mais completa verdade.

Ele parou de comer e ficou ouvindo.

— Foi quando percebi que a minha vida atual não é digna das minhas origens. Nasci e fui batizada mórmon, mas nunca realmente segui a religião. Meu pai liderou uma das primeiras estacas da Espanha. Tanto ele quanto minha mãe eram devotos. Enquanto estavam vivos, fui uma boa filha e sempre fiz o que pediam. — Ela fez uma pausa. — Mas nunca acreditei de verdade. Então, minhas percepções ao ler o livro agora foram totalmente inesperadas. Uma voz sussurrava em meu ouvido que tudo que eu lia era verdadeiro. As lágrimas escorriam de meus olhos quando finalmente reconheci a dádiva do Espírito Santo que recebi pela primeira vez na infância.

Salazar já ouvira histórias semelhantes de convertidos em toda a Europa. Sua própria estaca espanhola compreendia cerca de cinco mil santos distribuídos em doze alas. Como membro do Primeiro Quórum dos Setenta, ele supervisionava estacas por todo o continente. Todos os dias, novos convertidos se juntavam a elas com a alegria que Salazar agora via no rosto de Cassiopeia.

O que era maravilhoso.

Se isso tivesse acontecido onze anos antes, os dois certamente se teriam casado. Mas talvez o céu lhes estivesse oferecendo uma nova oportunidade...

— Fiquei chocada com a veracidade do que eu estava lendo — continuou ela. — Fiquei convencida. Sabia que o Espírito Santo tinha confirmado a verdade de cada uma das páginas.

— Nunca me esqueci da minha primeira vez — disse ele. — Eu tinha 15 anos. Meu pai leu junto comigo. Acreditei que Joseph Smith tinha visto Deus e Seu Filho numa visão, e que lhe foi dito que não deveria ingressar em nenhuma outra religião. Em vez disso, ele deveria restaurar a *verdadeira* igreja mais uma vez. Seu testemunho me foi de grande valia no passar dos anos, dando-me foco e disposição para me dedicar, com todo o coração, ao que precisava ser feito.

— Fui uma tola em não admirar isso anos atrás. Eu queria lhe contar o que aconteceu. É por isso que estou aqui, Josepe.

A satisfação dele era imensa.

Ambos comeram em silêncio por alguns instantes. Seus nervos estavam elétricos, tanto pelo que acontecera mais cedo quanto pelo que acontecia agora. Tentara ligar para o presbítero Rowan e informá-lo do que havia descoberto com o agente capturado, mas não tinha conseguido se comunicar.

O celular começou a vibrar em seu bolso.

Normalmente, ele o teria ignorado, mas estava aguardando a ligação de Utah e um relato de Copenhague.

— Desculpe.

Salazar verificou a tela.

Mensagem de texto.

SEGUINDO KIRK. EM MOVIMENTO.

— Problemas?

— Pelo contrário. Boas notícias. Mais uma transação de negócios bem-sucedida.

— Notei que as empresas de sua família prosperaram — disse ela. — Seu pai ficaria orgulhoso.

— Meus irmãos e irmãs trabalham duro na companhia. São eles que ficam lá no dia a dia, e tem sido assim nos últimos cinco anos. Todos entendem que o meu foco agora é a igreja.

— Não se exige isso de um membro dos Setenta.

Salazar anuiu.

— Eu sei. Mas, pessoalmente, fiz essa escolha.

— Como preparação para o momento em que será elevado a apóstolo?

Ele sorriu.

— Não sei se isso vai acontecer.

— Você parece ser ideal para a tarefa.

Talvez ele fosse. Esperava que sim.

— *Você será escolhido, Josepe. Um dia.*

— Isso — disse ele — será uma decisão do Santo Pai e do profeta.

# Capítulo 14

SALT LAKE CITY

ROWAN AJUDOU O PROFETA SNOW a subir os degraus de pedra e a passar pela entrada do lado leste. Quatro dias após os pioneiros terem chegado à bacia de Salt Lake, Brigham Young havia cravado seu cajado no solo, proclamando: *Aqui será erguido um templo para nosso Deus.* A construção começou em 1853 e continuou durante quarenta anos, a maior parte da obra tendo sido doada pelos primeiros santos. Só foram usados os materiais mais finos, quartzos de monazita para as paredes de sessenta metros de altura, vindos de pedreiras a mais de trinta quilômetros de distância, transportados por bois. Terminadas, as paredes contavam três metros de espessura na base, afinando até dois metros no topo. Sob o teto, estendiam-se 23.500 metros quadrados. Quatro andares, todos encimados por uma estátua dourada do anjo Moroni, que, juntamente com seus pináculos característicos, tornaram-se a imagem mais reconhecível da igreja.

O simbolismo era abundante.

As três torres do lado leste representavam a Primeira Presidência. Os doze pináculos que se elevavam das torres sugeriam os doze apóstolos. As torres do lado oeste representavam os bispos presidentes e o alto conselho da igreja. O lado leste fora construído com mais de dois metros de altura de propósito, para deixar claro a superioridade das posições. Seus parapeitos, à guisa dos de castelos, ilustravam a separação do mundo e a proteção dos rituais sagrados praticados no interior, uma declaração em pedra de que ninguém destruiria esse poderoso edifício, como acontecera antes daquela época com os templos de Missouri e Illinois.

No topo de cada torre central, havia olhos que representavam a capacidade de Deus enxergar todas as coisas. As pedras da terra, da lua, do sol, das nuvens e das estrelas contavam histórias do reino celestial e da promessa de salvação. Um dos primeiros presbíteros foi quem melhor expressou uma explicação, proclamando: *Cada pedra é um sermão.*

E Rowan concordava com isso.

O Antigo Testamento ensinava que os templos são casas de Deus. A igreja contava, agora, com cento e trinta por todo o mundo. Este ocupava dez acres no meio de Salt Lake, com o prédio oval do Tabernáculo logo atrás, o antigo Salão de Assembleia bem perto, dois modernos centros para visitantes nas proximidades. Um grande centro de conferências, com capacidade para mais de vinte mil pessoas, erguia-se do outro lado da rua.

O acesso ao interior era restrito aos membros que haviam conquistado a "recomendação do templo". Para obter esse status, um santo devia acreditar em Deus Pai e em Jesus como Salvador. Devia obedecer à igreja e a todos os seus ensinamentos, inclusive a lei da castidade que impunha o celibato fora do casamento. Tinha de ser honesto, nunca abusar de sua família, permanecer moralmente puro e pagar o dízimo anual. Também devia cumprir todos os seus juramentos solenes e usar as roupas do templo, dia e noite. Uma vez concedida por um bispo e um presidente de estaca, a recomendação permanecia válida por dois anos, antes de ser revista.

Ter uma recomendação do templo era uma bênção a que todos os santos aspiravam.

Rowan entrara no templo aos 19 anos, quando servira em sua missão. Desde então, sempre mantivera a recomendação. Agora ele ocupava a segunda mais alta hierarquia da igreja e estava talvez a poucos meses de se tornar o próximo profeta.

— Aonde estamos indo? — perguntou a Snow.

As pernas do velho homem quase não funcionavam mais, mas ele passou pelas portas caminhando.

— Tem uma coisa que você precisa ver.

Cada vez que subia na hierarquia, Rowan tomava conhecimento de mais e mais informações secretas. A igreja sempre funcionara de maneira compartimentada, e as informações eram passadas vertical e horizontalmente somente quando isso se fazia necessário. Assim, fazia sentido que houvesse assuntos aos quais só o homem no topo tivesse acesso.

Dois jovens funcionários do templo esperavam ao pé da escada. A regra era que apenas aposentados serviam no interior, mas esses dois eram especiais.

— Vamos precisar trocar de roupa?

Normalmente só se usavam vestes brancas dentro do templo.

— Hoje, não. Somos só nós dois. — Snow manquejou até os dois homens e disse: — Agradeço pela sua ajuda. Receio que as minhas pernas não consigam me levar ao topo.

Os dois assentiram, com afeição e respeito nos olhos. Apenas os apóstolos tinham permissão de testemunhar sua ajuda. Snow acomodou-se sobre seus braços entrelaçados, e eles ergueram o corpo frágil do carpete azul-claro. Rowan os seguiu pela escadaria vitoriana, a mão a deslizar pelo polido corrimão de cerejeira.

Subiram até o terceiro andar e entraram na sala do Conselho.

Paredes, carpete e teto brancos criavam uma aparência de pureza absoluta. Luminárias vitorianas brilhavam. Quinze cadeiras estofadas de espaldar baixo pontuavam o carpete. Doze estavam arrumadas em semicírculo, voltadas para a parede sul, onde outras três, de costas para a parede, alinhavam-se atrás de uma mesa simples.

Destas últimas, a central destinava-se apenas ao profeta.

Snow acomodou-se em sua cadeira, e os dois jovens deixaram a sala, fechando a porta.

— Para nós — disse Snow —, este é o lugar mais seguro do planeta. É onde me sinto mais protegido.

Fazia muito tempo que Rowan também se sentia do mesmo modo.

— O que vamos discutir agora ninguém, exceto o próximo profeta depois de você, pode saber. Será seu dever transmitir a informação.

Nunca haviam conversado sobre sucessão antes.

— Você está pressupondo que eu serei o escolhido.

— É assim que tem sido por muito tempo. Você é o próximo na linha sucessória. Duvido que nossos colegas fujam da tradição.

As doze cadeiras arrumadas em semicírculo eram destinadas aos apóstolos, o lugar designado para Rowan no centro, de frente para o profeta, com a mesa simbolicamente entre os dois. A cada lado do profeta, sentavam-se os dois conselheiros da Primeira Presidência. Ele já havia começado a pensar em quem escolheria para ladeá-lo quando chegasse a sua vez de liderar.

— Olhe em volta, Thaddeus — disse Snow, a voz entrecortada. — Os profetas nos observam. Cada um deles está ansioso para ver como você vai reagir ao que está prestes a ouvir.

Nas paredes brancas, alinhavam-se, em molduras douradas, os retratos dos dezesseis homens que haviam liderado a igreja antes de Snow.

— Minha imagem logo vai se juntar a eles. — Snow apontou para um espaço vazio. — Pendure meu retrato ali, para que você possa sempre me ver.

Sobre a mesa, diante do homem idoso, havia uma caixa simples de madeira, com cerca de sessenta centímetros de comprimento, trinta de largura e quinze de altura, a tampa fechada. Rowan a notara imediatamente e imaginava que aquele era o motivo de estarem ali.

Snow percebeu seu interesse.

— Mandei trazer isso dos arquivos restritos. É só para profetas.

— O que eu não sou.

— Mas logo será, e você tem de saber o que estou prestes a revelar. Meu predecessor me contou quando eu ocupava o seu cargo, presidente dos doze. Você se lembra do que aconteceu aqui, no templo, em 1993? Com a pedra de registro?

A história era lendária. Fora perfurado um poço com três metros de profundidade junto ao canto sudeste do templo. O objetivo era encontrar uma pedra oca. Em 1867, durante a construção do templo, Brigham Young havia enchido a pedra com livros, panfletos, periódicos e uma coleção de moedas de ouro com valor de face de dois e cinquenta, cinco, dez e quinze dólares, criando uma cápsula do tempo. A pedra foi encontrada rachada, o que fizera apodrecer a maior parte dos papéis dentro dela. Alguns fragmentos sobreviveram, e foram guardados nos arquivos da igreja, alguns tendo sido exibidos ocasionalmente na Biblioteca da História. Em 1993, Rowan começava seu terceiro mandato no Senado e acabara de ser elevado ao nível de apóstolo. Não estivera presente naquele 13 de agosto, exatamente 136 anos do dia seguinte àquele no qual a pedra fora lacrada.

— Eu estava lá — continuou Snow — quando eles saíram daquele buraco com baldes cheios de uma massa informe, feito papel machê. As moedas de ouro, no entanto, eram espetaculares. Haviam sido forjadas bem aqui, em Salt Lake. O ouro é uma coisa sensacional, jamais é afetado pelo tempo. Mas o papel é outra história. A umidade causou estrago. — O profeta fez uma pausa. — Eu sempre me perguntei por que Brigham Young incluiu moedas. Pareciam tão destoantes de tudo. Talvez quisesse dizer que há coisas sobre as quais o tempo não surte efeito.

— Não estou entendendo aonde você quer chegar, Charles.

Só ali, dentro do templo, atrás das portas fechadas da sala do Conselho, ele poderia usar o primeiro nome do profeta.

— Brigham Young não era perfeito — disse Snow. — Cometeu erros de julgamento. Era humano, como todos nós. Na questão de nosso ouro perdido, ele pode ter cometido um erro muito grave. Mas, no que concerne a Abraham Lincoln, pode ter cometido um erro ainda maior.

## Capítulo 15

DINAMARCA

Malone conduziu seu Mazda para fora de Copenhague e, depois, por mais quase cem quilômetros a oeste, na direção de Kalundborg e da costa noroeste da Zelândia. A autoestrada de quatro pistas em toda a extensão tornou o percurso mais rápido.

— Você também suspeitava de Kirk, não? — perguntou a Luke.

— Ele abriu o bico rápido demais na livraria. O que Stephanie lhe disse ao telefone?

— O bastante para eu saber que o sujeito não é confiável.

— Quando ele veio atrás de mim com a arma, achei que o melhor seria lhe dar corda e ver o que acontecia. E aí percebi que você estava pensando a mesma coisa. Claro que eu não sabia que você ia bancar o herói pra cima de mim.

— Felizmente para você, meus olhos ainda funcionam bem... para um veterano.

O celular de Luke tocou, e Malone adivinhou quem estava ligando. Stephanie.

O jovem ficou ouvindo com uma expressão pétrea, que nada revelava. Exatamente como deveria fazer. Malone se lembrava de muitas conversas com a ex-chefe que tinham sido exatamente assim, quando ela lhe dizia o que ele precisava saber para realizar sua missão.

E nem uma vírgula sequer a mais.

Luke encerrou a ligação, depois o orientou para a casa de Salazar, uma propriedade cara ao norte da cidade, de frente para o mar. Eles estacionaram em um bosque, fora da autoestrada, distante meio quilômetro a leste da entrada principal.

— Conheço a geografia do lugar — disse Luke. — Salazar tem um terreno nos limites da propriedade. Existem algumas construções ali. Podemos chegar até elas sem sair do bosque.

Ele desceu do carro para dentro da noite.

Agora, ambos estavam armados, Luke com a pistola que pegara de Kirk. E lá estava Malone novamente, de volta a um jogo que deveria ter deixado para trás, um jogo do qual nunca mais queria participar. Três anos antes, havia decidido que as recompensas não valiam os riscos, e a perspectiva de ser dono de uma livraria fora tentadora demais para resistir. Assim, ele agarrara a oportunidade de se mudar para a Europa e recomeçar.

Contudo, isso também havia custado caro.

Sempre custa.

Ser esperto, porém, inclui saber o que se quer da vida.

E ele amava sua nova vida.

Mas havia a questão do agente em perigo. Ele próprio já tinha recebido ajuda. Agora, era sua vez de devolver o favor.

Independentemente dos riscos.

Encontraram um caminho de cascalhos que levava a um portão em um muro de tijolos. Um denso arco formado por galhos de árvore escondia o enegrecido céu noturno. Ele sentiu um frêmito familiar de excitação diante do desconhecido. Um brilho amarelo esmaecido provinha de algum lugar a distância, cintilando através das árvores feito a chama de uma vela exposta à brisa. Algum tipo de habitação.

— O que eu soube sobre este lugar — sussurrou Luke — é que não há guardas. Nem câmeras. Nem alarmes. Salazar é discreto.

— Um sujeito que confia nos outros.
— Ouvi dizer que os mórmons são assim.
— Mas não são tolos.

Malone ainda estava preocupado com os danitas. Aqueles homens na Højbro Plads eram reais. Haveria mais ameaças desse tipo espreitando na escuridão que os envolvia? Era possível. Ele ainda acreditava que entravam em uma armadilha. Com um pouco de sorte, os reforços de Kirk ainda estariam perseguindo o celular no ônibus.

Os dois saíram do bosque, e Malone avistou três estruturas no escuro. Uma pequena casa de tijolos, com dois andares e um telhado de duas águas, além de dois chalés menores. Duas luzes brilhavam na casa maior, ambas logo acima do nível do solo, no que certamente era um porão.

Circundaram rapidamente a casa em direção aos fundos, mantendo-se nas sombras, e encontraram um lance curto de degraus que levava ao subsolo. Luke desceu, e Malone ficou surpreso ao ver que a porta lá embaixo se abria.

Luke o encarou.

*Fácil demais.*

Os dois empunharam suas armas.

Lá dentro, um porão pouco iluminado se estendia por todo o comprimento da casa. Arcos de tijolos davam suporte aos andares superiores. Uma grande quantidade de nichos e escaninhos eram preocupantes. Equipamentos e ferramentas estavam espalhados, com certeza usados para a manutenção da propriedade.

*Ali*, gesticulou Luke com a boca, apontando.

O olhar de Malone acompanhou a indicação.

Guarnecendo uma das arcadas, em um canto, havia barras de ferro. Dentro, escorado de encontro à parede, jazia um homem com um buraco de bala na testa, o rosto espancado em um padrão mosqueado de sangue e ferimentos. Os dois se aproximaram e encontraram um balde de água e uma concha do lado de fora das barras. A luz era mais fraca ali, sem janelas nas proximidades, e o chão da cela era duro e árido como o de um deserto. A porta de ferro estava trancada. Não havia chave à vista.

Luke agachou-se e olhou para seu companheiro.

— Eu o conhecia. Trabalhamos juntos uma vez. Ele tem família.

As entranhas de Malone também doíam. Ele passou a língua pelo interior da boca e engoliu com dificuldade, depois se ajoelhou ao lado do balde de água com a concha.

— Você sabe que Salazar queria que você encontrasse isso. Com certeza, estaríamos acompanhados no momento em que isso acontecesse.

Luke se levantou.

— Eu sei. Ele pensa que somos idiotas. Vou matar esse filho da puta.

— Isso resolveria uma porção de coisas.

— Você tem uma ideia melhor?

Malone deu de ombros.

— O show é seu, não meu. Só estou aqui para uma participação especial, que parece ter chegado ao fim.

— É, se você disser isso a si mesmo por tempo bastante, Malone, talvez comece a acreditar.

— Você está livre para fazer o que quiser agora. Aqueles caras ainda devem estar atrás do ônibus. Mas pode haver mais deles por aqui.

Luke balançou a cabeça.

— Salazar só tem cinco homens na folha de pagamento. Três estão mortos. Os outros dois estavam lá na praça.

— E não é que *você* sabe das coisas? Seria bom se tivesse compartilhado isso antes.

Malone sabia que Luke estava louco para se livrar dele. E ele próprio nunca havia gostado de ter parceiros, especialmente quando eram difíceis. Estava pronto para ir embora. Ainda havia a questão da polícia em Copenhague, mas Stephanie poderia resolver isso.

— Tenho um trabalho a fazer — disse Luke. — Você pode esperar no carro.

Malone se enfiou na frente dele.

— Pare de me enrolar — disse. — O que foi que Stephanie lhe contou no carro?

— Olhe só, seu velho, não tenho tempo para explicar. Saia do meu caminho e volte para a sua livraria. Deixe o pessoal que entende do assunto cuidar do problema.

Malone captou sua ira e compreendeu. Perder um homem afetava qualquer um.

— Eu disse a Stephanie que ficaria nisso até o fim. Então é isso que vou fazer. Quer você queira ou não. Suponho que deseje dar uma olhada na casa principal, naquele escritório que Kirk fez o favor de mencionar.

— É meu trabalho. Não tenho escolha.

Os dois deixaram o porão e foram se esgueirando para oeste, pelo bosque, paralelamente ao mar, o ruído das ondas estourando bem claro a distância. A mansão iluminada que os aguardava era um excelente exemplo do barroco holandês. Três andares, três alas, telhados de quatro águas. O exterior era revestido com os tradicionais tijolos vermelhos finos, clínqueres holandeses, como Malone aprendera a chamá-los. Ele contou trinta janelas voltadas para onde estavam, só um punhado delas com luz, e todas no nível térreo.

— Ninguém está em casa — disse Luke.

— Como é que você sabe?

— O homem está jantando fora.

Essa com certeza era mais uma informação que Stephanie lhe passara ao telefone.

Estavam bem nos fundos da mansão, onde um extenso terraço dava para o mar escuro, a cinquenta metros de distância. Uma fileira de portas duplas e janelas se abria para o interior da casa.

Luke experimentou as maçanetas. Trancadas.

Uma luz se acendeu dentro da casa.

Os dois tomaram um susto.

Malone precipitou-se para um canteiro de arbustos, onde a escuridão e a parede externa ofereciam proteção. Luke encontrou refúgio em um lugar semelhante, no outro lado do terraço, as portas e janelas entre eles. Ambos espiaram o espaço iluminado atrás do vidro e viram um salão de paredes vermelhas com elegante mobiliário de época, espelhos dourados e pinturas a óleo.

E duas pessoas.

Um dos rostos — de um homem —, Malone não reconheceu. Mas não era preciso ser um gênio para saber quem era.

Josepe Salazar.

O outro, porém, foi um choque. Ninguém havia dito uma palavra sobre seu envolvimento.

Nem Stephanie. Nem o moleque.

Ninguém.

No entanto, ali estava ela.

Sua namorada.

Cassiopeia Vitt.

# Parte 2

## Capítulo 16

CASSIOPEIA VITT ADMIRAVA o interior da mansão, que refletia a elegância da mãe de Josepe. A mulher fora uma pessoa tranquila, refinada, sempre respeitando seu marido e cuidando da família. A mãe da própria Cassiopeia havia sido assim, e a passividade de ambas as mulheres fora uma das razões para ela ter abandonado tanto o relacionamento com Josepe quanto a religião da família. Esses preceitos poderiam ser bons para algumas pessoas, mas dependência e vulnerabilidade simplesmente não faziam parte de seu temperamento.

— Deixei os móveis praticamente como minha mãe os arrumou. Sempre gostei do estilo dela, por isso não vi necessidade de mudar. Minhas memórias dela são sempre muito vívidas quando estou aqui.

Josepe ainda era um homem impressionante. Alto, estrutura firme e reta, a ancestralidade espanhola visível em sua compleição morena e nos espessos cabelos negros. Os imponentes olhos castanhos transmitiam a mesma confiança, a mesma intensidade tranquila. Altamente instruído e com domínio coloquial de várias línguas, ele usufruía de enorme sucesso nos negócios. As empresas de sua família, assim como as da família de Cassiopeia, estendiam-se pela Europa e pela África. Também tinham em comum o fato de levarem uma vida de riqueza e privilégios. Mas, diferentemente dela, ele decidira dedicar-se à sua fé.

— Você passa muito tempo aqui? — perguntou ela.

Josepe assentiu.

— Meus irmãos e irmãs não gostam do lugar. Então passo meus verões aqui. E agora vou voltar para a Espanha, para passar o inverno.

Cassiopeia nunca tinha visitado a família Salazar na Dinamarca. Sempre os encontrava na Espanha, onde moravam a apenas alguns quilômetros da propriedade de sua família. Ela seguiu na direção de uma fileira de portas francesas que abriam para um terraço às escuras.

— Imagino que você deve ter uma bela vista do oceano.

Josepe se aproximou.

— Uma vista magnífica, na verdade.

Ele passou por ela, puxou para baixo as maçanetas e abriu os painéis, o que fez entrar o ar frio da noite.

— Que sensação maravilhosa! — exclamou Cassiopeia.

Não estava orgulhosa de si mesma. Havia passado a noite inteira mentindo para um homem de quem certa vez gostara. Não tivera nenhuma revelação. Não lera o Livro de Mórmon recentemente. Na única vez que realmente havia tentado, ainda na adolescência, parou depois de dez páginas. Ela sempre se perguntara por que as filosofias dos povos perdidos descritos no livro eram tão reverenciadas. Os nefitas se haviam extinguido — nenhum sobrevivente, nenhum vestígio restara de toda a sua civilização. O que havia neles para ser emulado?

Mas disse a si mesma que toda aquela dissimulação era necessária.

Seu antigo amor, Josepe Salazar, estava envolvido em algo importante o suficiente para chamar a atenção do Departamento de Justiça dos Estados Unidos. Na semana anterior, Stephanie relatara que Josepe poderia até mesmo estar envolvido na morte de um homem. Não havia provas definitivas, mas o bastante para levantar suspeitas.

Ela achava isso difícil de acreditar.

— *É só uma pequena missão de reconhecimento. É tudo de que preciso* — dissera Stephanie seis meses atrás. — *Salazar pode lhe contar coisas que não diria a mais ninguém.*

— *Por que acha isso?*

— Você sabia que tem uma fotografia de vocês dois na casa dele na Espanha? Parece ter sido tirada anos atrás. Bem ali, perto da escrivaninha, entre outros retratos de família. Foi assim que soube que deveria falar com você. Um homem não guarda um retrato como esse sem um motivo.

Não, um homem não faria isso.

Especialmente um homem que tinha casado e perdido a esposa.

Então, na semana anterior, Stephanie perguntara se ela poderia agilizar o contato.

E, assim, Cassiopeia fora para a Dinamarca.

Certa vez, acreditara amar Josepe. Ele, sem dúvida, a amara, e ainda parecia acalentar alguns sentimentos. Sua mão ficara sobre a dela no jantar por mais tempo do que o necessário, um indício disso. Só seguia com aquela farsa para provar tanto a Stephanie quanto a ela mesma que todas as alegações estavam equivocadas. Devia isso a Josepe. Ele parecia totalmente à vontade em sua presença, e ela torceu para não estar cometendo um grande erro ao incentivá-lo. Quando eram mais jovens, ele sempre fora gentil. O relacionamento terminara porque ela se recusara a aceitar aquilo em que ele, seus pais e os pais dela acreditavam ser verdadeiro. Felizmente, Josepe havia encontrado alguém com quem compartilhar sua vida. Mas essa pessoa se fora.

Era tarde demais para recuar. Ela estava dentro.

O jogo precisava continuar.

— Eu gosto de sentar aqui, ou lá fora no terraço, na maioria das noites — disse Josepe. — Talvez possamos aproveitar a brisa daqui a pouco. Mas, primeiro, tenho uma coisa para lhe mostrar.

MALONE SE LEVANTOU DO CHÃO.

Ao ver e ouvir o homem que estava com Cassiopeia — que presumiu ser Salazar — abrir as portas francesas, ele se espremera atrás de uma espessa sebe. Luke, no outro lado, desaparecera do mesmo modo, agachando-se. Para a sorte de ambos, ninguém havia saído da sala.

Luke se pôs de pé.

Malone se aproximou.

— Você sabia que ela estava aqui? — sussurrou.

O rapaz assentiu.

Stephanie não lhe dissera uma só palavra, o que certamente fora intencional. Malone limpou a palha úmida que cobria o canteiro e se prendera em sua roupa.

As portas francesas continuavam abertas.

Ele gesticulou para que os dois entrassem.

SALAZAR CONDUZIU CASSIOPEIA pelo andar térreo até a biblioteca que pertencera ao seu avô. Fora com o pai da mãe que ele aprendera a apreciar o modo como eram as coisas no início da igreja — quando o céu reinava absoluto —, antes que tudo mudasse para se acomodar à *conformidade*.

Ele detestava essa palavra.

Os Estados Unidos professavam liberdade religiosa, um lugar no qual as crenças eram pessoais e o governo ficava fora das igrejas. Mas nada poderia estar mais longe da verdade. Os santos haviam sido perseguidos desde o início. Primeiro em Nova York, onde fora fundada a igreja, o que causara um êxodo para Ohio, mas os ataques continuaram. Depois, a congregação mudara-se para o Missouri, e uma série prolongada de tumultos resultara em morte e destruição. Fugiram, então, para Illinois, e mais violência os seguira, o que finalmente resultou em uma tragédia nas mãos da turba.

Toda vez que pensava naquele dia, suas entranhas se reviravam.

Era 27 de junho de 1844.

Joseph Smith e seu irmão haviam sido assassinados em Carthage, Illinois. A ideia tinha sido destruir a igreja com a morte de seu líder. Mas acontecera o contrário. O martírio de Smith tornou-se um ponto de retomada, e os santos prosperaram. Salazar considerava isso nada menos do que uma intervenção divina.

Ele abriu a porta da biblioteca e deixou sua convidada entrar. Propositalmente, havia deixado as luzes acesas antes de sair, na esperança de ter a oportunidade de levá-la até ali. Não poderia fazer isso antes, uma vez que seu prisioneiro estava encarcerado em um local bem próximo. A alma do homem estava agora, com certeza, a caminho do Pai Celestial, a expiação pelo sangue a garantir sua admissão. Salazar ficava feliz por ter concedido a seu inimigo aquele favor.

— *Não mate um homem a menos que ele seja morto para se salvar* — dissera o anjo muitas vezes.

— Eu lhe trouxe aqui para mostrar um artefato muito raro — disse Salazar. — Desde que nos vimos pela última vez, eu me tornei um colecionador de tudo que se relaciona com a história dos santos. Tenho uma grande coleção, que mantenho na Espanha. Recentemente, contudo, tive o privilégio de participar de um projeto especial.

— Para a igreja?

Ele assentiu.

— Fui escolhido por um dos presbíteros. Um homem brilhante. Ele me pediu que trabalhássemos juntos. Normalmente, eu não falaria sobre isso, mas acho que você vai gostar.

Salazar se aproximou da escrivaninha e apontou para um livro esfarrapado, aberto sobre um forro de couro.

— Edwin Rushton foi um dos primeiros santos. Conhecia Joseph Smith e trabalhava diretamente com ele. Foi um dos que enterraram o profeta Joseph depois de seu martírio. — Ela parecia estar interessada em suas palavras. — Rushton era um homem de Deus, que amava o Senhor e que se dedicou à restauração. Ele enfrentou várias atribulações em sua vida, e superou todas elas. Acabou se estabelecendo em Utah, e viveu lá até morrer, em 1904. Rushton matinha um diário. Um registro vital do início da igreja, o qual muitos pensavam haver desaparecido. — Ele apontou para a escrivaninha. — Mas eu o adquiri recentemente.

Um mapa dos Estados Unidos em papel rígido repousava sobre um cavalete próximo, e Salazar notou que Cassiopeia o fitava. Ele havia espetado alfinetes em Sharon, Vermont. Palmyra, Nova York. Independence, Missouri. Nauvoo, Illinois. E em Salt Lake City, Utah.

— Isso marca o trajeto dos santos desde onde o profeta Joseph nasceu até onde se formou a igreja, e depois para Missouri e Illinois, onde nos estabelecemos, e finalmente para oeste. Atravessamos os Estados Unidos e, ao longo do caminho, tornamo-nos parte de sua história. Mais do que qualquer um possa imaginar.

Notou que ela estava realmente intrigada.

— Este diário é uma prova documental desse fato.

— Isso parece ser importante para você.

As ideias dele eram claras. Seu propósito estava além de qualquer discussão.

— *Conte a ela* — disse o anjo dentro de sua cabeça.

— Você conhece a Profecia do Cavalo Branco?

Cassiopeia balançou a cabeça.

— Deixe-me ler para você uma passagem do diário. Ela descreve uma visão gloriosa.

MALONE TINHA CONSEGUIDO acomodar-se perto da porta aberta, onde podia ouvir, no outro lado, Salazar e Cassiopeia conversando. Luke seguira para outras partes da casa, aproveitando a oportunidade para dar uma olhada no lugar. Para Luke, não fazia diferença. Só queria saber o que Cassiopeia estava fazendo com um homem que matara um agente do Departamento de Justiça dos Estados Unidos.

Tudo naquela história parecia errado.

Cassiopeia, uma mulher que Malone amava, sozinha com aquele demônio?

Os dois se conheciam havia dois anos, e, no começo, não fora mais do que amizade. Somente nos últimos meses seu relacionamento havia mudado, quando ambos quiseram algo mais, embora nenhum dos dois desejasse envolver-se muito. Ele entendia que não eram casados, nem mesmo noivos, cada um vivendo a própria vida como bem quisesse. Mas haviam conversado apenas alguns dias atrás, e ela não mencionou nada sobre uma viagem à Dinamarca. Na verdade, dissera-lhe que passaria a próxima semana presa na França, com o projeto de reconstrução do castelo a exigir toda a sua atenção.

Mentira.

Quantas mais ela lhe contara?

Lá fora, tinha visto bem Salazar. Alto, pele morena, cabelos cortados em grossas camadas. Vestido com elegância, em um terno estiloso. Estaria com ciúmes? Realmente esperava que não. Mas não podia negar uma estranha sensação no estômago. Que não sentia havia muito tempo. A última vez? Nove anos atrás, quando seu casamento havia começado a desmoronar.

E aquilo também não fora nada bom.

Ele ouvira Salazar mencionar um diário antigo *adquirido recentemente*, e se perguntou se seria o mesmo artefato o qual Kirk balançara feito uma isca, aquele cujo dono supostamente estava morto. Também ficou refletindo se esse era o lugar onde Kirk havia pretendido que chegassem. Afinal, o escritório fora mencionado expressamente.

No momento, as respostas que tinha eram muito poucas para testar qualquer hipótese.

Assim, disse a si mesmo para ter paciência.

De sua posição no corredor, já precária, não podia arriscar espiar o escritório pela porta. Mas outro quarto aberto a dois metros de distância oferecia um bom esconderijo.

Ficou em silêncio.

Ouvindo.

Enquanto Salazar lia para Cassiopeia.

## Capítulo 17

Em 6 de maio de 1843 foi realizada uma grande revista da Legião Nauvoo. O profeta Joseph Smith elogiou os homens por sua boa disciplina. Como fazia calor, ele pediu um copo de água. Com o copo na mão, disse:

— Vou fazer um brinde à derrubada dos oclocratas. Desejo que estejam bem no meio do mar numa canoa de pedra, com remos de ferro, e que um tubarão engula a canoa e o demônio engula o tubarão, e que ele fique preso no canto noroeste do inferno, a chave perdida e um homem cego a buscá-la.

Na manhã seguinte, um homem que ouvira o brinde voltou para visitar a casa do profeta, e tanto o mortificou com seu palavreado grosseiro que foi expulso por Smith. Minha atenção foi atraída para eles, o homem falando com a voz elevada. Tomei a sua direção, e ele finalmente foi embora. Estavam presentes o profeta, Theodore Turley e eu. O profeta começou a falar sobre as agitações e zombarias e perseguições que, como povo, sofremos.

— Nossos perseguidores terão todas as turbas que quiserem. Não lhes deseje nenhum mal, pois, ao testemunharem seus sofrimentos, vocês derramarão lágrimas amargas por eles. — Durante a conversa, estávamos no portão sul, e formávamos um triângulo. Voltando-se para mim, o profeta disse: — Quero contar-lhe algo sobre o futuro. Vou falar em forma de parábola, como João, o Revelador. Vocês irão para as Montanhas Rochosas e se tornarão um grande e poderoso povo lá estabelecido, que chamarei de Cavalo Branco de paz e segurança.

— Onde você estará nesse momento? — perguntei.
— Nunca irei para lá. Seus inimigos continuarão a persegui-los e farão leis sórdidas contra vocês no Congresso para destruir o Cavalo Branco, mas haverá um ou dois amigos para defendê-los e descartar as piores partes das leis, de modo que não os machuquem tanto. Vocês têm de continuar a apresentar petições no Congresso o tempo todo, mas eles os tratarão como desconhecidos e estrangeiros, e não lhes concederão seus direitos, governando-os por intermédio de estranhos e comissários. Vocês verão a Constituição dos Estados Unidos ser quase destruída. Ela ficará por um fio.

E então o semblante do profeta ficou triste.

— Amo a Constituição. Ela foi inspirada em Deus, e será preservada e salva pelos esforços do Cavalo Branco e do Cavalo Vermelho, que se unirão em sua defesa. O Cavalo Branco descobrirá montanhas cheias de minérios e ficará rico. Vocês verão prata empilhada nas ruas. Vocês verão ouro sendo retirado com pás, como se fosse areia. Uma revolução terrível acontecerá nos Estados Unidos, como nunca antes visto, pois o país será deixado sem um governo supremo, e toda espécie de perversidade será praticada desenfreadamente. Pai se voltará contra filho, e filho contra pai. Mãe contra filha, e filha contra mãe. As cenas mais terríveis de derramamento de sangue, assassinato e estupro jamais imaginadas ou vistas ocorrerão. Pessoas serão levadas da terra, mas haverá paz e amor somente nas Montanhas Rochosas.

Nesse ponto, o profeta disse que não suportaria continuar olhando as cenas mostradas em sua visão, e pediu ao Senhor que as encerrasse.

Continuando, ele disse:

— Nessa época, o Grande Cavalo Branco terá acumulado força, enviando membros para reunirem aqueles de coração honesto entre a população dos Estados Unidos, a fim de defenderem a Constituição tal como foi entregue pela inspiração de Deus. Nesses dias que ainda estão por vir, Deus estabelecerá um reino que jamais será derrubado, mas outros reinos surgirão, e aqueles que não permitirem que o Evangelho seja pregado em suas terras serão humilhados até que o permitam. A paz e a segurança nas Montanhas Rochosas serão protegidas pelos guardiões, os Cavalos Branco e Vermelho.

*A vinda do Messias para essa gente será tão natural que apenas os que o enxergarem saberão de sua presença, mas ele virá e dará suas leis a Zion, e as ministrará à sua gente.*

Cassiopeia tinha ouvido muitas histórias sobre os mórmons. A religião se baseava em histórias épicas e metáforas elaboradas. Mas nunca lhe contaram aquela que Josepe acabara de ler.

— O profeta Joseph previu a Guerra Civil dezoito anos antes de ela acontecer. Disse que nós, como povo, migraríamos para oeste, para as Montanhas Rochosas, quatro anos antes de isso ocorrer. Sabia também que ele nunca faria essa jornada. Morreu menos de um ano após ter feito a profecia. Previu que seria feita justiça aos oclocratas, aqueles que torturavam e matavam os santos nos primeiros tempos. E ela foi feita. Na forma de uma guerra civil que matou centenas de milhares.

O pai de Cassiopeia lhe contara sobre as perseguições, frequentes antes de 1847. Casas e lojas queimadas, pessoas roubadas, mutiladas e mortas. Um padrão organizado de violência que obrigara os santos a fugir de três estados.

Mas não de Utah.

Lá se estabeleceram. Lá se organizaram. Lá lutaram.

— A profecia nos diz que nós, o Cavalo Branco, vamos ganhar força, enviando membros para reunir aqueles de coração honesto entre o povo dos Estados Unidos. Fizemos isso. A igreja cresceu muito na segunda metade do século XIX. E iremos *defender a Constituição tal como foi entregue pela inspiração de Deus.*

Ela decidiu que seria seguro perguntar.

— E o que isso quer dizer?

— Que algo muito grande está prestes a acontecer.

— Você parece estar animado com as possibilidades. É tão inspirador assim?

— Realmente, é. E este diário confirma que tudo aquilo de que suspeitávamos está correto. A Profecia do Cavalo Branco é real.

Cassiopeia examinou o livro, virando cuidadosamente algumas de suas páginas deterioradas.

— Você pode me contar mais sobre isso?

— É um grande segredo dentro de nossa igreja. Que começou há muito tempo, com Brigham Young. Toda religião tem seus mistérios, e esse é um dos nossos.

— E você descobriu isso?

Josepe balançou a cabeça.

— Foi uma redescoberta. Encontrei algumas informações nos arquivos fechados. Minha pesquisa chamou a atenção do presbítero Rowan. Ele me convidou para conversarmos, e temos trabalhado juntos durante vários anos.

Cassiopeia tinha de pressionar.

— E a Profecia do Cavalo Branco faz parte disso?

Ele assentiu.

— Com certeza. Porém, ela é mais complexa do que a visão do profeta Joseph. Muitas coisas aconteceram depois que ele foi assassinado. Coisas secretas a que poucos têm acesso.

Cassiopeia estava surpresa por Josepe lhe contar tudo aquilo. Por confiar nela depois de tantos anos. Ou aquilo seria um teste?

— Parece fascinante — disse ela. — E importante. Boa sorte com essa tarefa.

— Na verdade, estava esperando que você oferecesse um pouco mais do que isso.

SALAZAR TINHA MANEJADO cuidadosamente o momento para fazer o pedido, oferecendo apenas informações suficientes para impressionar Cassiopeia com a importância de sua missão. Ele passara quase dois anos procurando o diário de Edwin Rushton, depois ficara três meses negociando inutilmente, na tentativa de adquiri-lo. Providenciar a expiação do proprietário tornou-se o método mais simples, especialmente depois de o homem haver mentido e tentado enganá-lo.

Ele a observava enquanto ela examinava o diário.

Rushton fora o tipo de santo que ele queria ser. Um dos pioneiros, alguém que engrandecera seu sacerdócio com boas obras, aceitando as responsabilidades de família com quatro esposas. Tinha preservado até o fim a retidão, tornando-se um daqueles que o Pai Celestial certamente aceitaria como tendo *mantido seu segundo estado*, o que o habilitava à glória para todo o sempre. Alguém poderia duvidar de que aqueles primeiros santos haviam sido castigados, testados e preparados para sua derradeira graça?

Claro que não.

Aquelas santas pessoas haviam estabelecido Zion na terra.

E ele e cada um dos outros descendentes eram os beneficiários de sua devoção.

— Cassiopeia, não quero que você saia da minha vida novamente. Pode me ajudar em minha missão?

— O que posso fazer?

— Primeiro, e antes de tudo, permanecer ao meu lado. A glória do sucesso será muito mais doce se você estiver lá. Depois, há coisas que poderia me ajudar a realizar. Tenho acompanhado, ao longo dos anos, o que você tem feito, reconstruindo o castelo no sul da França.

— Não imaginava que você sabia disso.

— Ah, sim. Eu até doei fundos para a obra, de forma anônima.

— Não fazia ideia.

Ele sempre a tinha admirado. Era uma mulher inteligente, graduada em engenharia e história medieval. Herdara as empresas do pai, um conglomerado que valia muitos bilhões de euros. Sabia de sua gestão competente e de sua fundação holandesa que trabalhava junto com as Nações Unidas em questões de saúde e fome no mundo. Sua vida pessoal não era notória, nem ele insistira em obter informações, limitando suas consultas ao que era publicamente noticiado.

Mas sabia o bastante para ter ciência de que nunca deveria tê-la deixado ir embora tantos anos atrás.

— *Mas ela nunca mais o deixará* — disse o anjo em sua cabeça.

— Fui sincera no que lhe disse no jantar — afirmou ela. — Cometi um erro com a minha fé e com você.

Havia tanto tempo que Salazar estava sozinho.

Ninguém fora capaz de ocupar o lugar de sua falecida esposa.

Então, um dia, ele encontrou uma fotografia sua com Cassiopeia, de quando ainda estavam juntos. A simples visão dela lhe trouxe alegria, e, assim, ele a expôs em um local onde pudesse vê-la sempre.

Agora, essa imagem estava ali.

Em carne e osso.

Novamente.

E ele estava muito feliz.

# Capítulo 18

SALT LAKE CITY

ROWAN OUVIA SNOW FALAR, esperando o momento de conhecer o significado daquela caixa de madeira.

— Brigham Young desafiou vários presidentes americanos, afirmando nossa independência religiosa e política. Ignorou o Congresso e todas as leis das quais discordava, e não escondeu seu desprezo por comandantes militares locais. Finalmente, em 1857, James Buchanan chegou ao limite e adotou a medida extraordinária de enviar tropas para nos subjugar. — Snow fez uma pausa. — A poligamia foi um erro que tanto Smith quanto Young cometeram.

Para os profetas do Antigo Testamento, como Abraão, era comum ter muitas esposas. Salomão teve setecentas, além de trezentas concubinas. Em 1831, Joseph Smith, em oração ao Senhor, indagou sobre essas práticas, e teve como resposta a revelação de que a poligamia era realmente parte da verdadeira aliança, embora a igreja não tivesse reconhecido publicamente a prática até 1852.

Somente dois por cento dos membros a tinham praticado, e todos haviam sido selecionados espiritualmente pelo profeta. Na maioria das vezes, eram mulheres idosas, incapazes de cuidar de si mesmas, que eram trazidas para uma participação não sexual em um casamento plural, e sempre com o consentimento da primeira esposa. Mas a proliferação de filhos também contava em suas raízes, já que Deus havia ordenado que todos *espalhassem sua semente*.

Rowan sabia que a poligamia enraivecia e ofendia a sociedade americana. A lei Morrill de 1862 permitia que se cancelasse a cidadania de quem a praticasse. Depois, a lei Edmunds-Tucker, de 1887, a criminalizara.

— Smith e Young avaliaram mal o efeito da poligamia tanto entre os santos quanto entre os gentios — disse Snow. — Mas, em vez de serem sensatos e se afastarem de algo que claramente se tornara contraproducente, continuaram com a prática e exigiram autonomia política.

Algo que Rowan admirava.

Os santos tinham imigrado para Salt Lake a fim de encontrar um refúgio. Ocuparam uma terra árida que ninguém mais queria e criaram uma sociedade em que igreja e governo se entrelaçavam. Um governo provisório foi estabelecido em 1849, reivindicando status de estado. Chamaram-no Deseret, palavra do Livro de Mórmon que se refere a uma colmeia de abelhas, símbolo de labuta e cooperação. Seus limites teriam compreendido os atuais estados de Utah e Nevada, parte da Califórnia, um terço do Arizona e trechos do Colorado, Wyoming, Idaho e Oregon. A condição de estado foi negada. O Congresso, todavia, aceitou a nova terra como um território, encolhendo suas fronteiras e chamando-o Utah. Young foi nomeado seu primeiro governador, e fez um trabalho magistral ao manter intacta a mescla de igreja e Estado.

— Por um lado — continuou Snow —, queríamos fazer parte da sociedade. Contribuir para o bem-estar nacional. Sermos bons cidadãos. Por outro, solicitávamos o direito de fazer o que quiséssemos.

— Era uma questão de crença religiosa. Uma questão de liberdade. A poligamia era parte de nossa religião.

— Ora, Thaddeus. Se nossa religião compelisse ao assassinato de outros seres humanos, teríamos a liberdade de nos aproveitar disso? Esse argumento é fraco e indefensável. A poligamia, no sentido físico, era errada. Deveríamos ter reconhecido isso muito antes de 1890, quando finalmente fizemos o que era sensato e a abolimos para sempre.

Rowan discordava.

— Brigham Young tomou muitas decisões sábias — observou Snow. — Era um administrador eficiente, um verdadeiro visionário. Devemos muita coisa a esse homem. Mas ele também cometia erros. Que não reconheceu abertamente durante sua vida, mas, assim mesmo, erros.

Rowan decidiu não trazer mais argumentos ou contestações. Precisava de informações, e um conflito não seria o modo de fazê-las fluir.

— Deveríamos discutir a Profecia do Cavalo Branco — disse Snow.

Tinha ouvido bem? Rowan fixou o olhar no profeta.

— Estou ciente de suas investigações nos arquivos restritos. Conheço a substância daquilo que o irmão Salazar tem pesquisado em nossos registros fechados. Vocês dois têm-se dedicado bastante ao estudo dessa profecia.

Ele decidiu não se fazer de bobo.

— Quero descobrir nosso grande segredo, Charles. *Nós temos de descobrir.*

— Faz tempo que o segredo desapareceu.

Mas a visão daquelas carroças lhe dera esperança.

— Tomei a decisão após a sua ligação ontem — disse Snow. — Algo me disse que aquele era o lugar certo. — O velho homem fez uma pausa, inspirou e prendeu a respiração.

— O profeta Brigham escondeu o grande segredo — afirmou Rowan com a intenção de que nós o encontrássemos um dia.

Snow balançou a cabeça.

— Não sabemos disso.

Apenas ele e o profeta poderiam ter aquela conversa, pois somente os dois tinham acesso à história. Infelizmente, cada um conhecia uma parte diferente dela. A sua foi descoberta através de trabalho duro e pesquisa, tanto em Utah quanto em Washington. A de Snow lhe foi passada por seu predecessor.

E era isso que ele precisava saber.

— Todo profeta desde Brigham Young lutou com esse mesmo dilema. Eu tinha a esperança de que isso pudesse passar batido por mim. — Snow apontou para a caixa de madeira. — Vá em frente.

Rowan abriu a tampa.

Lá dentro havia uma variedade de documentos esfarrapados, cada um guardado em segurança em um saco plástico selado a vácuo. Em sua maioria, tratava-se de livros e jornais velhos, muito danificados por apodrecimento e mofo.

— Foi isso que conseguimos salvar da pedra de registro em 1993 — disse Snow. — Escritos sem importância de tempos atrás, exceto pelos dois pacotes no topo.

Ele já havia percebido os dois. Uma única folha em cada um, as bordas manchadas, como se tivessem sido queimadas. Mas a escrita tinha sobrevivido.

— Examine ambas — disse-lhe o profeta.

Rowan ergueu o primeiro protetor de plástico.

A caligrafia era densa e pequena, a tinta quase ilegível.

*Temo que tenha havido muitas moscas na sopa, em benefício das moscas. Os agentes da perversidade realmente gostariam, agora que a grande Guerra Civil não passa de uma lembrança, que a atenção se voltasse mais uma vez contra nós e que de novo fossem enviadas tropas para nos destruir. Eles admitiram abertamente sua intenção de acabar com o poder do sacerdócio e de destruir nossa sagrada organização. Certa vez, pensei que pudéssemos coexistir. Que os acordos seriam honrados. Mas, para nós, não será possível nos misturarmos com o mundo e esperarmos receber boa vontade e amizade. Esforcei-me muito para fazer o que parecia ser correto e decente. Durante toda a minha vida, não falei sobre isso com ninguém. Porém, deixo esta mensagem para o fiel que me suceder. Saiba que carregamos um fardo que nos foi imposto pelo próprio Lincoln, mas que aceitamos voluntariamente. Quando irrompeu a Grande Guerra Civil, vi essa luta como a realização da Profecia do Cavalo Branco. O profeta Joseph previu tudo que aconteceria* depois, inclusive nossa jornada para as Montanhas Rochosas e seu próprio fim. Em 1863, a Constituição de fato estava em frangalhos e, assim como a profecia declarava que aconteceria, o Congresso aprovou uma lei destinada a nos arruinar. Assim, enviei um emissário ao Sr. Lincoln. Ele o recebeu gentilmente e sem formalidades. Sua missão declarada era indagar sobre o status de estado, assunto que o Sr. Lincoln evitou. Em vez disso, foi-me enviada uma mensagem. Lincoln disse que nos deixaria em paz se eu o deixasse em paz. Era exatamente o que tínhamos esperado tantos anos para ouvir. Tudo que sempre buscamos foi a liberdade de viver à nossa própria maneira. Lincoln nos conhecia de Illinois. Ele disse a meu emissário que havia lido o Livro de Mórmon, o que foi estimulante de ouvir. Mas não seria aconselhável fazer um acordo com nenhum presidente sem um tipo de garantia de que os termos seriam honrados. Isso foi dito a Lincoln, que ofereceu algo de magnitude suficiente para que soubéssemos que tencionava manter sua palavra. Ele, em troca, pediu o mesmo de nós, o que lhe concedi. Cada um de nós aceitou a oferta do outro, e ambos os lados honraram esse acordo. Infelizmente, o Sr. Lincoln faleceu antes que nossas garantias fossem devolvidas. Ninguém do governo sequer nos perguntou sobre o que tínhamos deles, ou sobre o que tinham de nós, o que me levou à conclusão de que ninguém além de mim sabe que tais coisas existem. Assim, mantive silêncio. Ao agir dessa maneira, cumpri o restante da profecia, que dizia que agiríamos como o cavalo branco salvador da nação. Mas o profeta Joseph também nos disse para defender a Constituição dos Estados Unidos tal como foi entregue pela inspiração de Deus. Isso nunca foi feito, pelo menos não durante a minha vida. O que dei ao Sr. Lincoln foi a localização secreta de nossa *riqueza. Desde que as tropas federais chegaram, em 1857, os santos indagam sobre nosso ouro perdido. Eu lhe digo que nada foi perdido. Pelo contrário, todo o ouro foi destinado a bom uso. Fiz um mapa do seu esconderijo, onde também escondi o que o Sr. Lincoln confiou a nós. Dois meses após termos feito nosso acordo, Lincoln enviou-me um telegrama que dizia que Samuel, o lamanita, era guardião de nosso segredo em Washington, dentro da Palavra, o que me proporcionou grande conforto. Disse também que guardava a parte mais importante do segredo perto dele, sempre. Eu lhe informei que a providência e a natureza guardavam a sua metade da barganha. Ele parecia gostar do grande mistério que nós dois criamos. O profeta Joseph tinha razão em tudo que predisse. Que você também aja de maneira correta.*

— Brigham Young escreveu isto?
— É a caligrafia dele.
— Há uma ligação entre o ouro perdido e nosso grande segredo?
Snow assentiu.
— Desde o início. Se solucionar um mistério, estará solucionando o outro.
— O que exatamente o profeta quis dizer com a referência a Samuel e ao telegrama?
— Nesse ponto Lincoln foi bem inteligente. Em meados de 1863, para se assegurar de que as comunicações ainda funcionavam, o presidente enviou um telegrama a Brigham Young. Ele disse ao profeta que o que lera sobre Samuel em nosso bom livro soava como verdade, e, assim, ninguém seria melhor sentinela do que um lamanita.

Enigmático, sem dúvida. Mas eram informações novas.
— O telegrama ainda existe?
— Lacrado, apenas um profeta pode acessá-lo. Na realidade, seu texto faz pouco sentido a não ser que se tenha lido este que você

tem em mãos. Mas, agora, nós dois conhecemos a verdade. Diga-me, Thaddeus, como você sabia do segredo? É uma informação que só deveria ser conhecida pelos profetas.

Não havia por que mentir.

— Como disse o profeta, havia dois lados nessa barganha. O nosso e o de Lincoln. Ainda existem referências ao envolvimento do governo dos Estados Unidos com Brigham Young nos arquivos nacionais.

— Já faz um tempo que eu sei que você estava pesquisando. Seu cúmplice, o Señor Salazar, é um estorvo.

— Você tem algum problema com Josepe?

— Ele é um fanático, e fanáticos são sempre perigosos, não importa quão sinceros se declarem. O homem segue os ensinamentos de Joseph Smith às cegas, ignorando as revelações que os profetas continuaram a receber no decorrer dos anos.

— Isso soa como blasfêmia.

— Por eu questionar aquilo que sei que está errado? Como isso poderia ser outra coisa senão algo sensato e prático?

— Estranhas palavras vindas de nosso profeta.

— Mas essa é a questão, Thaddeus. Eu *sou* o profeta. E minhas palavras têm a mesma significância daquelas que foram ditas por aqueles que me precederam.

Rowan gesticulou para a mensagem de Young.

— Por que você me mostrou isso?

— Porque também quero conhecer o grande segredo. A Profecia do Cavalo Branco sempre foi considerada por nós falsa, escrita anos depois do fato, incorporando aquilo que os que a rascunharam já sabiam ser uma realidade, fazendo com que o profeta Joseph parecesse ser mais preciso do que era.

— Ela é real, Charles. O irmão Salazar provou isso.

— Eu gostaria de ver as provas.

— Temos a chance de realizar a profecia. Podemos defender a Constituição dos Estados Unidos *tal como foi entregue pela inspiração de Deus*.

— E se isso destruir tudo que Ele criou?

— Então que assim seja!

— Examine a segunda página.

Rowan olhou através do outro protetor de plástico esticado, e encontrou um mapa.

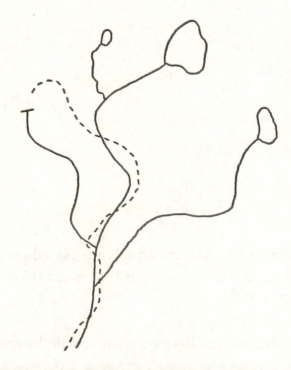

— É a localização do esconderijo do segredo e do ouro.
— Mas isto aqui não nos diz nada — disse Rowan.
— Aparentemente, Young fez da busca um desafio. Presumo que haja uma boa razão para isso. Acredito que seja preciso encontrar o que o Sr. Lincoln mantinha consigo para resolver o quebra-cabeça.

E Rowan já sabia exatamente onde procurar.
— Posso ficar com isto?

Snow balançou a cabeça.
— Com estes, não. Mas vou providenciar cópias.
— Você quer que eu tente descobrir o mistério, não é?
— Quero que reze para descobrir como agir. Qualquer que seja a resposta que o céu proveja, aja de acordo com ela. Foi isso que eu fiz.

# Capítulo 19

ATLANTA

STEPHANIE HAVIA ENCONTRADO na internet a decisão da Suprema Corte dos Estados Unidos no caso *Texas versus White*, publicada em 12 de abril de 1869.

A questão era simples.

Seriam válidos 10 milhões de dólares em títulos do tesouro transferidos pelo Texas a indivíduos privados depois que o estado se separara da União? Todos concordaram que a transferência violava a lei federal e acontecera em um momento em que o Texas se declarava não fazer mais parte da União, com o ex-estado estabelecendo suas próprias regras para comandar a transferência. Assim, se a secessão do Texas da União fosse legal, os títulos seriam válidos e manteriam seu valor nominal. Caso contrário, não valeriam absolutamente nada. Uma disputa elementar que, em seu cerne, suscitava uma questão monumental.

A secessão era permitida pela Constituição?

Stephanie percorreu mais uma vez a opinião expressa no documento, assim como ela e Edwin haviam feito duas horas antes. Ele tinha ido embora, de volta a Washington, para um compromisso noturno. Tornariam a se encontrar no dia seguinte. O trecho relevante ficava mais ou menos no meio.

A união dos Estados nunca foi uma relação puramente artificial e arbitrária. Começou entre as colônias e cresceu a partir de uma origem comum, simpatias mútuas, princípios afins, interesses similares e relações geográficas. Foi confirmada e fortalecida pelas necessidades de guerra, e recebeu forma definitiva, caráter e sanção dos Artigos da Confederação. Assim, a união foi solenemente declarada "perpétua". E, quando esses Artigos foram considerados inadequados às exigências do país, a Constituição foi acertada para "formar uma União mais perfeita". É difícil conceber a ideia de unidade indissolúvel mais claramente do que fazem essas palavras. O que poderá ser indissolúvel se uma união perpétua, tornada mais perfeita, não o for?

Quando, portanto, o Texas passou a pertencer aos Estados Unidos, entrou em uma relação indissolúvel. Todas as obrigações de união perpétua e todas as garantias do governo republicano na União se aplicavam imediatamente ao estado. O ato que consumou sua admissão foi algo mais do que um pacto formal; foi a incorporação de um novo membro em um corpo político. E era definitivo. A união entre o Texas e os outros estados foi tão completa, tão perpétua e tão indissolúvel quanto a união entre os estados originais. Não havia lugar para reconsideração, ou revogação, exceto por meio de revolução ou por consentimento dos estados.

A ordem de secessão, adotada pela convenção e ratificada pela maioria dos cidadãos do Texas, e todos os atos de sua legislatura que tencionavam tornar efetiva essa ordem foram absolutamente nulos. Eram totalmente inexequíveis segundo a lei. As obrigações do estado, como membro da União, e as de cada morador do estado, como cidadãos dos Estados Unidos, permaneceram intactas e sem danos. Daí se segue certamente que o estado não deixou de ser um estado, nem seus cidadãos de serem cidadãos da União. De outro modo, o Texas se teria tornado estrangeiro, e seus moradores, estrangeiros. A guerra teria deixado de ser uma guerra para supressão de rebelião, e teria se tornado uma guerra de conquista e de subjugação.

Que era exatamente como o sul via o conflito.
Não como uma Guerra entre os Estados. Ou a Guerra Civil.
Mas a Guerra de Agressão do Norte.
*Conquista e subjugação.* Com toda a certeza.
Os sulistas sentiam isso naquela época, e muitos ainda sentem hoje em dia. Se você fosse do sudeste de Atlanta para o centro da Geórgia, como ela própria fizera muitas vezes, e mencionasse o nome do general William Tecumseh Sherman nos lugares certos, para as pessoas certas, elas cuspiriam no chão.

Stephanie nunca tinha realmente pensado na secessão. Após a época de Lincoln, a questão era tida como resolvida. Era verdade que, ocasionalmente, havia estardalhaço na imprensa sobre alguma cidade, ou condado, ou uma facção marginal, que queria sair. Key West era famosa por sua República da Concha. Mas nada, nunca, resultava desses casos.

E então ela ouvira as palavras de Edwin. Ele não era um lunático tentando fugir dos impostos ou ignorar uma lei da qual não gostava, ou querendo fazer o que lhe aprouvesse. Era o chefe da equipe da Casa Branca.

E estava assustado.

— *Isso pode se tornar um problema real* — dissera Davis. — *Tínhamos esperança de que o tempo desse um jeito nas coisas, mas recebemos informações que indicam não ser esse o caso.*

— *O que poderia ser tão ameaçador?*

— *Stephanie, ficamos vinte e quatro horas por dia assistindo ao jornal, ouvindo rádio, lendo editoriais. Passamos o dia inteiro recebendo informações. Todo mundo tem uma opinião sobre tudo. Blogueiros, jornalistas. Feeds de Twitter e posts do Facebook tornaram-se fontes fidedignas. Ninguém realmen-*

*te ainda presta atenção. Nós só tratamos das coisas de um jeito superficial, e isso parecia ser suficiente.*

*Ele apontou para um parágrafo na tela. Do processo* Texas versus White. Que ela tornou a ler.

É, portanto, nossa conclusão que o Texas continua a ser um estado, e um estado da União, não obstante as transações às quais nos referimos. E essa conclusão, a nosso ver, não está em conflito com qualquer ato ou declaração de qualquer departamento do governo nacional, mas inteiramente de acordo com toda a série de atos e declarações desde a primeira eclosão da rebelião.

— *A maldita Suprema Corte foi superficial* — *disse Davis.* — *Eles emitiram uma opinião política, não legal. Seu autor, o juiz da Suprema Corte Salmon Chase, servia no gabinete de Lincoln. O que ele ia dizer? Que toda a Guerra Civil era inconstitucional? Que a secessão era legal? Que, já que estamos tocando no assunto, 620 mil homens morreram por nada?*

— *Isso não é um pouco melodramático?*

— *De maneira alguma.* Texas versus White *permanece como a declaração definitiva da Suprema Corte quanto à questão da secessão. Se um estado tentasse separar-se da União, qualquer juiz no país imediatamente sustentaria que isso era inconstitucional, com base nesse caso.*

Ela sabia que isso era verdade.

— *Contudo, essa opinião estava longe de ser unânime* — *disse Davis.* — *Três juízes discordaram.*

Stephanie tornou a olhar para as palavras na tela.

*E essa conclusão, a nosso ver, não está em conflito com qualquer ato ou declaração de qualquer departamento do governo nacional.*

Ela relembrou o que Edwin lhe dissera, terminando com:

— *E se soubermos algo que a Suprema Corte em 1869 não sabia?*

E daí?

# Capítulo 20

DINAMARCA

MALONE NÃO GOSTOU nem um pouco do que Cassiopeia disse.
Luke tinha voltado a tempo de ouvir o final da conversa. *Fica frio*, sinalizavam os olhos do jovem. O moleque obviamente sabia de sua ligação com Cassiopeia.

— Vou levar você de volta a seu hotel — disse Salazar no escritório.

Malone apontou para a porta aberta a dois metros de distância, e ambos se esgueiraram para uma sala de TV às escuras. Poltronas macias estavam voltadas para uma imensa tela, um óbvio acréscimo a uma casa tão antiga.

Os dois se espremeram contra a parede.

Ele ouviu movimento vindo do escritório, depois passos no corredor no lado de fora. O casal apareceu no outro lado da porta semiaberta. Ele deu uma espiada e viu que Salazar segurava o braço de Cassiopeia, atraindo-a para si, e a beijava.

Os braços dela o envolveram, acariciando seus ombros.

Uma visão ao mesmo tempo inquietante e perturbadora.

— Estava querendo fazer isso há muito tempo — disse Salazar a ela. — Nunca esqueci você.

— Eu sei.

— O que vamos fazer agora?

— Aproveitar nosso tempo juntos. Senti saudades de você, Josepe.

— Com certeza você amou alguém e foi amada.

— Sim. Mas o que tivemos foi especial, e nós dois sabemos bem disso.

Salazar beijou-a mais uma vez. Ternamente. Docemente.

As entranhas de Malone se revolveram.

— Eu poderia ficar aqui esta noite — disse ela.

— Isso não seria sensato. Para nenhum de nós.

— Compreendo. Mas saiba que eu ficaria.

— Eu sei, e isso significa mais para mim do que você conseguiria imaginar. Amanhã, irei buscá-la por volta das dez. Arrume as malas.

— Para onde vamos?

— Salzburgo.

Os dois desapareceram no fim do corredor. Uma porta se abriu, e logo se fechou. Poucos instantes depois, o motor de um carro roncou, e sumiu à medida que se afastava.

Malone ficou imóvel, quieto, o coração batendo forte.

— Você está bem? — perguntou Luke.

Sua mente, num estalo, voltou à situação vigente.

— Por que não estaria?

— Ela é sua garota, e...

— Não estou na escola. E como é que você sabe que ela é a minha garota?

— Três palpites. Olhe, se fosse comigo, eu teria ficado magoado.

— Nós não somos iguais.

— Está bem. Entendi. O assunto é zona proibida.

— Stephanie lhe disse para esconder de mim o envolvimento dela?

— Ela e Salazar não deveriam estar aqui. A missão de Vitt era mantê-lo afastado esta noite.

— A *missão* dela?

— Vitt está ajudando Stephanie. Um favor. Descobrimos que ela e Salazar se conheciam. Eles eram... próximos. Obviamente. Acabamos de ver isso. Stephanie pediu que ela fizesse contato e visse o que conseguia descobrir. É só um trabalho.

Mas ele continuou refletindo sobre a situação. Cassiopeia estava representando um papel? Apenas tentando ganhar a confiança de Salazar? Se era isso, a mulher era uma excelente atriz. Cada palavra sua tinha soado verossímil. Agora, o próprio Salazar estava contando com a ajuda *dela*.

— Preciso dar uma olhada no escritório.

Ele agarrou o braço de Luke.

— Está escondendo mais alguma coisa de mim?

— Você disse lá na livraria que conhecia os mórmons. Você sabia que Cassiopeia Vitt nasceu mórmon?

Malone encarou Luke.

— Acho que não. Parte da conexão aqui é que ela e Salazar foram amigos de infância. Suas famílias eram muito próximas. Também pertenciam à mesma religião.

A noite estava cheia de surpresas.

— Você pode largar meu braço?

Malone obedeceu.

Luke saiu da sala de TV.

Ele o seguiu.

Os dois entraram no escritório, um espaço aconchegante com paredes repletas de painéis pintados de verde-acinzentado. As lâmpadas continuavam acesas, com as cortinas fechadas encobrindo as janelas.

Malone se concentrou na tarefa.

— Salazar não tem empregados na casa?

— Os relatórios dizem que há algumas pessoas, mas não ficam durante a noite. Ele gosta de privacidade.

Mas os danitas remanescentes poderiam aparecer a qualquer momento.

— A essa altura, aqueles dois já devem ter descoberto o estratagema do ônibus. Faça o que tem de fazer. Ele estava lendo alguma coisa para ela. Aquele velho diário ali.

Luke foi em direção à escrivaninha e, com seu telefone do Billet, tirou fotos das páginas esfarrapadas, especialmente das que estavam marcadas com tiras de papel. Enquanto ele revistava as gavetas da mesa, Malone foi atraído pelo mapa no cavalete. Ouvira Salazar discorrer sobre os lugares nos quais os mórmons se haviam estabelecido em seu percurso para o oeste até o vale de Salt Lake. Ele já estivera em Nauvoo, na região central do Illinois, onde o povo ficou por sete anos. O templo que lá se erguia agora era uma reconstrução, tendo a versão original do século XIX sido destruída pelas turbas.

Ódio.

Que poderosa emoção!

Assim como o ciúme.

E ele sentia ambos naquele momento.

Precisava ouvir a si mesmo — ele *não* estava mais na escola, mas era um homem que gostava de uma mulher. Fazia três anos que estava divorciado, separado de sua ex-mulher havia dez. Vivera sozinho durante muito tempo. A entrada de Cassiopeia em sua vida tinha mudado as coisas. Para melhor. Ou pelo menos era o que ele havia pensado.

— Olhe isto aqui — disse Luke.

Malone foi até a escrivaninha — enorme, incrustada de marfim e decorada com um tinteiro de ônix todo ornamentado. Luke passou-lhe um catálogo da Dorotheum, uma das casas de leilão mais antigas do mundo, com sede na Áustria. Negociara com ela em missões do Billet e para sua livraria.

— Parece que há um evento amanhã à noite — disse Luke. — Em Salzburgo.

Malone observou a data, a hora e o lugar informados no catálogo. Folheando, descobriu que era uma venda de bens. Móveis, louças, porcelanas, livros. Uma página tinha um canto dobrado. A oferta de um Livro de Mórmon. De março de 1830. Edição original. Publicado por E.B. Grandin, Palmyra, Nova York.

Ele conhecia esse tomo.

Muitas edições foram impressas desde 1830, mas poucas ainda existiam do lote original. Lembrou-se de ter lido, alguns meses antes, que uma fora vendida por aproximadamente duzentos mil dólares.

— Parece que Salazar quer comprar um livro — disse.

E não um livro qualquer. Um dos mais raros do mundo.

Malone afastou-se da escrivaninha e voltou a examinar o mapa. Alguém tinha aplicado um marcador rosa no Texas, no Havaí, no Alasca, em Vermont e em Montana.

— Por que esses estados estão coloridos? E não me diga que não sabe.

Luke ficou em silêncio.

Ele pousou um dedo em Utah, que havia sido marcado em amarelo.

— E este?

— É o centro de toda essa maldita história — respondeu Luke.

Utah era a sede da Igreja de Jesus Cristo dos Santos dos Últimos Dias. Havia vários grupos fragmentários dessa religião, mas seu corpo principal se baseava ali.

— O centro de quê? — perguntou ele.

— É difícil de acreditar, na verdade. Mas Stephanie me disse ao telefone que há uma conexão entre Joseph Smith, Brigham Young, James Madison e Abraham Lincoln. E ela só foi informada disso agora. Isso se estende até lá atrás, até os Pais Fundadores.

— E envolve?

— A Constituição dos Estados Unidos.

— E o que tudo isso causa?

— Um monte de encrenca.

# Capítulo 21

DINAMARCA
QUINTA-FEIRA, 9 DE OUTUBRO
9:20

SALAZAR FALAVA AO TELEFONE, mas, ao mesmo tempo, estudava o mapa. Estava em seu escritório, finalmente conversando com o presbítero Rowan, explicando parte do que havia acontecido no dia anterior, na Dinamarca. Seus temores agora estavam confirmados. O governo dos Estados Unidos estava no seu pé.

— Eles chegaram até você através de mim — disse Rowan. — Há pessoas em Washington que definitivamente não desejam que tenhamos sucesso.

Isso era fácil de acreditar.

Sempre houvera animosidade.

— *Desde o início, Josepe* — disse o anjo em sua mente.

Todo santo sabia a história de como Joseph Smith, em 1839, batera à porta da Casa Branca — que ele descrevera como um *palácio, grande e esplêndido, decorado com toda a finura e elegância deste mundo* — solicitando ver o presidente Martin Van Buren. Quando Smith pedira para ser apresentado como santo dos últimos dias, o pedido fora considerado uma tolice. Quando insistira, Van Buren apenas achara graça do título.

— Um homem cheio de arrogância, Josepe.

Smith tinha levado uma carta que listava todas as violentas atrocidades que os santos enfrentavam no Missouri, detalhando a chocante perda de vidas e de propriedades. Descrevera a infame Ordem Executiva 44, promulgada pelo governador do Missouri, que clamava pelo extermínio de todos os santos. Respeitosamente, ele pedira ao governo federal que interviesse, mas Van Buren nada fizera.

— Ele disse que abraçar a causa deles lhe custaria o voto do Missouri — lembrou o anjo. — *Van Buren nos julgou antes mesmo de nos conhecer.*

Muitos presidentes depois dele demonstraram a mesma apatia.

— *O governo sempre foi controlado pela ignorância, pela tolice e pela fraqueza.*

O anjo tinha razão.

— *Qual é a força do governo? Ele é como uma corda feita de areia, fraco como água. Tem pouca consideração pela verdade ou pelo que é certo. Os governantes da nação americana deviam se envergonhar.*

Assim como os profetas tinham sido com os presidentes, Salazar era cuidadoso com o presbítero Rowan. Mas não por desconfiança. O senador havia deixado claro desde o início que não queria detalhes. Assim, ele omitiu os acontecimentos com o agente americano, a morte de dois de seus homens e o desaparecimento de Barry Kirk. Compreendia a linha tênue que separava o Quórum dos Doze e o restante da igreja. Joseph Smith e seu sucessor, Brigham Young, haviam utilizado homens exatamente como ele, que da mesma maneira salvaguardavam o interesse coletivo.

— A situação está sob controle? — perguntou Rowan.

— Totalmente.

— É importante que continue assim. O governo tentará nos deter de todo modo. É inevitável. Não conseguiríamos manter o segredo para sempre. Felizmente, estamos chegando cada vez mais perto do objetivo.

— Não seria melhor descobrir o que eles sabem? — perguntou Salazar.

— Pretendo me informar a esse respeito. Talvez você consiga descobrir alguma coisa aí.

— Era exatamente o que eu estava pensando.

— Mas fique tranquilo, Josepe, nenhum de nós violou qualquer lei. Eles só querem saber o que está acontecendo.

Salazar, mais uma vez, ficou em silêncio.

Danitas sempre trabalhavam em segredo. O recrutamento, cento e cinquenta anos atrás, tal como agora, era feito apenas por contato pessoal. As reuniões, cuidadosamente protegidas. As instruções não eram discutidas abertamente fora dessas reuniões, mesmo entre companheiros danitas. Membros eram treinados a obedecer às instruções de seus líderes sem questionar ou hesitar, advertidos a provar sua lealdade em tudo que lhes era confiado, na vida ou na morte. Cada recruta assumia o compromisso solene de não revelar nada. A punição pelo descumprimento do código era executada em segredo.

— *Vivemos em um novo e diferente regime* — disse o anjo. — *Nesse regime, o Reino de Deus se fará em pedaços e consumirá todos os reinos terrenos. O dever de todos os danitas nobres e leais é exaurir os gentios e consagrá-los ao Reino de Deus. A terra pertence ao Senhor, Josepe, não aos homens. E as leis da terra não se aplicam quando alguém assume um compromisso com Deus.*

— Meu medo — disse ele a Rowan — é que a investigação se torne cada vez mais abrangente.

— E isso vai acontecer. Então, comporte-se de maneira adequada.

Ele compreendeu a instrução. Nada que os danitas fizessem jamais poderia vir a público. Josepe conhecia seu papel. Ele era o martelo e a espada. Sua recompensa era uma satisfação interior, que não devia ser alardeada para impressionar os outros.

— *Não é da sua conta ou direito seu saber o que é exigido por Deus* — disse o anjo dentro de sua cabeça. — *Ele vai informá-lo através do profeta, e você agirá.*

*Amém*, murmurou ele.

— Tudo está sob controle.

— Como eu esperava. Posso precisar de você aqui em breve, então faça os preparativos para uma viagem. Estou voltando a Washington. Entre em contato quando tiver mais o que relatar.

Salazar olhou para o mapa e para os estados destacados.

Texas, Havaí, Alasca, Vermont e Montana.

E Utah.

Consultou o relógio.

— Que o Pai Celestial o guarde! — disse Rowan.

— Igualmente, senhor.

# Capítulo 22

COPENHAGUE

MALONE SE SENTIU COMO NOS VELHOS TEMPOS, jogando apenas o essencial em uma mala, depois tirando a mochila que ficava debaixo da cama e pegando de dentro dela algumas centenas de euros que sempre mantinha à mão, juntamente com seu passaporte. Anos atrás, o passaporte era a última de suas preocupações. Como agente do Magellan Billet, ele se movimentava pelo mundo à vontade, às vezes legalmente, mas, na maior parte das vezes, de maneira ilegal. Era uma vida e tanto. Ocasionalmente sentia falta dessa vida, não importa quanto dissesse ao contrário. Já estivera envolvido em diversas missões importantes, e algumas delas tinham até mesmo mudado a história. Só que aquela não era mais a sua vida. Ou pelo menos era o que dizia a si mesmo nos últimos anos, desde que tinha caído fora. Por outro lado, também havia participado de alguns casos incríveis desde que se aposentara.

O que parecia estar acontecendo de novo.

O que Luke Daniels dissera na noite anterior? *Há uma conexão entre Joseph Smith, Brigham Young, James Madison e Abraham Lincoln. Isso se estende até lá atrás, até os Pais Fundadores.*

Os dois se separaram depois que voltaram para Copenhague, e o agente mais jovem pareceu estar contente por se livrar do outro. Malone também já tinha visto as ações do Magellan Billet com algum encantamento. Viera diretamente do corpo jurídico da Marinha, onde Stephanie o recrutara para o que se tornou uma transferência definitiva ao Departamento de Justiça. Quando deixara o serviço público, também renunciara à sua patente naval como comandante Harold Earl "Cotton" Malone, filho de Forrest Malone — também comandante da Marinha dos Estados Unidos, desaparecido no mar. Seu olhar projetou-se para a moldura na parede e para o bilhete manuscrito, datado de 17 de novembro de 1971. As últimas 640 palavras do pai. Escritas especialmente para sua família. Ele havia saboreado cada uma delas. Especialmente a sentença final.

*Eu amo você, Cotton.*

Não era algo que tivesse ouvido muitas vezes enquanto o pai era vivo.

Tentava não cometer o mesmo erro com seu filho, Gary, agora com 16 anos. Certamente esperava que o garoto soubesse como se sentia. Deus sabe que ambos tinham passado por muita coisa juntos.

Ele pegou a Beretta. Ela lhe servira bem no dia anterior. Quantas pessoas havia matado com aquela arma ao longo dos anos? Dez? Doze? Quinze?

Difícil lembrar.

E isso o incomodava.

Assim como o incomodava o que tinha presenciado na noite passada com Cassiopeia. O beijo trocado com Salazar o magoara, não importava que ela estivesse representando. Ele estava com ciúme, isso era óbvio. Ela, solicitamente, se oferecera para ficar lá naquela noite. O que teria acontecido se Salazar tivesse dito sim? Não queria pensar nessa alternativa. É claro que não tinha ideia do que acontecera depois que deixaram a propriedade. Salazar talvez tenha pernoitado em seu hotel.

Pare.

Esqueça isso.

Detestava as dúvidas que passavam por ele em turbilhão, desejando não ter visto nem ouvido nada daquilo. Seria melhor não saber.

Seria mesmo?

Seu casamento acabara por causa de mentiras e desconfiança. Muitas vezes se perguntara o que teria acontecido se tivessem sido sinceros. Isso poderia ter salvado o relacionamento?

Seu celular tocou.

Malone estava esperando a chamada e não ficou desapontado ao ver Stephanie Nelle aparecer na tela.

— Soube que você teve uma noite ruim — disse ela.

— Você me manipulou.

— Eu precisava da sua ajuda. No começo, só tínhamos que investigar as atividades de um cidadão estrangeiro. Mas acabou virando algo totalmente diferente. Um senador dos Estados Unidos está envolvido. Um homem chamado Rowan, de Utah. Eu não fazia ideia de que Barry Kirk era um espião. Obviamente, Salazar está muito à nossa frente.

— Fale logo sobre o que importa.

— Cassiopeia está aí para agilizar as coisas e descobrir o que puder. É a pessoa mais próxima do problema. Mas não tenho certeza de que isso ainda seja uma boa ideia.

— Você escondeu isso de mim.

— Não era para você chegar tão perto.

— Então você só estava me usando?

— Para encontrar nosso homem desaparecido? Pode crer.

— O moleque lhe contou que ele está morto?

— Contou. Meu primeiro impulso foi dar um fim a Salazar. Mas as minhas ordens são para não fazer isso. Luke também disse que você ficou chateado com o que viu. Cassiopeia está me fazendo um favor, Cotton. E só.

— Então ela está mentindo para Salazar?

— Exato. E não está feliz com isso, mas concordou em continuar no caso.

— Ela não parecia estar sofrendo.

— Sei que isso dói...

— Ela sabe que eu estava lá?

— Não contei nada sobre o seu envolvimento.

— Então continue sem contar.

— Ela e Salazar não deveriam estar na casa.

— A coisa toda me pareceu uma armadilha.

— Concordo — disse ela. — Mas deu certo. Descobrimos informações valiosas.

— Foi isso que o moleque lhe disse?

— Ele não é um idiota, Cotton. Na verdade, é muito bom. Só que um pouco impetuoso. Talvez seja de família.

Malone não tinha feito a conexão até aquele momento. Daniels.

— Ele é parente do presidente?

— É sobrinho de Danny Daniels. Um dos quatro filhos de seu irmão.

— Foi assim que você acabou ficando com ele?

— Não é o que você está pensando. Luke é do sul, como você, nascido e criado no Tennessee. Depois do colégio, ele se alistou e virou *ranger* no Exército. Um dos bons. Seu uniforme está carregado de condecorações. Ele serviu no Oriente Médio, inclusive três excursões no Iraque. Quis trabalhar para a CIA, mas o presidente me pediu para contratá-lo. Sem condições, nenhum tratamento especial. Se o garoto não desse conta, eu poderia ficar à vontade para demiti-lo.

— Se ele não morresse antes.

— Eu me lembro, quinze anos atrás, de pensar o mesmo sobre você. Mas tudo acabou dando certo.

— Você me deixou de fora, Stephanie. Eu detestava isso quando trabalhava para você, e continuo detestando agora.

— Nunca mencionei nada sobre Cassiopeia porque não achava que você estaria por perto tempo bastante para descobrir. Ela está me ajudando e pediu para que isso ficasse entre nós.

— E isso deveria fazer com que eu me sentisse melhor?

— Vocês não são casados, Cotton. Ela pode fazer o que quiser com a vida dela, assim como você.

— Saber o que estava acontecendo seria apenas uma questão de cortesia.

— Então você conta tudo para ela?

— Como exatamente Cassiopeia está ajudando você?

— Não posso abordar esse assunto por este telefone.

— Luke disse que está acontecendo algo que envolve os Pais Fundadores.

— Isso é problema meu, não seu.

Malone hesitou um momento antes de dizer:

— Concordo. Também concordo que Cassiopeia já está bem grandinha. Ela pode cuidar de si mesma.

— Estou certa de que pode. Mas a pergunta é: e você?

Ele não poderia mentir para Stephanie. Ela o conhecia bem, assim como ele a conhecia.

— Você a ama, Cotton. Admita isso ou não.

— Ela não me envolveu no que está fazendo. Então não é da minha conta. Como você disse, não somos casados.

— Eu chamei Luke de volta. Ele logo estará de volta aos Estados Unidos. Os homens de Salazar viram vocês dois, então sua eficácia ficou comprometida.

— O moleque se dá bem com o presidente?

— Luke não faz ideia de que o tio interveio a seu favor. Foi outra condição do presidente.

O fato de Stephanie ter concedido esse favor era impressionante. Não era algo que Malone esperasse dela. Mas Cassiopeia lhe contara uma vez que havia certos sentimentos entre sua ex-chefe e o atual presidente. O que o deixara surpreso. Mas Malone e Stephanie nunca tinham conversado sobre isso. Nenhum dos dois gostava de falar sobre esse tipo de coisa.

— É difícil criticar um garoto que telefona para a mãe todo domingo — disse ela.

Sua própria mãe ainda vivia na região central da Geórgia, em uma fazenda de cultivo de cebola doce, propriedade da família havia mais de um século. Mas, diferentemente de Luke Daniels, Malone não ligava toda semana. Nas festas mais importantes, nos aniversários, no Dia das Mães. Era essa a extensão de seus contatos. Ela nunca reclamava, mas esse era seu jeito. Jamais lhe diria uma palavra de recriminação. Quantos anos teria agora? Uns 70, 75? Não tinha certeza. Por que não sabia qual era a idade da própria mãe?

— E liguei para Copenhague — continuou Stephanie. — A polícia local não vai incomodar você.

Malone tinha se perguntado por que a livraria não estava lotada de policiais.

— Eles quebraram o vidro da minha porta da frente.

— Mande a conta para mim.

— Talvez eu mande.

— Sei que você está furioso — disse ela. — Não posso culpá-lo. Mas, Cotton, você vai deixar Cassiopeia em paz, não vai? Não podemos colocá-la em risco. Não entre em contato até que isso tenha terminado. Como você diz, ela já é grandinha. Não há outros agentes lhe dando cobertura. Ela está sozinha.

— Sem problema.

Ele encerrou a ligação e olhou para baixo, para a mala.

Estava sendo manipulado outra vez.

Sem dúvida.

Malone enfiou a Beretta de volta na mochila e a empurrou para debaixo da cama. Infelizmente, não poderia carregar a arma consigo. Não era permitido fazer isso em aviões, e declará-la suscitaria perguntas que ele preferia não ter de responder. Aquela era mais uma vantagem de quem portava credenciais do governo.

Não fazia diferença. Ele daria um jeito.

O governo dos Estados Unidos empregava milhares de agentes cuja tarefa era proteger os interesses nacionais. Malone já fora um deles. Sua tarefa agora era mais pessoal. O que Stephanie tinha acabado

de dizer sobre Cassiopeia? *Não há outros agentes lhe dando cobertura. Ela está sozinha.*
    Não exatamente.
    E Stephanie sabia disso.
    Ele tinha de se apressar.
    Seu voo para Salzburgo sairia dentro de duas horas.

# Capítulo 23

KALUNDBORG

Cassiopeia terminou de fazer a mala. Trouxera muito pouco, só algumas mudas de roupa, com peças intercambiáveis para servirem em uma variedade de estilos. Achava que ficaria apenas alguns dias. Agora, sua viagem tinha sido prolongada. As portas francesas estavam escancaradas, oferecendo uma vista espetacular do fiorde e do estreito do Grande Belt, as águas cinza-amarronzadas agitadas por uma forte brisa do leste. Josepe providenciara um quarto de hotel na orla marítima, propositalmente não permitindo que ela ficasse em sua propriedade. Talvez porque preferisse manter seu relacionamento em um nível apropriado, talvez porque não a quisesse lá. Já fazia três dias que Cassiopeia estava na Dinamarca, e somente na noite anterior ele a tinha levado para uma visita em sua casa.

Tudo que acontecera na noite passada a deixara perturbada.

Beijar Josepe novamente, depois de tantos anos, trouxe lembranças que ela pensava já não existirem mais. Ele tinha sido seu primeiro amor, e Cassiopeia, o dele. Sempre fora um perfeito cavalheiro com ela, e o relacionamento era amoroso, mas não apaixonado. A doutrina da igreja proibia sexo antes do casamento. Assim, oferecer-se para passar a noite com ele fora algo arriscado, mas não tanto. No mínimo, o gesto tinha contado a seu favor.

Ela se sentia muito mal por enganá-lo, a cada minuto se arrependia mais de participar daquela farsa. Quando concordara em ajudar, não sabia que ele ainda abrigava sentimentos tão profundos por ela. Claro, Stephanie lhe contara sobre a fotografia, mas aquilo podia ter várias explicações. Em vez disso, a verdadeira explicação se tornara absolutamente clara.

Josepe gostava dela.

Cassiopeia arrumou as últimas roupas na mala e puxou o zíper, fechando-a.

Deveria parar com todo aquele fingimento. Era a coisa certa a fazer. Mas a acusação de assassinato indicava o contrário. A religião mórmon abominava violência. Claro, em certa época, havia muito tempo, as coisas tinham sido diferentes, e os santos revidavam. Mas era uma questão de sobrevivência. Uma questão de autodefesa, sinal daqueles tempos. Josepe era devotado à doutrina da igreja, que proibia fazer mal aos outros, então por que se afastaria de princípios tão fundamentais? Devia haver outra explicação. Uma que não o tornasse responsável por um assassinato.

Ela consultou o relógio: nove e meia.

Ele chegaria logo.

Foi até as portas abertas e ouviu a batida rítmica das ondas e os gritos das aves.

Seu celular tocou.

— Tivemos um incidente ontem à noite — disse Stephanie do outro lado.

Ela escutou o que havia acontecido em Øresund e em Copenhague com um dos funcionários de Josepe.

— Tive de envolver Cotton — continuou Stephanie. — Era minha única opção naquele momento. Ele deu conta do caso, mas matou três homens.

— Ele está bem?

— Está ótimo.

— Descobriu algo sobre seu homem desaparecido?

— Continua desaparecido. Os homens que atacaram Cotton eram danitas a serviço de Salazar.

Danitas? Cassiopeia se lembrava de ter lido sobre eles quando era adolescente, mas o grupo não existia mais, estava extinto desde o século XIX.

— Não vi nenhum sinal disso por aqui. — Então, relatou o que havia acontecido entre ela e Josepe. — Ele gosta muito de mim. Eu me sinto falsa demais. Acho melhor acabar logo com essa farsa.

— Preciso que você aguente mais um pouco. As coisas pioraram por aqui, e hoje vou saber mais. Vá para Salzburgo e veja o que consegue descobrir. Depois disso, pode ir embora. Ele nunca vai saber o que aconteceu.

— Mas eu vou saber. Menti para Cotton também. Ele não ficaria nem um pouco feliz se soubesse o que estou fazendo.

— Você está colaborando com uma operação de inteligência dos Estados Unidos. Só isso. O presbítero Rowan que Salazar mencionou é o senador Thaddeus Rowan, de Utah.

Cassiopeia explicou o que vira no mapa no escritório de Josepe.

— Utah estava destacada em amarelo. Os outros cinco estados, em rosa.

— Quais eram?

Ela contou.

— O senador Rowan anda de olho em mim. Essa tal grande missão que Salazar mencionou? É isso que precisamos descobrir. É importante, Cassiopeia. E você é a nossa via mais rápida.

— Preciso ligar para o Cotton.

— Melhor não. Ele parece estar bem. Depois de me ajudar ontem, retomou o trabalho na livraria.

Mas *ela* não estava bem.

Sentia-se sozinha.

E isso a incomodava.

Passara a manhã toda pensando em Cotton. Tecnicamente, o que tinha feito com Josepe não era traição. Estava mais para uma enganação. Era interessante a diferença entre os dois homens. Enquanto Cotton era despretensioso, reservado e contido em suas emoções, Josepe era exibido, caloroso e amoroso. Suas profundas crenças religiosas eram ao mesmo tempo um bem e um mal. Ambos eram incrivelmente bonitos, dominadores, seguros e confiantes. Ambos tinham defeitos. Cassiopeia não sabia ao certo por que essas comparações se haviam tornado relevantes, só que, desde a noite passada, não conseguia parar de fazê-las.

— Só preciso que me ajude um pouquinho mais — pediu Stephanie.
— Não me sinto mais confortável com isso.
— Eu sei, mas há muita coisa em jogo. E, Cassiopeia, não importa no que você queira acreditar, Salazar não é inocente.

STEPHANIE ENCERROU A LIGAÇÃO.
Não gostava de ter mentido para Cassiopeia, mas isso fora necessário. Cotton não estava ótimo. Isso tinha ficado claro em sua conversa mais cedo. Luke também havia confirmado que Cotton estava aborrecido.

E seu agente, morto.

Ela escondera isso também.

Se lhe contasse a verdade sobre as duas questões, não havia como prever qual seria sua reação. Cassiopeia poderia tentar confrontar Salazar. Ou largar tudo. Era melhor manter a informação em segredo por mais algum tempo.

Stephanie sentou-se na cama e olhou para o relógio na cabeceira. Eram dez para as quatro da manhã.

Seu voo para Washington sairia em quatro horas. Edwin Davis dissera que se encontraria com ela no Reagan National. Estava ansiosa por descobrir mais. O pouco que sabia até agora já era bem preocupante. Fazia trinta anos que trabalhava para o governo, tendo começado no Departamento de Estado durante a administração Reagan, indo depois para a Justiça. Presenciara muitas crises. Suas experiências a ajudaram a desenvolver um sexto sentido. E se estivesse correta dessa vez, Malone estaria a caminho de Salzburgo. Ele fora evasivo ao telefone, mas Stephanie já imaginava seu plano. Especialmente depois de lhe dizer que Cassiopeia estava sozinha. Ele jamais permitiria que ela não tivesse ajuda. Nada o manteria afastado.

O sono tinha ido embora. Estava totalmente desperta.

E não só por causa das duas ligações telefônicas.

A apreensão lhe remoía o cérebro.

O que ela ainda não sabia?

## Capítulo 24

KALUNDBORG

SALAZAR TERMINOU OS PREPARATIVOS para sua viagem a Salzburgo. Seu último brinquedinho, um Learjet 75, o aguardava. Um carro esperava do lado de fora para levá-lo à cidade a fim de buscar Cassiopeia, e depois seguir para o campo de pouso. Ele alterara as reservas no hotel, e o Goldener Hirsch as confirmara, garantindo que duas suítes estariam prontas. O voo levaria menos de duas horas, e Salazar estava ansioso para estar de volta às montanhas da Áustria. O clima deveria estar bom. Ele amava Salzburgo. Era uma de suas cidades favoritas — e agora a viagem seria muito mais agradável, graças à companhia de Cassiopeia.

As portas para o escritório se abriram. Um dos dois homens que lhe restavam, um danita leal que estivera em Copenhague, entrou.

— Cotton Malone é um livreiro em Copenhague.

— Mesmo assim, matou dois dos nossos. — Essas mortes o aborreciam. Nunca perdera um homem. — E Barry? Algum sinal?

— Encontramos o celular dele num ônibus, posto ali para nos despistar. O irmão Kirk não fez contato desde a noite passada, em frente à livraria.

Salazar sabia o que isso significava.

Menos três homens.

— Vocês cuidaram de tudo?

O acólito assentiu.

— Eu mesmo me livrei do corpo do agente americano.

— É possível que nos associem aos dois corpos que serão encontrados no Øresund?

— Não deveriam.

Salazar já havia sido informado do que acontecera na véspera, quando outro agente americano tinha sido encurralado nas cercanias de Kalundborg. O homem depois fugiu e roubou um dos aviões de sua própria frota. Pelos relatórios que recebera, o avião fora abatido e a essa altura se encontrava no fundo do mar do Norte.

— O que você acha? — perguntou ao acólito.

Ele valorizava a opinião de seus homens. Bons conselheiros levam a boas decisões. Isso era algo que todos os profetas tinham em comum, contando com homens sensatos e obedientes para lhes prover sabedoria e orientação. Salazar e seus danitas exerciam essa função para o presbítero Rowan.

— O irmão Kirk se reportou a mim antes de ir para a Suécia. Disse que o interesse dos americanos aumentou muito quando ele mencionou a morte. Parecia que tinham a intenção de descobrir o máximo de coisas negativas que pudessem.

Eles usaram a possibilidade de um assassinato relacionado ao diário de Rushton como forma de provocar um erro do inimigo. E, embora o dono do diário, que ainda estava em cima de sua mesa, realmente estivesse morto, nada ligava isso a Salazar — a não ser uma afirmação sem provas.

— Você acha que pegaram Barry? — perguntou.

A missão de Kirk tinha sido infiltrar-se e descobrir o que pudesse dos inimigos, depois direcionar seus salvadores para a casa. Mas algo dera errado.

— Acho bastante improvável. Como os dois agentes teriam pensado em plantar o telefone no ônibus? O irmão Kirk nunca lhes diria nada voluntariamente. Na praça, ele sinalizou que eu deveria estar preparado. Devíamos segui-los usando o rastreador no celular. Fui eu quem informou a polícia sobre os corpos no rio. Também fui eu quem lhes deu o endereço de Malone. A intenção era tirá-los da livraria, com o propósito de manter tudo em movimento. Mas o tiro saiu pela culatra.

Saíra mesmo.

Salazar se lembrou da conversa mais cedo com o presbítero Rowan. Havia algo acontecendo do outro lado do Atlântico, e ele logo seria necessário lá. Enquanto isso, Rowan lhe pedira para que descobrisse o que pudesse do lado de cá.

E era isso o que pretendia fazer.

Ele pegou o controle remoto e apontou o dispositivo para uma tela plana montada na parede oposta. A imagem que apareceu era do escritório, na noite anterior, e dois homens vasculhando a escrivaninha e examinando o mapa no cavalete, que tinha sido deixado exposto por um motivo.

— Mas parece que Barry lhes disse para virem aqui, como planejamos — comentou Salazar.

Ele e Kirk haviam concordado em conduzir os americanos de maneira que, antes de matá-los, pudessem descobrir o que os inimigos pensavam quando achavam que ninguém os ouvia. O plano era que encontrassem primeiro o corpo e depois, enraivecidos, fossem à casa principal. Depois de falarem todas as coisas que, não fosse pela morte do companheiro, normalmente não falariam, se juntariam a seu compatriota na eternidade.

Mas isso não acontecera.

E, pelos indicadores de tempo no vídeo, Salazar se deu conta de que o inimigo permanecera dentro da casa depois que ele e Cassiopeia saíram.

O que nunca tinha sido parte do plano.

Claro, com o desenrolar dos acontecimentos na noite anterior, ele não soubera de qualquer problema. Pela mensagem que recebera no jantar, tinha acreditado que tudo transcorria sem percalços.

— O homem mais jovem foi quem roubou o avião e estava em Copenhague na noite passada — disse o acólito. — O que está estudando o mapa é Malone.

— *Por que esses estados estão coloridos?* — perguntou Malone. — *E não me diga que não sabe. A ligação de Stephanie, no carro, foi para lhe passar informações. Eu costumava recebê-las também.*

— Esses estados são o problema.

Salazar viu Malone apontar para Utah.

— E este?

A resposta o surpreendeu.

— *É uma coisa complicada. É difícil de acreditar, na verdade. Mas há uma conexão entre Joseph Smith, Brigham Young, James Madison e Abraham Lincoln. Isso se estende até bem lá atrás, até os Pais Fundadores.*

— E envolve?

— A Constituição dos Estados Unidos.

Eles observaram os americanos encontrarem a brochura do leilão sobre a mesa, a referência óbvia ao Livro de Mórmon à venda. Salazar desligou o vídeo, satisfeito com o fato de a microcâmera no teto ter funcionado perfeitamente. Realmente tinham feito descobertas sobre o inimigo.

— Estou partindo para Salzburgo em poucos minutos.

— Você vai sozinho?

— Não. A Srta. Vitt vai me acompanhar.

— Isso é sensato?

Salazar reconhecia que a missão do homem era cuidar dele, especialmente considerando o que havia acontecido nas últimas vinte e quatro horas.

— Ela é uma velha amiga em quem confio.

— Não tive a intenção de ofender. Mas acho que seria melhor se somente nós cuidássemos disso.

— Eu a quero lá. — Salazar não ouviria qualquer avaliação negativa quanto a Cassiopeia. Ainda podia sentir os lábios dela em sua pele, a revigorante eletricidade que atravessara seu corpo. Ela não lhe dera qualquer motivo para desconfiança, sob qualquer aspecto. — Isso não está em discussão.

O homem assentiu.

— Malone tem de pagar pela morte de nossos três irmãos — disse Salazar, mudando de assunto.

— Eu vi da margem quando ele os matou, impotente para fazer qualquer coisa.

— *Temos de cuidar uns dos outros e nos defender em todos os aspectos* — disse o anjo em sua cabeça. — *Se nossos inimigos se voltam contra nós, podemos fazer o mesmo. Só assim vamos nos consagrar ao Senhor e construir Seu reino. Quem poderá se opor a nós?*

Ninguém.

— Esteja pronto para partir logo.

O homem saiu.

Salazar pensou nas horas que viriam e se perguntou se teriam sido ousados demais, espertos demais, dando vantagem em excesso ao inimigo. A ideia de infiltrar Kirk fizera sentido.

Mas talvez tenha custado a vida de seu amigo.

Talvez os americanos da véspera tivessem ido para a Áustria.

Nesse caso, ele descobriria o que acontecera com Kirk, e lidaria com os dois.

Quem sabe o Pai Celestial o ajudasse e enviasse Cotton Malone.

# Capítulo 25

WASHINGTON, D.C.
11:00

STEPHANIE ESTAVA NA LIMUSINE, Edwin Davis a seu lado. Como combinado, depois que seu voo chegara de Atlanta, os dois se encontraram no Reagan National. Ele lhe dissera para levar uma mala, pois talvez tivesse de ficar ali por alguns dias. No mais, ela não fazia ideia do que esperar.

O tráfego matinal se arrastava ao longo do caminho, andando e parando, o denso congestionamento continuando mesmo após terem saído da via expressa. Davis havia sido cordial ao saudá-la, mas, depois disso, ficara em silêncio, olhando pela janela. Ela também observava enquanto passavam pelo Memorial de Lincoln, o Monumento a Washington e o Capitólio. Embora tivesse vivido e trabalhado ali intermitentemente nos últimos trinta anos, essas vistas nunca deixavam de impressioná-la.

— É interessante pensar — disse Davis, sua voz baixa como um sussurro — que tudo isso começou com um grupo de homens enclausurados atrás de portas fechadas, no calor brutal de um verão na Filadélfia.

Ela concordava que aquilo fora um feito e tanto. Cinquenta e cinco delegados de treze estados haviam chegado em maio e ficado até setembro de 1787. Rhode Island não enviara representantes, recusando-se a participar, e dois dos três delegados de Nova York foram embora mais cedo. Mas os homens que lá permaneceram conseguiram realizar um milagre político. Sessenta por cento deles haviam participado da Revolução. A maioria servira nos Congressos da Confederação e Continental. Vários foram governadores. Mais da metade havia atuado na condição de advogado, e os demais constituíam um grupo diverso — comerciantes, fabricantes, armadores, banqueiros, médicos, um pastor de igreja e vários fazendeiros. Vinte e cinco eram donos de escravos. Dois deles, George Washington e o governador Morris, estavam entre os homens mais ricos do país.

— Sabe o que aconteceu no final da convenção? — perguntou Davis. — Quando chegou a hora de assinar?

Ela assentiu.

— Restavam quarenta e dois homens naquele dia, e só trinta e nove assinaram.

— Washington foi o primeiro, depois seguiram-se os representantes, de norte a sul, um estado de cada vez. Ninguém estava realmente satisfeito. Nathaniel Gorham, de Massachusetts, disse que duvidava que a nova nação durasse cento e cinquenta anos. Mas aqui estamos nós. Ainda funcionando.

Stephanie se surpreendeu com o cinismo.

— O que aconteceu naqueles poucos meses na Filadélfia — continuou ele — tornou-se mais lenda do que fato. Quem assiste a certos programas de TV pensa que aqueles homens não poderiam fazer nada de errado. — Davis finalmente olhou para ela. — Nada poderia estar mais longe da verdade.

— Edwin, sei que os fundadores tinham seus defeitos. Eu li as anotações de Madison.

O registro definitivo daqueles acontecimentos na Filadélfia eram as *Anotações dos debates na Convenção Federal de 1787*, de James Madison.

Embora não fosse o secretário oficial da convenção, ele manteve um registro meticuloso, o qual transcrevia fielmente toda noite. Os delegados se haviam reunido inicialmente para emendar os impraticáveis Artigos de Confederação, mas rapidamente decidiram descartá-los e elaborar uma nova Constituição. A maioria dos estados, ao saber dessa resolução, teria chamado de volta seus delegados, encerrando a convenção. Assim, os procedimentos foram mantidos em segredo, e, depois, os documentos de trabalho mantidos pelo secretário oficial, destruídos. Apenas uma parte das decisões e dos votos sobreviveu. Outros delegados fizeram anotações, mas o de Madison tornou-se o relato mais fidedigno das deliberações diárias.

— O problema — disse Davis — é que esses registros não são confiáveis.

Stephanie também sabia disso.

— Ele não os publicou até 1840.

E Madison admitiu ter ornamentado suas recordações durante esses cinquenta e três anos, fazendo inúmeras emendas, deleções e inserções. Tantas que agora era impossível saber o que realmente ocorrera. E, para completar, havia a recusa de Madison de permitir que seu registro fosse publicado até que todos os membros da convenção, inclusive ele mesmo, tivessem morrido.

O que significava que não haveria ninguém vivo para contradizer seu relato.

— Essas anotações — disse Davis — constituíram a base de muitas decisões constitucionais históricas. Elas são citadas todo dia por tribunais federais e estaduais como a suposta intenção dos fundadores. Toda a nossa jurisprudência constitucional está, literalmente, baseada nelas.

Stephanie se perguntou se isso tinha relação com o que ele dissera no dia anterior quanto a Suprema Corte ter errado no caso *Texas versus White*, mas sabia que Davis só lhe contaria quando estivesse preparado.

Ela observou o percurso.

Seguiam em direção a noroeste, passando pela universidade em Georgetown, ao longo de um pitoresco bulevar arborizado. Stephanie conhecia bem aquela região, cheia de embaixadas estrangeiras nas redondezas. Finalmente, o carro embicou em um portão de ferro guarnecido de guardas uniformizados, que foi imediatamente aberto.

Sabia onde estavam.

No Observatório Naval.

Setenta e dois acres de floresta empoleirados em uma colina, treze dos quais formavam um complexo onde residia o vice-presidente dos Estados Unidos.

Entraram em uma rua com a placa ROTATÓRIA DO OBSERVATÓRIO, e ela vislumbrou a casa de tijolos brancos, de três andares, em estilo rainha Ana. Persianas verde-acinzentadas adornavam suas muitas janelas.

O carro parou e Davis desceu.

Ela o seguiu.

Os dois subiram os degraus até uma varanda ornamentada com móveis de vime branco. Rosas outonais floresciam em canteiros ao pé dela.

— O que viemos tratar com o vice-presidente? — perguntou Stephanie.

— Nada — respondeu Davis, ainda seguindo em direção à porta da frente.

Eles entraram num vestíbulo espaçoso, o assoalho coberto com um espesso tapete oriental verde e bege. Coerentes com sua arquitetura estilo rainha Ana, os cômodos se comunicavam uns com os outros sem corredores adjacentes. Uma paleta de verde-claro, verde-limão e azul-claro dominava a decoração.

Davis apontou para a direita e seguiu na frente.

Os dois entraram na sala de jantar.

Sentado à mesa, estava o presidente Robert Edward "Danny" Daniels Jr. Ele vestia terno e gravata, mas havia tirado o paletó, pendurando-o no espaldar de sua cadeira. As mangas da camisa estavam dobradas.

Stephanie se controlou para não sorrir.

— Sente-se — disse o presidente a ela. — Temos muito o que discutir.

— Sobre o quê?

— Seu problema.

— Tenho vários deles — disse Stephanie.

— Mas tem apenas um — rebateu o presidente — que envolve Thaddeus Rowan, nosso ilustre senador de Utah.

# Capítulo 26

**SALT LAKE CITY**
9:00

Rowan entrou no Hotel Mônaco, situado no coração do centro, alguns quarteirões ao sul da Praça do Templo. Salt Lake havia sido projetada como uma grade, as ruas principais cruzando-se em um padrão quadriculado, todas saindo da Praça do Templo. Brigham Young exigira que cada rua fosse larga o bastante para que os condutores conseguissem fazer suas carroças darem a volta *sem recorrer a profanidades*. Seu plano fora seguido e permanecia até hoje, tendo sido incorporado em muitos assentamentos posteriores.

O Hotel Utah, pertencente à igreja próxima à Praça do Templo, foi o primeiro estabelecimento da cidade. Mas fechara em 1987, e o lugar fora remodelado como um centro administrativo da igreja. Agora, o Mônaco assumia sua função, e o edifício, antes um banco, era um verdadeiro marco da cidade. Rowan sugerira o hotel aos ocupantes da suíte Majestic, no último andar — assim chamada, ele sabia, devido às abrangentes vistas que oferecia do centro da cidade e das íngremes montanhas Wasatch e Oquirrh, que rodeavam a bacia de Salt Lake.

Três homens esperavam por ele.

Sua equipe de comando. Reunida mais de três anos atrás, pronta para a luta por vir.

Rowan entrou na suíte e trocou apertos de mão.

A reunião fora planejada várias semanas antes. Mas, agora, com a descoberta das carroças e as revelações da caixa de madeira, sua conversa tinha adquirido um ar urgente.

Os três eram advogados de apelação altamente treinados. Dois eram sócios acionistas de grandes escritórios, um em Nova York, o outro, em Dallas. O terceiro era professor na faculdade de direito de Columbia. Cada um deles havia defendido e ganhado causas na Suprema Corte dos Estados Unidos. Eram respeitados, brilhantes e caros, recrutados por Rowan depois de ter constatado que todos compartilhavam a mesma filosofia política.

Ele notou um carrinho de servir prateado, com suco, frutas e croissants. Cada um encheu um prato e, então, sentaram-se em torno de uma mesa de jantar de nogueira que ocupava um canto da espaçosa suíte. Muito abaixo, as ruas de Salt Lake City fervilhavam com o tráfego matinal. Uma sequência contínua de faróis a distância delineava a Interstate 15, cuja rota cortava o estado de norte a sul.

— Digam-me, como estamos por todo o país? — perguntou ele.

— Temos um bom pessoal a postos, pronto para agir, em cada estado — respondeu um dos advogados. — Serão úteis quando chegar a hora. É um grupo que vai desde relações-públicas até advogados e oficiais de justiça e acadêmicos. Tudo de que vamos precisar.

— Sigilo?

— Até agora, nenhum problema quanto a isso, mas estamos guardando informações e sendo generosos com o dinheiro.

— E o empurrão principal?

— Será no Texas, Havaí, Alasca, Vermont e Montana, como concordamos. Esses estados são os que mais se incomodam com a legislatura. As pesquisas revelam que as pessoas de lá não se opõem. Então temos medidas legislativas prontas para serem apresentadas.

Isso daria ao movimento um ar de nacionalismo, mesmo que Utah fosse o líder.

— Você viu a petição do Texas? — perguntou-lhe outro advogado.

Ele tinha visto. Duas semanas atrás. Mais de 125 mil assinaturas, declarando que não mais queriam ser parte dos Estados Unidos.

— Isso não foi nossa iniciativa, mas tampouco a desencorajamos. Veio de um grupo extremista. Dê uma olhada no preâmbulo.

Rowan pegou o iPad que lhe era oferecido e leu na tela.

**Como o estado do Texas mantém um orçamento equilibrado e é a décima quinta maior economia no mundo, é exequível, na prática, que se retire da União, e, ao fazê-lo, estará protegendo a qualidade de vida de seus cidadãos e reassegurando seus direitos e liberdades, de acordo com as ideias e crenças originais de nossos pais fundadores, que não estão mais se refletindo no governo federal.**

Rowan gostou da redação, mas não apreciou os comentários feitos na imprensa por seus criadores. Radicais demais. Fanáticos demais. Soavam como absurdo. O que a petição fizera, no entanto, fora chamar atenção para a questão, que havia sido ruminada pelos noticiários durante vários dias.

— Geórgia, Flórida, Alabama e Tennessee lançaram petições semelhantes. Mas nenhuma delas alcançou a quantidade de assinaturas do Texas. São estratagemas publicitários, mas não resultam em nada.

Ele pôs o iPad sobre a mesa.

— Temos de levar esse debate para além do sul.

— Exatamente — disse outro advogado. — Uma pesquisa recente do Zogby demonstra isso, em nível nacional. Dezoito por cento são favoráveis a que seu estado se separe da União. Outra pesquisa, do *Huffington Post*, apontou que vinte e nove por cento disseram que o estado devia ter permissão para se separar se a maioria dos residentes assim quisesse. Mas agora vem a parte interessante. Nesta última pesquisa, trinta e três por cento declararam que estavam indecisos.

O que significava um potencial de sessenta e dois por cento das pessoas serem favoráveis ao direito do estado de deixar a União.

Na verdade, não era surpresa.

— E é por isso mesmo que temos de mudar o tom — disse Rowan. — Felizmente, para citar John Paul Jones, *Ainda não começamos a lutar.* Onde estamos em termos legais?

— Encarreguei meus alunos de trabalhar nisso — afirmou o professor. — Dei ao esforço o nome de exercício hipotético de raciocínio legal. Eles são pessoas brilhantes, e desenvolveram um tratado ótimo.

Rowan ficou ouvindo enquanto o acadêmico explicava suas premissas.

A Declaração de Independência continha a clara declaração de que, *a partir do momento em que qualquer forma de governo se torne destrutiva, é direito do povo alterá-la ou aboli-la e instituir um novo governo, dispondo seu fundamento sobre esses princípios e organizando seus poderes de tal forma que pareçam mais suscetíveis de levar a efeito segurança e felicidade.* Continuava pronunciando, em termos nada dúbios que, *quando uma longa série de abusos e usurpações evidenciar um modelo que degrada o povo sob um despotismo absoluto, é seu direito, é seu dever, derrubar tal governo e prover novos guardiões para sua segurança futura.*

Cada uma das treze colônias originais tinha declarado sua independência da Grã-Bretanha. Depois da guerra, a Inglaterra reconhecera cada uma delas como soberana. Os estados acabaram formando os Artigos da Confederação e a União Perpétua, que criou um governo federal como seu agente coletivo. Porém, em 1787, os estados se desligaram daquela união perpétua e adotaram uma nova Constituição. Em parte alguma foram incluídas as palavras *união perpétua* no novo texto, e nenhum estado concordou com tal permanência ao ratificá-la. De fato, Virginia, Rhode Island e Nova York, em seus votos de ratificação, reservaram-se o direito de se separar, o que não foi contestado pelos outros estados.

Rowan estava gostando do que ouvia.

Desde a Guerra Civil, qualquer conversa sobre secessão fora emudecida pelo fato de que o sul havia perdido e a Suprema Corte dos Estados Unidos proclamara o ato inconstitucional em 1869.

O professor mostrou um documento encadernado, com cinco centímetros de espessura.

— Esta é a análise que eles fizeram de cada decisão judicial no país que já tenha considerado a questão da secessão. A maioria se trata de casos federais de meados do século XIX, e também existem algumas decisões estaduais. Todas, no entanto, são unânimes em considerar que a secessão é ilegal.

Rowan esperou para ouvir o que precisava saber.

— Contudo, quase todas essas decisões usaram o caso *Texas versus White* como fundamento — continuou o professor. — Tirando este, não há qualquer precedente. Estaríamos em território virgem. Eu os fiz analisar esse aspecto com muito cuidado. A conclusão é sempre a mesma. — O professor depositou as páginas encadernadas bem à sua frente. — É um castelo de cartas. Se tirarmos esse elemento, tudo desmorona.

Ele percebeu que seu aliado se referia aos precedentes legais, mas a mesma metáfora se aplicava ao agrupamento dos cinquenta estados.

A secessão era uma questão que Rowan sempre havia considerado, desde que decidira que o governo federal estava quebrado, de uma forma irreparável. Tornara-se grande demais, arrogante demais, insensato demais. Os Pais Fundadores tinham lutado uma guerra longa e sangrenta contra uma autoridade central — a Inglaterra e seu rei —, portanto nunca teriam criado uma nova autocracia. Em 1787, não havia dúvidas de que nenhum estado poderia ser forçado a se juntar ou a permanecer na União. Ambas as decisões caberiam ao povo de cada estado. De fato, uma proposta específica que permitiria ao governo federal suprimir um estado que se cindisse foi recusada na Convenção Constitucional.

Então, quando teria sido adotada a noção de *união perpétua*?

Rowan sabia o momento exato.

Lincoln.

E apenas um punhado de historiadores fora capaz de captar a verdade de que Lincoln lutara a Guerra Civil não para *preservar* uma união indivisível. Na verdade, lutara para *criar* uma, cunhando a noção de que a União era algo *perpétuo*.

Mas Lincoln estava errado.

A Declaração de Independência fora um ato de secessão, exercido em conflito direto com a lei britânica. A ratificação da nova Constituição fora uma secessão dos Artigos de Confederação, apesar de os artigos, como inicialmente rascunhados e aprovados em 1781, declararem expressamente que a *união seria perpétua*.

A questão era clara e cristalina.

Os estados nunca tinham perdido seu direito de se separar.

E a história sustentava essa crença.

A União das Repúblicas Socialistas Soviéticas se dissolvera em 1991, quando quinze de seus estados se cindiram. O estado do Maine se formara após a separação de Massachusetts. O mesmo acontecera quando o Tennessee deixara a Carolina do Norte, e partes do Kentucky e da Virgínia se transformaram na Virgínia Ocidental. Além disso, em 1863, quando Lincoln criara este último estado, ele o fizera sem o consentimento do povo. A lei internacional proclamava que uma soberania não pode ser submetida por dedução, mas apenas de maneira expressa, o que significava que o silêncio da Constituição na questão da secessão era significativo. A própria Décima Emenda declarava que *os poderes não delegados aos Estados Unidos pela Constituição, nem proibidos por ela aos estados, são respectivamente reservados aos estados ou ao povo*.

E nela não constava nenhuma proibição sobre esforços separatistas.

— Gostei de nossa evolução — disse Rowan. — Vocês fizeram um ótimo trabalho. Mas continuem com os preparativos.

— As coisas estão avançando do seu lado? — perguntou um dos advogados.

Rowan sabia o que tinha prometido.

O ingrediente mais importante.

— Estamos cada dia mais próximos. Pode acontecer a qualquer momento. Voltarei para Washington quando sair daqui, para seguir uma nova pista que pode ser importante.

Rowan sentiu uma onda de animação.

Uma guerra civil estava a caminho.

Mas não como a de 1861.

Dessa vez, não haveria tropas em campos de batalha. Centenas de milhares não perderiam suas vidas. Nenhum derramamento de sangue, na verdade. As únicas armas seriam palavras e dinheiro.

As palavras pareciam estar se encaminhando. Talvez a peça final do quebra-cabeça o estivesse esperando em Washington. E ele tinha acesso a muito dinheiro. Em breve, poderia até mesmo ter toda a Igreja de Jesus Cristo dos Santos dos Últimos Dias — com seus bilhões — a seu dispor.

Se Charles R. Snow fosse logo se encontrar com o Pai Celestial.

Tudo estava dando certo.

Rowan se levantou da mesa e encarou os homens, feito um general com seus coronéis.

— Senhores, apenas se lembrem de uma coisa. Ao contrário da primeira tentativa de secessão e da falida Confederação, vamos vencer a nossa guerra.

# Capítulo 27

SALZBURGO, ÁUSTRIA
17:20

MALONE JÁ VISITARA SALZBURGO ANTES. Protegida em seus flancos e na retaguarda pelos altos penhascos de Mönchsberg, a antiga cidade ocupava as duas margens do caudaloso rio Salzach. Uma floresta de pináculos de igrejas perfurava o céu noturno, reunidas em torno de praças pavimentadas de pedra e um labirinto de ruas que, quatrocentos anos antes, fora uma meca religiosa. Primeiro um centro de comércio romano, depois um posto avançado cristão, a cidade se tornara um bispado no século VIII. Ficara conhecida como a Roma germânica, e catedrais e palácios foram construídos para satisfazer o gosto pródigo que os príncipes da igreja então professavam. O sal deu à província, à cidade e ao rio sua identidade — cultura, música e arte proveram seu legado.

Malone chegou em um voo de Copenhague e tomou um táxi para a cidade. Escolheu um hotel próximo a Mozartplatz, um estabelecimento pequeno e longe de onde imaginava que Salazar e Cassiopeia ficariam. Sabia pouco sobre seu adversário, mas o bastante para concluir que o espanhol se hospedaria no Hotel Sacher ou no Goldener

Hirsch. O Sacher ficava no outro lado do rio, perto do Palácio Mirabell, no que muitos chamavam de cidade nova. O Goldener Hirsch ocupava um lugar mais central na cidade antiga, na Getreidegasse, uma das ruas de compras mais famosas do mundo. Ele decidiu que essa seria a melhor aposta, e caminhou até lá, seguindo os trajetos exclusivos para pedestres. Casas estreitas erguiam-se de ambos os lados, as fachadas pintadas de verde, amarelo-acastanhado ou rosa-queimado. Cada uma servia de tela de fundo para uma multidão de filigranas de ferro preto, placas balançantes que anunciavam cada tipo de negócio com uma imagem representando suas respectivas categorias. A do Goldener Hirsch era bem adequada — uma grade rendada sustentando um veado dourado saltitante.

Malone entrou por uma porta de madeira verde-escura num saguão guarnecido de mobília rústica bávara. Um comprido balcão de mogno se estendia até uma escada e um elevador. Tinha decidido que o melhor modo de lidar com a situação era agir como se soubesse o que estava fazendo.

— Estou aqui para ver o Señor Salazar — disse ele à jovem atrás do balcão.

A moça tinha um rosto largo e olhos que não piscavam, e estava uniformizada, tal qual os outros dois atendentes ao seu lado. Malone manteve o olhar fixo nela, como se esperasse que seu pedido fosse atendido.

— Ele chegou agora há pouco — respondeu a mulher — e não mencionou estar esperando visita.

Malone simulou aborrecimento.

— Eu tinha combinado que estaria aqui neste horário.

— Ele está no restaurante — informou um dos jovens uniformizados.

Malone sorriu para o atendente, tirou um maço de dinheiro que propositalmente tinha enfiado no bolso da calça e lhe estendeu vinte euros.

— *Danke* — agradeceu, enquanto sua oferta era aceita.

A mulher o encarou ao se dar conta da oportunidade que havia perdido. Ele quase sorriu. Mesmo em hotéis de luxo com tradições seculares, o dinheiro falava mais alto.

Malone já se hospedara no Goldener Hirsch e sabia que o restaurante ficava no andar térreo, no outro lado do edifício. Seguiu por um corredor estreito atravessando arcos, passou pelo bar, chegando à entrada do restaurante. Uma antiga loja de ferreiro era agora considerado o lugar mais requintado de Salzburgo para se comer, embora ele imaginasse que havia outros estabelecimentos que poderiam desafiar tal assertiva. Os austríacos costumavam jantar depois das sete, e, assim, as mesas postas com sua reluzente porcelana e seus cristais estavam vazias.

Exceto uma, perto do centro.

E Salazar estava bem ali, sentado de frente para ele, com Cassiopeia de costas.

Malone parou antes de passar pelo batente, escondido, e analisou o espanhol.

Qualquer ação que decidisse tomar agora seria arriscada.

Mas já tinha chegado até ali.

SALAZAR PARECIA CONTENTE.

Ele e Cassiopeia foram da Dinamarca até Salzburgo de jato particular, e depois se instalaram em suas suítes. O leilão estava marcado para as sete da noite, então decidiram jantar cedo. O evento se realizaria no Hohensalzburg, a sinistra e maciça fortaleza localizada cento e vinte metros acima da cidade, em um monte de granito coberto de pinheiros. A construção do castelo havia começado no século XI, mas foram necessários mais seiscentos anos para completá-la. Atualmente era um museu e uma atração turística que oferecia lindos panoramas. Ele achava que um passeio ao redor da estrutura antes do leilão seria perfeito, especialmente considerando o céu noturno sem nuvens e o clima agradável.

Cassiopeia estava linda. Escolhera um terninho de seda preta, saltos baixos, poucas joias e um cinto dourado que envolvia frouxamente sua cintura esbelta. Ele teve de se conter para não olhar para seus seios, emoldurados por uma blusa decotada. Seus cabelos escuros pendiam em ondas cacheadas além dos ombros, o rosto moldado nos tons discretos de pouca maquiagem. Alguns dos leilões que ele frequentava eram eventos formais. O daquela noite nem tanto, mas Salazar ficou satisfeito por ela ter se arrumado para a ocasião.

— Seria impróprio dizer que você está linda?

Cassiopeia sorriu.

— Eu ficaria desapontada se você não dissesse.

Ele pediu ao garçom que lhe desse alguns momentos antes de oferecer algo para beber.

— Temos tempo para um jantar tranquilo — disse. — Depois, podemos pegar o funicular para subir até o castelo. É o modo mais fácil de chegar lá.

— Parece perfeito. O livro é a única coisa que você quer no leilão?

Os dois haviam conversado sobre a venda no avião. A maior aquisição que qualquer colecionador de artefatos dos santos poderia almejar era um Livro de Mórmon original. Uma edição americana de 1830 havia sido encontrada entre os bens de um austríaco morto recentemente. Fora em leilões e vendas privadas que a maior parte de sua coleção tinha sido adquirida, e só uns poucos itens eram presentes ou relíquias de família. Já fazia algum tempo que Salazar sabia daquele leilão e planejara comparecer, e o aparecimento dos americanos aumentara ainda mais sua vontade.

O primeiro agente, na cela, não abrira a boca.

O segundo roubara seu avião e escapara.

O terceiro era uma espécie de vendedor de livros que trabalhava com seu inimigo e era o responsável por ter matado pelo menos dois de seus homens.

E acabara de entrar no restaurante.

Obrigado.

— *Por nada* — disse o anjo.

MALONE NOTOU O INTENSO ESCRUTÍNIO de Josepe Salazar. Mas, se o espanhol o tinha reconhecido, nada em seu semblante denunciava isso. Os olhos castanhos continuavam inexpressivos. Os danitas certamente haviam relatado seu envolvimento, mas isso não queria dizer que Salazar reconhecesse seu rosto.

Ele se aproximou, e Salazar perguntou:

— O que você quer?

Malone puxou uma cadeira da mesa ao lado e, sem esperar por um convite, sentou-se com eles.

— Meu nome é Cotton Malone.

CASSIOPEIA JÁ ESTIVERA EM SITUAÇÕES DIFÍCEIS, já tendo até mesmo arriscado a vida, mas não se lembrava de nenhuma mais incômoda do que aquela. Seu primeiro pensamento foi se perguntar como Cotton estava ali, na Áustria, no Goldener Hirsch. O segundo foi se Stephanie sabia daquilo. Certamente não. Ou a teria alertado sobre essa possibilidade, especialmente levando em conta as consequências. O terceiro foi se sentir culpada. Teria ela traído Cotton? Será que ele pensava que sim? O que ele *realmente* sabia?

— E seu nome deveria significar alguma coisa para mim? — perguntou Josepe.

— Deveria.

— Nunca conheci ninguém chamado Cotton. Com certeza deve existir uma história por trás desse nome. Estou certo?

— Uma longa história.

Cassiopeia notou que Malone não tinha oferecido a mão em cumprimento, e não gostou do olhar duro em seus olhos verdes.

— E quem é você? — perguntou a ela.

— Não creio que isso tenha importância, considerando que nenhum de nós dois parece saber quem você é.

Ela fizera sua voz soar brusca.

O rosto, frio.

— Sou um agente do Departamento de Justiça dos Estados Unidos — disse Malone.

Fazia quatro anos que não pronunciava essas palavras, desde que pedira demissão e se mudara para a Dinamarca.

— Isso deveria me assustar? — perguntou Cassiopeia.

— A senhora precisa nos dar licença. Estou aqui para conversar com o Sr. Salazar.

— Você está me mandando embora?

— Exatamente. Seria melhor se a senhora esperasse lá fora.

— Ela não vai a lugar nenhum — disse Salazar, um tom irritado em sua voz.

Por Malone, tudo bem Cassiopeia continuar ali. Tinha saudades dela. De ouvir sua voz. Mas, assim como a namorada, ele precisava se manter no personagem e, então, perguntou:

— O senhor é íntimo dessa senhora?

— O que quer tratar comigo? — perguntou Salazar.

Ele considerou a pergunta por um instante e deu de ombros.

— Está bem. Se o senhor a quer aqui, vamos fazer do seu jeito. As coisas mudaram. Nossa investigação sobre o senhor não é mais secreta. Agora vamos agir às claras, na sua cara. E eu estou aqui para cumprir meu trabalho.

— Isso não significa nada para mim.

— Devo pedir ao hotel que chame a polícia? — perguntou Cassiopeia a Salazar.

— Não, eu posso cuidar disso. — Salazar olhou firme para ele. — Sr. Malone, não tenho ideia do que está falando. Está dizendo que sou investigado pelo Departamento de Justiça? Se for o caso, isso é novidade para mim. Mas, sendo verdade, tenho advogados que cuidam de meus interesses. Eles entrarão em contato com o senhor caso me dê o seu cartão.

— Não gosto de advogados nem de mórmons — disse ele. — E, mais do que tudo, não gosto de mórmons hipócritas.

— Estamos acostumados com a ignorância e também com a intolerância.

Malone deu uma risadinha.

— Essa é boa. Se a pessoa for idiota, nem vai perceber que o senhor a insultou. Se for esperta, vai ficar com raiva. Seja como for, o senhor ganha. É esse tipo de lição que vocês aprendem na escola de religião?

Dessa vez, não houve resposta.

— Não é lá que todos os mórmons vão aprender a linha do partido? Na terra do templo. Salt Lake City. O que ensinam a eles? Apenas sorria, fique na sua e diga a todos que Jesus os ama. É claro, Jesus vai amá-lo ainda mais se você se converter. Leia o Livro de Mórmon e tudo ficará bem. Do contrário, talvez morra congelado na escuridão exterior. Não é assim que vocês chamam?

— Tem de haver um lugar de exílio para os que optam por seguir Satã, indo contra o plano do Pai Celestial — disse Salazar. — Um lugar para almas perdidas, como o senhor.

O tom desdenhoso do discurso o aborreceu.

— E quanto à expiação pelo sangue? Isso é parte do grande plano?

— O senhor obviamente leu sobre a história da minha igreja, sobre coisas que aconteceram no passado, em outros tempos. Não praticamos mais expiações pelo sangue.

Malone apontou para Cassiopeia, que estava linda.

— Ela é a esposa número um? Três? Oito?

— Também não praticamos mais a poligamia.

Ele estava forçando a barra, esperando chegar ao limite do outro, mas Salazar mantinha a calma, confiante. Então, Malone mudou de tática e se virou para Cassiopeia.

— Você sabia que está jantando com um assassino?

Salazar pôs-se de pé num salto.

— Já basta.

Finalmente. O estímulo certo.

— Vá embora — exigiu Salazar.

Malone olhou para cima. O ódio enchia os olhos que o fitavam de volta. Mas o espanhol era suficientemente esperto para manter a boca fechada.

— Eu vi o corpo — continuou Malone, a voz baixa e suave.

Salazar não disse nada.

— Ele era um agente americano. Com esposa e filhos.

Malone lançou um último olhar para Cassiopeia. Suas feições tinham adquirido um aspecto tenso. Seus olhos diziam: *Vá embora*.

Ele afastou a cadeira da mesa e se levantou.

— Dei um jeito em dois de seus homens e em Barry Kirk. Agora, irei atrás de você.

Salazar continuava a fitá-lo, ainda em silêncio. Algo que Malone aprendera havia muito tempo lhe veio à mente. Provoque uma pessoa, e ela poderá começar a raciocinar. Acrescente raiva, e ela vai meter os pés pelas mãos, com certeza.

Malone apontou um dedo.

— Você está na minha lista.

E então seguiu na direção da saída.

— Sr. Malone.

Ele parou e se virou.

— O senhor deve a esta senhora um pedido de desculpas por seus insultos.

Malone lançou aos dois um olhar de desdém, depois o focou em Cassiopeia.

— Sinto muito. — Ele hesitou. — Se a ofendi.

## Capítulo 28

WASHINGTON, D.C.

STEPHANIE SENTIU-SE INCOMODADA por estar a sós com Danny Daniels. Fazia meses que não se viam nem se falavam.
— Como vai a primeira-dama? — perguntou ela.
— Ansiosa por deixar a Casa Branca. Assim como eu. A política não é mais o que costumava ser. É tempo de uma vida nova.

A décima segunda emenda permitia que uma pessoa servisse apenas dois mandatos consecutivos. Quase todo presidente desejara um segundo mandato, apesar de a história ter claramente ensinado que os últimos quatro anos não seriam nada em comparação aos primeiros. Ou o presidente se tornava excessivamente agressivo, sabendo que não tinha nada a perder, o que alienava tanto seus defensores quanto seus críticos. Ou ficava cauteloso, plácido e dócil, não querendo tomar qualquer ação que afetasse seu legado. De qualquer maneira, nada era feito. Contrariando a tendência, o segundo mandato de Daniels tinha sido ativo, lidando com alguns assuntos explosivos, na solução de muitos dos quais ela e o Magellan Billet se envolveram.

— Esta mesa — comentou Daniels — é realmente bonita. Andei sondando por aí. Está emprestada do Departamento de Estado. As cadeiras foram feitas para os Quayle, durante o primeiro mandato de Bush.

Stephanie notou que ele estava nervoso, o que era incomum, a estrondosa voz de barítono muitos decibéis abaixo do normal, o olhar distraído.

— Mandei preparar o café da manhã. Está com fome?

Arrumado na mesa diante deles, havia um jogo de porcelana branca Lenox, adornada com o selo do vice-presidente. Cálices em forma de tulipa estavam vazios, brilhando no claro sol matinal que penetrava pelas janelas.

— Conversa fiada não é a sua especialidade — disse ela.

Daniels riu.

— Não, não é.

— Gostaria de saber por que estou aqui.

Stephanie já tinha notado o arquivo sobre a mesa.

Daniels abriu a pasta e tirou uma folha, estendendo-a a ela. Era uma fotocópia de uma carta manuscrita, a caligrafia nitidamente feminina, as palavras quase ilegíveis.

— Isso foi enviado ao presidente Ulysses S. Grant em 9 de agosto de 1876.

A assinatura era fácil de ler.

Sra. Abraham Lincoln.

— Mary Todd foi uma figura peculiar — disse Daniels. — Teve uma vida dura. Perdeu três filhos e um marido. Depois precisou lutar com o Congresso para que lhe dessem uma pensão. E foi uma batalha difícil, já que, quando estava na Casa Branca, conseguiu indispor-se com a maioria das pessoas. Só para calar a sua boca, acabaram lhe dando o dinheiro.

— Ela não era diferente de qualquer uma das outras centenas de milhares de viúvas de veteranos que recebiam pensão. Ela merecia.

— Não é verdade. Ela *era* diferente. Era a Sra. Abraham Lincoln, e, quando Grant foi eleito presidente, ninguém mais queria ouvir o nome de seu predecessor. Hoje, nós o cultuamos como um deus. Mas, nas décadas após a Guerra Civil, Lincoln não era a lenda em que acabou se tornando. Ele era odiado. Xingado.

— As pessoas naquele tempo sabiam alguma coisa que nós não sabemos?

Daniels lhe estendeu outra folha, com o texto digitado.

— Esta é a transcrição da cópia que você tem na mão. Leia.

> Tenho levado uma vida de extrema reclusão desde que deixei Washington. Se meu querido marido tivesse sobrevivido a seus quatro anos, teríamos passado nosso tempo restante em um lar do qual nós dois gostaríamos. Como eu amava a Casa do Soldado onde passamos tanto tempo quando estávamos em Washington, e como odeio estar tão longe, com o coração dilacerado, rezando para que a morte me leve de uma vida tão cheia de agonia. Toda manhã, ao acordar de meu perturbado sono, a responsabilidade de viver mais um dia tão miserável parece-me uma impossibilidade. Sem o meu amado, a vida é apenas um fardo pesado, e o pensamento de que logo serei levada deste mundo é, para mim, uma felicidade suprema. Pergunto-me todo dia se conseguirei recuperar minha saúde e minha força mental. Antes que elas me abandonem de todo, há um assunto do qual o senhor precisa ter conhecimento. Com todas as privações por que passei, minha mente havia expurgado o pensamento, mas ele me ocorreu uma noite, quando eu estava deitada, esperando para adormecer. Aos dois anos de seu primeiro mandato, meu amado recebeu uma carta de seu predecessor, o Sr. Buchanan que era transmitida de líder para líder desde o tempo do Sr. Washington. Suas palavras deixaram meu amado muito contrariado. Ele me disse que gostaria que a carta nunca lhe tivesse sido entregue. Discutimos esse assunto mais três vezes, e em cada ocasião ele repetiu esse lamento. Sua angústia durante a guerra foi séria e profunda. Sempre pensei que era consequência de ser o comandante em chefe, mas, certa vez, ele me disse que era por causa da mensagem. Nos dias anteriores a

seu assassinato, quando a guerra tinha sido vencida e a luta
terminara, meu amado disse que tais palavras perturbado-
ras ainda existiam. Ele primeiro pensara em destruí-las, mas,
em vez disso, a enviara para o oeste, para os mórmons, como
parte de uma barganha que fizera com o líder deles. Os mórmons cumpriram sua parte do acordo, assim como meu marido, e,
desse modo, era tempo de recuperar o que lhes tinha enviado.
O que fazer depois com isso, ele não sabia. Mas meu amado não
viveu para tomar essa decisão, e nada jamais foi recuperado.
Pensei que o senhor ia querer saber isso. Use o conhecimento
como quiser. Para mim, nada disso mais tem importância.

Stephanie ergueu os olhos do papel.

— Os mórmons ainda têm essa informação — disse Daniels. — Estão de posse dela desde 1863, quando Lincoln fez o acordo com Brigham Young.

— Edwin me contou sobre isso.

— Uma decisão bem esperta, na verdade. Lincoln nunca fez cumprir a lei antipoligamia contra os mórmons, e Young manteve as linhas de telégrafo e a ferrovia em direção ao oeste. Também nunca enviou homens para lutar pelo sul.

— Essa carta passada entre os primeiros presidentes. Ela é real?

— Pelo visto, sim. Algo semelhante a isso é mencionado em outros documentos sigilosos, aos quais apenas os presidentes têm acesso. Eu os li sete anos atrás. As referências são ocasionais, mas estão lá. George Washington com certeza passou uma mensagem adiante, que acabou chegando a Lincoln. Infelizmente, o décimo sexto presidente foi morto antes de ter a oportunidade de transmiti-la ao décimo sétimo. Assim, a questão foi esquecida. Exceto por Mary Todd.

Ela sentiu que havia algo mais.

— O que você não está me contando?

Daniels abriu a pasta e tirou outra folha com mais um texto datilografado.

— Esta é a versão fiel de uma anotação incluída nos documentos sigilosos. É de James Madison, escrita no final de seu segundo mandato, em 1817. Aparentemente para seu sucessor, James Monroe.

> Quanto à mensagem transmitida por nosso primeiro presidente, eu, sendo o quarto homem a ocupar este honroso cargo, acrescento este adendo, que deve, do mesmo modo, ser passado adiante. O Sr. Washington estava presente na noite de sábado da grande convenção. Ele presidiu a sessão extraordinária e tem conhecimento pessoal de tudo que se passou. Até assumir esse cargo, eu não tinha conhecimento do que ocorreu como resultado dessa reunião. Fiquei feliz ao descobrir que o Sr. Washington se assegurou de que isso fosse transmitido de presidente a presidente. Nunca tendo faltado um dia sequer à Convenção Constitucional, nem mesmo por uma ocasional fração de hora, em qualquer dia, tomei assento em frente ao membro que presidia, com outros membros à minha direita e à minha esquerda. Nessa posição favorável para ouvir tudo que se passava, anotei tudo que era lido de cada assento ou falado entre os membros. Minhas anotações da grande convenção foram motivadas pelo mais sincero desejo de completude e precisão, e, após a minha morte, que tenho a esperança de que não ocorra ainda por alguns anos, devem ser publicadas. Mas todos os presidentes posteriores devem saber que essas anotações não estão completas. Escondido em meu escritório de verão, está o que é necessário para a total compreensão. Se a qualquer detentor subsequente desse cargo parecer prudente agir de acordo com o que o Sr. Washington permitiu que sobrevivesse, tal presente poderá mostrar-se útil.

— Tivemos uma porção de presidentes — disse Stephanie — desde Madison. Você não acha que um deles foi lá dar uma olhada?

— Esse bilhete nunca foi anexado a nada, nem passado adiante. Parece que foi perdido e encontrado um ano atrás, no meio de alguns dos documentos pessoais de Madison guardados na Biblioteca do Congresso. Nenhum presidente, exceto eu, o viu. Felizmente, a pessoa que a encontrou trabalha para mim. — Daniels lhe entregou outro item da pasta, encerrado numa folha de plástico protetora. — É o bilhete original de Madison, manuscrito. Consegue notar algo diferente?

Sim, ela notara. No final.

Duas letras.

IV.

— Algarismos romanos? — perguntou ela.

Ele deu de ombros.

— Não sabemos.

Era evidente que Daniels não se mostrava sociável como sempre. Nenhuma história atrevida, nem a voz estrondosa. Em vez disso, sentava-se rigidamente na cadeira, o rosto retesado feito uma máscara. Estaria com medo? Stephanie nunca vira o homem vacilar diante de nada.

— James Buchanan é citado, pouco antes da Guerra Civil, dizendo que poderia ser o último presidente dos Estados Unidos. Nunca entendi o que ele quis dizer com esse comentário, até recentemente.

— Buchanan estava errado. O sul perdeu a guerra.

— Esse é o problema, Stephanie. Talvez ele não estivesse errado. Mas Lincoln apareceu e blefou com um par de dois em um jogo de pôquer no qual todos os outros jogadores tinham uma mão melhor. E ganhou. Só que, no fim das contas, teve os miolos estourados. Eu não vou ser o último presidente dos Estados Unidos.

Ela precisava saber mais, então tentou um assunto menos polêmico.

— O que Madison quis dizer com seu *escritório de verão*?

— Fica em Montpelier, sua casa na Virgínia, onde construiu um templo para si mesmo.

Stephanie estivera lá duas vezes, vira a estrutura cheia de colunas. Madison gostava do classicismo romano e o lugar se inspirara no *tempietto* de Bramante, em Roma. Ficava em um outeiro, entre velhos cedros e pinheiros, no jardim adjacente à casa.

— Madison tinha estilo — disse Daniels. — Debaixo do templo, ele escavou um buraco, que se tornou uma espécie de geladeira. O assoalho original por cima era de madeira, e, assim, no verão, devia ser agradável ficar ali. Como num ar-condicionado. O assoalho de madeira já se foi, substituído por uma laje de concreto com uma portinhola bem no meio.

— E por que eu preciso saber disso?

— Madison chamava o templo de seu escritório de verão. Preciso que você encontre o que ele escondeu lá embaixo.

— Por que eu?

— Porque, graças ao senador Rowan, você é a única pessoa que pode fazer isso.

## Capítulo 29

SALZBURGO

MALONE DEIXOU O GOLDENER HIRSCH e caminhou por uma apinhada Getreidegasse em direção a seu hotel. O plano era irritar Josepe Salazar, e ele achava que a missão fora cumprida. Mas também queria enviar três mensagens a Cassiopeia. Primeiro, que ela não estava sozinha. Segundo, que ele sabia que ela estava lá. E terceiro, que Salazar era perigoso. Quando a insultara, percebera o despeito nos olhos do homem — como ele tinha se ofendido com o ataque à honra dela. Malone compreendia que Cassiopeia não poderia sair do personagem, representando seu papel, mas ainda não tinha certeza de que era tudo fingimento. Não estava gostando nada daquilo. O fato de ambos estarem hospedados no Goldener Hirsch, jantando, prestes a comparecerem a um leilão, e depois voltarem ao hotel para...

Pare com isso.

Ele tinha de pensar com lucidez.

Virou-se e seguiu na direção da Residenzplatz, uma ampla praça pavimentada com pedras em cuja orla ficava a catedral da cidade e a antiga residência do arcebispo, com uma fonte barroca de mármore branco no centro. Seu hotel ficava logo a nordeste, depois do museu estadual. A luz diurna ainda brilhava, mas a noite já caía, o sol desaparecendo rapidamente a oeste.

Malone parou junto à água que fluía.

Chegara a hora de começar a agir como um agente.

Assim, pegou o celular e fez o que era sensato.

O TELEFONE DE STEPHANIE vibrou no bolso de seu casaco.

— Você vai atender?

O zumbido abafado era audível no silêncio da sala de jantar.

— Não é nada que não possa esperar.

— Talvez não.

Ela pegou o telefone e viu quem estava ligando.

— É Cotton.

— Atenda. No viva voz.

Stephanie obedeceu, colocando o aparelho sobre a mesa.

— Estou em Salzburgo — disse Malone.

— Como se isso fosse me surpreender!

— É uma merda ser previsível. Mas tenho um problema. Irritei Salazar, e agora ele sabe que estamos no seu pé.

— Espero que não tenha causado problemas a Cassiopeia.

— Que nada! O cara pensa que é o defensor da honra dela. É comovente assistir.

Stephanie viu Daniels sorrir da declaração sarcástica, e se perguntou quanto o presidente sabia. Ele definitivamente parecia estar informado.

— Está havendo um leilão aqui. Quero comprar um livro.

— Você é o especialista no assunto.

— Preciso de dinheiro. — Ele mencionou a quantia.

Daniels articulou com os lábios: *Sim*.

— Onde você quer que eu deposite a quantia? — perguntou ela.

— Vou passar os dados da minha conta por e-mail. Pode transferir agora.

O presidente inclinou-se para a frente e puxou o telefone mais para perto.

— Cotton, aqui é Danny Daniels.

— Não sabia que eu estava interrompendo uma conferência presidencial.

— Estou contente que o tenha feito. É importante que você mantenha Salazar ocupado amanhã. Acha que consegue fazer isso?

— Não deve ser um grande problema. Se eu conseguir comprar esse livro, estarei no topo de sua lista de coisas a fazer.

— Então o compre. Não me importa quanto custe.

— O senhor sabe que o sujeito merece uma bala na cabeça.

— Ele vai pagar pelo que fez a nosso homem. Mas ainda não. Seja paciente.

— Sou especialista nisso.

A ligação terminou.

Ela olhou para Daniels.

— Stephanie — disse ele. — Se perdermos, tudo estará acabado.


CASSIOPEIA TENTOU APROVEITAR SEU JANTAR, mas o aparecimento de Cotton fora preocupante. Josepe também parecia estar distraído. Ele se desculpara, expressando a preocupação de que o homem chamado Malone fosse um louco. Ela sugerira novamente a polícia, mas Josepe rejeitara a ideia. Dez minutos depois de Cotton sair, outro homem aparecera no restaurante — jovem, musculoso, cabelos curtos —, obviamente alguém que trabalhava para Josepe, e os dois tinham saído.

Seria um danita?

Ela os observou através do vidro, bebericando sua água, tentando parecer desinteressada. Cotton havia deliberadamente anunciado sua presença a ambos, a Josepe *e* a ela.

Quanto a isso, não restava dúvida.

Mas ele também quisera que ela soubesse do agente morto.

Seria possível que Josepe estivesse envolvido?

— Está gostando da comida? — perguntou ele ao retornar à mesa.

— Está deliciosa.

— O *chef* do hotel é famoso. Sempre gosto de vir aqui.

— Você vem com frequência?

— Há uma estaca ativa em Salzburgo, que começou em 1997, agora com mais de mil membros. Eu a visitei várias vezes, como parte de meus deveres europeus.

— A igreja realmente se tornou mundial.

Ele assentiu.

— Superamos 14 milhões de membros. Mais da metade vive fora dos Estados Unidos.

Cassiopeia estava tentando acalmá-lo, ajudando a se esquecer da intromissão. Mas podia ver que ele ainda estava incomodado.

— O que Malone mencionou — disse ela. — Sobre o governo dos Estados Unidos estar investigando você. É verdade?

— Ouvi boatos sobre isso. Disseram-me que é algo que envolve a igreja e alguma vingança do governo contra nós. Mas ainda não sei ao certo.

— E a alegação de você ser um assassino?

— Isso foi ultrajante, assim como o ataque pessoal a você.

— Quem é Barry Kirk?

— Ele trabalha para mim e *está* desaparecido já faz alguns dias. Devo confessar, essa parte foi preocupante.

— Então, devíamos chamar a polícia.

Josepe pareceu perturbado.

— Ainda não. Mandei meu funcionário investigar. Pode ser que Barry simplesmente tenha abandonado o emprego. Preciso ter certeza antes de envolver as autoridades.

— Obrigada por me defender.

— O prazer foi meu, mas quero que você saiba que não há nada com que se preocupar. Acabei de pedir ao meu funcionário que telefonasse para Salt Lake City e relatasse o que aconteceu. Talvez o pessoal da igreja possa fazer contato com as pessoas certas no governo e assegurar que o Sr. Malone não nos incomode mais.

— Ele fez algumas acusações bárbaras.

Josepe assentiu.

— Com a intenção, tenho certeza, de provocar uma reação.

— Se eu puder ajudar de qualquer maneira, você sabe que estou aqui por você.

Josepe pareceu apreciar a preocupação dela.

— Isso significa muito. — Olhou para o relógio. — Vamos nos arrumar para o leilão? Podemos nos encontrar no saguão, digamos, em quinze minutos.

Os dois se levantaram da mesa e saíram do restaurante, voltando para o hotel. As apreensões de Cassiopeia agora se haviam transformado em pânico absoluto.

Infelizmente, Josepe estava errado.

**Cotton voltaria.**

# Capítulo 30

SALZBURGO
19:00

Malone tomou um banho de chuveiro e trocou de roupa, vestindo calça social, uma camisa de abotoar Paul & Shack e um blazer. Trouxera as roupas especialmente para o leilão, ainda sem ter certeza de que compareceria. Porém, após sua visita a Salazar, soube que tinha de fazer isso.

A brochura que havia encontrado no escritório do homem indicava que a venda aconteceria na Sala Dourada do Festung Hohensalzburg, a Fortaleza da Alta Salzburgo, que fica mais de cento e vinte metros acima da cidade. Dois grandes bastiões se elevavam, um deles talhado diretamente na rocha, ambos se eriçando em torres e ameias típicas de uma fortaleza medieval. Ele a visitara uma vez, seguindo por seus corredores sinuosos que levavam a grandes salões e câmaras douradas, passando por fornalhas de azulejos reluzentes e descendo a um calabouço.

Malone evitou o funicular, imaginando ser o meio pelo qual Salazar e Cassiopeia subiriam. Em vez disso, foi a pé pela trilha, uma caminhada íngreme de trinta minutos debaixo de árvores que já perdiam sua folhagem de verão. Visitantes do castelo que o deixavam ao fim do dia passavam por ele em seu caminho de descida para a cidade. O crepúsculo caía ao longo do percurso, a lua e as estrelas surgiam no alto e o ar estava frio mas agradável.

A escalada lhe deu oportunidade para pensar.

O fato de que Danny Daniels estava com Stephanie ao telefone o surpreendera, e ele se perguntou o que estaria acontecendo do outro lado do Atlântico. O presidente sabia de Salazar, o que significava que os acontecimentos haviam chegado ao Salão Oval. E isso queria dizer que a questão era grave.

Malone não tinha problema nenhum com isso.

Não havia incentivo melhor para manter os sentidos aguçados.

E ele tinha de se manter focado.

Entrou no castelo por uma ponte de pedra que atravessava o que antes havia sido um fosso. Acima da arcada, Malone viu um orifício circular e, acima dele, uma reentrância de onde era possível arremessar projéteis para baixo, sobre os intrusos. Tinha calculado chegar logo após o início do leilão. Leu em um cartaz que o castelo fechava às seis e meia, e sua Sala Dourada provavelmente era alugada nas noites para eventos especiais. Uma mulher mais velha guardava os degraus que levavam para dentro do salão. Ele explicou que estava lá para o leilão, e ela sinalizou que seguisse em frente.

Malone conhecia bem como funcionava a Dorotheum. A empresa organizava eventos de forma profissional e prática. No topo da escada, em um espaçoso corredor, outra mulher lhe entregou um catálogo e o registrou. Seu olhar atravessou o espaço para pousar em uma imponente estátua de Carlos Magno que guarnecia a entrada para a Sala Dourada. Outro fato conhecido sobre o castelo era que o primeiro Sacro Imperador Romano o visitara uma vez. Além da porta aberta, ele ouvia o leiloeiro conduzindo seus negócios.

— As vendas são sempre definitivas e exigem pagamento imediato mediante fundos verificados.

Ele já sabia como funcionavam as coisas ali, e mostrou seu telefone.
— Tenho dinheiro disponível — disse.
— Divirta-se.
E se divertiria mesmo.

Cassiopeia estava sentada ao lado de Josepe.
Tinham subido ao castelo pelo funicular, pelo percurso íngreme de um minuto através de um túnel no bastião inferior. O crepúsculo já reinava absoluto, as luzes da cidade ganhavam vida e um sol alaranjado desaparecia no horizonte a oeste.

De braços dados, os dois passaram pela muralha e apreciaram o labirinto de pináculos, torres e domos nas ruas abaixo. Além de Salzburgo, na penumbra cinzenta, montanhas onduladas e prados verdes pontilhados de casas campestres tomavam conta da cena. Um cenário plácido, rural, muito parecido com aquele em que Cassiopeia vivia no sul da França. Sentia saudades de casa e do castelo. Estar ali, dentro daquela fortaleza antiga, considerando a maneira como fora construída tanto tempo atrás, a fazia pensar em seu próprio projeto. A reconstrução estava avançando, três das paredes externas já erguidas. Seus engenheiros lhe haviam dito que seria necessário mais uma década para terminar a estrutura do século XIII.

Ela folheou o catálogo do leilão, impressionada com os itens em oferta. Aparentemente, o falecido era uma pessoa rica. Louças, porcelana, prataria, três quadros e vários livros, um deles uma edição original do Livro de Mórmon. Josepe parecia animado com a perspectiva de adquirir aquele tesouro. A ala local o alertara para a venda, e ele manifestara a esperança de que não viessem muitos colecionadores sérios. Normalmente, em leilões da Dorotheum, lances por telefone eram aceitos, mas este descartara especificamente essa possibilidade, o que significava que os autores dos lances teriam de estar na sala, com dinheiro, para reivindicar o prêmio. Ela ainda estava perturbada com o que havia acontecido no restaurante. Tinha visto a expressão nos olhos de Cotton. Meio cautelosa, meio suplicante, com raiva.

Não. Mais de mágoa.
Então, foi inundada por uma onda de dúvidas.
E disse a si mesma que deveria ficar alerta.
Não havia como prever o que aconteceria agora.

MALONE ESTAVA DO LADO DE FORA DO SALÃO, ouvindo os lances para outros itens, fazendo um inventário. Cerca de cinquenta pessoas ocupavam as cadeiras voltadas para um pequeno palco. A sala incandescia com seus entalhes de ouro, suas paredes douradas e a enorme fornalha de ladrilhos que preenchia um canto. Mármore vermelho predominava nas colunas retorcidas. Um rico teto em caixotões era adornado com botões de ouro que cintilavam feito estrelas. O local antes usado para recepcionar convidados de príncipes agora era uma atração turística e um espaço disponível para locação.

Ele localizou Salazar e Cassiopeia, sentados em uma das primeiras fileiras, ambos concentrados no leiloeiro, que colhia lances para um vaso de porcelana. Malone analisou o catálogo. Faltavam três itens para o Livro de Mórmon.

Checou seu telefone.

Uma mensagem de Stephanie afirmava que o dinheiro tinha sido transferido e mais seria acrescentado, se necessário.

Ele sorriu.

Era sempre bom ter o presidente dos Estados Unidos como seu banqueiro.

SALAZAR ESTAVA FICANDO ANSIOSO. A vida inteira sonhara possuir algo em que talvez o próprio profeta Joseph tivesse tocado. Conhecia o drama que envolvera a impressão dos primeiros cinco mil exemplares do Livro de Mórmon. Para uma pequena gráfica no norte do estado de Nova York, a tarefa tinha sido enorme. Foram requeridos oito meses para produzir as aproximadamente três milhões de páginas necessárias para a primeira edição completa. Em 26 de março de 1830, os livros finalmente foram postos à venda. Inicialmente o preço era de um dólar e setenta e cinco centavos, mas, devido à pouca procura, foi baixado para um dólar e vinte e cinco. Um dos primeiros santos, Martin Harris, acabou por vender cento e cinquenta acres de sua fazenda para pagar os três mil devidos à gráfica.

— *Não cobiçarás tua própria propriedade, mas a doarás gratuitamente para a impressão. Isso foi dito ao presbítero Harris* — relatou o anjo dentro de sua cabeça. — *Seu sacrifício tornou tudo possível.*

Onze dias após o livro estar disponível para venda, aqueles que acreditavam nas escrituras reuniram-se em Fayette, Nova York, e organizaram legalmente o que, oito anos mais tarde, seria renomeado como a Igreja de Jesus Cristo dos Santos dos Últimos Dias.

— *Esta é a sua hora, Josepe. Os profetas estão observando. Você é o danita deles, aquele que compreende o que está em jogo.*

Salazar viera reclamar seu prêmio.

E não apenas um.

Ele desejava o livro *e* Cassiopeia. Quanto mais tempo passava com ela, mais a desejava.

Não podia negar isso.

Nem queria.

## Capítulo 31

WASHINGTON, D.C.

Stephanie beliscou o café da manhã que fora servido para ela e o presidente. Não sentia muita fome, mas o ato de comer lhe dava tempo para pensar. Trabalhava na área havia tempo suficiente para saber como funcionavam as coisas. Às vezes, precisava fazer alguns joguinhos idiotas. Às vezes, eles eram despropositados. Também havia os tediosos, os irritantes. E, então, havia os que eram realmente sérios.

— Edwin e eu passamos mais de um ano trabalhando nisso — disse Daniels. — Só nós dois, com uma ajudinha do Serviço Secreto. Mas as coisas estão piorando. Quando Rowan foi atrás de você, sabíamos o que ele queria.

Stephanie pôs o garfo na mesa

— Não gostou dos ovos?

— Na verdade, detesto ovos.

— Não está tão ruim assim, Stephanie.

— Não é você que vai ter de enfrentar uma inquirição do Congresso. Coisa que, pelo visto, você sabia que ia acontecer.

Daniels balançou a cabeça.

— Eu só estava torcendo para que acontecesse, mas não sabia.

— Estava torcendo?

Ele afastou o prato.

— Na verdade, também não gosto muito de ovos.

— Então por que os estamos comendo?

Ele deu de ombros.

— Não sei. Só pedi que preparassem alguma comida. Isso não é fácil.

— E por que estamos aqui, e não no seu gabinete?

— Muitos olhos e ouvidos por lá.

Era uma resposta estranha, mas Stephanie deixou passar.

— Você sabe — disse ele — que Mary Todd Lincoln provavelmente era maníaco-depressiva.

— Ela era uma mulher triste, que perdeu quase tudo que lhe era caro. É espantoso que não tenha enlouquecido.

— Seu filho que sobreviveu, Robert, acreditou que tivesse. Ele a internou.

— E ela conseguiu reverter legalmente essa decisão.

— Conseguiu mesmo. Então, não muito tempo depois, enviou uma carta a Ulysses Grant. Por que diabo faria isso?

— Pelo visto, ela não estava tão louca quanto nos contaram. Grant não só guardou a carta que Mary Todd enviou, como também a classificou como sigilosa. Houve uma porção de presidentes desde 1876. Por que você é o primeiro a se preocupar com isso?

— Não sou.

Agora ela parecia interessada.

— Há indícios de que os dois Roosevelts investigaram o assunto, assim como Nixon.

— Grande surpresa.

Daniels deu uma risadinha.

— Pensei o mesmo. Nixon tinha dois mórmons em seu gabinete. Ele gostava da igreja e de sua maneira de pensar. Tratou com eles em 1960, 1968 e 1972. Em julho de 1970, foi a Salt Lake City e encontrou-se com o profeta e os doze apóstolos. Um debate confidencial de trinta minutos, a portas fechadas. Um tanto inusitado para um presidente, não acha?

— Então, por que ele fez isso?

— Porque, imagino, o velho e ardiloso Dick queria saber se o que Mary Todd Lincoln escrevera estava correto. Será que os mórmons ainda tinham em seu poder o que Abraham Lincoln lhes dera?

— E o que ele descobriu?

— Nunca vamos saber. Todo mundo que estava lá naquele dia, menos um, já morreu.

— Parece que você precisa conversar com esse sobrevivente.

— É o que pretendo fazer. — Ele apontou para a mensagem de Madison. — Graças a Deus achamos isso, ou não saberíamos nem mesmo o que perguntar ou onde procurar.

O olhar de Stephanie passeou pelo aposento e parou em um retrato de John Adams, o primeiro a exercer o cargo de vice-presidente.

— É melhor você ir direto ao ponto, Danny.

O uso de seu primeiro nome assinalava quanto Stephanie realmente estava irritada com ele.

— Gosto quando você diz meu nome.

— Gosto quando você é direto. — Ela fez uma pausa. — O que é muito raro, aliás.

— Eu só queria terminar meus oito anos — confessou ele, baixinho. — Os últimos meses deveriam ser tranquilos. Deus sabe que já tivemos agitação suficiente. Mas Thaddeus Rowan tem outras ideias.

Ela ficou esperando por mais.

— Faz mais de um ano que ele tenta acessar certos arquivos confidenciais. Coisas que sua autorização de acesso não está nem perto de conceder. Ele tem pressionado a CIA, o FBI, a NSA, até mesmo alguns funcionários da Casa Branca. O homem está na política há tempos, e sabe como usar de sua importância. Por enquanto, tem tido sucesso moderado. Agora, ele está focado em você.

Stephanie compreendeu.

— Então, eu serei a isca?

— Por que não? Nós dois nos entendemos. Juntos, podemos resolver isso.

— Parece que *nós* não temos outra opção.

— É disso que mais vou sentir falta nesse emprego. As pessoas vão poder voltar a ter opções no que se refere a mim.

Stephanie sorriu. Ele era impossível.

— Na verdade, eu queria ter conversado a esse respeito com você mais cedo, mas é bom que eu não tenha feito isso. Agora que Rowan se focou em você por conta própria, tudo está perfeito. Ele nunca vai imaginar o que está por vir, e, se imaginar, está tão ansioso pelo resultado final que vai assumir o risco.

— O que exatamente você quer que eu faça?

Daniels apontou outra vez para o bilhete de Madison.

— Primeiro, encontre o que quer que Madison tenha deixado em Montpelier. Mas não quero que você faça isso pessoalmente. Tem um agente no qual possa confiar?

— Tenho. Ele já deve estar de volta a Washington.

Ela o fitou por tempo suficiente para que Daniels entendesse.

— Luke pode dar conta disso?

— Ele é bom, Danny.

— Está bem, deixe que ele cuide disso. Mas é melhor o garoto não fazer besteira. Estou apostando tudo nesse moleque.

— Parece que Luke não é o único na linha de fogo.

— Você é uma profissional, Stephanie. Pode dar conta disso. Eu *preciso* que você dê conta disso. Também vou querer que encontre Rowan e conquiste a confiança dele.

— E por que diabo Rowan confiaria em mim?

— Diga a ele que você não pode responder à intimação. Fazer isso seria o fim de sua carreira. Mas você entende por que a recebeu. Ninguém jamais aceitaria um pedido desses sem tentar refutá-lo ou fazer um acordo. É óbvio que ele quer alguma coisa. Então, pergunte-lhe o que é, e faça um trato.

— De novo, não vejo como ele vai cair nessa.

— O fato é que ele vai. Na noite passada, deixamos escapar por canais protegidos que seu emprego está por um fio.

Stephanie era funcionária pública de carreira, sem indicação política e trabalhava para o procurador-geral. Quando o mandato de Daniels terminasse e outro procurador-geral fosse nomeado pelo novo presidente, apesar de ela não poder ser demitida, talvez fosse transferida. Até agora, sobrevivera a várias mudanças nas administrações e, com frequência, se perguntava quando sua sorte ia acabar.

— E por que meu emprego estaria em risco?

— Você tem roubado.

Teria ouvido bem?

— De sua conta de trabalho, o dinheiro usado para suas operações sigilosas. Fiquei sabendo que, todo dia, há vários milhões de dólares à sua disposição pessoal, que não passam por qualquer auditoria federal. Infelizmente, alguém nos passou a informação de que cerca de 500 mil dólares sumiram.

— E como essa informação chegou a você?

— Isso é sigiloso — disse Daniels. — Mas você vai dizer a Rowan que está com um problema para o qual a intimação poderia chamar atenção. Pergunte a ele o que você pode fazer para que ela seja retirada.

— Por que ele acreditaria em mim?

— Porque você realmente roubou dinheiro do governo, e eu tenho provas.

# Capítulo 32

SALZBURGO

SALAZAR ESTAVA PRONTO.

Disse a si mesmo que se acalmasse, fosse paciente.

— Nosso próximo item — anunciou o leiloeiro — é um Livro de Mórmon original, que traz a identificação de Palmyra, Nova York, e a declaração *impresso por E.B. Grandin para o autor, 1830*. Sua proveniência está detalhada no catálogo e foi verificada por especialistas. Uma descoberta rara.

O valor razoável de mercado era de 150 mil euros, com margem de erro de alguns milhares. Salazar duvidava que alguém ali tivesse recursos para superar seu lance, pois, até então, os itens haviam sido vendidos por quantias modestas. Mas aprendera a não subestimar o entusiasmo de colecionadores.

— O lance de abertura é de 100 mil euros — disse o leiloeiro. — Vamos operar com incrementos de mil euros.

Isso era comum em leilões da Dorotheum. A casa geralmente sugeria um lance inicial. Se ninguém o confirmasse, o item era devolvido a seu dono. Se um valor mínimo não fosse anunciado, isso significava que o lance mais alto, não importava qual fosse, arremataria a peça.

Ele ergueu o braço, sinalizando que abria com 100 mil euros. Já tinha informado ao leiloeiro que faria lances para aquele item.

— Temos 100 mil.

— Cento e vinte mil — disse um homem do outro lado do corredor.

— Cento e cinquenta — declarou Salazar.

— O lance é de 150 mil. Alguma oferta?

Ninguém respondeu. Ele ficou satisfeito.

— Cento e sessenta mil — anunciou uma nova voz.

Salazar se virou e viu Cotton Malone de pé, no fundo da sala.

— É o homem de hoje — disse Cassiopeia.

— Ele mesmo — sussurrou Salazar.

Malone avançou em direção a uma cadeira vazia e sentou-se.

— Temos um lance de 160 mil euros — anunciou o leiloeiro.

— Cento e setenta — disse Salazar.

— Duzentos mil — bradou Malone.

O leiloeiro parecia estar surpreso.

Assim como Salazar.

— Solicito saber se esse senhor está certificado.

Isso era permitido, especialmente quando lances superavam o valor de mercado. De outro modo, os donos dos itens e especuladores poderiam fazer o preço subir, fazendo lances de quantias absurdas que não estariam preparados para honrar.

— Herr Salazar gostaria de conhecer suas credenciais — pediu o leiloeiro.

MALONE LEVANTOU-SE DE SUA CADEIRA. Tinha comparecido a leilões o bastante para saber que aquela situação poderia acontecer, motivo pelo qual havia retirado a credencial do Departamento de Justiça, que Stephanie lhe permitira guardar, da mochila embaixo da cama em Copenhague. Raramente a carregava na época em que trabalhava para o governo. Pescou a carteira de couro de seu bolso e exibiu o distintivo dourado e a foto de identificação ao leiloeiro.

— Cotton Malone. Departamento de Justiça dos Estados Unidos. É bom o suficiente?

O leiloeiro nem piscou.

— Contanto que possa honrar seu lance.

— Garanto que posso.

— Então, vamos continuar. O lance é de 200 mil euros. Herr Salazar?

— Duzentos e cinquenta.

CASSIOPEIA AGARROU O BRAÇO de Salazar e sussurrou:

— Você me disse qual é o valor deste livro, que é muito menor do que o lance que acabou de fazer.

— As coisas mudaram.

— Trezentos mil — ofertou Cotton.

SALAZAR SE VIROU e encarou seu adversário. Era verdade que tinha desejado a presença dos americanos, até tivera a esperança de que o próprio Malone aparecesse. Mas não esperava tamanho desafio.

— Quatrocentos mil — disse ele, os olhos em seu oponente.

— Quatrocentos e cinquenta — rebateu Malone rapidamente.

— Quinhentos mil.

O silêncio tomou conta da sala.

Ele esperou.

— Um milhão de euros — disse Malone.

Salazar manteve o olhar fixo em seu inimigo.

— *Satã está aqui. Veja-o, Josepe. Ali está ele, sentado. É um agente do governo dos Estados Unidos. Onde quer que haja qualquer dominação que seja abaixo daquela do mundo celestial, temos de nos livrar dela. O continente americano não foi projetado para que um governo tão corrupto quanto o dos Estados Unidos prospere por tanto tempo. Deixe-o vencer. Depois faça com que pague por isso.*

Salazar nunca tinha questionado o anjo antes, e não começaria a fazê-lo agora.

Ele se virou para o leiloeiro e balançou a cabeça.

Encerrada a venda.

SALAZAR OBSERVOU ENQUANTO MALONE pagava ao caixa uma quantia sete vezes maior do que qualquer outra edição original valia. O Livro de Mórmon jazia sobre a mesa, selado em plástico, dentro de uma elegante caixa de madeira.

O agente ergueu o prêmio para uma rápida inspeção.

Cassiopeia foi até lá.

— Valeu a pena? — inquiriu.

Malone sorriu.

— Cada euro.

— Você é um homem desprezível.

O americano deu de ombros.

— Já me chamaram de coisa pior.

— Você vai se arrepender do que fez — alertou Cassiopeia.

Malone lhe lançou um olhar surpreso.

— Isso é uma ameaça, senhora?

— É uma promessa.

Malone deu um risinho enquanto depositava o livro de volta na caixa e fechava a tampa.

— Obrigado por me avisar. Agora, se me der licença, tenho de ir.

— *Saiba que há mais do que um tesouro para você neste mundo* — disse o anjo a Salazar. — *Não se preocupe com a perda deste. Mas também não permita que o inimigo se safe.*

A casa de leilões oferecia uma festa após a venda, à qual ele, inicialmente, planejara comparecer.

Não mais.

Salazar e Cassiopeia desceram para o nível inferior do castelo e seguiram em direção à estação do funicular. O percurso os levou a atravessar mais um dos terraços abertos do castelo, passar por um restaurante movimentado, cheio de clientes para o jantar. Ele apontou para além dos parapeitos, na direção leste, onde era possível ver as ruas e as luzes dos edifícios nos impecáveis subúrbios de Salzburgo.

— A sede da ala local fica bem ali. Vou ligar e marcar uma visita antes de deixarmos a cidade.

— Podemos fazer isso amanhã — disse Cassiopeia.

Eles chegaram à estação e ao funicular. Dentro dele, estava Cotton Malone. O interior era claustrofóbico, a cabine quase lotada. Mais algumas pessoas entraram, depois as portas se fecharam e a íngreme descida começou. Durante o minuto que durou a viagem, Salazar manteve sua atenção centrada na janela da frente.

Ao fim da viagem, ele e Cassiopeia saíram para a rua.

Malone passou pelos dois e seguiu em frente.

Seus danitas o esperavam no lugar onde orientara que estivessem.

— Acho que podemos fazer um passeio pelas ruas da parte antiga da cidade — disse ele a Cassiopeia. — Antes de voltarmos ao hotel. A noite está bonita.

— É uma boa ideia.

— Só preciso falar com meus funcionários antes. Eu lhes pedi que me encontrassem para levar minha aquisição. É uma pena que agora eu não tenho nenhuma. — Salazar a deixou e foi até seus homens. De costas para Cassiopeia, olhou para os dois e disse: — Imagino que vocês tenham visto Malone.

Eles assentiram.

— Peguem-no. Liguem para mim quando o tiverem. E recuperem a caixa de madeira que ele carrega.

# Parte 3

# Capítulo 33

WASHINGTON, D.C.
13:00

Fazia semanas que Luke estava fora de casa. Tinha alugado um apartamento perto de Georgetown, em um prédio de tijolos coberto de hera, cheio de inquilinos na faixa dos 70 anos. Ele gostava da tranquilidade do lugar e apreciava o fato de os vizinhos se ocuparem apenas com a própria vida. Só passava alguns dias por mês ali, entre missões, nas folgas que Stephanie Nelle exigia que todos os seus agentes do Magellan Billet tirassem.

Luke nascera e crescera em uma pequena cidade do Tennessee, onde tanto seu pai quanto seu tio eram conhecidos, especialmente o último, que ocupara vários cargos políticos locais, depois se tornando governador antes de virar presidente. O pai morrera quando Luke tinha 17 anos. Câncer. Dezoito dias fatais após o diagnóstico. Fora um grande choque. Ele e seus três irmãos estiveram lá em cada momento dos dias finais. A mãe reagira mal à perda. Tinham sido casados durante muito tempo. O marido era tudo para ela e, então, subitamente, ele se fora.

Era por isso que Luke lhe telefonava todo domingo.

Nunca deixava de ligar.

Mesmo quando estava trabalhando.

Às vezes, só tinha a oportunidade de fazer isso tarde da noite no fuso horário dela, mas, mesmo assim, ligava. Seu pai sempre dizia que a coisa mais inteligente que fizera na vida fora casar-se com ela, proclamando que *até mesmo um atirador cego ocasionalmente acerta o alvo*.

Seus dois pais eram religiosos devotos — batistas do sul — e por isso deram a seus filhos nomes que correspondiam aos livros no Novo Testamento. Seus dois irmãos mais velhos eram Matthew e Mark. O mais moço, John. Ele era o terceiro, e fora batizado como Luke.

Nunca esqueceria a última conversa que tivera com o pai.

— *Vou morrer ainda hoje ou amanhã. Não tem mais jeito. Estou sentindo isso. Mas preciso lhe dizer algo. Quero que você faça alguma coisa de sua vida. Está bem? Alguma coisa boa. Escolha o que acha que vai funcionar melhor. Não importa. Mas, seja o que for, faça disso o melhor.*

Ainda podia sentir a suave pressão da palma da mão suada de seu pai quando se cumprimentaram pela última vez. Todos os filhos tinham sido muito próximos dele. E Luke sabia exatamente ao que o pai se referia. A escola nunca o interessara, suas notas mal davam para passar de ano. Faculdade não era parte de seu futuro. Assim, logo que terminara o colégio, alistara-se e fora aceito para ser treinado como *ranger* do Exército. Foram os sessenta e um dias mais duros de sua existência. *Essa vida não é para fracos ou medrosos* — esse era o lema dos *rangers*. Uma declaração amena demais, considerando que mais da metade dos recrutas não completava o treinamento. Mas ele conseguira, fazendo por merecer sua patente militar. Depois fora alocado em alguns dos pontos mais tumultuados do planeta, se ferira duas vezes em serviço e conquistara múltiplas condecorações.

Seu pai teria ficado orgulhoso.

E então fora escolhido para trabalhar para o Magellan Billet, onde se envolveu em ações mais importantes.

Tinha agora 30 anos, e a perda do pai ainda lhe doía. Como era mesmo o que diziam? *Homens de verdade não choram*. Besteira. Homens de verdade choram incontrolavelmente, como tinham feito ele e seus irmãos treze anos atrás, quando viram o homem que idolatravam exalar seu último suspiro.

Uma batida à porta interrompeu seus pensamentos.

Estivera sentado em silêncio durante meia hora, lutando contra o jet lag, tentando se readaptar à diferença de horário. Ele abriu a porta e deparou com Stephanie Nelle. Não tinha conhecimento de que a chefe sabia onde ele morava.

— Temos de conversar — disse ela. — Posso entrar?

Stephanie entrou, e Luke a observou avaliando a decoração.

— Não é o que eu esperava — comentou ela.

Ele se orgulhava do aspecto aconchegante que, em grande parte, tinha o imóvel, mas para o qual contribuíra com algumas escolhas. Masculino, porém sem exageros. Móveis de madeira. Tecidos de cores opacas. Muitas plantas, todas artificiais, mas que pareciam verdadeiras. Ao contrário do que se pensava, Luke gostava de ordem.

— Você estava esperando um quarto de república?

— Não sei ao certo. Mas a sua casa é muito bonita.

— Gosto de passar tempo aqui. Nos poucos dias de folga que tenho.

Ela permanecia de pé, braços ao lado do corpo.

— Você e Cotton se deram bem?

— Ele quase me matou. Atirou em Kirk bem por cima do meu ombro.

— Duvido que você tenha corrido perigo. Cotton sabe manejar uma arma.

— Pode ser. Mas fiquei contente de me livrar do velho. Ele é muito cheio de marra.

— Esse velho foi agraciado com todas as condecorações que nós temos, e recusou cada uma delas.

— *Foi*. Essa é a palavra-chave. Ele caiu fora. Seu tempo passou. E você pode ter certeza de que o cara não gostou nem um pouco de ver a namorada beijar o Salazar. Isso mexeu com ele, apesar de ter tentado esconder. Mas não posso culpá-lo. E fiz o que você mandou.

Irritei-o um pouco. Tentei mantê-lo interessado. Depois lhe passei as informações sobre os Pais Fundadores e a Constituição. Infelizmente, ele não mordeu a isca.

— Ele está em Salzburgo.

Isso o deixou surpreso.

— E você acha que isso é bom?

— Cotton é profissional. Ele vai dar conta do recado.

— Se você está dizendo... Acho que a cabeça dele não está funcionando direito para esse caso.

— Acabei de conversar com seu tio.

— E como vai o querido Danny? Acho que não falo com ele desde que meu pai morreu.

— Ele está preocupado. — Stephanie fez uma pausa. — E eu estou prestes a ser despedida.

— É mesmo? O que você fez?

— Parece que sou uma ladra. Uma situação forjada para impressionar Thaddeus Rowan. Está na hora de você tomar conhecimento de algumas informações adicionais, então preste atenção.

STEPHANIE GOSTAVA DE LUKE, embora o jovem agente fosse impetuoso. Ela invejava essa autonomia. Como devia ser libertador ter tanta vida à sua frente. Já estivera nessa posição, determinada a aproveitar todas as oportunidades. De algumas delas, conseguira sugar o máximo possível, mas outras lhe escaparam. Acabara de passar mais de uma hora sentada à mesa de jantar da mansão do vice-presidente, ouvindo Danny Daniels lhe contar mais detalhes do que estava acontecendo.

Thaddeus Rowan estava planejando uma secessão.

Queria dissolver a União e pôr fim aos Estados Unidos da América.

Normalmente, isso seria tratado como um absurdo, mas Rowan tinha um plano específico, com objetivos específicos, e todos eles — graças a James Madison, Abraham Lincoln e Brigham Young — eram exequíveis. Ela não podia, e não iria, revelar tudo o que sabia a Luke, mas contou-lhe o suficiente para que ele pudesse fazer seu trabalho.

— Sua missão é ir para Montpelier e entrar naquele buraco gelado — disse Stephanie. — Se houver alguma coisa lá, quero saber o que é.

Luke foi até seu laptop fornecido pelo Magellan Billet, e Stephanie o observou digitar rapidamente no teclado. Então passou uma das mãos para o cursor e, com dois cliques, acessou o site Montpelier.org.

— O buraco foi cavado no início da década de 1800 — disse ele. — Sete metros de profundidade, revestido de tijolos. Madison construiu o templo por cima por volta de 1810. Como é possível haver algo secreto lá embaixo? Com certeza foi vasculhado durante anos.

— Talvez não. Eu também verifiquei. Na internet, não se encontra nem uma fotografia sequer de como é o interior. Um tanto estranho, não acha? Não temos qualquer pista sobre o que existe lá embaixo.

— Como você sugere que eu entre?

— Invada o lugar.

— Não podemos simplesmente pedir para entrar?

Stephanie negou com a cabeça.

— Não podemos envolver ninguém. Somos só nós dois. Nem mesmo Atlanta sabe o que estamos fazendo. Entre lá, descubra se Madison deixou alguma coisa e saia. Mas. Não. Seja. Pego.

— Posso dar conta disso.

— Sei que pode. Estarei disponível no celular. Entre em contato assim que terminar.

— Como você sabia que Malone iria para Salzburgo?

— Porque ele ama Cassiopeia. Não permitiria que enfrentasse um problema por conta própria agora que sabe onde ela está e que Salazar matou nosso homem. Provavelmente está até mesmo com um pouco de ciúme, o que é bom. Salazar vai receber o que merece.

— Temos que acabar com ele.

— Concordo. E vamos fazer isso. Mas não agora.

— Meu tio querido sabe que estou envolvido?

Stephanie assentiu.

— Ele aprova.

Luke riu.

— Aposto que sim. Danny prefere atazanar a minha vida a olhar para mim.

— Que tal você não se preocupar com o presidente dos Estados Unidos? Porque é isso que o seu tio é. O comandante em chefe. Nosso chefe. Ele nos ordenou que fizéssemos um trabalho, e é o que vamos fazer.

Luke bateu continência.

— Sim, senhora.

Ele era impossível. Tal como Cotton fora.

— E você sabe que não tive a intenção de faltar com o respeito — disse ele. — Mas você não é uma Daniels, então não sabe o que eu sei.

— Não esteja tão certo disso.

Stephanie jamais mencionaria o turbilhão pelo qual ela e Danny Daniels haviam passado juntos. E a amargura de Luke era compreensível. O presidente podia ser um homem difícil. Ela sabia disso em primeira mão. Mas também estava ciente de que ele não era feito de pedra. No entanto, agora, quem estava na mira era a própria Stephanie. Dissera a Luke que não fosse pego, mas o mesmo conselho se aplicava a si mesma.

Ela se virou para sair.

— Eu lhe mandei um e-mail com as especificações do sistema de segurança em Montpelier, que não é grande coisa. A noite de hoje será quase sem lua, então você poderá entrar e sair sem problemas.

— Onde você vai estar?

Ela agarrou a maçaneta da porta.

— Em nenhum lugar bom.

## Capítulo 34

SALZBURGO

MALONE SABIA QUE ELES ESTAVAM VINDO. Na verdade, ficaria desapontado se não viessem ao meu encalço. Optara por descer do castelo junto com Salazar e Cassiopeia de propósito, e imediatamente avistara os dois jovens aguardando pelo chefe. O pequeno show de Cassiopeia na mesa do caixa servira — assim esperava Malone — para impressionar Salazar. Bela manobra, realmente. Sua raiva parecera autêntica; sua defesa de Salazar, totalmente razoável, dadas as circunstâncias.

Ele desceu a rua inclinada e pavimentada com pedrinhas em passos lentos, chegando à vasta praça atrás da catedral sem arriscar olhares furtivos por cima do ombro. A noite estava fria, o céu, nublado e desprovido de glória celestial. Todas as lojas estavam fechadas, suas fachadas solidamente protegidas por grades de ferro. Mais uma vez, Malone remoeu suas lembranças daquelas ruas estreitas. Em sua maioria, eram exclusivas para pedestres, conectadas entre si por passagens sinuosas atrás do casario compacto que serviam para cortar caminho de um quarteirão a outro. Ele divisou uma dessas passagens à sua frente e decidiu evitá-la.

Passou pela catedral e cruzou a Domplatz. Certa vez, viera à feira de Natal que era realizada ali anualmente. Há quanto tempo tinha sido? Oito anos? Nove? Não, mais para dez. Sua vida sofrera grandes mudanças desde então. Nunca tinha sonhado em se divorciar, viver na Europa e ser dono de uma livraria de livros antigos.

E quanto a estar amando?

Malone detestava até mesmo admitir isso a si mesmo.

Olhou para cima, para a catedral, parte dela inspirada na de São Pedro, em Roma. A antiga residência do arcebispo, com sua fachada do século XVII pintada de verde, branco e dourado, bloqueava o caminho à sua frente. A Residenzplatz, de onde telefonara mais cedo para Stephanie, estendia-se à frente do prédio, a fonte iluminada ainda jorrando água.

Ele precisava de privacidade.

E de escuridão.

Ocorreu-lhe um lugar.

Dobrou à esquerda e continuou andando.

SALAZAR TENTOU CONCENTRAR-SE EM CASSIOPEIA, mas seus pensamentos continuavam se voltando para Cotton Malone.

Aquele gentio insolente.

Malone o fazia lembrar-se de outros inimigos arrogantes que, na década de 1840, aterrorizavam os santos com sua vingança desenfreada. E o governo? Na ocasião, tanto o estadual quanto o federal se abstiveram de intervir, permitindo que a violência ocorresse, posteriormente se aliando aos oclocratas.

— O que você quis dizer — perguntou ele a Cassiopeia — quando falou a Malone que ele iria se arrepender do que fez?

— Eu tenho recursos, Josepe. Posso causar muitos problemas àquele homem.

— Ele trabalha para o governo americano.

Ela deu de ombros.

— Também tenho amigos no governo.

— Não sabia que havia tanta raiva dentro de você.

— Todos têm, quando desafiados. E foi isso que aquele homem fez. Ele desafiou você, o que significa que desafiou a mim.

— *Dissidentes* — disse o anjo em sua cabeça — *devem ser pisoteados até que suas entranhas sejam esguichadas para fora.*

Deviam mesmo.

— Fico feliz por você estar aqui comigo — disse ele a Cassiopeia.

Os dois continuaram a caminhar um ao lado do outro, chegando a Getreidegasse e voltando na direção do Goldener Hirsch, na extremidade mais afastada. Nos onze anos desde que ele e Cassiopeia estiveram juntos pela última vez, Salazar evoluíra muito. Tanto no âmbito pessoal quanto no profissional. Felizmente, tinha conhecido o presbítero Rowan, que incentivara a recriação dos danitas. Rowan lhe dissera que o próprio Charles R. Snow havia autorizado essa medida, mas, assim como fora no início, não poderia haver uma conexão direta. Seu trabalho seria salvaguardar a igreja, mesmo em prejuízo dele mesmo. Uma tarefa difícil, com certeza, mas necessária.

— *É a vontade de Deus que essas coisas sejam como são.*

O anjo repetia exatamente o que Joseph Smith dissera ao comparecer pela primeira vez a um encontro de danitas. Intencionalmente, não fora revelada ao profeta a extensão da missão do grupo, apenas que tinha sido organizado para proteger os santos. Desde o início, havia aqueles que falavam com o Pai Celestial, como o fizera agora o profeta Charles. Aqueles que administravam e colocavam em prática as revelações, como Rowan e seus onze irmãos. E os que protegiam e defendiam tudo que lhes era tão caro, como Salazar e seus danitas.

Cotton Malone representava uma ameaça a tudo isso.

Aquele gentio queria uma guerra? Muito bem. Ele a teria.

Salazar e Cassiopeia chegaram ao hotel.

— Vou deixá-la aqui — disse ele. — Tenho alguns assuntos da igreja dos quais preciso tratar antes de irmos embora. Mas eu a verei pela manhã, no café.

— Está bem. Boa noite.

Salazar se afastou.

— Josepe — chamou Cassiopeia.

Ele se virou.

— Eu estava falando sério. Malone agora tem *dois* inimigos.

MALONE ENTROU NO CEMITÉRIO de São Pedro, um lugar destinado a sepultamento cristão fundado apenas alguns anos após a crucificação de Cristo. As cavernas talhadas na superfície da rocha eram a parte mais antiga e, uns trinta metros acima delas, estavam as catacumbas com estranhas inscrições. Séculos atrás, os monges de São Pedro viviam ali, em reclusão, e aquele local elevado era sua ermida. O antigo mosteiro beneditino permanecia — torres, escritórios, depósitos, uma igreja e um refeitório, todos agrupados atrás de um muro fortificado que encerrava o cemitério e a capela gótica de Santa Margarida.

O cenário era um tanto surreal, mais parecendo um jardim do que um cemitério, as flores coloridas enfeitando as laboradas sepulturas mergulhadas na escuridão. Ele já estivera ali antes, e sempre pensava na família von Trapp, que tinha fugido para a liberdade passando pelo local, no filme *A noviça rebelde*, embora sua fuga tenha ocorrido dentro de um estúdio de filmagem. Muitas das famílias mais ricas de Salzburg jaziam naqueles pórticos barrocos externos. O que tornava o lugar especial era o fato de que as sepulturas não tinham dono, mas eram alugadas. Se o aluguel não fosse pago, o corpo era removido. Ele sempre se perguntava quantas exumações efetivamente ocorriam, uma vez que as lápides pareciam cuidadas com carinho, enfeitadas com velas, galhos de pinheiro e flores frescas.

Seus perseguidores se mantinham afastados e tentavam, sem êxito, passar despercebidos. Talvez quisessem que Malone soubesse que estavam atrás dele. Se fosse isso, obviamente eram amadores. Era um erro crasso revelar-se ao inimigo, deixando nítidas as suas intenções.

Ele precisava ter a duas mãos livres, então depositou a caixa de madeira na base de uma das lápides, no meio de um punhado de amores-perfeitos. Depois seguiu rapidamente em frente, na direção da capela de Santa Margarida, cuja porta da frente estava fechada e trancada com uma barra de ferro. Rodeou um dos cantos e se espremeu contra a pedra áspera, espreitando a entrada. Havia duas entradas para o cemitério. Aquela que ele tinha acabado de usar e outra, a algumas dezenas de metros à sua frente, por uma trilha pavimentada paralela à rocha. Todos os prédios do mosteiro estavam escuros como um breu, só algumas luminárias incandescentes fixadas nos pórticos externos rompendo o negrume.

Um dos homens entrou pelo portão à sua direita.

Malone sorriu.

Eles se haviam separado? Seria um de cada vez?

Muito bem.

Para atraí-lo em sua direção, Malone se abaixou, pegou umas pedrinhas e as atirou em uma das grades de ferro que protegiam os pórticos.

Viu o vulto reagir e caminhar em sua direção.

Outra pedrinha jogada ratificou a decisão.

O danita teria de passar pelo canto da capela, onde Malone estava esperando, a escuridão tornando qualquer perigo invisível.

Ouviu passos.

Aproximando-se.

O vulto passou ao lado da parede da capela olhando para a frente, em direção aos pórticos, com certeza buscando seu alvo. Malone se adiantou, envolveu o pescoço do homem com um braço e apertou, sufocando-o. Depois de alguns segundos de pressão, soltou o homem, girou-o e acertou o cotovelo no queixo dele. A combinação de golpes fez o danita cambalear. Um chute no rosto o lançou esparramado ao chão.

Malone revistou a roupa do sujeito e encontrou uma pistola.

A outra ameaça não devia estar longe, então ele tornou a rodear a capela, contornando os fundos e caminhando em direção aos pórticos que se alinhavam com a outra parede. Adiante, um pavimento ladrilhado silenciava seus passos. Chegou à extremidade e continuou seu caminho pela terra dura e compactada, voltando para a entrada usada por ele e pelo primeiro danita, mantendo-se abaixado, usando as lápides altas como cobertura. O terreno ali era compacto e inclinado, elevando-se até a capela, no centro.

Malone avistou o segundo perseguidor.

Na parte pavimentada, subindo a inclinação, entre os túmulos.

Seguiu pisando com cuidado e foi diminuindo a distância.

Quinze metros.

Passou pelo esconderijo da caixa de madeira e a tirou de lá.

Seis metros.

Três.

Malone pressionou o cano da pistola na nuca do homem.

— Colabore e fique quieto, ou eu atiro.

O danita parou, imóvel.

— Salazar está esperando você avisar que me pegou?

Não houve resposta.

Ele engatilhou a arma.

— Você não significa nada para mim. Nada mesmo. Compreende?

— Ele está aguardando a minha ligação.

— Então, sem fazer movimentos bruscos, pegue seu telefone e diga a ele que está comigo.

# Capítulo 35

ORANGE, VIRGINIA
16:15

**Luke chegou em Montpelier** bem a tempo para o último tour do dia. O grupo era pequeno, guiado por uma moça atraente que usava calça jeans extremamente apertada e era identificada por um crachá como Katie. Ele viera direto de Washington em seu Mustang, um modelo de primeira geração, de 1967, restaurado à perfeição, que tinha comprado como presente para si mesmo quando estava no Exército. Prateado com listras pretas — sem nem um arranhão —, o carro ficava guardado em uma garagem perto de seu prédio. Luke não possuía muitas coisas, mas aquele veículo era especial.

O mau humor de Stephanie o perturbara. Parecia que tudo que a chefe queria saber era o que havia na casa de James Madison, se é que restava alguma coisa. Ele não era um estudioso de história. Mal conseguira terminar o ensino médio. Mas sabia que estar bem-informado era útil.

Assim, tratara de fazer uma pesquisa rápida.

James Madison nascera e crescera no condado de Orange. Em 1723, seu avô foi quem primeiro se estabeleceu no lugar que acabou abrigando Montpelier. A casa em si fora construída por seu pai em

1760, porém, depois de herdar a propriedade, Madison fizera muitas mudanças. Ele era um federalista ardente, acreditava em um governo central forte e tinha sido essencial na redação da Constituição. Servira no primeiro Congresso, lutara pela adoção da Declaração dos Direitos, ajudara a formar o Partido Democrata, fora secretário de Estado durante oito anos, depois presidente em dois mandatos.

— O Sr. Madison veio para cá em 1817, ao fim de seu último mandato como presidente — disse Katie ao grupo. — Ele e sua esposa, Dolley, viveram aqui até ele morrer, em 1836. Depois disso, ela vendeu a casa e quase todos os seus pertences. A propriedade foi readquirida pelo Fundo Nacional para a Preservação da História em 1984.

A construção era cercada por 2.700 acres de terra agrícola e de uma antiga floresta nos verdes contrafortes das montanhas Blue Ridge. Um projeto de 25 milhões de dólares restaurara a casa ao tamanho e à forma que ostentava quando Madison vivera ali, com seu pórtico em colunas, as paredes de tijolo, as persianas verdes que lembravam a época colonial.

Luke seguia Katie de aposento em aposento, olhando mais para os jeans do que para a decoração, mas absorvendo a geografia do lugar, seu olhar se desviando ocasionalmente para as janelas e o terreno além delas.

— O terreno já foi ocupado por campos de tabaco, plantações, senzalas, uma ferraria e celeiros.

Luke se virou e notou que Katie tinha percebido seu interesse na paisagem exterior. Ele lhe lançou um sorriso.

— Tudo de que um homem do interior precisava no século XIX.

Ela era bonita e não usava aliança. Ele nunca tocava nas casadas, pelo menos não quando sabia que eram comprometidas. Já houvera algumas que tinham mentido, coisa que não era sua culpa, mas alguns maridos não viam a situação desse modo. Um deles quebrou seu nariz. Outro tentou, mas acabou se arrependendo da atitude e passou alguns dias no hospital.

Mulheres.

Elas só traziam encrenca.

— Diga-me, querida, o que é aquilo ali no meio do campo? Parece um templo grego.

Katie foi até a janela e gesticulou aos outros para se juntarem a ela. Luke sentiu o cheiro de seu perfume. Não muito, só um pouquinho, como ele gostava. A guia chegou perto demais, quase encostando em seu corpo, mas parecia não se importar.

Nem ele.

— Aquilo foi construído por Madison. Embaixo, há um buraco com dez metros de profundidade onde ele guardava gelo o ano inteiro. Hoje nós o chamamos de gazebo, apesar de ser algo um pouco mais sofisticado. Sua intenção era fazer dali seu escritório de verão, um lugar no qual pudesse trabalhar e pensar em paz, com o frio do gelo embaixo a refrescá-lo, mas isso nunca aconteceu.

— Alguém já entrou no buraco? — perguntou Luke.

— Não desde que trabalho aqui. Ele foi lacrado.

Katie se afastou da janela e conduziu o grupo para a sala de jantar e para a biblioteca de Madison. A excursão guiada só cobria o andar térreo; o andar superior podia ser explorado por conta própria. Luke consultou o relógio. Talvez restassem cerca de três horas de luz do dia. Mas ele teria de esperar até muito mais tarde para retornar. Decidiu abrir mão de conhecer o restante da casa e saiu pela porta da frente, seguindo por um caminho de cascalhos até a entrada do jardim. Passou por um portal em um extenso muro de tijolos, orlado de hortênsias, e caminhou até um monte baixo entre as árvores na parte norte do jardim.

Cinco colunas brancas sustentavam o telhado em cúpula do templo. Nenhuma parede, deixando o círculo de cinco metros aberto aos elementos. Katie estava certa, era apenas um gazebo elegante. Ele pisou no chão de concreto e testou uma das colunas. Sólida. Olhou para baixo, para o pavimento, e bateu com o pé. Duro feito uma rocha. O concreto estava acinzentado pelo tempo, mas, em seu centro, havia uma parte recortada em forma de quadrado, delineada por uma linha de argamassa com mais de dois centímetros de espessura. Certamente um meio para descer lá embaixo, caso necessário.

Luke mais uma vez passou o olhar pelo terreno.

Nogueiras, cedros, pinheiros, sequoias e sempre-vivas predominavam, todas antigas. Algumas pareciam estar no local desde a época em que o próprio Madison era vivo. Ele notou que havia pouco ou nenhum sistema de segurança, embora o interior da casa fosse equipado com sensores de movimento. Sem problema. Luke não pretendia chegar nem perto de lá. Nenhuma cerca circundava a propriedade. Porém, com 2.700 acres, era fácil entender o motivo disso. Ele checara o Google Earth e vira que uma estrada passava perto do templo, através da floresta à sua esquerda. Estimava que talvez a uns trezentos metros. Um modo fácil de entrar e sair. Tinha levado consigo uma corda e uma lanterna.

Mas o que diabos ele estava procurando?

Como dissera a Stephanie, com certeza o buraco havia sido intensamente vasculhado nos últimos duzentos anos.

Mas a chefe também tinha razão.

Não havia imagem de seu interior na internet. Antes de entrar na casa, após ter comprado o bilhete, Luke folheara cada um dos livros na lojinha do museu. Também não havia encontrado nem uma foto sequer.

Então o que havia lá embaixo?

Provavelmente nada. Mas ele tinha suas ordens.

— Está gostando da vista?

Luke se virou para ver Katie parada atrás das colunas.

— Você devia usar um sino ou algo assim — disse ele. — Pode assustar as pessoas se esgueirando desse jeito.

— Vi você indo embora.

— Eu queria dar uma olhada nisso aqui — explicou. — É um belo lugar. Realmente tranquilo.

Ela entrou debaixo da cúpula.

— Você não parece ser um aficionado de história.

— É mesmo? E com o que pareço?

Katie o avaliou tranquilamente, com olhos de um lindo tom de azul. Os cabelos curtos, de um louro-avermelhado, pendiam em uma franja sensual em camadas, que valorizavam seu rosto sardento.

— Acho que você é militar. Em casa, de licença.

Ele esfregou o queixo, que, como o pescoço, estava sombreado pela barba por fazer de dois dias.

— Acertou. Acabei de vir de duas excursões no exterior. Estava com tempo livre, então resolvi visitar algumas casas de presidentes e dar uma olhada naquilo pelo qual eu estava lutando.

— Você tem um nome?

— Luke.

— Em homenagem ao evangelista?

Ele riu.

— Essa foi a ideia.

Katie agia como uma mulher confiante, e ele gostou disso. Nunca tinha ligado para as Melanie Wilkeses do mundo. Preferia as Scarlett O'Haras. Quanto mais duronas, melhor. Nada o excitava mais do que um desafio. Além disso, tinha de descobrir tudo sobre aquele lugar, e um bom começo para conseguir isso seria conversando com uma funcionária.

— Diga-me, Katie, onde encontro um restaurante bom por aqui?

Ela sorriu.

— Depende. Você vai comer sozinho?

— Não estava planejando isso.

— Estou livre em vinte minutos. Eu levo você lá.

# Capítulo 36

SALZBURGO

CASSIOPEIA NEM SEQUER entrou no Goldener Hirsch. Em vez disso, esperou até que Josepe dobrasse uma esquina a cinquenta metros dali e, então, foi correndo atrás dele, seguindo-o e torcendo para não ser notada. Felizmente, havia escolhido sapatos de salto baixo para ir ao leilão, o que a ajudou a percorrer o calçamento irregular de pedras da rua. O crepúsculo se aprofundara, tornando-se noite. Josepe continuava cinquenta metros à frente, e a escuridão lhe dava cobertura total.

Ele parou.

Ela fez o mesmo, recuando para a entrada de um prédio, olhando de relance para uma lista pregada a um lado, indicando os nomes dos proprietários dos apartamentos acima.

O ângulo do braço direito de Josepe, nas sombras, indicava que estava falando ao telefone. Uma ligação breve. Só de alguns segundos. Ele então recolocou o aparelho dentro do paletó e seguiu caminhando. Entrou em uma rua chamada Sigmund-Haffner-Gasse. Estavam a cerca de um quarteirão da catedral e da Residenzplatz, indo em direção ao paredão de rocha que se erguia no norte da cidade e servia de base para o castelo. Sombras produzidas pela luz de postes perto dele dançavam uma estranha giga no calçamento. Se fosse descoberta, Cassiopeia poderia usar a desculpa de que o defendera no leilão e não queria estar longe caso ele viesse a precisar dela. Soava convincente. Ainda estava irritada com Cotton, e se perguntava por que ele se envolvera tanto. Comprar o livro por um milhão de euros era uma declaração de guerra. Os dois precisavam conversar.

Mas não agora.

Josepe chegou ao fim da rua e dobrou à esquerda.

Ela se apressou para chegar à esquina, alcançando-a exatamente quando ele desaparecia em outra. A silhueta escura da igreja de São Pedro, com seu característico telhado em forma de cebola, agigantava-se sobre ela. Cassiopeia entrou no pátio da abadia, que se estendia diante da entrada principal da igreja, cercado por prédios de todos os lados. Outra fonte jorrava no centro.

Nem sinal de Josepe.

Os edifícios estavam às escuras e não havia outra saída do pátio.

Exceto uma.

A passagem à direita da igreja.

SALAZAR ENCONTROU O CEMITÉRIO.

Seu homem tinha ligado, dizendo que Malone estava em seu poder, que haviam recuperado o livro. Seus danitas eram bons. Não tão treinados quanto um agente da inteligência americana, mas competentes. Devido às três mortes, seu contingente estava reduzido a dois homens, mas havia uma ampla reserva de candidatos para completar as fileiras.

O cemitério de São Pedro era um lugar conhecido. Salazar já o visitara diversas vezes, sempre admirado com a forma como os gentios adornavam seus túmulos como se fossem santuários.

Aquele era um exemplo perfeito desse exagero.

Sepulturas intencionalmente decoradas com flores e ferros ornamentais, expostas o dia inteiro ao olhar perplexo das pessoas, como atrações turísticas. Nenhum santo jamais seria tratado desse modo. Era verdade que também tinham lugares de peregrinação. Ele visitara o local onde Joseph Smith, seu irmão e sua esposa estavam sepultados em Illinois. E o lugar do descanso eterno de Brigham Young, em Salt Lake. Um santo também poderia prestar homenagem ao túmulo individual de um pioneiro se fosse descendente dele. Mas, de modo geral, eles não eram homenageados com grandes memoriais. O corpo era uma entidade sagrada, formada à imagem do Pai Celestial. Um templo do Espírito Santo. A carne devia ser tratada com grande respeito, tanto na vida quanto na morte. Durante seu tempo na terra, devia ser mantida limpa e livre da contaminação do mal. Quando o espírito deixava o corpo para retornar ao lar celestial, os restos mortais eram levados para seu repouso com reverência e devoção. A recompensa eterna de Salazar seria grande, por ter vivido uma vida exemplar, orientada pelos profetas, guiada pelo anjo, tudo em apoio à sua igreja.

Seu danita lhe dissera que estava com Malone perto da entrada das catacumbas, que, na verdade, eram cavernas bem acima. A escuridão ali era quase absoluta, com o cemitério envolto em sombras pontiagudas. Não havia ninguém por perto, o silêncio quebrado apenas pela súbita disparada de um animal assustado. Lá no alto, luzes ainda brilhavam no castelo, onde a festa após o leilão continuava.

— Aqui, senhor.

Ele perscrutou as sombras na direção da voz.

Dois homens estavam no topo de um curto aclive, um segurando o outro por trás. O corpo do que estava na frente parecia mole, a cabeça pendente e os braços caídos para os lados.

Salazar se aproximou.

O homem que segurava o corpo o largou, deixando que o vulto se dobrasse e caísse. A arma subiu até a altura de seu rosto.

— Já está na hora de termos uma conversa — disse o vulto.

Uma voz nova.

Malone.

Uma pontada de medo sacudiu seus nervos, mas ele rapidamente retomou o autocontrole.

— Talvez seja melhor mesmo.

Malone sinalizou com a arma.

— Entre.

Salazar viu que o portão da grade de ferro que impedia o acesso às cavernas lá em cima estava aberto.

— Achei que elas ficassem fechadas à noite.

— Elas ficam. Suba as escadas. Vamos conversar lá em cima.

CASSIOPEIA VIU JOSEPE PARAR no topo do caminho em aclive, depois se virar e desaparecer à direita. Ela não sabia ao certo onde estava, pois não conhecia bem Salzburgo, mas parecia ter entrado no cemitério de São Pedro. Túmulos ladeavam o caminho, enfileirados de ambos os lados. Sua posição estava exposta, então ela foi se esgueirando pelos cantos, utilizando as lápides de pedra como cobertura. Tinha ouvido o som de vozes. Não muito alto, mas bem ali, à direita. Infelizmente, não conseguira entender bem as palavras.

Ela hesitou no topo do aclive, usando arbustos para escudar seu corpo. Espiou à direita e nada viu. À esquerda, a vinte metros, vislumbrou um vulto com formas definidas. Um homem. Tentando levantar. Cassiopeia correu para lá e notou que era um dos rapazes que estavam esperando por Josepe quando voltaram do leilão.

— Você está bem? — perguntou ela.

Ele assentiu.

— Levei uma pancada forte.

E Cassiopeia sabia de quem.

— Onde está o Señor Salazar? — perguntou ele.

— Por aqui.

Ela o levou de volta ao local para onde Josepe fora, e se aproximaram cuidadosamente de um portal bloqueado por uma grade de ferro.

Outro corpo jazia bem diante do portal.

Cassiopeia e o danita ajudaram o segundo homem a se levantar. Ele também estava zonzo por ter recebido uma pancada na cabeça.

Mas os dois pareciam estar bem.

Ela foi até o portão e viu que o batente de madeira havia sido arrombado e aberto.

Isso significava que Cotton havia pegado Josepe.

Ela fez sinal para que os homens ficassem quietos, e os afastou da porta.

— Algum de vocês ainda tem uma arma? — sussurrou.

O segundo homem balançou a cabeça e disse que seu agressor provavelmente a levara. O primeiro exibiu uma pistola. Cotton devia estar com muita pressa para tê-la deixado para trás.

Cassiopeia agarrou a arma.

— Fiquem aqui.

— É nosso dever cuidar do Señor Salazar.

— Vocês sabem quem eu sou.

O silêncio confirmou que sim.

— Então me obedeçam. Fiquem aqui.

— A senhora não deveria entrar lá sozinha.

Cassiopeia ficou grata à escuridão, que ocultava a expressão preocupada em seu rosto. Em qualquer outra ocasião, o homem teria razão.

— Infelizmente, sou a única que pode fazer isso.

# Capítulo 37

MALONE SEGUIA ATRÁS DE SALAZAR, que subia os degraus talhados na rocha que formava a caverna, lisos e côncavos após séculos de desgaste. No topo, entraram em uma pequena câmara, e o formato arqueado do teto e a aspereza das paredes evidenciavam ter sido, no passado, uma gruta. Ele encontrou um interruptor e acendeu uma série de lâmpadas incandescentes, cujos focos de luz incômoda brilhavam pelo ambiente, iluminando o lugar. Seis nichos escavados em arco com uma base plana se alinhavam na parede oposta à entrada. Malone sabia bem o que eram — assentos para os sacerdotes durante a liturgia. Aquela era a capela Gertraude, consagrada no século XII e ainda usada em cerimônias religiosas. No centro, um pilar em estilo gótico românico e um altar feito de placas de barro ocupava a sua esquerda, reminiscência de algo que realmente parecia pertencer a uma catacumba subterrânea. Contornos de uma âncora, de uma cruz e de uma chama de fogo enfeitavam o altar, representando as virtudes divinas da esperança, da fé e do amor. Uma fileira de cinco bancos de carvalho ficava bem diante do altar.

— Vá para ali — disse a Salazar, apontando para os bancos.

Malone posicionou-se entre Salazar e a saída. A luz quase não avançava na escuridão, um amarelo esmaecido tremeluzindo como velas numa brisa. Ele depositou a caixa de madeira no altar.

— Fiquei surpreso por você ter deixado que eu comprasse o livro. Um milhão de euros não é tanto assim para um homem da sua posição.

— Posso perguntar por que o governo dos Estados Unidos está tão interessado em minhas aquisições?

— Estamos interessados em você.

— O senhor deixou isso bem claro.

Malone estava tateando no escuro. As únicas informações que tinha sobre o caso eram aqueles minúsculos indícios descobertos na noite anterior, no escritório de Salazar.

— Quero saber sobre Texas, Havaí, Alasca, Vermont e Montana.

— Pelo visto, o senhor entrou na minha residência. Isso não é ilegal?

— E Utah. Acrescente isso aos outros. O que leva um cidadão da Espanha e da Dinamarca a se interessar por seis estados americanos?

— Já ouviu falar da Profecia do Cavalo Branco?

Malone deu de ombros.

— Acho que não.

— É parte da minha religião. Prediz uma grande mudança para os Estados Unidos. Uma mudança da qual os santos dos últimos dias vão participar.

— Você não está falando sério com essa baboseira de que os mórmons vão conquistar o mundo, está? *Isso* é um insulto à sua religião.

— Nós dois concordamos nesse ponto. E não. Não foi isso que eu quis dizer. A Constituição dos Estados Unidos é sagrada para nós. Nossa Doutrina e nossas Alianças declaram que a Constituição é um documento inspirado, estabelecido por homens sábios, que Deus elevou com o propósito de livrar da servidão. É uma média ideal entre a anarquia e a tirania. Pois tudo aquilo que for mais ou menos do que a Constituição se origina do mal. Nosso fundador, o profeta Joseph Smith, acreditava nesses preceitos. Mas nós reverenciamos o documento em sua forma integral, como ele era para ser compreendido.

— Do que diabo você está falando?

Salazar sorriu, como um homem tranquilo. Seu rosto não denotava qualquer preocupação.

— Não tenho intenção de me explicar. Contudo, preciso que me responda a uma pergunta. Quais leis transgredi?

— Assassinato, para começar.

— Quem foi que eu matei?

— Barry Kirk contou que você matou um homem por causa de um livro.

— E o senhor acreditou nele?

— Na verdade, não. Você o enviou para ver o que ele conseguia descobrir. E então nos deu informações suficientes para nos manter interessados. Esperto. Infelizmente para você, Kirk foi longe demais, e eu o matei.

— E os dois homens no barco?

— Tiveram o que mereceram.

— Então eu diria que lhe devo duas mortes.

Aquele era um jeito inteligente de assumir a culpa pelo agente morto. Indireto. Mas, ainda assim, muito claro. O que significava que Salazar estava confiante de que sairia dali vivo. Malone dera um jeito nos dois danitas lá embaixo. Quantos mais haveria?

— Ao menos deixamos de lado os fingimentos. Podemos tratar de negócios?

— O único negócio de que precisamos tratar, Sr. Malone, é o da sua salvação.

— Você acha mesmo que estou aqui sozinho?

— Eu poderia lhe perguntar a mesma coisa.

— Por enquanto parece que estamos a sós. Apenas você e eu. Por que não aproveitamos a oportunidade?

Cassiopeia passou pelo portão e fechou cuidadosamente a grade de ferro. Os dois homens de Josepe esperavam do lado de fora, longe do campo de visão. Embora claramente dispostos a ajudar, ela teria de fazer aquilo sozinha.

A cripta que a rodeava era pequena, com apenas alguns túmulos visíveis na escuridão. Um suave brilho alaranjado, vindo de um único foco de luz, iluminava um crucifixo barroco. À direita e à esquerda, em seis painéis de madeira, Cassiopeia avistou uma dança macabra de pinturas medievais. Acima de uma delas, onde aparecia a Morte carregando um cesto com ossos, havia a frase *huc fessa reponite membra*.

Ela traduziu.

Aqui estão sepultados os membros cansados.

Abaixo, outra inscrição em alemão, que também traduziu.

*Após uma vida santa e boas obras*
*Apenas lembre,*
*Você vai descansar em paz.*

Será? Ela não tinha tanta certeza.

Cassiopeia se esforçava para ser boa, mas parecia que não ganhava muito com isso. Pelo contrário, era um problema atrás do outro. Na verdade, estava cansada de batalhas, desejando um pouco de paz e estabilidade. Pensara que se apaixonar poderia ser um passo na direção certa. Infelizmente, acabara encontrando outra pessoa voluntariosa. O espírito de Cotton era tão livre quanto o dela.

O que provavelmente tinha sido parte da atração.

De ambos os lados.

Mas isso também representava um problema.

Uma série de degraus marcava uma trilha rocha acima. A preocupação não estava melhorando seu mau humor. O sopro de um frio ar noturno passou rente ao solo e tocou seus tornozelos. Cassiopeia respirou fundo para se acalmar. A escuridão trazia coragem, mas não sabedoria.

Cuidadosamente, ela começou a subir.

SALAZAR MANTEVE-SE CALMO. Apesar de toda a bravata de Cotton Malone, duvidava que estivesse em perigo. Ele era apenas um dos milhares de oficiais secundários na Igreja de Jesus Cristo dos Santos dos Últimos Dias. Era improvável que o governo americano tivesse mandado alguém para assassiná-lo. Mas isso não queria dizer que a situação não fosse perigosa. Já notara que Malone pegara a arma de um dos danitas, reconhecendo a pistola que lhe era apontada. Todos os seus homens portavam a mesma marca e o mesmo modelo. Armas eram uma paixão. Ele as amava, e as tinha amado durante toda a vida. Seu pai lhe ensinara sobre armas e como respeitá-las. No entanto, fora sozinho que ele aprendera a usá-las melhor, em benefício da igreja.

— É curioso — disse Salazar — que seus superiores o tenham enviado para me enfrentar dando-lhe tão pouca informação. Você deveria saber qual é a conexão entre aqueles seis estados americanos.

— Você ficaria surpreso com a quantidade de coisas que eu sei.

E ele não gostou nada da expressão confiante no rosto de seu captor.

— Meu palpite — disse Malone — é que você é quem está curioso. Quer saber como e por que estamos tão interessados em você. Prepare-se. Logo vai descobrir a resposta para essas perguntas.

— Estou ansioso por isso.

— Será que o atual profeta sabe de seu bando de danitas? Não consigo entender como ele aprovaria algo desse tipo. A Igreja Mórmon cresceu muito desde que foi fundada. A necessidade de medidas tão extremas deixou de existir há muito tempo.

— Não tenho tanta certeza assim. Minha igreja foi muito perseguida e abusada. Sofremos com insultos, como os que o senhor proferiu antes, violência e até mesmo morte. E sobrevivemos a tudo isso porque não somos fracos.

Salazar estava enrolando, dando a seus homens tempo para agir — coisa que, assim esperava, estavam prestes a fazer.

— Eu o subestimei duas vezes, Sr. Malone.

— Isso sempre acontece comigo.

— Não haverá uma terceira vez.

CASSIOPEIA SAIU DAS SOMBRAS, passando pela porta que levava ao que parecia ser uma capela.

Quatro passos e estava logo atrás de Cotton.

Ela pressionou a arma em suas costas.

— Largue a pistola — ordenou.

**MALONE FICOU IMÓVEL.**

— Não vou repetir — esclareceu Cassiopeia.

Ele decidiu que não teria escolha.

A pistola estatelou-se no chão.

Salazar recolheu a arma, dedo no gatilho, e imediatamente ergueu-a na altura da testa de Malone.

— Eu deveria lhe dar um tiro. Você matou três dos meus empregados. E me sequestrou, exigindo respostas às suas perguntas. O governo americano não tem o direito de fazer nada disso.

Os olhos de Salazar estavam cheios de raiva.

— Você matou um agente americano — disse Malone.

— Mentiroso — gritou Salazar. — Eu não matei ninguém.

O ponto negro que era o cano da pistola continuava diante de seu rosto.

Mas ele já estivera nessa situação antes, e não deu sinais de medo.

— Não, Josepe — disse Cassiopeia, dando a volta para que Malone pudesse vê-la. — Nada de violência. Vim aqui para acabar com isso.

— Ele é mau — contestou Salazar.

— Mas matá-lo seria igualmente ruim.

Salazar baixou a arma, com uma expressão de repulsa.

— Claro, você tem razão. Não fiz nada de errado. Nada mesmo.

Malone se perguntou quanto tempo Cassiopeia passara do lado de fora da capela. Teria ouvido a tácita confissão de Salazar? Talvez o outro homem estivesse se perguntando a mesma coisa. Isso explicaria sua encenação.

Ela foi até o altar e recolheu o livro.

— Isso é nosso.

Estendeu o livro a Salazar, que disse:

— Diga a seus superiores, Sr. Malone, que lhes agradeço pela aquisição.

— Então roubar não é crime?

Salazar lhe lançou um sorriso.

— Nas atuais circunstâncias, eu diria que não. Chamaremos isso de compensação parcial pelo que lhe devo.

Malone entendeu o que ele queria dizer com isso.

Os dois caminharam para a saída.

Cassiopeia voltou, sua arma ainda apontada para ele.

Os olhos de Malone também permaneceram fixos nela.

— Vai atirar em mim?

— Se você não ficar aqui até termos ido embora, farei exatamente isso. Não esqueci seus insultos. Contra mim. Contra ele. Contra a *nossa* religião. Eu acredito em autocontrole. Mas, se for pressionada, *vou* atirar em você.

E saiu.


MALONE FICOU NO SILÊNCIO. Não tinha a intenção de segui-los. Cassiopeia havia terminado com o confronto à sua maneira.

E aquele fora seu limite.

Ele saiu da capela para um pequeno vestíbulo talhado na rocha e se aproximou de uma abertura retangular na parede externa. Nenhum vidro cobria a janela. Uma lua crescente cinza-amarelada se ocultava atrás da esparsa cobertura de nuvens. Abaixo, avistou os vultos silenciosos de Cassiopeia, Salazar e os dois danitas saindo do cemitério e seguindo em direção à cidade. Sentia-se com raiva, traído, desiludido, amargurado e, mais do que tudo, idiota. Tinha confrontado Salazar sem qualquer outro propósito além de provocar uma briga.

Não era seu estilo.

Geralmente nunca fazia uma ameaça que não pudesse cumprir. Mas, dessa vez, tinha sido diferente. O presidente dos Estados Unidos queria incomodar Salazar. O que acabara de acontecer certamente poderia ser classificado assim.

Os quatro vultos desapareceram na noite.
Um deles, ele amava.
O que faria agora?
Não tinha ideia.

Cassiopeia entrou no Goldener Hirsch, a pistola novamente na posse de seu dono. Ela descobrira que os dois homens estavam em um quarto do terceiro andar, no mesmo corredor do quarto de Josepe. Ela estava um andar abaixo, em uma suíte espaçosa. Josepe entregara o livro a seus funcionários e depois os dispensara, escoltando-a até a porta dela. Cassiopeia inseriu a chave. Ele gentilmente segurou-a pelo braço e a puxou para mais perto.

— Quero que saiba que não machuquei ninguém. Aquela alegação foi falsa e maliciosa.

— Eu sei, Josepe. Você não é assim.

— O que você disse foi sincero? Sobre *nossa* religião e que ele insultou a *nós*?

— Cada palavra.

Mentir estava ficando fácil demais para ela.

— Por que você me seguiu?

— Tenho certas habilidades, Josepe, que podem ser úteis a você.

— Já percebi.

— Estive envolvida em diversas investigações importantes. Sei me virar em... situações difíceis.

— Também já percebi isso.

— O importante é que agora você tem o livro, e ele não venceu. Qualquer outro problema que exista entre você e Malone e os americanos, estou aqui se precisar de minha ajuda.

Josepe a avaliou com um olhar cauteloso. Cassiopeia quase conseguia ouvir os pensamentos dele enquanto considerava se havia motivos para não confiar nela.

— Sua ajuda seria bem-vinda.

— Então pode contar com ela.
— Conversaremos sobre isso amanhã. — Ele a beijou suavemente.
— Boa noite.
E foi embora, subindo para o terceiro andar.
Cassiopeia ficou ouvindo seus passos se afastando.
Cotton lhe enviara outra mensagem em suas acusações.
Que ela recebera, em alto e bom som.
E algo tinha ficado bem claro.
Aquele Josepe Salazar não era o homem que ela conhecera.

# Capítulo 38

WASHINGTON, D.C.
17:20

DANNY DANIELS PASSARA O ENDEREÇO A STEPHANIE. E então ela ouvira o presidente explicar como sua conta de trabalho estava com 500 mil dólares a menos graças a um ajuste feito em auditorias confidenciais conduzidas pelo Departamento de Justiça. A assistência do procurador-geral fora solicitada no caso, embora não lhe tivessem explicado o motivo, apenas informando que era necessário que Stephanie parecesse prestes a ser demitida. Ela achava que, talvez, o procurador-geral até tivesse gostado daquilo, considerando que os dois viviam em pé de guerra. A Casa Branca deixara que as suspeitas apropriadas vazassem na véspera, depois que Edwin retornara a Washington, a fim de garantir que o boato chegasse rapidamente ao senador Thaddeus Rowan.

— *Odeio aquele FDP moralista* — disse o presidente. — *E não digo isso sobre muita gente.*

— *Nunca soube que você e Rowan fossem inimigos.*

— *E ninguém jamais saberá. Quando reunimos um pelotão de fuzilamento, não o dispomos num círculo.*

*Stephanie sorriu. Finalmente, uma brincadeira. Tinha ficado preocupada com ele.*

— Não me interprete mal — continuou ele. — Tenho grande respeito pela religião mórmon. Charles Snow sempre foi direto comigo. Mas toda religião tem seu quinhão de fanáticos e pirados. Infelizmente para nós, um deles é o chefe do Comitê do Senado para Apropriações.

Stephanie fora embora, deixando o presidente sozinho à mesa de jantar. Edwin a acompanhara até o Mandarin Oriental, o hotel no qual gostava de se hospedar em Washington. Depois se arrumara, verificara como iam as coisas em Atlanta e conversara com Cassiopeia Vitt ao telefone, sendo informada sobre os acontecimentos no leilão em Salzburgo.

— Você sabia que Cotton estava vindo para cá — disse Cassiopeia. — E não me disse nada?

— Eu só suspeitava. E, sim, guardei meus receios para mim mesma.

— Eu deveria ir embora, agora mesmo.

— Mas não vai.

— Cotton disse que seu agente está morto. Acusou Josepe de tê-lo matado.

— Ele está certo, nas duas acusações.

— Preciso provar isso para mim mesma.

— Tudo bem. E, enquanto está fazendo isso, ponha sua cabeça no lugar.

— Não sou sua funcionária, Stephanie. Não recebo ordens de você.

— Então vá embora. Agora.

— Se eu for embora, Cotton vai continuar aqui.

— Exatamente. E vamos cuidar de Salazar a nosso modo.

O táxi parou, e ela desceu para a calçada.

Estava de volta em Georgetown, próximo de onde a Wisconsin Avenue e a M Street se cruzavam. Trezentos anos atrás, aquele era o ponto mais avançado a que podiam chegar os navios transoceânicos que navegavam no rio Potomac, então o lugar se tornara um ponto de comércio. Agora, era um bairro da moda na capital nacional, com suas lojas de roupas sofisticadas, bares ao ar livre e restaurantes famosos. Parques e espaços verdes protegiam condomínios exclusivos da expansão urbana. As casas e os apartamentos locais estavam entre os mais caros da cidade. A bela propriedade de Rowan, um edifício em estilo federal, ficava em meio a um animado agrupamento de arquitetura colonial e vitoriana. Uma elevada cobertura de copas de carvalho projetava sombra na casa de dois andares em tijolos brancos. Flores orlavam um caminho de tijolos e brotavam de vasos que pontilhavam a balaustrada da varanda. Stephanie subiu os degraus, atravessando o piso de madeira, e tocou a campainha. Daniels dissera que o senador chegaria em casa, vindo de Utah, por volta das quatro e meia.

O próprio Rowan abriu a porta.

Ele era uma dessas pessoas que não se esforçam para parecer menos imponentes, mantendo uma perfeita postura militar. Seus cabelos espessos e claros, bem como o rosto curtido, davam-lhe o aspecto de um atleta idoso. Os olhos eram como pedaços de carvão, e seu olhar a avaliava com perceptível cautela. A presença de Stephanie ali era uma séria transgressão do protocolo, uma violação da lei implícita que proclamava que a casa de uma pessoa era sagrada, nunca passível de ser violada.

— Preciso conversar com você — disse ela.

— Isso seria totalmente inadequado. Ligue para meu escritório. Marque uma reunião, com a presença de um advogado de Departamento de Justiça. É a única maneira de termos uma conversa.

Ele começou a fechar a porta.

— Então você nunca encontrará o que está procurando.

A porta parou de se mover quando estava quase se fechando.

— E o que seria isso? — perguntou o senador com frieza.

— O que Mary Todd Lincoln escreveu para U.S. Grant.

Stephanie olhou em volta e ficou admirando as duas cadeiras em estilo vitoriano e um sofá antigo, seu estofamento em tecido ouro-velho preso por tachas de latão fosco. Mesas de madeira com pé central abrigavam uma série de fotos de família. Dois abajures de cristal acesos, com borlas de tamanho exagerado pendendo de suas cúpulas, lançavam uma luz suave. O vestíbulo parecia ter saído do século XIX. Sua mente foi povoada por lembranças da casa da avó, onde, em certa época, muitas dessas mesmas coisas também podiam ser encontradas.

— Estou ouvindo — disse Rowan.

Ele se sentou diante de Stephanie em uma das cadeiras, as costas rigidamente eretas, numa postura perfeita.

— Não posso atender à sua intimação. E não apenas pelo óbvio motivo de ela ser genérica demais.

— Por que mencionou a Sra. Lincoln?

— Sei de suas tentativas de acessar alguns dos arquivos sigilosos. Já trabalho nesse meio há muito tempo, senador, assim como você. Sua intimação foi um modo de despertar a minha atenção. Você tentou pressionar, importunar e ameaçar alguns de meus colegas em outros ramos da inteligência, e saiu de mãos vazias. Assim, decidiu tentar comigo, e pensou que uma pequena pressão legal, exercida com cautela, poderia funcionar. O que você não sabia é que eu tenho um problema.

— Fiquei sabendo. Meu chefe de equipe diz que a Casa Branca está de olho em você.

— Essa seria uma versão mais amena dos fatos. E sua intimação está acendendo um refletor bem na minha direção.

— O que você fez?

Stephanie riu.

— Ainda não. Não vou admitir nada até que tenhamos feito um acordo.

— E por que eu deveria confiar em você?

Ela procurou algo no bolso do casaco e tirou a cópia da carta original de Mary Todd, juntamente com a versão digitada. Rowan pegou as duas e as leu. Embora tentasse muito se conter, Stephanie notou quanto o senador parecia animado.

— Esse é o tipo de coisa que você está procurando? — perguntou.

Ele deu de ombros, como se a resposta fosse óbvia.

— Parece que você está bem a par das minhas atividades.

— Eu trabalho na inteligência. É o que faço da vida. Mas aquelas suas exigências me ferraram, e muito.

— De que maneira?

— Digamos apenas que estou com problemas de contabilidade. E estava prestes a resolver tudo de um jeito discreto, mas então você se meteu. Agora, a Casa Branca está fazendo perguntas às quais não quero responder.

Rowan pareceu surpreso.

— Nunca achei que você fosse uma ladra.

— Então permita que eu me defina como uma servidora pública mal paga que quer aproveitar seus anos de aposentadoria. Quando a atual administração for embora, eu também vou. É o momento perfeito para sumir de cena. Só precisava de mais alguns meses sem chamar a atenção.

— Lamento ter interferido em seus planos.

— Pode não ser tão ruim assim, afinal — disse ela, mantendo um tom de praticidade na voz. — Tem mais uma coisa que eu acho que você gostaria de saber. Algo que provavelmente nem sabe que existe.

Stephanie pegou as cópias do bilhete original de Madison e a versão digitada.

Rowan as leu.

— Você tem razão. Eu não sabia que isso existia.

Ela olhou para o relógio.

— E, pela manhã, vou ter nas mãos o que quer que Madison escondia em seu escritório de verão.

Ela pôde ver que o senador estava impressionado.

— Que você quer usar para fazer um acordo?

Stephanie deu de ombros.

— Tenho algo que você quer, e você tem algo que eu quero.

Seu estômago se revirou. O simples fato de pronunciar essas palavras já a deixava enojada, mas o homem sentado à sua frente tornava tudo bem pior. Sua imagem pública era a de um conservador rígido.

Um homem sem frescuras. Direto. Sem sinais de escândalo. Mas o sujeito não via problema em fechar os olhos para um funcionário público corrupto se isso o ajudasse. Pior ainda: ele aparentemente havia acreditado naquela ladainha, o que significava que via Stephanie com maus olhos ou a ignorava por completo.

— Você está certa — disse Rowan. — Existem certos documentos que eu gostaria de ver. Eles são importantes... em nível pessoal. Infelizmente, não consegui acessá-los. A carta da Sra. Lincoln era algo que eu desconfiava que existisse. Ela enviou uma carta semelhante ao chefe da minha igreja. Nós a temos em nossos arquivos. Mas o bilhete do Sr. Madison é algo novo.

— Não sei o que você está fazendo, e não me importa. Só preciso que toda essa atenção em cima de mim acabe. Quero trabalhar até Daniels estar fora e, então, desapareço. — Ela imprimiu um tom amargurado em sua voz. — Vim até aqui para fazer um acordo. Se eu conseguir que você me deixe em paz, posso lidar com a Casa Branca. Mas não posso lutar entre eles *e* o Congresso. Trouxe duas ofertas para demonstrar minha boa-fé. Pela manhã, terei uma terceira.

— Eu também estou em meus últimos anos no cargo. Não vou me candidatar novamente.

Isso era novidade.

— Vai curtir a aposentadoria em Utah?

— Quero voltar para Utah. Mas não vou me aposentar.

Stephanie se sentia como uma condenada indo para o cadafalso depois de ter amarrado o laço em seu próprio pescoço. Mas decidiu entrar no clima de sua nova persona. Não era sempre que alguém recebia passe livre para violar a lei.

— Então sua intimação vai ser retirada? — perguntou ela.

— Não exatamente.

Bem que ela havia desconfiado que aquilo não seria tão fácil.

— Apesar de eu ficar grato pelas duas ofertas iniciais, assim como a que virá amanhã, existe outro item de que preciso. E gostaria que estivesse em meu poder esta noite.

## Capítulo 39

SALZBURGO
23:50

MALONE ESTAVA DEITADO EM SUA CAMA, no quarto do hotel, de pernas cruzadas, mãos entrelaçadas atrás da cabeça. O cansaço desabara feito uma onda sobre ele, mas o sono lhe escapava. Ele se admoestava pelos próprios temores e preocupações. Detestava a agonia que a dúvida lhe provocava nas entranhas. Não se lembrava de já ter estado em uma situação tão estranha. Mas passara muito tempo sem permitir que uma mulher entrasse em sua vida. Os últimos cinco anos de seu casamento com Pam não tiveram nenhuma intimidade. Pareciam estranhos que moravam juntos, ambos se dando conta de que o relacionamento havia terminado e nenhum dos dois querendo tomar uma atitude. Finalmente, Pam dera o primeiro passo, saindo de casa. Depois, ele pôs um fim a tudo se divorciando dela, aposentando-se do governo, deixando o emprego e trocando a Geórgia pela Dinamarca.

Malone era capaz de executar uma missão com precisão suíça — concebendo, planejando e executando exatamente o que precisava ser feito. Mas titubeava como um amador quando se tratava de emoções.

Simplesmente não tomava a atitude certa no momento certo. Tinha estragado tudo com Pam. Agora, perguntava-se se estava repetindo esse erro com Cassiopeia.

Uma batida leve perturbou o silêncio.

Estava torcendo para que ela viesse.

Ele abriu a porta, e Cassiopeia entrou.

— Stephanie me contou onde você estava — começou ela. — Não estou muito feliz com nenhum de vocês neste momento.

— É bom ver você também.

— O que está fazendo aqui?

Ele deu de ombros.

— Não tinha nada melhor para fazer. Achei que seria uma boa ideia ver como você estava. — Malone percebeu que Cassiopeia não estava com humor para sarcasmo. Na verdade, nem ele. — Você está bem longe de seu castelo.

— Sei que menti para você. Foi necessário.

— Pelo visto, foi mesmo.

— O que quer dizer com isso?

— Você pode interpretar como quiser.

— Estou me arriscando vindo até aqui. Mas achei que deveríamos conversar.

Ele se sentou na beira da cama.

Ela permaneceu de pé.

— Por que você comprou aquele livro? — perguntou Cassiopeia.

— Porque o presidente dos Estados Unidos mandou. — Malone notou que ela não sabia do envolvimento de Daniels. — Stephanie se esqueceu de mencionar isso? Vá se acostumando. Ela só vai lhe contar o que quiser que você saiba.

Cassiopeia estava diferente. Seu olhar parecia distante; sua voz, sem entonação.

— Por que *você* está aqui? — quis saber Malone.

— Pensei que estava ajudando a limpar o nome de um velho amigo. Agora, não tenho mais tanta certeza disso.

Era tempo de colocarem todas as cartas na mesa.

— Ele é mais do que um velho amigo.

— Josepe foi meu primeiro amor. Todos achavam que nos casaríamos. Nossos pais queriam muito isso. Mas eu terminei tudo.

— Você nunca me falou dele. Nem que era mórmon.

— Nenhuma das duas coisas tinha nada a ver com nós dois. Meus pais eram mórmons, e eu nasci mórmon. Quando eles morreram, deixei a religião. E Josepe.

Malone se perguntou mais uma vez quanto ela ouvira da confissão de Salazar nas catacumbas.

— Quanto tempo você ficou do lado de fora da capela?

Os olhos de Cassiopeia continuavam frios.

— Não muito.

— Você não o ouviu admitir que matou nosso agente?

— Não. Não ouvi. E é mentira. Stephanie disse a mesma coisa.

A negação trouxe à mente de Malone a visão dela beijando Salazar.

— Por que você quer tanto acreditar que isso não é verdade?

— Porque você está com ciúmes. Percebi isso no restaurante.

— Não sou criança, Cassiopeia. Estou num caso. Fazendo o meu trabalho. Acorde e faça a mesma coisa.

— Vá para o inferno!

A raiva dele aumentou.

— Você sabe que Salazar tem fanáticos que fazem o trabalho sujo dele. Danitas. É o que são aqueles dois que estavam no cemitério.

— Cotton, você vai ter de deixar que eu cuide disso. Sozinha.

— Diga isso a Stephanie.

— O que você fez esta noite, pegando Josepe, foi uma tolice. Felizmente, consegui reverter a situação a meu favor. Fiz algum progresso. Ele está começando a confiar em mim.

Agora Malone estava furioso.

— *Josepe* é um assassino.

Os olhos de Cassiopeia soltaram faíscas.

— E que prova você tem disso?

— Eu vi o corpo.

Essa informação pareceu causar o efeito desejado, mas então ela contestou:

— Tenho de descobrir o que está acontecendo. Do meu modo.

— Eu estava lá — revelou Malone. — Na noite passada. Aquele beijo entre vocês dois não pareceu nem de longe uma encenação. — Ele percebeu que a revelação a tinha surpreendido. — Stephanie também não lhe contou isso?

— Você não sabe o que viu. Nem eu sei o que foi aquilo.

— O que é exatamente o que quero dizer.

O relacionamento entre Malone e Cassiopeia evoluíra muito. De inimigos a amantes. Os dois haviam enfrentado muita coisa juntos, tinham criado uma ligação, uma confiança — ao menos ele pensava assim. Mas, naquele momento, ela parecia pertencer a outro mundo. Uma estranha.

E Malone odiava isso.

— Olhe, você fez um bom trabalho. Por que não vai embora e deixa que eu cuide do resto?

— Eu posso dar conta disso. Sem você.

Ele controlou suas emoções e tentou mais uma vez ser a voz da razão.

— Esse seu velho amigo está envolvido em algo muito grande, que abrange pessoalmente o presidente dos Estados Unidos. Um agente morreu, quer você queira acreditar ou não. Três dos homens dele estão mortos. Eu os matei. Você tem de acompanhar o ritmo das coisas, Cassiopeia. — Ele fez uma pausa. — Ou cair fora.

— Você realmente sabe ser um babaca.

— Não era essa a intenção.

— É melhor você voltar para casa.

Ela se virou para a porta.

Malone não se moveu.

Em nenhum momento ela havia oferecido qualquer coisa que sugerisse afeição. Nem um sorriso sequer. Ou um sinal de alegria.

Nada. Estava tão inexpressiva quanto uma pedra. Ele se arrependeu por tê-la pressionado. Mas alguém tinha de fazê-lo.

Cassiopeia chegou à porta.

Ele não queria deixá-la ir.

— Você teria atirado em mim? — perguntou Malone.

Uma pergunta retórica, claro, feita mais por uma questão de esperança do que pela vontade de obter uma resposta.

Ela se virou e o encarou.

A incerteza tomou conta do ar entre os dois. Os olhos de Cassiopeia estavam duros e brilhantes feito granito, seu rosto uma máscara mortal de emoções.

Então ela foi embora.

SALAZAR AJOELHOU-SE NO ASSOALHO de madeira de sua suíte. A pressão intensa em seus joelhos o fazia lembrar a dureza suportada pelos pioneiros em sua jornada para o oeste, fugindo da perseguição, em busca de segurança e liberdade em Salt Lake. Era importante que os santos nunca esquecessem aquele sacrifício. Existiam hoje graças ao que aqueles valorosos homens e mulheres haviam suportado, com tantos milhares morrendo ao longo do caminho.

— *Nós não éramos compatíveis com os costumes sociais, religiosos e éticos de nossos vizinhos* — disse-lhe o anjo.

A aparição pairava no lado mais afastado do aposento, no interior de um halo brilhante. Salazar estava rezando antes de dormir quando o mensageiro aparecera, preocupado com o fato de que Malone poderia estar com a razão. O fato de Cassiopeia ter roubado o livro, que agora estava em sua posse, poderia ser um pecado.

— *Saiba que isto é verdade, Josepe. Um nobre tinha um pedaço de terra, e o inimigo veio à noite, quebrou a sua sebe, derrubou suas oliveiras e destruiu seu trabalho. Seus servos, amedrontados, fugiram. O senhor do vinhedo disse aos empregados: Vão e juntem o que lhes resta e tomem toda a força de minha casa, que são meus guerreiros, meus jovens, e recuperem meu vinhedo, porque ele é meu. Derrubem a torre deles e dispersem seus guardas. E, enquanto eles se reúnem contra vocês, vinguem-me de meus inimigos, para que eu possa voltar ao que resta de minha casa e tomar posse da terra.*

Salazar absorveu o teor da parábola e compreendeu seu significado.

— *O que foi feito mostrou-se necessário. A redenção de Zion só virá por meio do poder. Por isso, o Pai Celestial criou em seu povo um homem que o liderasse, como Moisés liderou os filhos de Israel. Pois vocês são os filhos de Israel, vindos da semente de Abraão, e devem ser livrados da servidão pela força, com o braço em riste.*

— Meus servos foram reunidos e estão prontos para a batalha.

— *Toda vitória e toda glória são obtidas mediante diligência, fidelidade e orações de fé.*

Assim, ele rezou com mais fervor e, em seguida, disse ao anjo:

— Deixei que minha ira me dominasse com Malone. Ele me provocou com a morte de meus homens, e eu fiquei presunçoso e falei mais do que era necessário.

— *Não se lamente. Aquele homem deverá habitar na escuridão, enquanto você usufruirá da luz eterna. O livro agora é nosso. O gentio não tinha o direito de possuí-lo. Ele fez isso para feri-lo.*

Salazar deveria ter concretizado a expiação de Malone, mas o aparecimento de Cassiopeia tornara isso impossível. E ele ainda se perguntava se ela ouvira todo o teor da conversa que tivera com Malone.

— Isso não importa — disse o anjo. — *Cassiopeia é de Zion, e o propósito dela é o seu propósito. Mesmo que sentisse repulsa pelo que deveria ser feito, ela não teria interferido.*

Isso fazia sentido.

— *Ela é sua aliada. Trate-a como tal.*

Salazar olhou para a visão e perguntou o que nunca antes tivera coragem de perguntar.

— Você é Moroni?

Nada existiria sem Moroni. Ele vivera por volta de 400 d.C. e fora o profeta que enterrara um registro da história de seu povo gravado em placas de ouro. Séculos depois, aparecera a Joseph Smith e o levara ao lugar em que estavam as placas. Sob a inspiração divina do Pai Celestial, com a ajuda de Moroni, o profeta Joseph havia traduzido o texto, publicando-o como o Livro de Mórmon.

— *Não sou Moroni* — disse o anjo.

Ele ficou chocado. Sempre tinha suposto que era.

— Então quem é você?

— *Você já se perguntou sobre o seu nome?*

Que pergunta estranha!

— Eu sou Josepe Salazar.

— *Seu primeiro nome tem uma longa existência no hebraico. O segundo vem do legado basco de seu pai.*

Ele sabia disso, o sobrenome oriundo de uma cidade medieval em Castela, onde uma família nobre adotara a identidade como sua própria.

— *Você é Josepe, Joseph em inglês, Joseph Salazar. Assim como o profeta, Joseph Smith, cuja iniciais você compartilha, J. S.*

Havia muito que ele notara essa coincidência, mas pouco pensara sobre o assunto. O pai tinha escolhido seu nome com a intenção de homenagear o profeta.

— *Eu sou Joseph Smith.*

Salazar não soube o que dizer.

— *Estou aqui para ajudar você na batalha que temos pela frente. Juntos, vamos reivindicar a liberdade que pertence a Zion. Pode ter certeza disso, Josepe. O Pai Celestial prometeu que, antes que a geração atual se vá, vamos derrotar os gentios e fazer cumprir Sua promessa. Isso vai acontecer. Em breve, o presbítero Rowan vai liderar a igreja, e você estará a seu lado.*

Ele se sentiu bastante desmerecedor daquilo. Lágrimas marejaram em seus olhos. Salazar lutou contra a ânsia de chorar, mas depois sucumbiu, deixando que suas emoções aflorassem. Inclinou-se para a frente e estendeu os braços sobre o assoalho.

— *Chore, Josepe. Chore por todos que morreram em nome de nossa causa, inclusive eu mesmo.*

Ele ergueu os olhos para a aparição.

Smith tinha 38 anos naquele dia de junho de 1844, quando fora preso em Illinois sob acusações forjadas. Uma turba atacou a prisão, e Joseph e seu irmão Hyrum foram baleados.

— *Fui como um cordeiro para o matadouro, mas estava calmo como uma manhã de verão. Minha consciência estava limpa de qualquer afronta a Deus e a todos os homens. Eles tiraram a minha vida, mas eu morri como um inocente. A história que contam é que fui assassinado a sangue-frio.*

E fora mesmo, isso era verdade.

Mas os olhos que olhavam para baixo, para ele, estavam, pela primeira vez, plenos de poder.

— *Meu sangue clama da terra por vingança.*

Salazar sabia exatamente o que dizer.

— E você a terá.

# Capítulo 40

ORANGE COUNTY, VIRGÍNIA
SEXTA-FEIRA, 10 DE OUTUBRO
1:00

Luke estava de volta em Montpelier. Seu jantar com Katie se estendera por três horas. Ela o levara a um aconchegante restaurante de beira de estrada ao norte da cidade, onde tomaram cerveja e beliscaram um frango frito que não fora de todo ruim. Katie era uma graça, e Luke queria ter tempo para aproveitar melhor a noite. A moça parecia gostar de militares. Os dois tinham ido ao restaurante em carros separados, então Katie fora sozinha para casa, e ele voltara para a propriedade, o número do telefone e o endereço de e-mail dela enfiados em seu bolso.

Luke passara mais três horas sentado em seu Mustang, que ele havia estacionado entre as árvores perto da estrada, atrás da casa principal. O templo ficava a poucas centenas de metros dali. Nenhuma luz brilhava em lugar algum, exceto pela fraca iluminação no exterior da mansão, que ele via a distância, por entre as árvores. Nenhuma patrulha ou guarda de segurança tinha aparecido. Tudo estava quieto.

Em seu apartamento, Luke estudara fotografias do templo, e sua inspeção no local, mais cedo, tinha apenas confirmado suas conclusões.

O MITO DE LINCOLN \ 259

Trouxera consigo um rolo com mais de quinze metros de corda de cânhamo, uma lanterna, luvas e um pé de cabra. Tudo de que precisaria um arrombador profissional.

Ele desceu do carro e pegou suas ferramentas, depois fechou o porta-malas cuidadosamente.

A caminhada entre as árvores levou dez minutos; o céu nublado não exibia lua nem estrelas. A silhueta escura do templo se tornou visível, e ele subiu o outeiro, a grama seca estalando sob seus pés até que chegasse ao pavimento de concreto. Não se ouviam muitos ruídos vindos do bosque — ao contrário do que acontecia em casa, onde sons de grilos e sapos enchiam a noite. Ele sentia saudades de casa às vezes. Depois da morte do pai, nada nunca mais fora o mesmo. Tomara a decisão certa ao se alistar. Luke tinha conhecido o mundo e amadurecido ao mesmo tempo. Agora, era um agente do Departamento de Justiça dos Estados Unidos. Sua mãe ficara orgulhosa, assim como seus irmãos, quando ele lhes contara da mudança em sua carreira. Não tinha diploma de faculdade, nem licença para atividade profissional, nem pacientes, clientes ou alunos.

Mas com certeza fizera algo de sua vida.

Ele pôs a corda e a lanterna de lado. Com o pé de cabra, começou a retirar a argamassa que circundava o alçapão no centro. Ela se despedaçava ao menor esforço, e Luke logo conseguiu introduzir a extremidade achatada do ferro na dobradiça. Depois de alguns empurrões, uma borda se ergueu. Com um pouco mais de esforço, ele expôs a abertura no chão, larga o bastante para que passasse seu corpo.

Luke depositou a peça quadrada de concreto junto à entrada, depois amarrou a corda a uma das colunas. Testou sua resistência e verificou, satisfeito, que aguentaria seu peso. Jogou o restante da corda dentro do buraco.

Deu uma última olhada em volta.

Tudo continuava tranquilo.

Ele estendeu a mão com a lanterna pelo alçapão e acendeu a luz vermelha. A escuridão lá embaixo se desvaneceu, e paredes de tijolos e um chão de tijolos dez metros abaixo ficaram visíveis. Como antecipara, teria de se segurar apenas na corda pelos primeiros três metros e, então, poderia apoiar os pés na parede. Depois a descida seria mais tranquila. O mesmo valia para a subida de volta. Ainda bem que seus braços estavam em ótima forma. A escalada para entrar e sair não seria um problema.

Apagou a lanterna e a enfiou no bolso da calça. Colocou as luvas de couro e desceu.

Luke ficou maravilhado ao imaginar como teria sido perfurar aquele poço duzentos anos antes, apenas com picaretas e pás. Claro que Madison tivera escravos — cerca de cem, de acordo com o tour de Katie. Então, força de trabalho não tinha sido um problema. Ainda assim, o esforço para fazer um buraco com aquela largura e aquela profundidade fora impressionante.

Seus pés encontraram a parede, e ele foi se apoiando nela até o chão.

Luke olhou para cima e imaginou o cenário séculos atrás. Um montão de gelo teria sido empilhado ali durante o inverno. O lago atrás da casa que admirara mais cedo devia congelar todo ano. Blocos eram cortados por escravos, levados até o poço e envolvidos em palha como forma de isolamento. Era tanto gelo que o líquido se mantinha congelado até o inverno seguinte, quando o processo era retomado desde o início. Ele lera no site de Montpelier que sorvete era uma das sobremesas favoritas de Madison. Dizia-se que sua esposa, Dolley, teria popularizado a iguaria servindo-a no baile da segunda posse do marido.

Luke tornou a acender a luz e examinou o interior. O foco vermelho só iluminava um trecho pequeno, e tudo parecia cinzento, então ele resolver arriscar e mudou para luz branca. Era difícil dizer quantos tijolos o cercavam. Certamente milhares, a cor desbotada, um musgo amarelado incrustado nas juntas e frestas. Aquilo era algo impossível de evitar, devido ao solo poroso e ao tempo de existência do poço. Mas, no geral, as paredes estavam relativamente limpas. Manter o local lacrado certamente havia ajudado bastante.

O foco de luz revelou algo.

Luke se voltou, concentrando-se na superfície de tijolos.

Era fraco.

Mas estava ali.

Ele se aproximou mais e olhou para cima, concentrando-se através da escuridão.

— São letras — sussurrou.

XIII.

Luke começou uma busca cuidadosa com a lanterna.

Encontrou letras entalhadas em mais tijolos.

XIX, LXX, XV, LIX, XCIX.

Ele nunca estudara latim. Conhecia, é claro, os óbvios numerais romanos. O Super Bowl lhe ensinara isso. Nunca tinha entendido por que a NFL optara por usá-los, em vez dos bons e velhos números americanos. Talvez porque eles conferissem um aspecto mais sofisticado?

Continuou sua varredura e notou que havia duplicatas espalhadas por toda parte. Contou rapidamente cinco LXX, oito XV. Lembrou-se do que Stephanie lhe mostrara no bilhete de Madison. Rabiscado ao pé da página, havia um IV. Procurou, fazendo a luz circular pelas paredes cilíndricas.

E o encontrou.

IV.

Perto do topo, talvez a uns dois metros da abertura.

Decidiu verificar se seu palpite estava certo. Mais uma busca revelou que não havia outro IV em parte alguma.

Isso lhe bastava.

Precisaria do pé de cabra para continuar investigando. Mas o objeto estava lá em cima, no nível do solo. Apagou a luz, agarrou a corda e subiu por ela. No topo, saiu pela abertura e estava a ponto de retomar a ferramenta quando algo chamou a sua atenção.

A distância.

Além da mansão.

A noite fora interrompida pelo rítmico cintilar de luzes azuis e o soar de sirenes. Divisou então mais dois conjuntos de luzes azuis brilhantes.

Todas vindo em sua direção.

— Ah, droga — murmurou ele. — Isso não é nada bom.

## Capítulo 41

WASHINGTON, D.C.
1:40

Rowan desceu de um táxi. Do outro lado da rua, a fachada branca do Capitólio estava brilhantemente iluminada. Quando o Congresso estava em sessão, muitas vezes tinha varado a noite trabalhando, especialmente anos atrás, em seus dois primeiros mandatos. Agora, já não o fazia com tanta frequência, embora ocasionalmente algum assunto importante comandasse o espetáculo de uma legislatura nacional que se recusava a dormir.

Mas isso era tudo.

Um espetáculo.

O verdadeiro trabalho nunca acontecia no piso do Legislativo. Era realizado em gabinetes fechados, ou em mesas de restaurantes, ou durante uma caminhada no National Mall. O governo federal tinha falhas fatais, e já fazia tempo que era assim. Não tinha mais a capacidade de realizar qualquer coisa construtiva. Em vez disso, seus melhores esforços eram empregados em sugar recursos tanto do povo quanto dos estados. Pouco fazia para resolver qualquer problema, e se recusava a permitir que alguém ou algo o fizesse em seu lugar. O que Rowan tinha lido na manhã do dia anterior sobre a petição de secessão do Texas ficara em sua mente. *Dado o fato de que o estado do Texas mantém um orçamento equilibrado e é a décima quinta maior economia no mundo, é exequível, na prática, que o Texas se retire da União, e, ao fazê-lo, estará protegendo a qualidade de vida de seus cidadãos e reassegurando seus direitos e liberdades, de acordo com as ideias e crenças originais de nossos pais fundadores, que não estão mais se refletindo no governo federal.*

Perfeitamente enunciado.

Rowan não se lembrava do exato momento em que se tornara um separatista, mas estava completamente convencido de que sua posição era correta. *A partir do momento em que qualquer forma de governo se torne destrutiva, é direito do povo alterá-la ou aboli-la e instituir um novo governo, dispondo seu fundamento sobre esses princípios e organizando seus poderes de tal forma que pareçam mais suscetíveis de levar a efeito segurança e felicidade.* Thomas Jefferson e os outros cinquenta e cinco patriotas que assinaram a Declaração de Independência estavam certos. Era interessante como aqueles homens supostamente tinham o direito natural e inalienável de se rebelar com violência contra uma Inglaterra opressora. Porém, se seus descendentes tentassem fazer o mesmo contra os Estados Unidos da América, miríades de estatutos federais seriam invocados para se contrapor a qualquer ação. Quando fora que os americanos haviam perdido esses "direitos naturais e inalienáveis"?

Ele sabia.

Em 1861.

Com Abraham Lincoln.

Mas tencionava reivindicá-los.

A entrada de Stephanie Nelle na briga fora inesperada. Um de seus assistentes legislativos o informara sobre os boatos que circulavam. Nada definitivo, só que tinham sido levantadas perguntas a respeito dela, e a Casa Branca tentava manter a questão em segredo. Ninguém queria um escândalo no fim do mandato. Será que as solicitações de informação de Rowan haviam acelerado o processo? Seria ele efetivamente o responsável? Difícil dizer. Tudo que sabia era que Nelle havia aparecido, sabia que ele queria ter acesso a registros sigilosos e se oferecera para lhe dar exatamente o que estava procurando.

Então, Rowan tirara vantagem da situação.

Ele subiu a escadaria de granito depois da fonte de Netuno, até a entrada da Biblioteca do Congresso.

Confiar em Nelle?

De maneira nenhuma.

Usá-la?

Com certeza.

STEPHANIE ESPERAVA NO VESTÍBULO do Grande Salão da Biblioteca do Congresso. Normalmente o prédio ficava trancado durante a noite, e só guardas de segurança estariam presentes. Mas, depois de deixar Rowan, ela havia telefonado para a Casa Branca. Quinze minutos depois, o diretor da biblioteca a tinha contatado. Meia hora depois disso, um homem mais velho, que se distinguia por ter um sorriso caloroso, cabelos parcos e grisalhos e óculos de aro metálico, encontrara-se com ela na biblioteca. Ele se apresentara como John Cole, e, apesar de estarem no meio da madrugada, usava terno e gravata e parecia estar bem desperto. Stephanie se desculpara por perturbar seu sono, mas ele havia dissipado suas preocupações com um aceno de mão, dizendo:

— O diretor me orientou a atender a tudo que você pedir.

Depois que ela lhe explicou o que tinha em mente, o homem desapareceu nas entranhas do prédio, deixando-a sozinha no Grande Salão.

Duas escadarias de mármore a ladeavam, as paredes de um branco brilhante elevando-se vinte e cinco metros de altura até um ornamentado teto de estuque, que tinha ao centro claraboias com vitrais. Uma grande incrustação de latão em forma de sol destacava-se no chão de mármore, cercada de mais desenhos do zodíaco. As esculturas, os murais e a arquitetura se combinavam em um estilo extremamente europeu.

O que tinha sido exatamente a intenção.

Construído em 1897 como uma vitrine para a arte e a cultura de uma república em crescimento, o lugar que abrigaria a biblioteca nacional, o Edifício Jefferson evoluíra para se tornar um dos maiores repositórios do mundo. Querubins iam surgindo ao longo de ambas as escadarias, e Stephanie sabia o que simbolizavam. Representavam as várias atividades, hábitos e ocupações da vida moderna. Ela identificou um músico, um médico, um eletricista, um fazendeiro, um caçador, um mecânico e um astrônomo, cada qual munido das ferramentas de sua profissão.

O fato de o prédio ter recebido o nome de Jefferson era bem apropriado, uma vez que, após a Guerra de 1812 — quando os britânicos incendiaram Washington, inclusive a biblioteca existente naquela época —, ele tinha vendido à nação 6.400 de seus livros pessoais para formar o núcleo de uma nova coleção. Desse início modesto, o acervo crescera para centenas de milhões de itens. Stephanie lera uma vez que cerca de dez mil novos itens eram acrescentados a cada dia. Quase todos eram abertos ao público, disponíveis para consulta. Bastava ter um cartão da biblioteca, fácil de obter. Stephanie tinha um havia anos. Quando morava em D.C., gostava de passear pelas salas de exposição ou assistir a apresentações no auditório.

Sempre havia alguma coisa acontecendo na biblioteca.

Alguns materiais, contudo, eram restritos, geralmente devido à sua fragilidade ou à sua raridade, e eram guardados em uma coleção especial que ficava no andar superior.

O que o senador buscava estava lá.

ROWAN APROXIMOU-SE DAS TRÊS PORTAS de bronze que representavam a tradição, a escrita e a pintura. Assim como o templo em Salt Lake, a Biblioteca do Congresso estava repleta de simbolismo. Em sua mensagem de voz, Stephanie lhe dissera que evitasse a entrada normal para visitantes, um andar abaixo, e batesse a essas portas.

Foi o que ele fez.

Uma se abriu, e Rowan avistou Nelle.

Ele entrou no saguão de Minerva, cujo nome provinha das oito estátuas que bordejavam o teto, representando a deusa do conhecimento universal. Seu símbolo, a coruja, repetia-se ao longo de tudo.

Entraram no Grande Salão.

— Achei melhor você entrar por aqui do que lá por baixo — disse ela. — Não há câmeras de segurança.

O senador apreciou sua discrição.

— Sempre fico impressionado quando visito este lugar.

— É uma criação magnífica. Estamos sozinhos, exceto pelo curador, que foi pegar o que você quer ver. Mas estou curiosa. Com certeza você poderia ter acesso à sala da coleção especial sem a minha ajuda.

— Provavelmente, sim. Mas só descobri a importância desse livro dois dias atrás, e preferi não chamar atenção com as minhas pesquisas. Para nossa sorte, você apareceu.

— Eu disse ao pessoal da biblioteca que essa é uma questão de segurança nacional da qual você e eu estamos cuidando. Não fizeram perguntas. E nossa visita não será anotada em qualquer registro. Mandei que o volume fosse levado para a Sala de Leitura do Congresso. Pensei que você se sentiria mais confortável lá.

Stephanie gesticulou para a direita, e os dois seguiram por uma longa galeria ricamente decorada. Conjuntos de portas duplas abriam para uma sala igualmente longa. Pisos e meias-paredes de carvalho, juntamente com um teto em painéis repletos de pinturas coloridas, criavam uma atmosfera majestosa. Candelabros de parede brilhavam suavemente e iluminavam volutas de carvalho. Uma lareira de mármore ornada de mosaicos ancorava cada extremidade da sala. Ele conhecia a história daquele lugar. Houvera um tempo em que o espaço ficava aberto quando o Congresso estava em sessão, equipado com um bibliotecário e mensageiros disponíveis vinte e quatro horas por dia. Nos idos das décadas de 1960 e 1970, quando longos discursos para obstrução dos debates eram comuns, a equipe pernoitava ali em catres, transportando centenas de livros para o outro lado da rua, dando apoio às longas discussões. Os catres tinham ido embora, e a sala agora era usada em cerimônias.

— Ali está — disse ela.

Rowan avistou o tesouro sobre uma mesa cercada por um sofá e cadeiras estofadas, diante de uma das lareiras.

Ele foi até lá e sentou-se no sofá.

O livro media cerca de dez centímetros por quinze, com pouco mais de dois centímetros e meio de espessura. Sua encadernação em couro curtido estava notavelmente bem-conservada.

O senador o abriu e leu a folha de rosto.

**LIVRO DE MÓRMON**
*Traduzido por*
Joseph Smith Jr.

Terceira Edição
*Cuidadosamente revista pelo tradutor*

Nauvoo, Illinois
Impresso por Robinson e Smith
Cincinatti, Ohio
*1840*

Um *ex-libris* afixado na capa indicava um número de identificação e que a Livraria do Congresso o adquirira em 12 de dezembro de 1849.

Rowan sentiu profunda reverência por estar em sua presença.

Em 1838, os santos tinham sua sede no Missouri. Mas, em 30 de outubro, uma milícia atacou a pacífica aldeia de Haun's Mill e massacrou a maioria de seus habitantes. Temendo mais violência, os santos fugiram para o Illinois, onde avultou a necessidade de mais exemplares do Livro de Mórmon, por estar esgotada a impressão original de 1830. Os mil dólares que seriam o custo da impressão de novos exemplares simplesmente não existiam, mas uma revelação divina lhes dissera o que fazer. Foram enviadas circulares para todas as igrejas, e para cada cem dólares enviados para custear a impressão, uma ala receberia cento e dez exemplares. O próprio profeta Joseph endossara o plano financeiro e revisara o texto, corrigindo erros. O dinheiro viera e, então, foram impressos cinco mil novos exemplares, um dos quais estava bem ali à sua frente.

— Esta edição teve tanto sucesso — disse ele — que, daquele momento em diante, o livro nunca mais saiu de impressão.

— Eu li o registro da biblioteca — disse Stephanie.

Rowan sorriu.

— Eu não esperaria outra coisa.

— Os registros indicam que Abraham Lincoln consultou este livro em 18 de novembro de 1861 e o devolveu em 29 de julho de 1862. Também pegou emprestados outros três livros sobre os mórmons que a biblioteca tinha na época.

— Ele foi o primeiro, e, pelo que sabemos, o único presidente a ter lido o Livro de Mórmon. Nós, santos, temos muita consideração por Lincoln.

Rowan ainda não vira nada além da folha de rosto.

— Se você me der licença — disse a ela. — Prefiro examinar isso a sós.

# Capítulo 42

ORANGE COUNTY, VIRGÍNIA

LUKE SAIU DO BURACO e rapidamente desamarrou a corda da coluna. O lampejo azul continuava a distância, e as sirenes ficavam cada vez mais altas. Ele deslizou a tampa para seu lugar e preencheu as frestas com lascas de argamassa. Depois limpou tudo que restava no chão de concreto. Se ninguém chegasse perto demais, a escuridão proveria cobertura suficiente para parecer que estava tudo bem. Agarrou a corda e as ferramentas e recuou para o bosque, a vinte metros dali.

A polícia chegou à mansão e, em dois minutos, surgiram três lanternas, indo em sua direção. Luke se escondeu entre os arbustos, suas roupas escuras o ocultando na noite sem luar. Ouviu vozes enquanto as lanternas vasculhavam e se aproximavam do templo.

Mas ninguém chegou a pisar nele.

Os policiais pareciam satisfeitos em verificar que tudo estava calmo. As lanternas permaneceram a mais de quinze metros de distância. O que os tinha alertado? Por que foram ali? Alguma espécie de vigilância por câmeras com capacidade de visão noturna?

Duvidava que fosse isso. Pelo que ouvira de Katie no jantar, Luke soube que a propriedade estava sem dinheiro, quase incapaz de cobrir as despesas. E para que ter uma segurança tão sofisticada? Havia pouca coisa de valor ali. Certamente não o bastante para justificar centenas de milhares de dólares em vigilância.

As lanternas ficaram rondando um pouco mais. Ele conseguia ouvir os homens falando, mas não distinguia o que diziam. Continuou observando, deitado de bruços, através dos galhos retorcidos. Felizmente, o ar estava frio o suficiente para não ser uma noite favorável ao aparecimento de cobras, mas não ficaria surpreso se aparecessem um ou dois texugos.

As lanternas começaram a se afastar.

Luke viu todas as três recuarem do outeiro para a casa, em direção à fachada da frente. Então, ele se levantou e ouviu os carros indo embora, três pares de sirenes a distância.

Era hora de acabar logo com aquilo.

Apressou-se em retornar ao templo e reatou a corda. Removeu a tampa e novamente jogou a outra extremidade da corda. Voltar ali era arriscado, mas ele era pago para isso. Tinha aprendido no treinamento dos *rangers* a pensar, avaliar e agir sob pressão, sempre com um objetivo claro em mente. Sem levar em conta as atitudes que precisasse tomar, as chances de sucesso. O trabalho tinha de ser feito.

Luke pegou o pé de cabra e, com uma das mãos enluvadas, agarrou a corda, dando uma volta em torno do punho para segurança adicional, mantendo-a esticada. Deixou-se cair, deslizando os poucos metros necessários para encontrar as duas letras.

IV.

Ele chegou ao lugar que estimava ser o certo, então prendeu o pé de cabra no topo de sua bota. Pegou a lanterna no bolso e localizou o tijolo marcado. Recuperou o pé de cabra e golpeou a superfície do tijolo com a parte curva da ferramenta.

A argila resistiu.

Outro golpe, agora com mais força.

O tijolo rachou.

Que diabo?

Luke bateu com a barra de ferro na superfície, que se despedaçou, revelando um buraco escuro. Trocou o pé de cabra pela lanterna e direcionou o foco para o interior. Algo reluziu em resposta.

Como vidro.

Ele voltou a pegar a barra de ferro e, cuidadosamente, quebrou o que restava do tijolo com o rótulo IV. Sua mão direita estava começando a doer por sustentar seu peso, embora os pés, enlaçados em torno da corda, fossem o que realmente o mantinha no lugar. Luke devolveu o pé de cabra à bota e afastou os fragmentos de tijolo restantes. Antes de enfiar a mão lá dentro, ele usou a luz mais uma vez para ver o que o aguardava.

Um pequeno objeto.

Talvez com vinte centímetros de largura e uns cinco de altura.

Definitivamente de vidro.

Ele segurou a pequena lanterna com os dentes e retirou seu prêmio. Inclinou o queixo para baixo, e a luz se refletiu no vidro. Conseguiu ver que havia algo dentro do recipiente. Uma rápida verificação com a lanterna mostrou que o orifício na parede agora estava vazio.

Missão cumprida.

LUKE CAMINHAVA TRANQUILAMENTE PELO BOSQUE, deixando que a mão e o braço direitos relaxassem depois do esforço. Aquilo não deveria ter sobrecarregado tanto seus músculos. Precisava exercitar-se mais.

A corda estava enrolada em seu ombro. Uma das mãos levava o pé de cabra, a outra, o recipiente de vidro. Realmente havia algo lá dentro, mas não era sua tarefa determinar o que era. Stephanie lhe dissera para recuperar e lhe entregar o que quer que estivesse lá dentro. Por ele, tudo bem. Luke não fazia parte da alta direção, e gostava que fosse assim.

No templo, tudo estava de volta ao seu devido lugar. Com certeza alguém notaria a junta de argamassa quebrada no dia seguinte ou logo depois. Ergueriam a tampa de concreto e descobririam o buraco na parede. O que isso significava simplesmente seria um mistério. Não haveria respostas nem provas. Nada que apontasse para qualquer culpado. No geral, aquela fora uma boa noite. Não só havia acertado em cheio no poço de gelo, como, ainda por cima, tinha o número do telefone de Katie. Talvez ele até aceitasse a oferta e ligasse para ela. Tiraria mais uma folga na semana seguinte.

Luke chegou ao carro e jogou a corda e o pé de cabra na mala. Entrou no Mustang, e as luzes do interior permaneceram apagadas, sem denunciar sua presença. Pôs o vidro no banco do carona e inseriu a chave na ignição.

Algo se moveu no banco de trás.

Ele entrou em alerta.

Uma cabeça apareceu.

Depois, um rosto no retrovisor.

De Katie.

Ela segurava uma arma — a que Luke mantinha no porta-luvas — apontada para ele.

— Você sabe usar isso? — perguntou ele, sem virar a cabeça.

— Sei apertar um gatilho. A parte de trás do seu banco é um alvo bem grande.

— Você me entregou?

— Sabia que você não era militar. Você é um ladrão. Eu o segui até aqui e esperei para ver o que ia fazer. Então liguei para o xerife.

— Bem, querida, isso é de cortar o coração. E eu pensei que nós dois íamos nos dar tão bem. — Então caiu a ficha. — O número de telefone que você me deu não é de verdade. É?

— Só fui jantar com você porque queria ver o que estava tramando. Não sou guia turística. Só estava fazendo um favor hoje. Trabalho com a equipe de restauração. Tenho mestrado em História Americana, e estou cursando doutorado. Madison é minha especialidade. Aquela casa é importante. Ladrões como você podem arruiná-la para todos nós. E o que acha? Aquele telefone é da delegacia local.

A presença dela ali era um grande problema. O que Stephanie tinha dito? *Não seja pego.*

— Não sou um ladrão.

— Então o que é isso no banco da frente?

Luke ergueu o objeto de vidro e entregou a ela.

— Onde você encontrou isso? Nunca tinha visto antes.

— Porque Madison o escondeu no poço do gelo.

— Como você sabia disso?

Ele não respondeu.

— Vamos para a delegacia — disse Katie.

— Infelizmente, não posso fazer isso. Você pode ser alguma figurona acadêmica, mas eu sou agente do governo dos Estados Unidos, e nós precisamos desse objeto.

— Você não acha que eu vou acreditar nisso.

Katie ouviu sirenes. Mais uma vez.

— Qual é, Katie? O que você fez agora?

— Chamei o xerife de volta quando vi você voltando.

Ele se virou para trás e a encarou.

— Você está se tornando um pé no meu saco. Olhe, estou lhe dizendo a verdade. Tenho de levar isso para minha chefe. Se quiser, pode vir comigo para se certificar de que está tudo bem.

O som da sirene se aproximava.

— Você disse a eles onde estamos? — perguntou Luke.

— Claro. Caso contrário, como achariam você?

A situação ficava cada vez melhor.

— Tome uma decisão, Katie. Atire em mim, saia do carro ou venha comigo. E aí? — Luke viu a indecisão nos olhos dela. — Eu sou mesmo um agente, e minha missão é muito importante. Que tal fazermos assim? Se isso a fizer se sentir melhor, pode ficar com a arma e essa coisa de vidro aí atrás.

Ela não disse nada.

As sirenes se aproximavam.

— Vá — disse Katie, finalmente. — Tire-nos daqui.

Luke ligou o motor do Mustang.

Os pneus giraram em falso, depois adquiriram aderência e eles partiram em alta velocidade.

— Aonde estamos indo? — perguntou ela.

— Isso, querida, vai fazer você cair para trás.

## Capítulo 43

WASHINGTON, D.C.

Rowan esperou que Stephanie Nelle saísse da sala de leitura e as portas se fechassem antes de se concentrar no livro. Sentia uma reverência profunda ao pensar que Lincoln tivera nas mãos o que agora estava sobre a mesa, e ponderou sobre o significado de lições aprendidas havia muito tempo.

Ele será tirado da escuridão para a luz, de acordo com a palavra de Deus. Sim, ele sairá da terra, brilhando ao sair da escuridão, e passará a ser conhecido pelo povo, e isso será feito pelo poder de Deus. Pois os propósitos eternos do Senhor se manterão até que todas as promessas tenham sido cumpridas.

Uma profecia enunciada pouco antes de o sagrado registro em ouro ser escondido na terra, no local onde fora encontrado séculos depois por Joseph Smith e convertido no livro que Rowan tinha diante de si.

O senador havia dedicado a vida à sua religião. Seus pais e seus avós antes deles tinham sido santos. Rowan servira os profetas, passando por bons e maus momentos. Muitos tinham morrido para preservar o que seus antepassados criaram. Por que a geração atual seria diferente? Charles R. Snow nada tinha feito além de recuar e se conformar. Sua liderança fora irrelevante e sem inspiração. A igreja permanecera dividida, com ramificações no Missouri e na Pensilvânia, e outras menores espalhadas pelo mundo. Cada uma delas acreditava em Joseph Smith como seu profeta e fundador. Aceitavam o Livro de Mórmon. Mas discordavam em muitas questões fundamentais.

E não estavam erradas.

Muitos princípios instituídos por Joseph Smith e Brigham Young haviam sido abandonados ou repudiados pela liderança ulterior em Salt Lake.

O mais proeminente era a crença na poligamia, que muitos fundamentalistas ainda tinham como crucial na religião.

Como ele também acreditava.

O profeta Smith decretara que a prática era essencial, e nenhuma decisão posterior tomada por motivo de relações políticas ou públicas poderia reverter isso. Rowan, pessoalmente, gostava da monogamia. Mas um santo deveria ter a opção, como o profeta decretara.

Chegara o momento de reagrupar todos os fiéis que quisessem seguir sob uma bandeira. Mas isso não poderia ser feito enquanto o governo dos Estados Unidos ainda exercesse o poder. Cada estado deveria ser livre para seguir seu próprio curso, especialmente em questões de fé e religião. O Congresso não devia mandar nos corações e nas mentes de indivíduos.

Se as pessoas soubessem como eram as coisas...

Rowan servira trinta e sete anos no Senado. Infelizmente, parecia que nada era feito a menos que beneficiasse alguns poucos selecionados, o governo como um todo, ou ambos. Nada jamais era aprovado simplesmente porque era bom para o país, ou para os estados, ou para o povo. Essa era a menor das preocupações da maioria dos legisladores. Todo congressista aprendia rapidamente que seu único objetivo era reunir recursos suficientes para a próxima eleição. Além disso? Não havia nada com que se preocupar até que a *próxima* eleição se concluísse. Quantas vezes tinha visto um lobista após o outro transformar um bom projeto de lei em algo ruim? Rowan nunca aceitara nem um centavo sequer de lobistas. Raramente falava com eles, e, quando o fazia, era sempre em grupo, para que não houvesse mal-entendidos quanto ao que era dito. Suas reeleições eram financiadas por doações individuais de eleitores de Utah, todas declaradas com detalhes minuciosos. Se os votantes não gostassem disso, estavam livres para eleger outra pessoa. Mas, nos últimos trinta e três anos, o povo de seu estado o escolhera.

Ele olhou para o livro.

Brigham Young tinha escrito na nota que fora lacrada na pedra fundamental que Lincoln *disse a meu emissário que tinha lido o Livro de Mórmon*. Em sua época como jovem legislador em Illinois, Lincoln conhecera os santos. Ele os ajudara a obter a aprovação da cidade de Nauvoo, que lhes assegurava uma autonomia sem precedentes. Por trinta e dois anos, começando com Franklin Pierce e terminando com Chester Arthur, os presidentes americanos só demonstraram má vontade em relação à igreja. Os cinco anos de Lincoln foram o único oásis. Depois de morto, seu crédito com os santos só aumentou. Ele era citado constantemente em conferências, lições e anedotas. Rowan não tinha percebido toda a extensão daquela conexão até começar sua busca.

Mas agora ele compreendia.

Será que aquele livro conteria a chave de tudo?

Assim que lera o bilhete de Brigham Young, soube onde deveria procurar. *Dois meses após termos feito nosso acordo, Lincoln enviou-me um telegrama que dizia que Samuel, o lamanita, era guardião de nosso segredo em Washington, dentro da Palavra, o que me proporcionou grande conforto.* Três palavras — *dentro da Palavra* — imediatamente fizeram-no pensar no livro que era guardado em segurança na Biblioteca do Congresso, aquele que o próprio Lincoln lera.

Rowan abriu as primeiras páginas e examinou o minúsculo texto impresso. Nada incomum tinha surgido na parte da frente, então verificou as páginas finais.

Em branco.

Ele poderia examinar cada folha, mas eram centenas, e isso levaria tempo. Assim, folheou o livro, deixando que as páginas finíssimas corressem sob seu polegar enquanto as percorria em sua rápida sucessão, os olhos em busca de alguma coisa diferente.

Então viu algo.

Rowan parou de folhear e encontrou a página.

Parte do Livro de Helamã. Mais exatamente, um trecho do Capítulo 13. A profecia de Samuel, o lamanita, para os nefitas. Ele conhecia a história, ocorrida cerca de quinhentos anos antes de Cristo. Falava da benignidade dos lamanitas e da maldade dos nefitas. Em termos nada vagos, Samuel predizia a destruição dos nefitas, a menos que se arrependessem.

Por cima do texto impresso na página, feito com tinta, havia um desenho.

Era uma cópia do mapa encontrado na pedra fundamental do templo, que Snow lhe mostrara. Era o mesmo mapa, exceto que este continha inscrições.

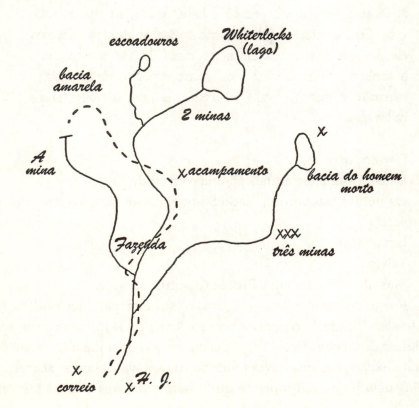

Ele notou as passagens impressas debaixo do desenho.

19 Porque desejo, diz o Senhor, que escondam seus tesouros para mim; e amaldiçoados os que não escondem seus tesouros para mim; porque ninguém esconde seus tesouros para mim, a não ser os justos; e aquele que não esconde seus tesouros para mim é amaldiçoado, bem como o tesouro; e ninguém o resgatará, por causa da maldição da terra.
20 E chegará o dia em que esconderão seus tesouros, porque puseram o coração nas riquezas; e, porque puseram o coração em suas riquezas, esconderão seus tesouros quando fugirem de seus inimigos; por não os terem escondido para mim, amaldiçoados sejam eles e também seus tesouros; e nesse dia serão castigados, diz o Senhor.
21 Olhai, ó povo desta grande cidade, escutai as minhas palavras. Sim, escutai as palavras que o Senhor diz, pois eis que ele diz que sois amaldiçoados por causa de vossas riquezas; e também são amaldiçoadas as vossas riquezas, porque nelas colocastes o coração e não escutastes as palavras daquele que vo-las deu.

Rowan sorriu.

Lincoln escolhera aquela página com cuidado.

Os nefitas haviam rejeitado Samuel e, por fim, apedrejado os profetas.

Um alerta?

Talvez.

Mas não tinha escolha. Precisava seguir adiante.

Rowan notou que faltava alguma coisa no mapa. Uma localização não identificada. Isso poderia ser problemático. Já tinha reconhecido alguns dos locais. Ficavam estava em uma montanha a nordeste de Salt Lake, região que havia muito se suspeitava de conter segredos. Mas nela havia milhares de quilômetros de área inabitada, com pouca ou nenhuma sinalização, e a referência que faltava parecia ser importante.

Lincoln garantira suas apostas ao não revelar tudo.

No pé da página, estava rabiscado *Romanos 13:11*. Ele não se lembrava do teor da passagem.

Por que tinha sido incluída?

Rowan olhou para fora, além das persianas e da janela abertas, para a cúpula iluminada do Capitólio. Precisava de tempo para pensar, e não podia deixar aquela prova para trás.

Que o Pai Celestial o perdoasse!

Nunca tinha desfigurado as Escrituras.

Mas arrancou cuidadosamente a página do livro.

# Capítulo 44

3:50

Luke saíra de Montpelier rapidamente, encontrando a estrada e seguindo em alta velocidade para o norte da Virgínia e Washington, D.C. Katie permanecia no banco traseiro, a maior parte do tempo calada, só ocasionalmente puxando papo. Tinha ficado com a pistola, mas era óbvio que sabia pouco sobre armas. Ele não era idiota de deixar uma arma carregada ao alcance de qualquer um. Mantinha o pente debaixo do assento do motorista, fácil de alcançar, para quem soubesse onde procurar. O que não era o caso dela. Ele checou e ficou aliviado ao descobrir que as balas permaneciam escondidas lá.

Já haviam saído da estrada, seguindo em direção à cidade, as ruas desertas de carros naquela hora proibitiva. Por sorte, Luke sempre funcionara melhor à noite, e por isso sua mente estava alerta.

— Você já assistiu a *The Andy Grifith Show* na TV? — perguntou ele.

— Claro. Quem nunca assistiu?

— Lembra quando Barney quis carregar uma arma por aí? Fez um grande escarcéu. Mas Andy o obrigou a guardar as balas em seu bolso.

Katie ficou quieta.

— A arma não está carregada — disse ele.

— Não acredito em você.

— Aperte o gatilho.

Luke a observou pelo retrovisor.

Ela permaneceu imóvel.

— Você disse que sabia usar uma. Então use.

Ele ouviu um estalo. Depois outro. E outro.

Droga. Ela realmente tinha tentado atirar.

Katie jogou a arma sobre o assento, que escorregou para o piso, no lado do carona.

— Você se acha muito esperto.

Ele riu.

— Não disse isso. Você tem um mestrado, está cursando doutorado. Pensei que talvez percebesse por conta própria. — Luke parou num sinal vermelho. — E você me deu mesmo o telefone da delegacia em vez do seu?

— Pensei que talvez você acabasse se entregando.

— Isso não foi legal. Eu estava bastante ansioso para telefonar para você.

— Azar o meu — disse ela. — Acho que vou descer agora.

— Eu não faria isso.

— E por que não?

— Porque vai perder um negócio bem legal. Que pode até ajudar todos esses seus estudos.

Katie não fez qualquer tentativa de abrir a porta, e ele acelerou, passando pelo cruzamento. Foi fácil atravessar a cidade, chegar à Pennsylvania Avenue e ao portão da guarda da Casa Branca. Algumas horas atrás, antes de partir para a Virgínia, Stephanie tinha ligado, dizendo-lhe que fosse para lá assim que terminasse.

Luke não estava ansioso por aquela reunião de família.

— Como assim? — murmurou Katie.

Luke baixou o vidro de sua janela, preparando-se para se identificar.

— Eu lhe disse que você ia cair para trás.

\* \* \*

Eles passaram pela entrada dos visitantes e depararam com um agente do Serviço Secreto, que os esperava do lado de dentro. Katie ainda carregava o pedaço de vidro, os olhos brilhando de expectativa.

— Nunca estive aqui antes — disse ela.
— Nem eu — respondeu Luke.
— Você é mesmo um agente?
— É o que parece.

Sua escolta os levou a um corredor de mármore. Candelabros de vidro lapidado iluminavam tudo com uma luz diurna. Passaram por um retrato de Eisenhower. Mais imagens de presidentes pendiam na outra extremidade. Kennedy. Johnson. Ford. Carter. Como uma parada de grandes sucessos recentes.

Eles continuaram no andar térreo e entraram em uma sala com paredes forradas de um tecido de sarja vermelho. Um friso dourado formava sua borda. A mobília era estofada no mesmo tom de vermelho, com padrões de medalhões dourados e mais frisos. O tapete era bege, vermelho e dourado. Outro candelabro brilhava intensamente. E lá estavam Stephanie e o bom e velho tio Danny. Fazia treze anos que Luke não o via, desde o funeral do pai. Disse a si mesmo que seria respeitoso e se controlaria. Era esse o tipo de comportamento que sua chefe esperava, sem importar o que pudesse estar sentindo.

— Quem é essa? — perguntou imediatamente Stephanie.

Luke se deu conta de que o protocolo estava sendo quebrado naquela noite. Geralmente, ninguém chegava perto do presidente sem autorização prévia.

Mas aquela situação não tinha nada de usual.

Katie, no entanto, parecia extremamente à vontade, como se encontrasse com o presidente dos Estados Unidos todo dia.

— Um problema que aconteceu rápido demais para que eu conseguisse resolvê-lo, então eu o trouxe comigo. Esta é Katie...

De repente, deu-se conta de que não sabia seu sobrenome.

— Bishop — disse ela. — Katie Bishop.

E estendeu a mão para apertar a do presidente.

— É um prazer conhecê-la — disse Daniels. — Agora, poderia responder à pergunta e me contar o que está fazendo aqui?

— Mostre a ele — disse Luke, indicando o objeto que a moça carregava.

Ela lhe entregou o pedaço de vidro.

— Isso veio do poço de gelo — disse Luke. — Estava escondido atrás de um tijolo marcado com um IV. Eu o tirei de lá, mas a Katie aqui resolveu mandar a polícia local atrás de mim. Eles estavam chegando perto, então não tive escolha a não ser trazê-la junto.

— Ela pegou você? — perguntou o presidente.

— Sei que pode ser um tanto difícil de acreditar. Eu mesmo estou tendo dificuldade para lidar com isso. Mas essas coisas acontecem. Como você com certeza sabe.

— Vejo que continua sendo espertinho — disse Danny.

— Deve ser de família, não? — Luke percebeu que Stephanie lhe olhava feio. — Está bem. Vou parar. Olhe, não tive muita escolha. E também pensei que ela poderia ser útil. Katie me contou que tem mestrado em História Americana e que sabe muita coisa sobre Madison. Era isso ou ser pego, então optei pelo menor dos dois males.

— Tudo bem — disse o presidente. — Katie Bishop, com sua graduação em História Americana, onde estamos agora?

— No Salão Vermelho. Dolley Madison costumava usá-lo para suas festas chiques nas noites de quarta-feira. Este era o lugar onde todos queriam estar naquela época. Desde então, foi usado como gabinete, sala de estar e sala de música. Infelizmente, as paredes são réplicas, depois da época em que Truman reformou todo o interior da Casa Branca. Hillary Clinton mudou as coisas para praticamente o que vemos agora. A mobília, se me lembro bem, é do tempo de Madison. Mas a melhor parte foi o que aconteceu aqui durante o mandato de U.S. Grant. Ele estava com medo de haver um problema com a posse de Rutherford B. Hayes, já que foi eleito depois de uma comissão fraudulenta ter-lhe concedido vinte votos eleitorais em disputa, e isso o fez tomar posse bem aqui, na noite anterior.

— Você conhece o Acordo de 1877?

Katie sorriu.

— Agora o senhor está se fazendo de bobo. Um dos maiores acordos feitos nos bastidores de todos os tempos. Na eleição de 1876, Hayes perdeu nos votos populares para Samuel Tilden, e nenhum dos dois tinha votos eleitorais suficientes. Assim, os democratas sulistas permitiram que aqueles vinte votos em disputa fossem para o republicano Hayes; em troca, exigiram que todas as tropas fossem retiradas do sul, que uma ferrovia atravessasse a região na direção oeste e que uma legislação ajudasse a reconstruir o que a guerra havia destruído. Finalmente eles tinham com que barganhar e usaram isso ao máximo. Grant imediatamente honrou o acordo e retirou algumas das tropas. Hayes encarregou-se do resto. Depois disso, os democratas assumiram o controle total do sul, que mantiveram até o final do século XX.

— Nada mau. Na verdade, muito bom. — O presidente acenou com o que tinha na mão. — Agora me diga, o que é isso?

— Já faz tempo que sabemos dos símbolos nos tijolos do poço de gelo. Ninguém jamais imaginou o que significavam. Pensávamos que era apenas algo que Madison tinha feito. Uma decoração. Ou uma idiossincrasia.

— Por isso não há imagens do poço na internet? — perguntou Stephanie.

Katie assentiu.

— Os curadores não queriam nada do tipo *O Código Da Vinci* na imprensa, então o lacraram.

— E que bom que o fizeram — disse Daniels. — Mas você não respondeu à minha pergunta. O que estou segurando?

— Estive pensando nisso desde que saímos da Virgínia. E acho que sei a resposta.

STEPHANIE OBSERVAVA DANNY e Luke atentamente. Chegara à Casa Branca uma hora antes, após terminar com Rowan na Biblioteca do Congresso. O senador havia passado meia hora sozinho com o

Livro de Mórmon. Ela observara cada movimento seu, graças a um circuito fechado de vídeo alimentado por uma câmera oculta, usada para segurança naquele setor da biblioteca. Ela e John Cole viram Rowan arrancar uma página da edição de 1840. Cole se contraíra todo quando isso aconteceu, mas não havia nada que qualquer um dos dois pudesse fazer. Felizmente, o curador já tinha examinado o livro e feito uma fotocópia da página com a escrita. Ele lhe contara que conheciam aquela anomalia já havia algum tempo, mas que ninguém tinha ideia do que significava. Era um dos motivos para o livro ser guardado em uma coleção com acesso restrito. Agora, parecia que o mistério poderia ser resolvido.

— Por que não se sentam? — convidou o presidente. — Quero ouvir mais sobre o que a Srta. Bishop tem a dizer.

Stephanie sentia-se um pouco incomodada com Luke, por ele ter envolvido uma pessoa de fora. Mas havia muito tempo que aprendera a escolher suas batalhas quando se tratava de questionar as decisões de seus agentes. Eram eles que se arriscavam na linha de frente. Todos eram altamente treinados, pessoas inteligentes. Aparentemente, Luke tinha avaliado suas opções e tomado uma decisão.

Daniels depositou o recipiente de vidro com cuidado sobre a mesa.

— No começo do século XIX — disse Katie — não existia selagem a vácuo. As tecnologias de conservação estavam começando a ser exploradas. Preservar algo como papel era complicado. Os primeiros recipientes eram de vidro, mas depois o estanho o substituiu. Quando alguém queria conservar coisas frágeis, às vezes as selava assim.

O pedaço de vidro na mesa claramente continha algo que se parecia com um livro pequeno.

— Madison era amigo de Thomas Jefferson. Monticello ficava a menos de cinquenta quilômetros de distância, o que, naqueles dias, era como a casa do vizinho. Jefferson sabia tudo sobre selagem em vidro. Então, talvez tenha contado a seu amigo James Madison sobre a técnica.

O presidente ficou calado.

Assim como Luke.

O que era um comportamento estranho para ambos.

Nem uma palavra afetuosa fora trocada entre eles.

Cara de um, focinho do outro.

**Luke estava determinado** a esperar que o tio tomasse a iniciativa. Danny sempre tinha sido frio. Era interessante como irmãos podiam ser tão diferentes. Ele sabia tudo sobre o passado triste do presidente, e nutria alguma simpatia por ele — com ênfase para *alguma*. A família de Luke sempre fora unida. Ele e seus três irmãos se davam bem, irmãos no verdadeiro sentido da palavra. Todos eram casados e tinham filhos. Ele era o único que permanecia livre e solto.

— Fez um bom trabalho conseguindo isso — disse-lhe o tio.

Teria ouvido bem? Um elogio? Do grande Danny Daniels? Pela primeira vez, seus olhares se encontraram.

— Doeu dizer isso?

— Luke... — começou Stephanie.

Mas o presidente ergueu a mão.

— Tudo bem. Nós temos o mesmo sangue. E eu provavelmente mereço ouvir isso.

Essa admissão o deixou chocado.

— Vocês são parentes? — perguntou Katie.

O presidente olhou para ela.

— Luke é meu sobrinho. Provavelmente nunca admitiria isso, mas é o que ele é.

— Você realmente é cheio de surpresas — disse-lhe Katie.

Ele não estava interessado em resolver desavenças de família. Na verdade, não dava a mínima para o tio. Só precisava tomar cuidado com o que dizia perto da mãe, que sempre adorara o cunhado.

O presidente apontou para o pedaço de vidro.

— Faça as honras, Luke. Quebre isso aí.

Ele se perguntou o porquê de tanta gentileza, mas decidiu que não era hora de brigar. Avaliou o peso. Pouco mais de um quilo, talvez. Um martelo viria a calhar, mas sua bota poderia dar um jeito também. Pôs o recipiente no chão, em cima de um tapete, e bateu o salto da bota com força. Nada aconteceu. Tornou a repetir a ação, e o vidro rachou. Uma terceira pancada fez com que se rompesse em pedaços.

Cuidadosamente, Luke pescou o pequeno livro dos cacos.

— Vamos deixar nossa historiadora dar uma olhada — disse o presidente.

Ele o entregou a Katie.

Ela abriu o livro e percorreu algumas páginas. Após um momento, olhou para cima e disse:

— Uau!

# Capítulo 45

SALZBURGO
9:50

CASSIOPEIA ESTAVA SENTADA EM SUA SUÍTE, a cabeça em polvorosa. Normalmente, tudo à sua volta a deixaria animada. As traves de madeira, os linhos bordados, as arcas bávaras pintadas, os móveis de teca. O Goldener Hirsch parecia uma homenagem à história. Mas nada disso lhe importava. O que a consumia era como fora parar naquela confusão.

Seu pai teria ficado bastante envergonhado. Ele gostava de Josepe. Mas, embora inteligente em tantos aspectos, o pai tinha sido muito ingênuo em outros. E a religião fora sua maior falácia. Ele sempre acreditara que havia um plano divino, um destino que cada pessoa não tinha outra escolha senão seguir. Se o fizesse de maneira correta, sua recompensa seria a felicidade eterna. Caso contrário, apenas o frio e a escuridão estariam à espera.

Infelizmente, ele estava errado.

Ela se dera conta disso pouco depois de ele morrer. Para uma filha que adorava o pai, tinha sido duro aceitar isso. Mas não havia um plano divino. Nem salvação eterna. Nem Pai Celestial. Eram apenas histórias concebidas por homens que queriam moldar uma religião na qual os outros obedeceriam a eles.

E isso a irritava.

A doutrina mórmon ensinava que nenhum dos sexos deveria ressentir-se se privilégios e responsabilidades fossem atribuídos a um, mas não ao outro. Isso parecia ser especialmente verdadeiro quando se tratava das mulheres. Toda mulher supostamente nascera com um propósito divino. O principal era seu papel como mãe. Servir no lar era rotulado como a mais elevada das vocações espirituais. Cassiopeia supunha que essa retórica se destinava a mascarar o fato de que as mulheres nunca poderiam alcançar o sacerdócio, ou qualquer posição de liderança ou autoridade na igreja. Estas pertenciam exclusivamente aos homens. Mas por quê? Isso não fazia sentido. Quantos anos tinha quando se dera conta do que aquilo significava? Talvez 26. Logo após a morte de sua mãe. Homens criaram sua religião, e homens a dominariam. Aquele era o plano de Deus? Provavelmente, não. Ela não dedicaria sua vida a criar filhos e obedecer ao marido. Não que houvesse algo de errado nisso. Só que nenhuma dessas coisas combinava com ela.

Uma antiga determinação ardia dentro de Cassiopeia. Ela se lembrou de um concerto em Barcelona. Josepe tinha escolhido o lugar. El Teatre més Petit del Món. Antes a residência particular de um artista famoso, tornara-se o menor teatro do mundo — Chopin, Beethoven e Mozart eram interpretados em um romântico jardim iluminado por velas, com ambientação do século XIX.

Tinha sido lindo.

Depois, os dois foram jantar e conversaram sobre a igreja, como Josepe gostava de fazer. Cassiopeia se recordava de como, cada vez mais, o assunto começava a lhe causar repulsa. Mas fez a vontade dele, como aprendera que deveria fazer.

— Houve um incidente na última semana, no sul da Espanha — disse Josepe. — Meu pai me contou. Um membro da igreja foi atacado e espancado.

Ela ficou chocada.

— Por quê?

— Quando ouvi isso, pensei em Néfi, que deparou com um Labão bêbado e desmaiado, estirado nas ruas de Jerusalém.

Cassiopeia conhecia a história de Labão, que se recusara a devolver um jogo de placas de latão contendo as escrituras necessárias para a devoção religiosa da família de Néfi.

— Néfi percebeu que o bêbado caído era o próprio Labão, e sentiu que o Espírito lhe ordenava que o matasse. Néfi lutou contra esse sentimento. Nunca tinha derramado sangue. Mas o Espírito reiterou a ordem duas vezes mais. Assim, ele matou Labão e escreveu que era melhor que um homem perecesse do que uma nação definhasse e caísse em descrença.

Ela podia ver que Josepe estava abalado.

— Por que o Pai Celestial teria ordenado uma coisa dessas a Néfi? — perguntou ele. — Parece contrário a tudo que é bom e justo.

— Talvez porque seja apenas uma história.

— Mas e a tentativa de Abraão de sacrificar Isaac? Ele recebeu a ordem de oferecer seu filho, embora esteja escrito Não matarás. Abraão não se recusou. Estava pronto para matar Isaac, mas um anjo o deteve. Deus, no entanto, ficou orgulhoso de sua obediência. O próprio Joseph Smith falou sobre isso.

— Você sabe, é claro, que isso é uma parábola, e não acontecimentos reais?

Josepe a encarou, perplexo

— Nada no Livro de Mórmon falta com a verdade.

— Não disse que era falso, só que pode ser mais uma história com uma lição a ser aprendida do que efetivamente um fato.

Cassiopeia se lembrava da relutância dele em admitir isso.

Para Josepe, o Livro de Mórmon era absoluto.

— Não estou dizendo que eu teria matado meu filho — continuou ele. — Mas Abraão foi corajoso ao obedecer ao Pai Celestial. Estava preparado para fazer o que lhe era ordenado.

Cotton e Stephanie afirmaram que Josepe havia matado um agente americano.

Seria possível?

Não ouvira muito da conversa na capela em Salzburgo, exceto as últimas palavras, ditas pouco antes de ela ter aparecido. Josepe nunca tinha sido violento. Até onde Cassiopeia sabia, isso simplesmente não era seu caráter. A enérgica negação de ter matado alguém soara verdadeira. Ela precisava questionar se estava sendo manipulada. Havia se irritado tanto com Cotton quanto com Stephanie. Um não tinha nada que estar ali, tratando-a como se fosse uma inútil — e a outra era uma mentirosa. Detestara a briga na noite anterior, quando fora ver Cotton, e se arrependia de ter dito que ele era um babaca, mas estava zangada então, e continuava zangava agora.

Ela amava Cotton.

Mas tinha amado Josepe também.

Como se metera naquela confusão?

Cassiopeia admitia que, em parte, a culpa era de sua própria arrogância. Da crença de que poderia dar conta de tudo que a vida lhe lançasse no caminho. Mas não era tão durona quanto gostaria que os outros pensassem. Seu pai tinha sido seu porto seguro. Mas ele se fora havia muito tempo. Talvez Josepe tivesse tido a intenção de ser seu substituto, mas ela terminara o relacionamento. Cotton parecia um pouco com seu pai, mas eles tinham muitas diferenças também. Era o primeiro homem desde Josepe no qual Cassiopeia pensava em termos de permanência.

Mas ela se afastara de Josepe.

E Cotton? E quanto a ele? O homem deveria ir para casa, mas isso não ia acontecer. Agora, Stephanie o tinha envolvido, e ele faria seu trabalho.

Assim como ela.

Cassiopeia pegou o celular.

Havia combinado de informar Stephanie sobre os acontecimentos recentes dali a pouco. De jeito nenhum. Não mais. Apagou todas as referências a ela de seu telefone.

Alguma coisa estava errada ali, disso não tinha dúvida. Josepe viajava acompanhado de homens armados. Danitas? O governo, especificamente o presidente, parecia estar focado nele — algo que envolvia um senador dos Estados Unidos. Diziam que um agente americano estava morto.

E Josepe era o principal suspeito.

Ela não sabia como tudo isso se encaixava, mas tencionava descobrir.

Com uma mudança.

Cuidaria daquilo a seu modo.

# Capítulo 46

WASHINGTON, D.C.

Sábado, 15 de setembro de 1787. Em Convenção.

Com a sessão principal tendo sido encerrada pelo dia, os delegados tornaram a se reunir após a refeição noturna para prosseguir com a discussão de um ponto em separado.

Dr. FRANKLIN levantou-se para confessar que havia partes dessa Constituição que atualmente não aprovo, mas não estou certo de que nunca aprovarei. Por ter vivido muito, passei por diversas oportunidades em que fui obrigado, após me informar melhor ou pensar mais sobre o assunto, a mudar de opinião, mesmo em temas importantes que, em certos pontos, acreditava serem corretos, mas me descobri enganado. É por isso que, quanto mais velho, mais capaz me torno de duvidar de meu próprio julgamento e de ter mais respeito pelo julgamento de outros. De fato, a maioria dos homens, bem como a maior parte das seitas na religião, pensa que é dona de toda a verdade, e qualquer um que discorde estará completamente errado. Steele, um protestante, em uma dedicatória ao papa, diz que a única diferença entre nossas igrejas quanto à veracidade de suas doutrinas é que a Igreja de Roma é infalível e a da Inglaterra nunca está errada. Mas, embora muitas pessoas privadas tenham sua própria infalibilidade em quase tão alta conta quanto têm a de sua seita, poucas expressam isso tão naturalmente quanto certa dama francesa, que em uma controvérsia com sua irmã disse: "Não sei como isso acontece, irmã, mas não conheço ninguém além de mim que esteja sempre com a razão". Com tais sentimentos, senhor, concordo com essa Constituição, com todos os seus defeitos, se é que os há, porque penso que precisamos de um governo geral, e não há forma de governo a não ser aquela que possa ser uma bênção para o povo se bem-administrada, e continuo acreditando que é provável que assim seja no decorrer dos anos, só podendo terminar em despotismo, como aconteceu com outras formas antes dela, quando as pessoas se tornarem tão corruptas a ponto de precisarem de um governo despótico, incapazes de terem qualquer outro. Mas não sou alheio à cautela que nosso conflito recente criou em todos nós. É verdade que duvido que qualquer outra Convenção que possamos reunir seja capaz de criar uma Constituição melhor. Pois, quando se reúne certo número de homens para ter a vantagem de sua sabedoria conjunta, é inevitável que a esses homens se unam seus preconceitos, suas paixões, seus erros de opinião, seus interesses locais e suas considerações egoístas. Pode-se esperar um resultado perfeito de uma assembleia desse tipo? Assim, a preocupação daqueles que temem uma associação de estados perpétua, inflexível, indissolúvel, tem cabimento. Devemos ter em mente que tudo que é criado chega a um fim.

Sr. GERRY declarou suas objeções, que o fizeram recusar seu nome à Constituição. 1. A duração e a reeleição do Senado. 2. O poder da Câmara de Representantes de manter em sigilo os registros de suas sessões. 3. O poder do Congresso sobre os lugares de eleição. 4. O poder ilimitado do Congresso sobre sua própria remuneração. 5. O estado de Massachusetts não ter a devida quota de representantes atribuíveis a ele. 6. Três quintos dos negros devem ser representados como se fossem homens livres. 7. Pelo poder que têm sobre o comércio, monopólios podem ser estabelecidos. 8. O vice-presidente ser o chefe do Senado. Ele afirmou que poderia, no entanto, relevar tudo isso se os direitos dos cidadãos não fossem ameaçados: 1. Pelo poder generalizado da legislatura de criar as leis que lhe aprouvesse chamar de necessárias e apropriadas. 2. Por arregimentar exércitos e dinheiro sem limite. 3. Ter uma união da qual não haveria separação possível. O que dizem os senhores da hipótese de chegar um tempo em que um estado não mais deseje fazer parte dessa grande associação?

Cel. MASON observou que qualquer governo que se proclame perpétuo torna-se perigoso, concluindo que acabaria ou como uma monarquia ou como uma aristocracia tirânica. Tinha dúvida sobre qual das duas hipóteses se mostraria verdadeira, mas estava certo de que uma delas se concretizaria. Essa Constituição foi criada sem o conhecimento ou a opinião do povo. É impróprio dizer à população que é preciso escolher tudo ou nada, e que sua escolha será para sempre. A Constituição, tal como agora redigida, não poderia receber seu apoio ou voto na Virgínia; e ele não poderia assinar aqui o que não pode apoiar lá.

Sr. RANDOLPH manifestou-se contra o poder indefinido e perigoso dado pela Constituição ao Congresso, expressando sua aflição por discordar do corpo da Convenção no encerramento do grande e extraordinário tema de seus trabalhos, e desejando ansiosamente alguma medida de acomodação que o aliviasse de seus constrangimentos. Era sua preocupação, partilhada por muitos dos presentes, que os estados pudessem rejeitar o plano se não lhes fosse oferecida uma opção de saída. O que aconteceria se o governo nacional se tornasse opressivo? O que o impediria de se tornar assim caso a nenhum estado fosse permitido se retirar? Alguma mudança deveria ser feita, e, se essa proposta fosse descartada, ele afirmou que lhe seria impossível apor seu nome ao instrumento. Não decidiria agora se ainda se oporia depois disso, mas não se privaria da liberdade de tomar tal decisão em seu próprio estado, se isso lhe fosse prescrito em sua avaliação final.

Sr. PINKNEY. Tais declarações de membros tão respeitáveis no encerramento desta importante ação conferem solenidade peculiar ao momento atual. Ele também está preocupado com um plano que deva ser aceito em sua totalidade, sem quaisquer alterações, e com o fato de que, uma vez aceito, um estado estaria preso a tal decisão para sempre. Tinha sido sugerido que outra Convenção poderia resolver essas controvérsias. Ele dissertou sobre as consequências de suscitar deliberações e emendas dos diferentes estados no que se refere ao governo em geral em outra reunião. Nada mais que confusão e contrariedade poderiam advir de tal experimento. Os estados nunca concordariam com seus planos, e os delegados de uma segunda Convenção que se reunissem sob as impressões discordantes de seus constituintes nunca iriam concordar. Convenções são coisas sérias e não deveriam ser repetidas. Assim como outros, ele fazia objeções ao plano. Era contra a desprezível fraqueza e dependência do Executivo. Opunha-se ao fato de o poder sobre o comércio pertencer apenas a uma maioria do Congresso. Não estava satisfeito com o silêncio quanto à questão da duração de qualquer união. Perguntava-se se poderia haver uma solução que evitasse o risco de uma confusão generalizada e de disputas por guerra.

Os rumores que circulavam nos estados indicavam que a questão levantada pelo Sr. Pinkney estava sendo considerada. Para conquistar os membros dissidentes, concordou-se em submeter a matéria a um debate informal, a fim de maximizar a possibilidade de uma decisão.

Stephanie tinha escutado cada palavra lida por Katie Bishop, consciente do fato de que ela, Luke e o presidente eram as primeiras pessoas em mais de duzentos anos a ouvir tal relato.

— Isso é incrível — admirou-se Katie. — Eu li as anotações de Madison. Parte da minha dissertação de mestrado é a respeito delas. Nada disso está escrito lá.

E Stephanie sabia por que, já que o próprio Madison dissera que aquele registro era em *acréscimo* ao corpo principal, oculto, reservado apenas ao conhecimento de presidentes.

— Explique essa ideia de uma segunda convenção.

— Foi uma ideia bastante discutida, senhor Daniels. Muitos delegados estavam preocupados em impor aos estados uma proposta de tudo ou nada. Lembre-se de que eles foram à Filadélfia só para revisar os Artigos da Confederação, não jogá-los fora e começar tudo de novo.

— Então eles achavam que uma segunda convenção resolveria tudo? — perguntou Luke.

— Não resolveria tudo, mas atenuaria. Sua Constituição seria de conhecimento público, cada palavra seria debatida. Se não fosse ratificada, então o plano alternativo era convocar uma segunda convenção e resolver as divergências.

O presidente riu.

— É como dizer *Deixe o Congresso resolver o problema*. Você acaba com quinhentas e trinta e cinco opiniões diferentes. Com o tempo, todo mundo chega a um acordo, mas, em 1787, o país não podia se dar ao luxo de esperar tanto. O mundo era um lugar difícil na época. Os franceses, os espanhóis e os ingleses queriam que fracassássemos. Estavam só esperando uma oportunidade para dar o bote.

— A convenção tinha de ser definitiva — disse Katie. — Eles sabiam que só haveria uma chance de concretizar tudo aquilo. Não podiam ficar de bobeira, e não fizeram isso. Ouçam só.

Sr. SHERMAN preferiu a opção de que fosse permitido a um estado sair se assim o desejasse. Tendo acabado de se livrar do jugo de uma tirania opressiva mediante o derramamento de muito sangue, ele não nutria o desejo de criar um novo governo opressivo do qual não poderia haver remissão. Duvidava que qualquer dos estados viesse a ratificar o documento se isso não fosse permitido.

Cel. MASON concordou e observou que, como os estados viviam situações distintas, era necessário criar uma regra que os pusesse o máximo possível no mesmo nível. Estados pequenos estariam mais inclinados a ratificar o documento se a permissão do ato de se retirar fosse uma defesa contra a opressão por estados grandes. Essa concessão aos estados seria, da mesma maneira, uma advertência ao governo nacional, que limitaria a tirania, uma vez que um estado poderia retirar-se se as divergências entre ele e o governo nacional se tornassem tão grandes e permanentes que justificassem uma separação. Não fosse assim, uma maioria de estados poderia impor o que quer que desejasse a uma minoria.

Cel. HAMILTON enfatizou que não deveria haver nem demasiada nem insuficiente dependência dos sentimentos populares. As limitações nos outros ramos do governo seriam frágeis se a associação dos estados fosse concebida para durar para sempre. Observou que nenhum império havia durado para sempre. Nem egípcios, romanos, turcos ou persas. Todos tinham fracassado, e isso se devia a expansão excessiva, complexidade, dominação, desigualdade e estratificação. Expressou sua crença de que os estados só estavam delegando certos poderes ao novo governo nacional, não sua soberania. Pensar de outra maneira seria um mal a ser denunciado por todos os estados.

— Eles estão debatendo uma cláusula de saída — explicou Katie. — Uma forma de um estado deixar a União. Isso nunca foi discutido antes no contexto da Convenção Constitucional. Em tudo que eu li, o conceito nunca foi debatido abertamente.

— Porque Madison deixou essa parte fora de suas anotações — disse o presidente. — E modificou o restante de suas lembranças. Ele teve cinquenta e três anos para mexer nessas anotações, editando-as como queria. Não temos ideia do que aconteceu naquela convenção. Sabemos apenas o que Madison quis que soubéssemos. Agora descobrimos que ele escondeu esse trecho.

— Então a secessão poderia ser legal? — perguntou Katie.

— Você é a especialista — disse Daniels.

— O que estamos lendo aqui está datado de 15 de setembro de 1787. A convenção havia terminado. A sessão final ocorreu no dia 17, com a assinatura do documento. Eles tiveram essa conversa no fim, provavelmente para atenuar o medo de que seus estados não ratificassem a Constituição. Os estados eram entidades importantes para os delegados. Talvez as mais importantes, ainda mais do que o povo. Era assim que esses homens pensavam. Isso só mudou em 1861, com Lincoln.

— Então você leu o discurso dele na primeira posse? — perguntou o presidente.

— Claro. Para Lincoln, os estados nunca foram soberanos. Ele afirmou que quem os havia criado fora o Congresso Continental, não o povo, então não tinham importância. Lincoln acreditava que, uma vez feito, qualquer contrato constitucional entre os estados era irrevogável.

— Ele tinha razão?

— Jefferson e Madison diriam que não.

Stephanie sorriu. Essa jovem sabia das coisas.

— Segundo a teoria dos dois, os estados já existiam muito antes de 1787, e o Congresso Nacional nada tinha a ver com eles. E, a propósito, isso está certo. A Constituição é claramente um pacto entre estados soberanos. Cada um, ao ratificá-la, delegava certos poderes ao governo federal, como seu agente. Os demais poderes estavam reservados ao povo *e* aos estados. A Nona e a Décima Emendas deixam isso bem claro. Sob esse ponto de vista, a secessão não apenas seria legal, como também sagrada.

O presidente apontou para o diário.

— E o que os Pais Fundadores têm a dizer sobre isso?

Sr. L. MARTIN sustentou que o governo geral deveria ser formado para os estados, não para indivíduos. Seria inútil propor qualquer plano ofensivo aos governantes dos estados, cuja influência sobre o povo certamente evitaria sua adoção.

Esse discurso foi proferido com muita prolixidade e considerável veemência, assim acompanhado por outros.

Sr. WILLIAMSON achou que toda verdade política podia ter como base uma demonstração matemática de que, se os estados fossem igualmente soberanos agora, continuariam a ser igualmente soberanos no futuro.

Sr. SHERMAN. A questão não se trata de que direitos pertencem naturalmente aos homens; mas de como poderão ser igual e efetivamente protegidos na sociedade. E se alguns oferecem mais do que outros para alcançar esse fim, não deve haver espaço para reclamação. Agir de outro modo, requerer uma concessão igual de todos, isso representaria arriscar o direito de alguns, sacrificando o fim em favor dos meios. O homem rico que entra em uma sociedade junto com um homem pobre abdica de mais do que abdica o pobre, mas, com um voto igualitário, ele está igualmente seguro. Se ele tivesse mais votos do que o pobre em proporção à sua maior participação, os direitos do pobre imediatamente deixariam de estar assegurados. Essa consideração prevalecia quando os Artigos da Confederação foram formados e deveriam prevalecer agora. A melhor proteção contra a tirania é o direito de escapá-la. Não deveria haver necessidade de outra revolução. Não deveria ser derramado mais sangue. Se um estado quiser se libertar dessa associação, deveria estar livre para se retirar.

Cel. MASON observa que, se os estados soubessem que a nova associação poderia ser dissolvida tão facilmente, isso poderia ser, ao mesmo tempo, bom e ruim. Como no matrimônio, deve haver um elemento de perpetuidade para que uma união política tenha sucesso, ou uma das partes da união poderia preferir a retirada à diligência e ao compromisso. Ele concordava que um estado devia ter o direito de se retirar, mas isso deveria ser amenizado com a constatação do trabalho árduo dos últimos meses e do grande plano que fora concebido. A Constituição devia ter uma probabilidade de sucesso igual ou maior do que a de fracasso.

Sr. MADISON propôs uma solução. Um documento, assinado por todos que apoiavam a nova Constituição, que provesse que os estados tinham, perpetuamente, o direito de se retirar da União. Ele instou que isso constasse em um texto em separado, uma vez que, se tal provimento fosse expressamente incorporado, a ratificação do documento principal como um todo seria improvável. Que sentido haveria em estabelecer uma associação que se pudesse dissolver tão facilmente? Além disso, uma vez formada, se os estados soubessem que podiam retirar-se com tamanha facilidade, a força de tal união seria no mínimo debilitada. Então, um acordo em separado seria feito privadamente como clara demonstração da crença dos delegados de que os estados continuariam a ser soberanos em todos os aspectos. O documento seria entregue ao general Washington para que o guardasse e utilizasse como achasse apropriado. A intenção era que sua existência não precisaria ser revelada a menos que fosse necessário, a fim de reafirmar sua ratificação por um estado, ou sancionar a retirada de um estado da associação. No todo, ele expressava um desejo de que todo membro da Convenção que ainda tivesse objeções poderia, assim como ele, e naquela data, duvidar um pouco de sua própria infalibilidade e apor seu nome ao instrumento.

Sr. MADISON cuidou então que o documento fosse redigido e assinado, e recebesse depois, como epígrafe, o seguinte: "Concluída em Convenção com o consentimento unânime dos estados presentes em 15 de set. — Em testemunho do que subscrevemos abaixo nossos nomes".

# Capítulo 47

SALZBURGO

SALAZAR ESTAVA NO VESTÍBULO DE SUA SUÍTE, um andar acima de onde Cassiopeia o esperava. Continuava chocado com a revelação do anjo de que era Joseph Smith. A honra que lhe fora concedida era um encargo dos mais pesados. Com o tempo, ele passara a confiar totalmente no emissário, mas, agora, era glorioso saber que o próprio profeta Smith lhe transmitia mensagens. Ficara quase uma hora rezando depois que a visão partira, antes de adormecer, conseguindo ter suas costumeiras quatro horas de descanso. Ele se perguntara o que aconteceria em seguida, e a ligação do presbítero Rowan que acabara de atender parecia ser a resposta àquela pergunta.

— Muita coisa aconteceu aqui — disse Rowan.

Salazar ouviu seu superior discorrer sobre o que havia encontrado na véspera, na Biblioteca do Congresso.

— Foi incrível — disse Rowan. — O próprio Lincoln deixou o mapa lá. Tudo que suspeitávamos sobre o profeta Brigham agora foi confirmado. Estou convencido de que aquilo que estamos procurando ainda existe.

Ele podia perceber a animação, o que era raro no senador.

— O mapa é idêntico ao que Young deixou na pedra fundamental — afirmou Rowan. — Exceto pelo fato de que o de Lincoln tem inscrições — à exceção da última, que está faltando. Suspeito que a referência a Romanos 13, 11 preencheria as lacunas.

Salazar conhecia a passagem.

*E isto digo, conhecendo o tempo, que já é hora de despertarmos do sono; porque a nossa salvação está agora mais perto de nós do que acreditávamos.*

— Alguma ideia? — perguntou Rowan.
— A passagem fala de tempo e salvação.

Salazar foi até seu laptop e digitou LINCOLN e ROMANOS em seu aplicativo de busca. Nada de relevante apareceu nas primeiras páginas.

Ele sabia que Romanos 13, 11 ensinava que a jornada em busca da salvação estava chegando ao fim. Era chegada a hora de se preparar. A noite vai adiantada, e o dia vem chegando. Tempo de se livrar das obras pecaminosas das trevas.

Tentou LINCOLN e TEMPO.

Mais referências a sites sem importância, até que chegou à quarta página do aplicativo de busca e notou um título. SEGREDO DO RELÓGIO DE LINCOLN REVELADO. Clicou no link e descobriu que, por cento e cinquenta anos, havia circulado uma história sobre uma espécie de mensagem oculta dentro do relógio de bolso de Lincoln. O objeto agora era parte da coleção do Museu Nacional de História Americana Smithsonian. Em resposta aos boatos, alguns anos atrás os curadores permitiram que o relógio fosse aberto, e uma mensagem foi encontrada: 13 DE ABRIL — 1861. FORT SUMTER FOI ATACADO PELOS REBELDES NA DATA ACIMA. J. DILLON. GRAÇAS A DEUS TEMOS UM GOVERNO.

Parece que o relojoeiro trabalhava na Pennsylvania Avenue, e era o único simpatizante da União na loja. Estava consertando o relógio de bolso de ouro de Lincoln em 12 de abril de 1861, dia em que foi disparado o primeiro tiro em Fort Sumter. Contrariado, ele rabiscou a mensagem de esperança dentro do aparelho. Durante os séculos XVIII e XIX, relojoeiros profissionais tinham o hábito de registrar seu trabalho dentro dos relógios, mas essas mensagens geralmente só eram vistas por outros artífices. Ninguém sabia se Lincoln tinha conhecimento do texto. O presidente comprara o relógio na década de 1850, supostamente o primeiro que ele possuíra.

Salazar continuou a ler no site que o relógio chegara ao museu como uma doação do bisneto de Lincoln. Mas o que vinha no final do artigo lhe chamou atenção.

> O relógio foi feito em Liverpool, mas seu fabricante é desconhecido. Algumas fontes relatam que o aparelho nunca funcionou bem. O que não é de surpreender, dado que, quando foi aberto, o terceiro e o quarto rolamentos de rubi estavam faltando. Lincoln também tinha e usava um Waltham modelo "Wm. Ellery", tamanho 18, com onze rubis, corda acionada por chave, com tampa de prata. Esse relógio também foi doado ao museu, onde faz parte de sua coleção de História Americana.

Ele contou ao presbítero Rowan o que havia descoberto.

— Um relógio de ouro de qualidade era símbolo de sucesso na época de Lincoln — disse o senador. — Tanto meu avô quanto meu pai tinham um. Lincoln, um advogado em ascensão em Illinois, também teria um.

Salazar procurou imagens de Lincoln, algumas das primeiras fotografias tiradas no mundo, e notou que, na maioria delas, via-se uma corrente de relógio. Depois procurou o segundo relógio, e descobriu que ele nunca tinha sido aberto, e atualmente fazia parte de uma exposição itinerante sobre o presidente.

Exposição que, no momento, estava em Des Moines, Iowa.

— Você acha que talvez haja uma mensagem dentro desse relógio também? — perguntou Rowan.

— Lincoln escolheu essa passagem bíblica com cuidado. Há diversas referências ao tempo em Romanos 13, 11. Sobre a salvação estar próxima. E ele devia usar seu relógio todo dia.

— Brigham Young escreveu em sua mensagem — disse Rowan — que Lincoln mantinha a parte mais importante de seu segredo bem perto de si, todos os dias. Dois dias atrás, eu diria que tudo isso não passava de bobagem. Agora, isso mudou. Parece que tanto o irmão Brigham quanto o Sr. Lincoln gostavam de seus mistérios. Você poderia ir a Iowa e verificar por si mesmo?

— Isso pode exigir que o relógio seja roubado.

— Normalmente, eu me oporia a isso, mas estamos chegando a uma conjuntura crítica, e precisamos de respostas. Faça o que for necessário. Mas aja com muita cautela.

Salazar entendeu.

— Se isso não levar a nada — completou Rowan —, podemos nos encontrar em Salt Lake e decidir o que fazer em seguida.

Ele fez um relato resumido do que havia acontecido na noite anterior, contando apenas que descobrira que os americanos estavam focados exatamente naquilo que os dois estavam buscando.

— Embora eu ainda não tenha certeza de quanto eles sabem — concluiu Salazar.

— Acho que posso descobrir isso — disse Rowan. — Não é mais necessário que você se envolva com eles. Consegue vir sem ser notado?

— Estarei no avião dentro de duas horas.

CASSIOPEIA ESTAVA SENTADA, em silêncio. O que aconteceria agora? Como as coisas poderiam piorar? Uma batida suave a fez voltar à realidade. Ela abriu a porta para Josepe e convidou-o a entrar.

— Nós temos de partir — disse ele.

Ela percebeu o *nós*.

— Preciso ir para os Estados Unidos. Iowa.

Cassiopeia nunca visitara esse estado americano.

— Por quê?

— O projeto com o presbítero Rowan, do qual lhe falei. Há um artefato que tenho de examinar. — Josepe hesitou. — Talvez seja necessário roubar o objeto, só temporariamente, para que se torne possível examiná-lo.

— Posso dar conta disso.

O espanhol pareceu ficar surpreso com sua cumplicidade.

— Roubar é um pecado — alertou ele.

— Você disse que só o pegaria emprestado por pouco tempo. Suponho que o objeto será devolvido?

Ele assentiu.

— Então não é roubo.

— O presbítero Rowan diz que isso é necessário. A missão é de extrema importância. Como você viu, os americanos estão tentando nos deter. Por isso temos de partir o mais rápido possível, discretamente.

Cassiopeia pensou em Cotton. Ele não iria desistir. E em Stephanie. A mulher também não recuaria.

— Eu lhe contarei mais durante o voo — disse ele. — Prometo. É outra Grande Caminhada. Talvez a maior jornada que os santos jamais fizeram. Isso é mais emocionante do que você possa imaginar.

A primeira Grande Caminhada havia começado em 1847. Carroças, carrinhos de mão e, para muitos, as próprias pernas foram usados para fazer a viagem de mais de 1.600 quilômetros em direção a oeste. A rota ao longo da margem norte do rio Platte, sobre o Divisor Continental, através do vale do rio Sweetwater, depois entrando na bacia de Salt Lake, ficou conhecida como a Trilha Mórmon. Seu pai falava frequentemente sobre ela, sempre com reverência. De 1847 a 1869, setenta mil fiéis tinham feito a jornada, cada um deles considerado um pioneiro.

Salazar tomou delicadamente a mão de Cassiopeia.

— Nós também somos pioneiros. Mas de um jeito novo e emocionante. Vou lhe contar tudo no caminho.

Ele a puxou para seus braços, e os dois se beijaram.

Cassiopeia sentiu a intensidade dele.

— Eu amo você — disse Josepe.

Seus olhos confirmavam suas palavras.

— Desde que éramos jovens — continuou. — Nossa separação partiu meu coração. Mas respeitei sua decisão. Devo confessar uma coisa. Tenho uma fotografia de nós dois em minha casa na Espanha. Eu a encontrei alguns anos atrás, depois que minha esposa morreu. Quando meu coração estava triste e vazio, o retrato me trazia alegria.

Por que todo homem que se interessava por ela era cheio de problemas? Tudo tinha começado com Josepe e sua religião, e depois continuado com uma série de pretendentes, todos maravilhosos em algum aspecto, horríveis em outro. Agora, parecia que se fechava o ciclo. De volta ao começo. Parte dela gostava daquele homem, mas a outra parte sentia repulsa. E não estava certa de qual seria o lado que iria prevalecer.

Mas tinha de descobrir.

— Dessa vez, não vou forçar uma escolha — disse Josepe. — Você poderá decidir por si mesma e em seu próprio tempo. Aprendi essa lição há muitos anos.

Cassiopeia sentia-se grata por isso em vários aspectos.

— Obrigada.

— Preciso da sua ajuda — disse ele.

— Significa muito o fato de você confiar em mim o bastante para me incluir. Não vou decepcioná-lo.

Josepe sorriu.

— Você nunca me decepcionou.

# Capítulo 48

SALZBURGO

MALONE ESTAVA MAIS DE CENTO E VINTE METROS acima de Salzburgo, no topo da escarpada montanha coberta de pinheiros conhecida como Mönchsberg. O ar estava frio, e sua respiração exalava em colunas brancas. O vulto maciço e cinzento do Hohensalzburg erguia-se à sua direita, o museu de arte moderna local, em sua vestimenta minimalista de mármore branco, à sua esquerda. Além do museu, ficava o Mönchstein — que fora um castelo, e era agora um hotel de luxo. Raios do sol da manhã reluziam nas janelas em brilhos vermelhos, dourados e amarelos. Ele conhecia aquele monte rochoso, feito de cascalhos esmagados e acumulado durante eras, passível de desmoronar em avalanches. Uma delas, no século XVII, matara algumas centenas de habitantes da cidade enquanto dormiam. Atualmente, havia inspetores para assegurar que a superfície do penhasco não corria risco e, enquanto subia, avistara esses montanhistas fazendo seu trabalho.

Malone acordara cedo e deixara o hotel, aproximando-se do Goldener Hirsch com cautela. Bem acima, entre as árvores no platô do Mönschsberg, avistou um homem de vigia. Primeiro, pensara que era simplesmente mais um madrugador, mas, quando vira que a minúscula figura nunca se movia de seu poleiro, decidira que um dos danitas tinha resolvido aproveitar aquele terreno elevado.

O Goldener Hirsch estava bem abaixo, a entrada do restaurante visível, assim como uma rua movimentada, carros em seu percurso sinuoso rodeando a cidade velha, que era exclusiva para pedestres. Malone presumira que o outro danita estava vigiando a segunda entrada do hotel, na Getreidegasse.

Altas tílias e nogueiras formavam uma cobertura acima dele e projetavam sua sombra. Malone tinha subido até lá usando o mesmo caminho da noite anterior, rodeando a fortaleza e caminhando quinhentos metros no topo da escarpa. Abaixo dele, cortado na rocha, estava o Sigmundstor, um túnel com cento e vinte metros de comprimento, com elaborados portais barrocos em ambas as extremidades. Carros passavam velozmente pela entrada desse lado do Mönchsberg, parando ocasionalmente no sinal de trânsito em frente ao Goldener Hirsch.

Em torno de Malone, havia um parque bem-cuidado, com árvores, relva e arbustos. Ele agora estava a menos de cinquenta metros do danita, perto da beira o bastante para ver o que se passava embaixo. Os acontecimentos da véspera certamente haviam assustado Salazar, então parecia que o espanhol não estava mais disposto a correr riscos, deixando seus homens preparados para qualquer eventualidade. Malone ainda não fazia ideia do que estava acontecendo, mas nada disso importava mais.

O problema era Cassiopeia.

Sua visita não lhe saía da cabeça.

Ela havia mudado.

A última vez que estiveram juntos, três semanas atrás, tinha sido muito diferente. Haviam passado o fim de semana em Avignon, curtindo a antiga cidade, jantando nos cafés que se enfileiravam em suas ruas calçadas de pedras. Hospedaram-se em uma pousada pitoresca, com uma varanda de ferro que oferecia uma vista espetacular do antigo palácio papal. Tudo tinha sido maravilhoso. Assim como nas outras ocasiões que passaram juntos, salvo as crises ocasionais.

Quem sabe era esse o problema?

Crises demais.

Isso era fácil de entender. Assim como ele, Cassiopeia parecia adorar uma aventura.

Mas a que preço?

Ele se escondeu atrás do tronco de uma castanheira maciça, enquanto a atenção do danita se mantinha no mundo lá embaixo. Malone também deu uma olhada na cidade, que se preparava para mais um dia movimentado. Salzburgo era uma terra de caminhantes, cada um deles parecendo ter pouco tempo a perder.

Uma sirene soou a distância.

Malone divisou a passarela que levava da cidade antiga para a nova, cruzando o rio. Sabia o que adornava sua balaustrada. Pequenos cadeados, de todos os formatos e tamanhos, presos firmemente à guarda de metal. Em cada um, estava gravada alguma expressão de afeição, traduzindo o significado da união entre duas pessoas. Comumente, eram iniciais unidas *e* cercadas por corações. Símbolos de amor, centenas deles. Uma tradição local. Como o costume das pessoas do sul de gravar corações em troncos de árvores.

Ele nunca havia entendido esse sentimento — até recentemente.

Sentia uma estranha ansiedade, mesclada com um toque de raiva. Estava contente por estar sozinho, já que seu estado de espírito não era dos mais comunicativos. O silêncio o envolvia, era bem-vindo. Ele gostava de pensar que não era cínico. Apenas pragmático.

Mas talvez fosse só um tolo.

Malone enfiou as mãos nos bolsos do paletó.

Lá embaixo, viu Cassiopeia sair do hotel.

Depois Salazar.

Atrás deles, dois funcionários carregavam suas malas.

Um carro surgiu na rua e estacionou diante do hotel.

Ambos entraram.

Malone ouviu o ronco de um motor nas proximidades e avistou um Audi claro serpenteando pelo caminho pavimentado que cruzava o bosque. Era possível chegar de carro até o topo a partir do outro lado da elevação, o que dava para os bairros lestes de Salzburgo. Ele usou a árvore como cobertura e viu o danita deixar seu posto e começar a correr.

O jovem entrou no veículo, que rapidamente partiu.

Parecia que todos estavam indo embora.

Nenhuma surpresa.

E era por isso que sua mala estava arrumada no hotel.

STEPHANIE AGUARDAVA ENQUANTO Danny Daniels digeria o que Katie acabara de ler. O significado daquilo estava além de qualquer discussão. Os Pais Fundadores haviam concebido expressamente a maneira de um estado se retirar da União se assim quisesse. Mas foram espertos o suficiente para não incluir o enunciado na Constituição. Em vez disso, fizeram um acordo em separado, que poderia ser usado, se necessário, para atenuar qualquer apreensão que um estado signatário pudesse ter de perder sua soberania.

O que dissera a Suprema Corte em *Texas versus White*?

*É, portanto, nossa conclusão que o Texas continua a ser um estado, e um estado da União, não obstante as transações às quais nos referimos. E essa conclusão, a nosso ver, não está em conflito com qualquer ato ou declaração de qualquer departamento do governo nacional.*

Mas estava.

Ela conflitava diretamente com os próprios fundadores.

— Toda a convenção foi mantida em segredo — afirmou o presidente. — Eles mudaram tudo a portas fechadas, agindo contra todos os motivos para se terem reunido. Isso já era ruim o bastante e, então, fazem uma coisa dessas.

— A Guerra Civil foi travada por nada — disse Katie. — Todos aqueles homens morreram por nada.

— Como assim? — perguntou Luke.

— É bem simples — disse Daniels. — Lincoln decidiu que a União era eterna. Ninguém poderia deixá-la. Não haveria discussão nem debate. Ele próprio tomou essa decisão. Depois, declarou uma guerra para prová-la. Mas adivinhe só. Na verdade, você pode deixá-la. A União não é eterna. O que faz sentido. Nunca acreditei que os fundadores tivessem forjado algo que nunca pudesse ser dissolvido. Eles tinham acabado de lutar contra o totalitarismo. Por que iriam criar outra versão disso?

Stephanie fez a pergunta que sabia estar passando pela mente de Danny.

— Lincoln sabia disso?

— Parece que Mary Todd achava que sim.

E ela concordou, lembrando-se da carta da primeira-dama a Ulysses Grant.

*Sua angústia durante a guerra foi séria e profunda. Sempre pensei que era consequência de ser o comandante em chefe, mas, uma vez, ele me disse que era por causa da mensagem.*

— Mas, mesmo assim, ele travou a guerra — disse Stephanie.

Daniels deu de ombros.

— Que opção ele tinha? Era isso ou acabar com a droga do país.

— Ele devia ter deixado o povo escolher.

— Este diário é inútil — disse Katie.

Daniels concordou.

— Isso mesmo. É um ponto de partida, mostra uma intenção, mas não é suficiente para quem quiser provar a questão. Para demonstrar sem sombra de dúvida que a secessão é legal, é preciso ter o documento que eles assinaram.

Os olhos do presidente diziam o que Stephanie estava pensando.

*E ele foi enviado a Brigham Young.*

Stephanie olhou para Luke.

— E você vai ter de encontrá-lo.

— E onde vou procurar?

Seu telefone vibrou.

Ela checou a tela.

— Tenho de atender. É Cotton.

Ela se levantou para sair.

— Leve a moça com você — disse o presidente, apontando para Katie. — Quero conversar com meu sobrinho a sós.

MALONE SEGURAVA O IPHONE em uma das mãos e apoiava a outra na parede de um prédio. Havia descido do Mönchsberg, voltado ao hotel e tomado um táxi para o aeroporto de Salzburgo. Tinha certeza absoluta de que Salazar partiria naquele dia. O que não estava claro, no entanto, era seu próprio destino.

— Cassiopeia e Salazar foram embora — disse a Stephanie.

— Ela não fez contato comigo.

— Ela está furiosa. Imagino que resolveu sumir de cena.

Malone relatou o que acontecera em sua visita.

— Eu menti para Cassiopeia — disse Stephanie. — Não lhe contei sobre você.

— E ela claramente não gostou nem um pouco disso.

— Não tenho tempo para me preocupar com os sentimentos dos outros. Temos uma situação crítica aqui, e precisamos da ajuda dela.

— Cassiopeia não dá a mínima para sua situação crítica. Só quer saber de si mesma e de seu querido Josepe. Pelo menos é isso que parece. Ela conseguiu se aproximar dele. Fez um bom trabalho nesse ponto, admito. Mas não estou certo de que saiba o que fazer agora que chegou lá. Ela está confusa.

— Cotton, ela não pode ficar por conta própria. Preciso de uma equipe que trabalhe junto.

— Estou pensando em ir para casa. — E estava mesmo. Aquela guerra não era sua, e seria melhor dar o fora. — Salazar praticamente admitiu para mim que matou seu homem. Não acho que Cassiopeia tenha ouvido isso. Se ouviu, então está bem mais do que confusa. Acho que ela não sabe onde se meteu. Não quer acreditar que o cara é doido. E não quer que eu me meta. De jeito nenhum.

— Para onde Salazar está indo?

Stephanie o conhecia bem demais, sabia que ele não teria ligado antes de descobrir a resposta a todas as suas perguntas. Mais cedo, Malone tinha exibido seu distintivo no terminal e obtido o plano de voo.

— Des Moines, Iowa.

— O quê?

— Foi a minha reação também. Não é um destino muito comum.

— Preciso que você permaneça no caso — disse ela.

Ele não queria ouvir aquele pedido.

— Salazar me disse que isso tem a ver com algo chamado de a Profecia do Cavalo Branco. Você tem de descobrir o que é.

— Por que tenho a sensação de que você já descobriu?

Malone ignorou essa observação e perguntou:

— Onde está o moleque?

— Vou mandá-lo para Iowa assim que acabarmos nossa conversa.

— Eu devia ir para casa.

— Foi um erro envolver amadores. Acreditei, com base no passado, que Cassiopeia poderia dar conta. Na verdade, era a única pessoa que poderia fazer isso naquele momento. Mas as coisas mudaram. Salazar é perigoso. E, como você disse, ela não está pensando com clareza.

— Stephanie, chega uma hora em que você tem de deixar as coisas serem como são. Cassiopeia quer cuidar disso do jeito dela. Deixe que faça isso.

— Não posso, Cotton.

A voz dela tinha se elevado. O que não era comum.

Malone passara a noite inteira refletindo sobre a decisão. Tinha caminhado até o topo do Mönchsberg para descarregar suas frustrações em um dos danitas. O plano era arrancar do jovem toda informação de que precisasse. Mas a partida abrupta de Salazar havia reprimido aquele impulso. Seria fácil pegar um voo para Copenhague e ir vender livros, esperando para ver se Cassiopeia Vitt algum dia voltaria a falar com ele.

Ou poderia continuar envolvido — e mandar todas as vontades dela para o inferno.

— Preciso de uma carona para Iowa.

— Não saia daí — disse ela. — Tem uma a caminho.

# Parte 4

## Capítulo 49

WASHINGTON, D.C.

LUKE ESTAVA SENTADO EM SILÊNCIO, esperando que seu tio tomasse a iniciativa.

— Como você está? — perguntou o presidente.

— Isso é o melhor que você tem a dizer?

— Converso bastante com sua mãe. Ela diz que está tudo bem com ela. Isso sempre me deixa feliz.

— Por algum motivo, ela gosta de você — disse Luke. — Nunca consegui imaginar por quê.

— Talvez seja porque você não sabe tudo sobre tudo.

— Sei que meu pai achava que você era um idiota, que, aliás, também é a minha opinião.

— Está criando caso demais com um homem que pode demiti-lo quando bem entender.

— Como se eu desse a mínima para o que você faz.

— Você é tão parecido com ele que dá medo. Seus irmãos são mais como sua mãe. Mas você... — O tio lhe apontou um dedo. — Você é a cópia dele.

— Essa foi a coisa mais gentil que já ouvi você dizer.

— Não sou tão ruim quanto você pensa.

— Nunca penso em você.

— Todo esse ressentimento é por causa de Mary?

Nunca haviam tido essa conversa. A única filha de Danny, Mary, sua prima, morrera em um incêndio na casa quando era pequena, o pai impotente para fazer qualquer coisa, ouvindo-a implorar para que a salvassem. O fogo havia começado com um cinzeiro onde Danny tinha deixado um charuto. A tia de Luke, Pauline, pedira repetidas vezes a seu marido que não fumasse dentro de casa, mas Danny, sendo Danny, a ignorava e fazia o que queria. Mary fora enterrada no jazigo da família, entre os altos pinheiros do Tennessee. No dia seguinte ao funeral, Danny comparecera a uma reunião do conselho municipal como se nada tivesse acontecido. Ele seguira com sua carreira, tornando-se prefeito, senador pelo estado, governador e, finalmente, presidente.

— *Ele nunca foi visitar o túmulo da criança* — dissera muitas vezes o pai de Luke.

Tia Pauline jamais perdoara o marido e, depois disso, seu casamento passara a ser apenas uma encenação. O pai de Luke também não perdoara o irmão. Não pelo charuto, e certamente não por sua óbvia indiferença.

— Você fez um bom trabalho esta noite — disse-lhe Danny. — Queria que soubesse que confio em você.

— Poxa, agora vou dormir melhor.

— Você é mesmo um sabichão.

O tom de voz do tio subira alguns decibéis, o rosto franzido.

— Talvez *essa parte* eu tenha herdado de você.

— Ao contrário do que você possa pensar, eu amava seu pai, e ele me amava. Éramos irmãos.

— Meu pai achava que você era um babaca.

— Eu era.

Essa admissão o pegou de surpresa. Como aquela estava se tornando uma noite de confissões, Luke quis saber mais.

— Por que minha mãe gosta tanto de você?
— Eu a namorei primeiro.
Ele nunca soubera disso.
— Fui trocado pelo seu pai. — Danny riu. — Ela sempre achou graça nisso. E, para lhe dizer a verdade, eu também. Sua mãe era boa demais para mim.

Luke concordava, mas, dessa vez, manteve a boca fechada.

— Lamento o que aconteceu entre mim e seu pai. Lamento o que aconteceu em minha vida, de modo geral. Perdi a minha filha. — O tio fez uma pausa. — Mas acho que já é tempo de meus sobrinhos pararem de me odiar.

— Você falou com meus irmãos?
— Não. Estou começando por você.
— Já visitou o túmulo de Mary?

O tio o encarou.

— Ainda não.
— E você não acha isso estranho?

A tensão dominava a sala.

— Nós perdemos tudo naquele incêndio — disse Danny, a voz agora baixa e distante. — Todas as fotos. Todas as lembranças. Queimadas até virar cinzas.

— E você agiu como se nada tivesse acontecido.

Por um momento, o silêncio reinou entre ambos. E então Danny continuou:

— Tudo o que me restou foi a lembrança que tenho dela em minha memória.

Luke não soube o que dizer.

Os olhos do presidente estavam brilhando.

Nunca tinha visto qualquer emoção naquele homem.

Danny enfiou a mão no bolso da calça, tirou um envelope dobrado e o entregou ao sobrinho. Na frente, escritas em tinta azul, liam-se as palavras PARA MEUS FILHOS.

Na caligrafia do pai de Luke.

Danny pareceu recobrar o controle e se levantou.

— Ele me deu isso pouco antes de morrer e me pediu que o entregasse a seus meninos. No momento que eu considerasse apropriado.

O presidente foi até a porta.

Luke ficou observando a retirada daquele grande homem, a porta se abrir e depois se fechar.

Olhou para o envelope dobrado.

O que estava dentro dele, o que quer que fosse, tinha sido escrito pelo menos treze anos atrás. Seu primeiro pensamento foi que deveria ser lido com seus irmãos presentes, mas não seria capaz de esperar tanto assim. O tio sabia que ele estaria ali naquela noite e, aparentemente, concluíra que aquele era o momento certo para a entrega.

Luke desfez as dobras, alisou o envelope e rompeu o lacre. Dentro, havia uma única folha de papel, escrita à mão por seu pai.

Ele respirou fundo e leu.

*Para que o fim seja pacífico e possamos nos focar apenas em nossas despedidas, decidi dizer isso de minha sepultura. Durante quase toda a minha vida, meu irmão e eu estivemos em desacordo. Não era somente a idade que nos separava, mas muitas outras coisas também. Nunca fomos realmente unidos, como irmãos deveriam ser. O que aconteceu com Mary e minha reação ao sofrimento de Danny, tudo isso causou uma série de problemas para nossa família. Seu tio pode ser duro. Às vezes, até mesmo cruel. Mas isso não significa que não é capaz de ter sentimentos. Todos nós lidamos com o luto de maneiras diferentes. A dele foi ignorá-lo. Meu erro foi não lhe ter permitido ser ele mesmo. Quero que todos vocês saibam que eu e Danny fizemos as pazes. Ele sabe da minha doença, e, juntos, choramos pelas trapalhadas que fizemos. Quero que saibam que ele é meu irmão, que o amo e quero que meus filhos o amem também. Danny não tem filhos e nunca terá. A perda terrível que sofreu é algo que nunca serei capaz de realmente entender. Mas o que aconteceu foi um acidente. Eu estava errado ao pensar diferente. Ambos lamentamos a maneira como agimos e perdoamos um ao outro completamente, como irmãos devem fazer. Ele me disse que não há um só instante em que não pense em Mary. Essa dor jamais o deixará. Então, meus filhos, não vamos lhe causar mais sofrimento. Sejam bons com seu tio. Ele precisa de vocês, embora provavelmente nunca vá admiti-lo. Assim, façam isso por mim.*

Lágrimas rolavam de seus olhos.
Seu pai tinha razão.
O mundo nada sabia do sofrimento de Danny. Ele sempre mantivera sua dor em segredo. Luke acreditava, por algum motivo, que Stephanie talvez soubesse de alguma coisa, mas os dois nunca haviam conversado sobre o assunto.
Danny enfrentara algumas coisas muito difíceis.
E todos nós *realmente* lidamos com a dor de maneiras diferentes.
Luke se sentia um verdadeiro idiota.
Ou, para ser mais preciso, como um filho repreendido pelo pai.
— Eu atendi ao seu pedido — sussurrou para a página em sua mão. — Fiz algo da minha vida. Como você queria.
As lágrimas agora escorriam livremente.
Fazia muito tempo que não chorava.
Ele segurava a carta com firmeza, sabendo que seu pai havia tocado aquele papel. Era a última conexão física que eles tinham. Mas deu-se conta do que seu pai queria dizer. Ainda havia outro Daniels vivo, com quem todos eles tinham uma conexão.
Um mal-entendido os mantivera afastados.
Mas isso teria de terminar.
Filhos devem obediência a seus pais.
— Farei o que você queria — murmurou Luke. — Prometo. Todos nós faremos exatamente o que você queria.

## Capítulo 50

7:30

ROWAN DESCEU DO TÁXI no número 9.900 da Stoneybook Drive e pagou a corrida ao motorista. Quatro colegas esperavam por ele, cada qual representando um dos distritos congressionais do estado de Utah. Ele era o quinto representante, no Senado. O sexto congressista, seu colega senador, não participava do plano, pois sua eleição, seis anos atrás, fora um acaso infeliz. Todos os cinco eram santos, e Rowan era o membro sênior tanto da delegação quanto da igreja. Vestia um sobretudo abotoado, mas o ar frio da manhã era mais revigorante do que desconfortável. Convocara a reunião por um e-mail enviado de madrugada, depois de voltar da Biblioteca do Congresso.

O grupo se encontrou diante do templo de Washington, D.C., um edifício alto, revestido de mármore branco do Alabama, encimado por seis pináculos dourados. Estava situado dezesseis quilômetros ao norte do Capitólio. Seus formato e tamanho peculiares, no centro de cinquenta e dois acres de floresta, tornaram-se ponto de referência no anel viário da capital, facilmente avistado do ar, no meio da zona rural de Maryland, sempre que o senador chegava ou saía de avião do Reagan National.

Todos se cumprimentaram e seguiram até a fonte, do lado que adornava a entrada principal. Rowan escolhera o local por saber que não haveria ninguém ali tão cedo em uma manhã de sexta-feira. O prédio propriamente dito estava trancado. Não tinha problema. Eles conversariam do lado de fora, com a casa do Senhor à vista, para que todos os profetas pudessem ouvir. Tanto a Câmara quanto o Senado teriam sessões naquele dia, mas a chamada só aconteceria dali a duas horas.

— Estamos quase lá — começou ele, controlando a empolgação. — Finalmente está acontecendo. Preciso saber se estamos preparados em Salt Lake.

— Já verifiquei — disse o representante do quarto distrito. — Os números não mudaram. Temos noventa e cinco dos cento e quatro votos, entre a Câmara Estadual e o Senado, firmemente a favor da secessão.

O que estava prestes a acontecer precisava ser feito com exatidão. Utah seria o estado pioneiro, cujo objetivo era derrubar o precedente legal de *Texas versus White*. A batalha seria travada apenas na Suprema Corte dos Estados Unidos, e a última coisa de que Rowan precisava era que um detalhe arruinasse o ataque. Aquela luta dizia respeito a um estado querendo abandonar a União, e não de um voto aqui ou acolá ter sido obtido.

— E o governador? Ainda concorda?

— Totalmente — esclareceu o homem do segundo distrito. — Nós dois debatemos o assunto por um bom tempo. Ele também está farto disso tudo.

Rowan sabia o que isso significava. O reformismo não tinha funcionado. Eleições não ofereciam opções reais, e a ideia de um terceiro partido como alternativa não tinha qualquer possibilidade de êxito. Revolta? Revolução? O governo federal esmagaria uma ou outra. A única maneira possível de realizar uma mudança duradoura seria a secessão. Esse caminho representava o percurso mais direto para que um estado reconquistasse o controle sobre seu próprio destino. Não era uma reação violenta — apenas uma rejeição pacífica de políticas e práticas que se haviam demonstrado inaceitáveis — e, portanto, adequada ao modo de vida americano. Afinal, fora exatamente isso o que os Pais Fundadores tinham feito com a Inglaterra.

Ele elevou o olhar para o grande templo.

Havia quase 15 mil metros quadrados sob aquele telhado. Seis salas de ordenação. Quatorze salas para cerimônias de casamento. O exterior branco simbolizava pureza e iluminação. Algumas das pedras da fachada haviam sido lixadas até uma espessura de pouco mais de um centímetro, o que permitia que o brilho do sol passasse para o interior em certas horas do dia.

Rowan adorava aquele lugar.

— Um projeto de lei já está redigido, pronto para legislatura estadual — disse outro dos congressistas —, pedindo a retirada de Utah da União e um referendo imediato para que o povo de Utah confirme o ato. Haverá oposição, mas uma maioria esmagadora no Legislativo votará a favor.

E os termos seriam razoáveis.

O ato da secessão reconheceria a existência de propriedades federais no estado que teriam de ser ressarcidas, e as mais proeminentes eram as enormes propriedades de terra. Alguns cidadãos de Utah poderiam não querer fazer parte da nova nação, caso em que lhes seria dada permissão para partir, talvez mesmo oferecendo-se compensações por qualquer perda pessoal ou de propriedades que pudessem sofrer. O mesmo valeria para corporações e negócios, embora a nova nação de Deseret fosse lhes oferecer um ambiente muito mais amigável do que aquele que os Estados Unidos ofereciam. Provisões para o pagamento da parte de Utah na dívida nacional — até a data da secessão — também seriam detalhadas, mas isso teria como contrapartida um crédito referente à parte de Utah nos ativos nacionais remanescentes distribuídos entre os outros quarenta e nove estados.

Sua equipe tinha estudado essa proporção e descoberto que os ativos excediam a dívida, e que Utah poderia efetivamente ter direito a reivindicar esses bens, algo de que abririam mão, é claro, contanto que o governo federal retirasse a reivindicação sobre seus ativos em Utah. Para consolidar tudo isso, o referendo iria declarar, em termos inequívocos, o que o povo no estado de Utah realmente queria.

Secessão.

O processo transcorreria sem transtornos? Rowan duvidava disso, mas os santos sempre tinham sido bons em planejar, administrar e improvisar.

Eles cumpririam sua tarefa.

— É claro — disse um congressista — que Washington vai simplesmente ignorar a decisão e a votação. Vocês sabem bem disso. E é aí que começaremos a fazer pressão.

Aquela seria, sem dúvida, uma luta entre vontades políticas. Tinham feito pesquisas de opinião discretas em Utah, descobrindo que aproximadamente setenta por cento da população era favorável à secessão, percentual que não mudara no decorrer dos últimos cinco anos. Essa informação fora usada para, sem alarde, obter apoio do Legislativo, algo que havia sido surpreendentemente fácil de conseguir.

As pessoas estavam dispostas a seguir seu próprio caminho.

Mas ainda tinha o fato de que os Estados Unidos da América não iriam embora sem lutar.

— Nosso plano está pronto. Utah imediatamente negará todas as suas obrigações federais — disse um de seus colegas. — A execução de todas as leis e regulamentos federais será suspensa. Funcionários federais serão solicitados a partir. Nada do que Washington disser será obedecido. Nossa postura será de imobilidade. Após o voto popular pela secessão, todos nós sairemos do Congresso, abrindo mão de nossos cargos. Imagino que até mesmo nosso perdido irmão gentio no Senado se juntará a nós quando vir o apoio que temos em casa.

Rowan sorriu ao pensar nisso. Ele e seu colega senador se haviam falado muito pouco durante os últimos anos.

— É um ato ousado. Mas necessário. Enquanto tudo isso estiver acontecendo, vou pressionar a igreja para que nos dê apoio.

— Washington não ousaria enviar tropas — disse outro congressista. — Não podem arriscar que alguém se machuque. Seria um desastre de relações públicas de proporção internacional.

E a história funcionaria a seu favor.

No decurso de poucas semanas em 1989, Bulgária, Tchecoslováquia, Alemanha Oriental, Hungria e Polônia abandonaram seus regimes comunistas com pouca ou nenhuma violência. A União Soviética nunca chegara a invadi-las nem exercera pressão militar. Simplesmente as deixara ir. Apenas na Romênia, onde ambos os lados quiseram lutar, houvera derramamento de sangue. Os Estados Unidos dificilmente poderiam agir de outra maneira. Não teria sentido invadir Utah.

— Não — disse ele. — Eles vão recorrer aos tribunais.

E isso era exatamente o que Rowan queria.

Os Estados Unidos da América moveriam um processo contra o que ainda chamariam de o estado de Utah, buscando um instrumento declaratório e cautelar que impedisse o estado de executar qualquer parte de sua legislação separatista. O argumento seria que, segundo a jurisprudência de *Texas versus White*, Utah não tinha o direito constitucional de se separar. Uma vez que um estado fosse uma parte do processo, sob o Artigo III da Constituição, a Suprema Corte teria jurisdição original. Isso queria dizer que o caso precisaria ser julgado em semanas, se não em dias, considerando suas consequências. A última coisa que o governo federal desejaria era que houvesse tempo para que o sentimento separatista se disseminasse.

Mas ele iria se disseminar.

Texas, Havaí, Alasca, Vermont e Montana seguiriam rapidamente o caminho de Utah. O movimento seria nacional.

E Rowan adicionaria o ingrediente final.

Uma nova e surpreendente evidência.

O bastante para vencer tanto a batalha legal quanto a de relações públicas.

As palavras dos próprios fundadores.

— Os advogados estão prontos — afirmou. — Eu me encontrei com eles ontem. E estou chegando perto da peça final. É apenas uma questão de horas ou dias.

O que o tinha incentivado fora o pacote recebido pouco antes de deixar sua residência em Georgetown. Uma cópia das anotações escritas por James Madison, ocultas em Montpelier, encontradas na noite anterior por Stephanie Nelle, em que cada palavra confirmava o que ele sabia ser verdadeiro.

A secessão era legal.

Uma sentença em especial deixava isso bem claro.

*O documento seria entregue ao general Washington para que o guardasse e utilizasse como achasse apropriado. A intenção era que sua existência não precisaria ser revelada a menos que fosse necessário para reafirmar sua ratificação por um estado, ou para sancionar a retirada de um estado da associação.*

O que poderia ser mais claro do que isso?

Nelle havia prometido os originais quando tivesse por escrito a garantia de que o interesse de Rowan por seu departamento tinha cessado. Ele precisava daqueles originais, mas precisava ainda mais do documento que os fundadores haviam assinado naquele sábado de setembro de 1787. Felizmente, a resposta quanto à sua localização estava com a igreja, e não com o governo.

Rowan olhou mais uma vez para o templo magnífico, o primeiro construído pelos santos no litoral leste. O primeiro, depois do templo de Salt Lake, a ter seis pináculos. O mais alto em todo o mundo. Um dos cinco que mostravam o anjo Moroni segurando as placas douradas. Seus sete andares representavam os seis dias da criação e o dia do repouso, e lindos vitrais se estendiam em toda a altura de suas torres, vermelhos e alaranjados avançando ao encontro do divino. Tão apropriado, tão de acordo com o que estava prestes a acontecer.

— Nós vamos mudar nosso mundo — disse ele.

Os outros homens pareciam contentes de ouvir isso.

— Vamos realizar o que Joseph Smith e Brigham Young e todos os outros pioneiros não conseguiram fazer.

Ele fez uma pausa.

— Finalmente seremos independentes.

# Capítulo 51

SOBREVOANDO O OCEANO ATLÂNTICO

SALAZAR ACOMODOU-SE NO ASSENTO DE COURO e começou a saborear a refeição servida pelo serviço de *catering*. Uma mistura de cordeiro e legumes, que Cassiopeia havia requentado e servido aos dois na espaçosa cabine principal. De todos os seus bens, o Learjet era o favorito. Ele passava muito tempo indo de um lugar para outro, então era importante viajar de modo confortável.

— Eu lhe prometi uma explicação — disse ele.

Cassiopeia sorriu.

— Prometeu mesmo.

Seus dois funcionários estavam sentados atrás, perto da copa e dos banheiros, comendo seu almoço. Ele manteve a voz baixa, embora o barulho dos motores favorecesse a privacidade.

— É difícil saber por onde começar. Mas a melhor maneira de resumir é contando que pretendemos levar a cabo o estabelecimento de Zion. Vamos completar aquilo que Joseph Smith e Brigham Young começaram.

— A igreja é uma organização vital — disse ela. — Uma entidade de alcance mundial. Parece que a missão *está* cumprida.

— Não do modo como eles realmente idealizaram. Sempre fomos obrigados a nos conformar, a agir como todos os outros. Migramos para o vale de Salt Lake para viver de acordo com os profetas, seguindo o Livro de Mórmon, criando uma verdadeira Zion na terra. Mas isso nunca aconteceu.

— Realizar isso significaria ter um país próprio.

Salazar sorriu.

— E é exatamente isso o que pretendemos criar. Deseret, sediada em Salt Lake, abrangendo as fronteiras do ex-estado americano de Utah e outros territórios que queriam juntar-se a nós.

Salazar podia ver que Cassiopeia estava intrigada. Lembrou-se de quando ele próprio ouvira, pela primeira vez, o plano do presbítero Rowan. Seu coração enchera-se de alegria, misturada com confusão. Mas todas as dúvidas se dissiparam quando Rowan explicara como a Profecia do Cavalo Branco poderia finalmente se tornar realidade.

— Lembra o que li para você do diário de Rushton? A Profecia do Cavalo Branco deixa claro que os santos têm a chave para a Constituição. Em 1854, Brigham Young fez um discurso no Tabernáculo de Salt Lake. Ele disse: *A Constituição será destruída? Não. Será mantida inviolável pelo povo e, como disse Joseph Smith, "virá o tempo em que o destino de nossa nação penderá por um fio. Nessa conjuntura crítica, nosso povo tomará iniciativa e a salvará da destruição que a ameaça". E assim será.* O profeta Brigham disse isso quatorze anos depois que a Profecia do Cavalo Branco foi revelada e sete anos antes da Guerra Civil. Suas palavras tornaram-se verdadeiras durante a Guerra Civil, pois os santos salvaram a nação da destruição.

Cassiopeia o ouviu explicar sobre o acordo feito entre Brigham Young e o presidente Lincoln, que fora selado por Lincoln quando ele entregara um documento assinado pelos Pais Fundadores afirmando que os estados, em caráter individual, tinham o direito de deixar a União.

— O profeta Brigham nunca revelou esse documento ao sul — disse Josepe. — Em vez disso, ele o escondeu e permitiu que o país sobrevivesse. A Guerra Civil Americana foi travada para decidir se um estado poderia ou não se separar. O que aconteceria se esses estados dissidentes soubessem que os fundadores de sua nação haviam sancionado essa medida? Eu diria que a Constituição realmente pendia por um fio. Mas a igreja, como o Cavalo Branco, permitiu que os Estados Unidos sobrevivessem.

— Incrível — disse ela. — Considerando a forma como o governo federal os tratava.

— O que só demonstra nosso compromisso com a Constituição.

— E isso não existe mais?

— É claro que existe. Mas a Profecia do Cavalo Branco deixa claro que vamos *defender a Constituição dos Estados Unidos tal como foi entregue pela inspiração de Deus*. Isso se refere ao documento em sua totalidade, como foi a intenção de seus redatores. O mundo mudou, Cassiopeia. O governo americano mudou. Pelo que tenho visto e lido, há muita gente nos Estados Unidos que gostaria de se livrar do governo federal. Somos apenas um grupo, mas chegou a hora de a igreja seguir um caminho à parte. O presbítero Rowan vai liderar a secessão de Utah. Aqueles estados que você viu no mapa, em meu escritório? Eles vão se inspirar em nós.

Cassiopeia parou de comer e pareceu estar concentrada no que Salazar dizia.

— O que vocês vão fazer se conseguirem mesmo se separar dos Estados Unidos?

— Vamos viver de acordo com a intenção dos profetas. Temos gerenciado muito bem nossos recursos. A igreja possui bilhões de euros em propriedades por todo o mundo, com pouca ou nenhuma dívida. Somos inteligentes, competentes e autossuficientes, com mais liquidez do que qualquer governo no mundo. Também temos muita experiência administrativa. Não será difícil nos encarregarmos de nosso próprio governo.

— E quem será o líder?

— O profeta, é claro. O homem é, e continuará a ser, nosso líder nesta terra. E logo o profeta será o presbítero Rowan.

Ele puxou sua pasta para perto e pegou um maço de papéis.

— Tudo isso foi previsto há muito tempo. Em 1879, pelo terceiro profeta, John Taylor. Ouça o que ele disse: *Não está distante o dia em que esta nação será sacudida de seu centro até a periferia. Agora, podem escrever isto, qualquer um de vocês, e eu vou profetizar em nome de Deus. E então se realizará a predição a ser encontrada em uma das revelações feitas pelo profeta Joseph Smith. Aqueles que não empunharem suas espadas para lutar contra seu próximo fugirão para Zion em busca de segurança. E eles chegarão dizendo, não sabemos nada dos princípios de sua religião, mas percebemos que vocês são uma comunidade proba, que promove justiça e retidão, e queremos viver com vocês e receber a proteção de sua lei. Mas, quanto à sua religião, falaremos sobre isso em algum outro momento. Vamos proteger essa gente? Sim, todos os homens honrados. Quando as pessoas tiverem feito em pedaços a Constituição dos Estados Unidos, os Anciãos de Israel serão vistos brandindo-a para as nações do mundo, proclamando liberdade e direitos iguais para todos os homens, e estendendo a mão da camaradagem a todas as nações. Isso é esperado, e, enquanto fizermos o que é certo e temermos a Deus, Ele nos ajudará e estará conosco em todas as circunstâncias.* Eu não inventei isso. Foi Taylor quem afirmou essas coisas, em público. Agora, o presbítero Rowan realizará a profecia. — Salazar fez uma pausa. — Mas ele precisa da nossa ajuda. Neste momento, estamos indo encontrar a última peça do quebra-cabeça, para fazer tudo virar realidade.

Ele contou sobre o relógio de Lincoln e seu possível conteúdo.

— Parece difícil que isso seja verdade — disse Cassiopeia.

Salazar assentiu.

— Temos de verificar. Se não der certo, mudaremos de tática.

— Eu posso pegar o relógio — disse ela.

— Você?

— Não pode ser você. O que o presbítero Rowan diria se um respeitado membro do Primeiro Quórum dos Setenta fosse pego tentando roubar um artefato histórico? Não tenho nenhuma conexão com ele ou com a igreja. Posso fazer isso. E não serei pega.

Salazar adorava a autoconfiança dela. Sua mãe fora uma pessoa gentil, bondosa, tranquila, preocupada apenas com a família. Cassiopeia era bem diferente. Havia nela uma energia intensa que ele achava irresistível. Aquela mulher seria um belo começo para sua nova e florescente família. Com todas as mudanças que estavam por acontecer, ele decidira praticar a poligamia, pois duvidava que o anjo, Joseph Smith, esperasse algo menos que isso. Mas, agora que Cassiopeia tinha voltado, ele teria uma parceira leal, uma verdadeira fiel, para assegurar que sua família abrangente estaria para sempre reunida no céu.

— Pense nisso — disse ele. — Finalmente teremos uma terra só nossa. A nação de Deseret, como queria o profeta Brigham. Estaremos livres para fazer nossas próprias leis e viver à nossa própria maneira. Será um lugar bom, próspero, um lugar que as pessoas buscarão para viver entre nós, e tudo ficará bem.

CASSIOPEIA MAL PODIA ACREDITAR no que estava ouvindo, mas a simples força das palavras de Josepe era prova suficiente de que aquilo era pra valer. Aparentemente, no entanto, nem Josepe nem o tal senador Rowan haviam considerado as ramificações internacionais causadas pela dissolução dos Estados Unidos. E como reagiria Washington a uma secessão? Com ameaças? Certamente. Com força? Isso teria de ser considerado com cuidado. O mais provável era que a resposta fosse dada nos tribunais.

— Você sabe que o governo federal vai tentar deter Utah — disse ela.
— Com certeza. Mas o objeto que buscamos vai garantir que a batalha legal seja perdida por eles. E como não seria? As palavras dos próprios Pais Fundadores do país seriam decisivas sobre o assunto. Um documento, assinado por todos eles, afirmando que a secessão é permitida. Isso teria tanto peso quanto a própria Constituição.

— Tirando o fato de que, pelo visto, ele não foi ratificado pelos estados.

— Mas é uma prova da intenção deles, por escrito, e não pode ser ignorada. Temos equipes de advogados que estudaram isso sob todos os ângulos possíveis. Estão convencidos de que teremos sucesso. A própria Suprema Corte dos Estados Unidos reprovou a secessão há muito tempo, mas essa opinião foi baseada no fato de ela não ser, em nenhum aspecto, contraditória à jurisprudência americana. Mas, na verdade, é. É frontalmente contraditória. Os americanos seguem com afinco a intenção de seus fundadores. Seus precedentes constitucionais são todos baseados nisso.

O que ele dizia era verdade.

*Stare decisis.*

Defender o que foi decidido.

— Os tribunais não poderão ignorar a realidade. Vamos levar em consideração o que o presidente Lincoln fez. Em vez de dizer à nação que os estados podiam escolher se queriam ser parte da União, ele escondeu a prova disso e travou uma guerra para mostrar o contrário. O que você acha que as pessoas vão achar?

Ninguém ficaria feliz.

— Esse documento realmente existe?

— É o que nós dois vamos descobrir. Ele já existiu, e acreditamos que ainda existe.

Cassiopeia agora compreendia por que Stephanie Nelle estava tão tensa. Claro, havia problemas políticos nos Estados Unidos, assim como em outras partes do mundo. Clamores por mudanças radicais não eram novidade. Mas dispor dos meios legais para realmente efetuar tal coisa era algo completamente diferente.

Ela entendia o que estava acontecendo.

Aquilo era um problema.

Mas saber disso não mudava nada.

Cassiopeia ainda pretendia fazer aquilo do seu jeito.

## Capítulo 52

MALONE ESTAVA SENTADO no banco traseiro de um caça F-15E Strike Eagle, preso com o cinto de segurança, cruzando o ar sobre a extremidade mais meridional da Groenlândia. Um militar da Força Aérea da Alemanha ocupava o assento dianteiro, pilotando a aeronave. Mas Malone havia assumido o controle por breves momentos, novamente no comando de um caça. A última vez que tinha pilotado um fora vinte anos atrás, antes da mudança de rumo em sua carreira na Marinha, que o tinha enviado ao JAG.

Stephanie providenciara um helicóptero em Salzburgo para levá-lo até a base aérea Ramstein, na Alemanha. Lá o esperava o F-15E Strike Eagle, com os motores ligados, e eles imediatamente se dirigiram para oeste, cruzando a Europa até chegar ao oceano Atlântico. Eram 7.400 quilômetros até Des Moines, mas, a uma velocidade de dois Mach, o tempo da viagem seria inferior a cinco horas. Isso exigiria reabastecimento em pleno voo, e um avião-tanque KC-10 rondava agora acima deles, a mangueira já capturada pelo receptáculo do caça.

— Gostei da carona — disse ele em seu bocal.

Stephanie estava no outro lado da ligação por rádio.

— Achei que você ficaria feliz.

Malone a ouviu contar sobre as descobertas em Montpelier. A linha era segura, codificada, a melhor opção para conversarem, com os fones do piloto desligados por enquanto.

— Rowan quer a dissolução dos Estados Unidos — anunciou Stephanie. — E talvez consiga fazer isso.

Ela lhe encheu de mais notícias ruins sobre o que o senador Rowan e Salazar queriam encontrar. Um documento assinado pelos Pais Fundadores.

— A Profecia do Cavalo Branco — disse ele. — Você leu sobre ela?

— Sim, e tenho certeza de que você também.

— A coisa toda é considerada uma bobagem pela Igreja Mórmon. Foi oficialmente descartada em 1918. Hoje em dia, ninguém reconhece sua credibilidade. É só uma fábula, nada mais.

— Mas Rowan acredita que é verdade, e o documento realmente existe. Infelizmente, a Igreja Mórmon sabe mais sobre ele do que nós.

Malone concordou. Esse era o problema.

— Fizemos algumas pesquisas — continuou Stephanie. — Achamos que Salazar pode estar atrás de alguma coisa numa exposição itinerante sobre Lincoln, que no momento está em Des Moines.

— Pesquisa uma pinoia. Você grampeou o telefone de alguém.

Ela riu.

— Claro que sim. Rowan e Salazar conversaram sobre a exposição algumas horas atrás. Eles acreditam que um relógio de Lincoln pode conter a chave.

Malone pensou um pouco.

— A referência a Romanos 13, 11 é toda sobre o tempo. E eu me lembro de ter lido, há alguns anos, sobre um relógio de Lincoln no Smithsonian que tinha algo gravado dentro.

— Sua memória vem a calhar às vezes. O relógio do Smithsonian em Iowa é outro. Nunca foi aberto. Está em exibição, até amanhã, num lugar chamado Salisbury House.

Ele checou o próprio relógio.

— Vamos chegar lá, calculando o fuso horário, por volta de uma da tarde. O Learjet de Salazar não conseguirá chegar antes das cinco, hora de Iowa. Isso nos dá a chance de avaliar a situação.

— Luke está lá agora. Vou pedir para ele ir ao seu encontro.

— Vamos pousar ao norte de Des Moines, num lugar chamado Aeroporto Regional Ankeny. A pista não chega a 1.700 metros, e esse caça precisa de mais de 1.800, mas nós vamos conseguir. Precisamos de autorização para pousar lá.

— Vou providenciar. Não haverá problema. Luke estará à espera. Nós estudamos as fotos que ele tirou do diário de Rushton — disse Stephanie. — A pesquisa diz que deve ter sido escrito depois de 1890. Isso foi cinquenta anos depois de Smith pronunciar, pela primeira vez, a Profecia do Cavalo Branco. Ou seja, você tem razão. Toda a previsão sobre a Constituição é suspeita, provavelmente escrita muito depois de tudo acontecer.

— Quando se lê a profecia, tudo está certinho demais. As referências são muito precisas. Tem um trecho que menciona especificamente: *Vocês irão para as Montanhas Rochosas e se tornarão um grande e poderoso povo lá estabelecido, que chamarei de Cavalo Branco de paz e segurança.* Por que dizer *Montanhas Rochosas*? Por que não *vocês irão para oeste*? A alegação é que Joseph Smith tenha dito isso trinta anos antes de alguém sequer pensar em migrar. Nenhum vidente é tão bom assim.

— Mas encontrar esse diário foi importante, já que, antes disso, tudo que a Igreja Mórmon tinha eram outros relatos sobre o que essa profecia envolvia. Agora, as próprias palavras de Rushton conferem nova credibilidade às coisas. Não podemos ignorar isso.

E mais um detalhe.

— A Constituição de fato está pendendo por um fio, e a Igreja Mórmon tem a chave.

— Seguimos Rowan esta manhã até uma reunião com a delegação congressional de Utah, e fizemos a escuta. Eles estão prontos para deslanchar a secessão de Utah. Têm os votos e o apoio político. É bem capaz de o povo sancionar a ação. Tudo de que precisam é o documento assinado na Filadélfia.

Mas essa não era a única coisa por um fio.

— Alguma notícia de Cassiopeia? — perguntou ele.

— Nada ainda. Você vai ter de apertar o laço nela. Isso pode causar um problemão.

— Ela é profissional, Stephanie. Não importa o que aconteça, se souber as consequências disso tudo, vai dar conta do recado.

— É justamente isso, Cotton. Não temos ideia do que Salazar contou para ela. Pode não ter sido suficiente para que saiba o que está em jogo. Precisamos que ela fique fora disso.

Malone sabia o que isso significava.

— Vou dar um jeito. Não precisa envolver outros agentes. Deixa que eu cuido dela.

— Você consegue fazer isso?

— O que há de errado com você e o moleque? Os dois parecem achar que sou um idiota apaixonado. Posso cuidar de Cassiopeia.

— Está bem. Você pode fazer uma primeira tentativa. Se não der certo, será a minha vez.

LUKE DIRIGIA SEU CARRO ALUGADO pelas ruas de Des Moines. O dia estava nublado, temperatura na casa dos dezoito graus. Havia dormido durante quase todo o voo para o oeste em um avião militar, da Base Andrews da Força Aérea até as instalações da Guarda Nacional Aérea, fora da cidade. Seu corpo sofria com os efeitos do jet lag, mas ele estava acostumado a essa sensação.

Stephanie já o informara de que o destino de Salazar poderia ser um lugar chamado Salisbury House, então Luke estava se dirigindo para lá, a fim de dar uma rápida olhada no local. Ela lhe dissera que Malone estava a caminho, mas ainda não contara quando e onde encontrar o veterano.

Luke seguia o aplicativo de mapa em seu celular, e chegou a um bairro tranquilo a oeste do centro da cidade. Salisbury House ficava na crista de uma colina, dentro de uma floresta de carvalhos. A casa parecia ser parte da paisagem rural inglesa, construída de sílex, pedra e tijolos, com frontões e um telhado de telhas. Uma placa na frente detalhava seu passado como residência particular, construída por uma família rica de Des Moines. Agora, era propriedade de uma fundação.

Não havia ninguém por perto.

Mas eram pouco mais de dez da manhã. Luke sabia que a exposição sobre Lincoln só abria às seis da noite nesse último dia, antes de ser transportada para o próximo local.

Ele conduziu o carro para além da casa. Estava com fome, e decidiu que panquecas e salsichas cairiam bem.

Mas, primeiro, tinha de fazer uma ligação.

Parou o carro no acostamento gramado, onde as árvores lançavam suas sombras profundas. Pegou o telefone e ligou para sua mãe. Quando ela atendeu, ele disse:

— Preciso saber uma coisa. Papai e Danny fizeram as pazes antes de papai morrer?

— Eu sempre me perguntei quando teríamos esta conversa.

— Parece que todo mundo estava sabendo, menos eu e meus irmãos.

Luke contou sobre o envelope.

— Fiz questão de que seu pai e o irmão acertassem as coisas.

— Por quê?

— Porque não queria que ele fosse para o túmulo sem ter resolvido isso. Ele também não queria, aliás. Ficou contente por estarem bem.

— Por que ele mesmo não nos contou?

— Havia muita coisa acontecendo. Meu Deus, Luke, ele morreu tão rápido. Decidimos lidar com isso depois.

— Foram treze anos.

— A decisão era do seu tio. Todos concordamos com isso.

— Por que papai e Danny nunca foram próximos?

— Desde a infância, nunca foram como irmãos. Não eram muito próximos. Não havia nada específico que os separasse. Com o tempo, a distância entre eles aumentou, e ambos se acostumaram com isso. Então Mary morreu. Seu pai e sua tia culparam Danny.

— Mas você, não.

— Isso seria errado. Danny adorava Mary. Ela era tudo para o pai. Ele não a matou. Foi um acidente terrível. E a forma de Danny lidar com a dor foi a ignorando. Isso não é saudável, mas é o jeito dele. Mas eu sei quanto aquele homem sofreu.

Luke se lembrou das palavras do tio.

— Danny disse que você deu um pé na bunda dele.

A mãe riu.

— Fiz isso, sim. Nós dois saímos algumas vezes. Mas, depois que conheci seu pai, tudo acabou. Nunca mais olhei para qualquer outro homem. Eu sempre entendi seu tio, no entanto. Talvez eu seja uma das poucas pessoas que o entende. A morte de sua filha acabou com ele. Depois, teve de ver seu irmão criar quatro filhos fortes e saudáveis numa família feliz. Deve ter sido difícil. Danny não faz o tipo invejoso, mas, toda vez que olhava para nós, devia pensar em como as coisas poderiam ter sido se ele simplesmente tivesse ido fumar do lado de fora de casa.

Luke não fazia ideia de como seria sentir tanta culpa.

— Danny decidiu lidar com sua perda ignorando o problema. Por isso nunca visitou a sepultura. Simplesmente não conseguia. Seu pai acabou compreendendo isso. Deus o abençoe. Ele era um homem muito bom. Eu estava lá quando ele escreveu o bilhete. Estava lá quando ele e Danny se despediram um do outro. Isso aconteceu pouco antes de contarmos a vocês que ele estava morrendo.

Seu contato com o tio sempre tinha sido mínimo, quase inexistente, na verdade, e a conversa que tiveram antes fora a primeira desde a sua infância.

— Luke, Danny não é um homem ruim. Ele cuidou de nós, cuidou para que cada um tivesse o que queria.

— Como assim?

— Ele ajudou seus irmãos, quando foi necessário, embora eles não tenham ideia disso. Você queria ser um agente da inteligência. Foi ele quem lhe deu um empurrão. Nós dois conversamos. Ele me disse que o Departamento de Justiça era o melhor lugar para você, e que cuidaria de tudo.

— Filho da puta — sussurrou Luke. Nunca soubera disso.
— Não tire conclusões equivocadas. Ele não ordenou a ninguém que o contratasse. Foi você quem conquistou sua posição. E nós dois concordamos que, se você não fosse bom o suficiente, ficaria de fora. Sem favores. Nem privilégios. Nada. Sim, ele o levou até a porta, mas foi você quem entrou e ficou.
— Isso quer dizer que eu devo algo a ele *ou* a você?
— Você só deve a si mesmo, Luke. Faça o seu trabalho. Deixe a todos nós orgulhosos.
A mãe sempre sabia exatamente o que dizer a ele.
— Estou feliz que tenha ligado — concluiu ela.
— Eu também.

# Capítulo 53

DES MOINES, IOWA
18:40

CASSIOPEIA ACOMODOU-SE NO BANCO DO MOTORISTA, enquanto Josepe sentava no lado do carona. Os dois funcionários dele ocupavam o banco traseiro. Josepe tinha providenciado que um carro alugado os esperasse no terminal privado adjacente ao aeroporto principal. Antes de pousar, ela se trocara, vestindo uma calça social escura e sapatos confortáveis, preparada para os próximos eventos. O Learjet contava com um equipamento de comunicação sofisticado, então pudera pesquisar sobre Salisbury House.

A casa fora construída por Carl e Edith Weeks na década de 1920, após uma viagem transoceânica instigar sua paixão por recriar uma mansão inglesa. Compraram quatorze acres em uma área florestal e construíram uma casa com 2.600 metros quadrados, com quarenta e dois aposentos, para eles e seus quatro filhos. Decoraram seu interior com dez mil peças de arte, esculturas, tapeçarias, relíquias e livros raros, colecionados em suas muitas viagens. Havia lareiras estilo Tudor, painéis de carvalho do século XV e traves de teto oriundas de uma hospedaria britânica demolida. A titularidade sobre a casa fora perdida durante a Depressão, depois repassada a uma sucessão de proprietários, até que uma fundação finalmente assumira o controle. Agora, era um centro cultural, um museu e um espaço arrendável, um ponto turístico local que atualmente abrigava a exposição itinerante do Smithsonian sobre Abraham Lincoln.

Cassiopeia conseguira baixar uma brochura em PDF sobre a casa, que incluía um mapa dos dois andares abertos aos visitantes. A exposição distribuía-se entre o Grande Salão e a Sala de Estar, ambos no andar térreo e próximos um do outro. Ela reservara um ingresso para a exposição pela internet, depois estudara o endereço no Google Maps para conhecer a geografia local. A Salisbury House estava situada em um tranquilo bairro residencial, cheio de ruas sinuosas e casas mais antigas. Árvores e jardins a cercavam por todos os lados. O plano era deixar Josepe e seus homens no hotel, depois seguir para a exposição, chegando depois do pôr do sol, dando-lhe oportunidade de fazer um reconhecimento do local e decidir qual seria a melhor maneira de cumprir sua tarefa.

— Não acho que a segurança seja muito sofisticada — disse ela. — Pelo que li sobre a exposição, não há nada muito importante ou valioso. Apenas alguns artefatos históricos. Meu palpite é que haverá alguns guardas de segurança privada, talvez algum policial fazendo um bico, mas só isso.

— Você fala como se já tivesse feito esse tipo de coisa antes.

— Eu lhe disse que tinha alguns talentos especiais.

— Posso perguntar por que os desenvolveu?

Cassiopeia não podia lhe contar a verdade, então disse:

— Principalmente para proteger meus negócios. Depois, para proteger meu projeto de reconstrução. Tivemos casos de roubo e vandalismo. Aprendi que era melhor cuidar dos problemas por conta própria.

Ela se odiava por estar contando mais mentiras. Quando chegariam a um fim? Impossível dizer. Especialmente depois do salto que estava prestes a dar.

O grupo chegou ao hotel no qual Josepe tinha reservado três quartos, e todos se despediram.

— Tenha cuidado — recomendou ele.

— Eu sempre tenho.

**Luke observava de dentro do carro.** Ele havia passado as últimas quatro horas junto a Cotton Malone e descobrira que o humor do ex-agente não tinha mudado desde a Dinamarca.

Ficara esperando no aeródromo regional ao norte de Des Moines e observara o F-15E Strike Eagle despencar do céu de meio-dia e usar toda a potência reversa até parar na curta pista do campo. Nunca havia voado em um caça e invejava os que tinham esse privilégio. Sabia por Stephanie que Malone havia treinado como piloto de guerra, mas abandonara a carreira para se tornar advogado da Marinha. Ela não tinha explicado o motivo dessa transição, mas Luke imaginava que haveria uma boa razão, já que duvidava que Malone fizesse qualquer coisa que não quisesse fazer. Os dois tinham almoçado, depois examinado a Salisbury House, aprendendo tudo que podiam sobre a disposição da casa.

— Ela está saindo — disse Luke ao ver Cassiopeia Vitt deixar um hotel no centro da cidade e voltar a entrar no trânsito, sem Josepe Salazar e os outros dois.

Ele e Malone tinham ficado à espera no aeroporto de Des Moines, perto do terminal que recebia os aviões particulares.

— Está indo na direção correta — continuou Luke.

— Apenas não deixe que ela perceba você. Cassiopeia é boa em prestar atenção.

Normalmente, ele teria alguma resposta ferina, mas decidiu não provocar o veterano. Em vez disso, perguntou:

— O que faremos se ela for aonde achamos que está indo?

— Você resolve o problema. Ela nunca o viu. Então você pode se misturar com a multidão.

— E você?

— Eu lhe darei cobertura e tentarei prever o que Cassiopeia vai fazer. Tenho alguma experiência com o modo como ela pensa.

— Stephanie diz que temos de pegar o relógio, seja como for.

— Eu sei. Ela também me disse isso.

Luke gostava de ir desenvolvendo o plano conforme as coisas aconteciam. Havia algo emocionante nisso, especialmente quando tudo dava certo. Como aconteceu em Montpelier. Katie Bishop agora estava na Casa Branca, tendo sido informada pelo próprio presidente de que ela não voltaria para a Virgínia. Em vez disso, diriam a seu empregador que precisavam da ajuda dela em Washington por alguns dias, garantindo seu emprego. Katie parecera ficar animada com a ideia, e Stephanie lhe pedira que explorasse detalhadamente o diário de Madison.

Luke se manteve uns quatrocentos metros atrás do veículo de Cassiopeia, com muitos carros entre eles. O caminho para oeste a partir do centro era uma avenida movimentada, e não havia como alguém perceber que estava sendo seguido.

Ela ainda estava seguindo na direção certa.

— Vai ficar mais difícil quando chegarmos ao bairro da Salisbury House.

Os dois já tinham feito o percurso, antes de o avião de Salazar pousar. Não havia risco de o perderem de vista, uma vez que os militares americanos estavam rastreando o Learjet em seu trajeto dentro do país. Stephanie tinha mobilizado as tropas, pois aquela era a maior prioridade do momento.

Lá na frente, Cassiopeia virou à esquerda exatamente onde deveria.

— Dê espaço a ela — disse Malone, a voz inexpressiva.

Era o que ele já tinha planejado fazer.

SALAZAR ENTROU EM SEU QUARTO e fechou a porta. Imediatamente caiu de joelhos e rezou para que o anjo viesse. Para seu imenso alívio, a imagem pairava acima da cama, o mesmo olhar suave que ele se acostumara a esperar, sorrindo.

— Como você ordenou, eu confiei nela.

— *Ela não vai desapontá-lo.*

— Ajude-a a ter êxito. Não quero que nada de ruim aconteça a ela.

— *Ela será parte de seu corpo. Tornar-se-á sua mulher. Juntos, vocês começarão uma família que vai crescer e subir ao céu. Saiba que essa é a verdade.*

Salazar ficou agradecido pela visão do anjo. Isso o acalmou. Queria ter ido com Cassiopeia, mas sabia que sua cautela era sensata. Não podia arriscar ser descoberto. Por enquanto, as habilidades e a independência dela eram úteis. Mas, uma vez superadas as ameaças e realizada a promessa de Zion, haveria mudanças. Liderar e prover o sustento da família são deveres do homem. Mulheres criam filhos. Assim tinha sido na família de seus pais, e assim seria na sua. Se os dois pais se dedicassem a algo fora do lar, isso seria em detrimento dos filhos, e ele queria filhos bons. Pelo menos um de Cassiopeia e mais de outras esposas. Sua idade e a de Cassiopeia seriam um problema, e isso exigiria que as outras uniões fossem com mulheres mais jovens. Salazar acreditava de verdade que uma mãe presente no lar melhorava o desempenho dos filhos na escola, fortalecia sua postura em relação à vida, estimulava uma ética de trabalho mais saudável no futuro e construía uma moral mais consistente.

Ele queria isso para seus filhos.

Tinha sido paciente na escolha de uma nova esposa.

Então queria fazer tudo da melhor maneira possível.

— *O Pai Celestial e a Mãe Celestial foram casados. Como pais, eles geraram os filhos espirituais, o que significa que todas as pessoas que já viveram são literalmente filhos de Deus, irmãos e irmãs uns dos outros. Logo você vai acrescentar os seus a esse número.*

Salazar gostou de ouvir isso.

Mas, por ora, inclinou a cabeça e rezou pelo sucesso de Cassiopeia.

# Capítulo 54

Luke entrou na Salisbury House pela porta norte, seguindo um grupo de visitantes animados. Malone o deixara no fim da rua da casa, e ele tinha caminhado o resto do percurso. Não podiam arriscar deixar o carro em algum estacionamento, sujeito a um manobrista. Em vez disso, Malone o estacionara algumas ruas adiante, depois do quintal nos fundos da casa, em meio às árvores. Tinham escolhido um lugar adequado mais cedo.

Ele consultou seu relógio: sete e vinte e cinco da noite.

Já escurecera, e uma comportada multidão de talvez cem pessoas perambulava pelo andar térreo e por um terraço nos fundos. As portas da frente se abriam para o que parecia ser um grande salão, onde traves de madeira em enxaimel sustentavam um teto muito alto, e uma enorme lareira em estilo medieval ancorava a parede oposta. Acima dele, um corrimão protegia um balcão no segundo andar, que dava para o salão e estava cheio de visitantes.

Malone tinha passado a descrição de Cassiopeia Vitt, e Stephanie enviara um e-mail com a fotografia dela. Luke não viu ninguém que correspondesse à descrição apreciando os compartimentos de vidro com os artefatos de Lincoln exibidos no Grande Salão. O único segurança era um policial uniformizado, desarmado, de pé junto à lareira, que com certeza estava ali para ganhar mais alguns trocados.

*Desculpe atrapalhar a sua noite*, pensou ele.

Luke cruzou a sala e desceu um pequeno lance de escadas, entrando no que uma placa indicava ser a Sala de Estar. Ali, havia mais objetos exibidos em vitrines com iluminação alógena, e também mais pessoas.

Uma das visitantes chamou-lhe a atenção.

Cabelos longos e escuros levemente cacheados. Um corpo de arrasar. Rosto deslumbrante. Como uma modelo, em plena forma. Vestia uma calça social justa de seda que aderia a todas as suas curvas.

Luke gostou do que viu.

Não era de admirar que Malone estivesse louco por ela.

Cassiopeia Vitt era puro fogo.

CASSIOPEIA ADMIRAVA UM MAGNÍFICO piano de cauda Steinway. Nas paredes da Sala de Estar, já havia notado um retrato de Van Dick datado de 1624 e um elaborado brasão da Armand Cosmetics Company, que fora fundada na virada do século XX pelo proprietário original da casa. O centro da comprida sala estava pontilhado de caixas de vidro iluminadas, cada uma exibindo algum objeto relacionado a Lincoln. Havia uma cunha de ferro usada para cortar madeira, várias roupas, livros, textos, até mesmo o chapéu surrado que usava na noite em que fora assassinado. Parecia que a ideia era apresentar um retrato íntimo da vida e do legado do presidente. A caixa que chamou sua atenção era a terceira antes do fim e continha um relógio de bolso de prata. A plaquinha com informações no lado de dentro do vidro confirmava que aquele era seu alvo.

Ela já dera uma olhada nos cômodos do andar térreo.

A iluminação era por luz ambiente, intencionalmente baixa, a fim de destacar os displays iluminados. Isso ajudaria. Só avistara dois seguranças, ambos usando uniformes da polícia local. Nenhum dos dois parecia estar especialmente interessado, nem representar uma ameaça. Talvez houvesse cem pessoas presentes, espalhadas, oferecendo muitas distrações.

Cassiopeia passou lentamente pela Sala de Estar e voltou para o Grande Salão, admirando o modelo de armadura em escala de três por quatro, posicionado junto à escada que levava para um balcão acima. Só precisava de um minuto, se tanto, para se apoderar do relógio. O vidro da caixa não era grosso. Quebrá-lo seria uma tarefa fácil, que não causaria dano ao objeto no interior. Além do mais, segundo o que dissera Josepe, o que eles queriam ficava dentro do relógio.

Ela admirou o estilo e o design da casa. Seu olhar treinado identificou o carvalho inglês, os armários elisabetanos, os vasos chineses e os quadros, cada um deles antigo e único. Mas também captou a sensação de que o lugar tinha sido o lar de alguém. Pessoas viveram ali. De algum modo, o ambiente a fazia lembrar-se da casa em que passara a infância, embora lá o estilo Tudor desse lugar a influências espanholas e árabes. Seus pais também a haviam decorado com coisas que tinham algum significado para eles. E assim continuava até o presente, pois, do mesmo modo que Josepe e a sala de estar de sua mãe, Cassiopeia não tinha feito muitas mudanças.

Ela saiu para o terraço.

Um belo quintal nos fundos estendia-se até uma linha de árvores a uns quarenta metros de distância. Seu olhar elevou-se para o telhado, e ela viu onde os cabos elétricos penetravam na casa. Seguiu os fios até uma construção anexa entre as árvores. Era o que esperava. No decorrer de décadas de modificações e modernizações, tudo acabava sendo centralizado. Isso tinha acontecido em seu castelo na França e na casa de seus pais. Aqui, a localização era um chalé com um telhado de telhas em cumeeira.

Tudo que tinha de fazer era entrar.

Sem ser notada.

LUKE DEIXOU-SE FICAR PARA TRÁS, entre os visitantes, até mesmo conversando com alguns, como se fosse um deles. Mas continuava prestando atenção em Cassiopeia Vitt, que claramente examinava o local. Ele tinha permanecido no interior enquanto ela explorava o terraço, e agora saía para o quintal.

A mulher observava alguma coisa.

Ele tornou a entrar na casa e ligou o rádio que estava em seu bolso. Trouxera consigo de Washington um equipamento de comunicações que incluía um microfone de lapela e um dispositivo de orelha. Malone estava usando a contraparte correspondente.

— Está aí? — sussurrou.

— Não, fui embora — disse Malone dentro do carro.

— Ela está fuçando o lugar.

— Deixe-me adivinhar. Cassiopeia está do lado de fora, checando o telhado.

— Você conhece bem a sua garota.

— Prepare-se, porque tudo vai escurecer.

— Como assim?

— Você vai ver.


MALONE ESTAVA NA SOMBRA DAS ÁRVORES que ficavam atrás da Salisbury House. Tinha estacionado o carro a quase cem metros de distância, em uma rua lateral paralela aos limites da propriedade. A ausência de cercas havia facilitado o caminho de volta até um lugar de onde era possível espionar o terraço iluminado da casa e as pessoas que por lá passavam, curtindo o frescor da noite. Luzes suaves brilhavam nas janelas no nível do solo. Tinha visto Cassiopeia sair e passear tranquilamente pelo quintal. Ela precisaria improvisar, e a melhor maneira de ganhar vantagem seria tirando dos outros a capacidade de enxergar.

Só por alguns minutos.

E isso era tudo de que precisava.

Ele também havia localizado os fios elétricos no telhado, seu percurso que levava a uma construção anexa. Se estivesse certo, era para lá que ela ia.

A questão era avaliar até que ponto iria permitir que a situação chegasse.

Malone precisava que ela roubasse o relógio, mas não podia permitir que escapasse. Ficou estudando a mulher que amava. Cassiopeia estava linda, como era usual, o andar confiante. Os dois tinham salvado um ao outro mais vezes do que ele era capaz de lembrar. Ele havia confiado nela. Dependido dela. E tinha pensado que o sentimento era mútuo.

Agora, não estava mais tão certo assim.

Era interessante como a vida podia mudar completamente no decurso de dois dias.

Pelo quê?

E por quê?

Não haveria resposta até que ele e Cassiopeia pudessem sentar e conversar. Mas o que estava prestes a acontecer certamente causaria problemas.

Ela não ficaria contente de vê-lo.

Mas era isso que aconteceria.

## Capítulo 55

WASHINGTON, D.C.
20:50

Rowan se aproximava da Blair House. Desde o tempo de Franklin Roosevelt, a propriedade pertencia aos Estados Unidos, usada exclusivamente por hóspedes da presidência. Agora, o governo também era dono das três casas adjacentes, e muitos dignitários estrangeiros se haviam hospedado em seus 6.500 metros quadrados de elegância. Truman tinha morado lá enquanto a Casa Branca era reformada, atravessando a rua todo dia para chegar a seu escritório. Na porta da frente, em 1º de novembro de 1950, um atentado para assassiná-lo fora frustrado por um agente do Serviço Secreto, que perdera a vida naquela ação. Uma placa de bronze em homenagem ao agente ornava a cerca de ferro, e Rowan se deteve por um momento para prestar seus respeitos ao herói.

A ligação fora feita para seu gabinete no Senado duas horas antes. O presidente dos Estados Unidos queria vê-lo. Quão rápido poderia estar lá? Um de seus assistentes o tinha localizado e lhe passado a mensagem. Ele se dera conta de que não havia como esquivar-se de uma convocação assim, e tinha combinado chegar às nove da noite.

O mais interessante, no entanto, tinha sido a escolha do lugar.

Não a Casa Branca.

Em vez disso, a casa de hóspedes. Fora da propriedade oficial. Como se Daniels estivesse dizendo que ele não era bem-vindo. Mas talvez Rowan estivesse interpretando demais as coisas. Danny Daniels nunca fora considerado um grande pensador. Alguns o temiam, outros o ridicularizavam, a maioria simplesmente o deixava em paz. Mas ele *era* popular. Seus índices de aprovação continuavam surpreendentemente elevados para um homem no final de sua carreira política. Daniels tinha vencido as duas eleições presidenciais com sólida vantagem. A bem da verdade, a oposição estava aliviada por vê-lo ir embora, contente de permitir que o velho simplesmente desaparecesse. Infelizmente, Rowan não tivera a mesma opção. Sua presença fora exigida mediante uma ordem.

Agora, era guiado pelo interior da casa, atravessando um labirinto de aposentos até um espaço com paredes com faixas amarelas, ancoradas em um retrato de Abraham Lincoln que pendia acima da cornija de uma lareira adornada com luminárias de cristal da Boêmia vermelho. Ele conhecia a sala. Era ali que os visitantes aguardavam antes de serem chamados para se encontrar com líderes estrangeiros hospedados na Blair House. Alguns anos antes, o próprio Rowan havia esperado ali quando fora apresentar suas homenagens à rainha da Inglaterra.

Foi deixado sozinho na sala.

Aparentemente, o presidente queria lhe mostrar quem estava no comando. O que não tinha problema. Ele podia condescender com tal mesquinhez, pelo menos por mais algum tempo. Assim que o estado de Deseret passasse a existir, e Rowan fosse seu líder secular, os presidentes esperariam por ele. Os santos não mais seriam ignorados, repudiados ou ridicularizados. Sua nova nação seria um exemplo reluzente para o mundo de como a religião, a política e uma administração sensata podiam se mesclar.

A porta se abriu, e Danny Daniels lhe lançou um olhar flamejante.

— Chegou a hora de termos uma conversa — disse o presidente em voz baixa.

Mão alguma foi estendida em cumprimento.

Assento algum foi oferecido.

Em vez disso, ficaram de pé, Daniels uns trinta centímetros mais alto, vestindo uma camisa de mangas compridas, colarinho aberto, sem paletó, calça social. Rowan vestia seu costumeiro terno.

Daniels fechou a porta.

— Você é um traidor.

Ele tinha a resposta na ponta da língua.

— Muito pelo contrário. Sou um patriota. O senhor e todos os presidentes que vieram antes, até este homem — apontou para o retrato de Lincoln —, é que são os traidores.

— E de onde você tiraria isso?

Hora da verdade.

— Dentro da igreja, sabemos há muito tempo que a Constituição dos Estados Unidos trata de mais coisas do que Lincoln queria que soubéssemos.

— Lincoln confiou nos mórmons, assim como Brigham Young confiou no presidente.

Rowan assentiu.

— E veja o que isso causou. Quando a guerra acabou, a ameaça passou, o Congresso aprovou a lei Edmunds-Tucker, que criminalizava a poligamia, e o governo perseguiu centenas de membros da igreja. O que aconteceu com toda aquela confiança?

— A poligamia era contrária à nossa sociedade — disse Daniels. — Mesmo seus próprios líderes finalmente se deram conta disso.

— Não, fomos obrigados a nos dar conta disso, pois aquele era o preço para mantermos nossa condição de estado. Naquela época, todos acreditavam que esse status era o caminho para a segurança e a prosperidade. Esse não é mais o caso.

Pensar no que havia acontecido tanto tempo atrás o aborrecia. A lei Edmunds-Tucker, de 1887, tinha literalmente dissolvido a Igreja de Jesus Cristo dos Santos dos Últimos Dias. Nunca antes disso ou desde então o Congresso havia descarregado tanto veneno sobre uma organização religiosa específica. A lei previa não apenas o fim da igreja, mas também o confisco de todas as suas propriedades. E, em 1890, a diabólica Suprema Corte dos Estados Unidos validara esses atos como constitucionais.

— O que você quer? — perguntou Daniels.

— Só o que for melhor para o povo de Utah. Pessoalmente, não aprovo de maneira alguma o governo federal. Ele já ultrapassou o prazo de validade.

— Vou lhe lembrar disso quando suas fronteiras forem atacadas.

Rowan riu.

— Duvido que alguém, além de você, jamais queira invadir Deseret.

— Esse é o nome que vocês escolheram?

— Ele significa algo para nós. É como o território deveria ter sido chamado desde o início. Mas o governo insistiu em Utah.

Tudo aquilo fazia parte das desprezíveis concessões exigidas e conferidas. A data ainda o repugnava. Era 25 de setembro de 1890. Quando o então profeta emitira uma declaração reconhecendo obediência a toda lei federal e anunciando o fim da poligamia. Seis anos depois, a condição de estado fora assegurada. As propriedades foram restituídas aos poucos, inclusive o templo de Salt Lake. Mas a igreja havia sofrido um impacto. Arcando com dívidas pesadas e dividida em questões de teologia e de finanças, levaria décadas para se recuperar.

Mas se recuperara.

Agora, valia bilhões. Ninguém, a não ser um punhado de apóstolos e alguns administradores de alto nível, conhecia o montante exato.

E ele manteria as coisas assim.

— Seremos capazes de comprar e vender cada um dos estados restantes em sua União — disse Rowan —, além de muitas das nações do mundo.

— Você ainda não chegou lá.

— É só uma questão de tempo. Obviamente, você sabe o que os fundadores deixaram, aquilo que eles assinaram em 1787.

— Eu sei. Mas também sei de coisas que você não sabe.

Rowan não sabia se Daniels falava sério ou meramente fazia pose. O presidente era conhecido como um excelente jogador de pôquer, mas algo lhe dizia que aquilo não era um blefe — na verdade, era o motivo de ele ter sido convocado.

— À sua igreja — disse Daniels — foi confiado algo que poderia, na época, ter destruído esta nação. Em vez disso, os Estados Unidos sobreviveram, devido, em parte, ao que Brigham Young não fez com aquilo que tinha. Felizmente, depois que Lincoln foi morto e ninguém o contatou em busca do documento, ele continuou a não fazer nada.

— Brigham confiou tolamente que o governo federal continuaria a nos deixar em paz. Mas não foi isso que aconteceu. Vinte anos depois, vocês quase nos destruíram.

— Mas ninguém da igreja usou o documento. Uma bela carta na mão para nunca ser usada.

— Ninguém sabia. Young estava morto então, e levou o segredo para o túmulo.

— Isso não é verdade. As pessoas *tinham* conhecimento.

— E como você poderia saber disso?

Daniels recuou e abriu a porta.

Charles R. Snow apareceu sobre suas pernas frágeis, vestido de terno e gravata, em cada detalhe um líder de Zion. O profeta entrou, dando passos curtos mas firmes.

Rowan foi tomado de surpresa, sem saber o que dizer ou fazer.

— Thaddeus — disse Snow. — Não tenho palavras para expressar quanto estou desapontado com você.

— Você me *disse* para pesquisar.

— Disse. A decepção é com sua motivação e seus objetivos.

Ele não estava disposto a ser criticado por aquele imbecil.

— Você é tão fraco. Não podemos mais nos permitir termos líderes como você.

Snow arrastou-se para um sofá verde-claro e se sentou.

— O que você está prestes a fazer, Thaddeus, vai destruir cem anos de trabalho duro.

## Capítulo 56

DES MOINES, IOWA

CASSIOPEIA ANALISOU O CHALÉ, que lembrava um pouco uma propriedade rural inglesa. Tudo mais em Salisbury House tinha um aspecto similar e transmitia essa mesma sensação. Ninguém prestou a mínima atenção quando ela saiu do jardim, seguindo por um caminho calçado de pedrinhas que serpenteava entre grama e flores de outono. Parou algumas vezes para admirar a folhagem, apenas para verificar se estava só. O chalé ficava a cerca de trinta metros da casa principal, e os fios elétricos entravam por um conduíte que se projetava de um frontão. Felizmente, a entrada era voltada para o lado oposto ao terraço e ao quintal, e ali a escuridão era quase absoluta.

A porta de madeira estava trancada por uma única fechadura de cilindro instalada acima da maçaneta, obviamente um acréscimo ao original. Por sorte, Cassiopeia estava preparada, com pinças sempre disponíveis em seu estojo de maquiagem. Cotton achava isso muito engraçado — viajar com ferramentas para arrombar portas —, mas ele também não deixava por menos — sempre havia uma pequena pinça em sua carteira. Cassiopeia gostava disso. O homem estava sempre preparado.

Achou as ferramentas em seu estojo e as usou na fechadura. Não precisava enxergar, era mais uma questão de tato. As duas mãos tinham de sentir os movimentos dentro do segredo e perceber a ação dos pinos e do cilindro.

Dois cliques anunciaram seu sucesso.

Cassiopeia puxou a maçaneta, entrou e fechou a porta, tornando a trancá-la por dentro. Como suspeitava, caixas de luz ocupavam uma parede. Cortadores de grama e instrumentos de jardinagem preenchiam um terço do espaço. Pelas janelas, entrava alguma luz. Suas pupilas se adaptaram à escuridão, e ela encontrou a chave principal no lado de fora de uma das caixas.

Depois de desligá-la, teria talvez cinco minutos antes que alguém viesse verificar os circuitos, especialmente depois de constatarem, através das árvores, que as casas a distância permaneciam iluminadas.

Mas era todo o tempo de que necessitava.

Ela encontrou um pano sujo junto a um cortador de grama e o usou para limpar a maçaneta e depois para desligar a luz.

MALONE SORRIU QUANDO a Salisbury House ficou às escuras.

— Que droga é essa, meu velho? — disse Luke em seu ouvido.

— Ela está agindo. É sua vez, moleque.

— Deixe que ela venha. Estou preparado.

Coitado.

LUKE ESTAVA NO GRANDE SALÃO quando as luzes da casa se apagaram. No início, houve apenas um murmúrio entre os que estavam à sua volta. Depois, quando as pessoas se deram conta de que a luz não estava voltando, as vozes se elevaram. Ele imediatamente se virou e voltou para a Sala de Estar, onde o relógio de bolso aguardava. A escuridão era profunda, e seu avanço, lento, pois precisava ter cuidado com os outros e se desculpar o tempo todo.

— Ela entrou — disse Malone em seu ouvido. — Divirta-se.

Luke quase podia ver o sorriso irônico no rosto de Malone. Mas ainda não havia conhecido uma mulher com a qual não conseguisse lidar. Katie Bishop era um exemplo perfeito. Ele certamente tinha feito uma limonada com aqueles limões.

Encontrou o pequeno lance de escada que levava para a Sala de Estar. Felizmente, o corredor era largo e não estava tão apinhado de gente quanto o Grande Salão. Luke entrou no aposento e vislumbrou sombras se movendo em direção às paredes, enquanto uma voz masculina pedia que continuassem nessa direção até encontrá-las. Medida inteligente. Protegia as caixas de vidro no centro do ambiente. Mantinha as pessoas controladas e contidas. Demonstrava que alguém estava no comando. Ele, é claro, ignorou a instrução e foi até a terceira caixa.

Cassiopeia Vitt já estava lá.

— Acho que não — sussurrou ele.

— Quem é você? — perguntou ela.

— O cara que está aqui para impedir que você roube esse relógio.

— Péssima jogada, moleque — disse Malone em seu ouvido. — Nada de mãos ao alto com ela.

Luke ignorou o conselho e disse:

— Afaste-se do vidro.

O vulto escuro continuou imóvel.

— Não estou brincando — esclareceu ele. — Afaste-se do vidro.

— O que está acontecendo? — disse uma nova voz masculina, a mesma que tinha orientado a movimentação do público alguns momentos antes. Provavelmente um dos guardas.

Cassiopeia agiu rápido.

Uma perna ergueu-se no ar e aterrissou bem no peito do guarda, jogando-o esparramado para trás, acertando a caixa ao lado, o que a fez cair no chão de madeira, o vidro se despedaçando com um grande estardalhaço.

As pessoas ao redor emitiram sons de surpresa.

Antes que Luke conseguisse reagir, um segundo pontapé o atingiu diretamente na virilha. O ar foi expulso de seus pulmões. A dor explodiu para cima e para fora.

*Filha da...*

As pernas fraquejaram.

E ele desabou.

Tentou se recompor e ficar de pé, mas a dor era intensa. Agarrou suas partes íntimas, lutando contra a náusea e impotente para empreender qualquer ação, enquanto Vitt despedaçava a cobertura de vidro do display e pegava o relógio.

— O que está acontecendo? — perguntava Malone em seu ouvido. — Fale comigo.

Ele tentou, mas nada saiu.

Tinha jogado futebol americano na escola, e já tinha passado por aquele suplício antes. E também acontecera algumas vezes no Exército.

Mas nada assim.

Vitt desapareceu na escuridão, dentro do caos que se formara.

Ele inspirou profundamente e se levantou com dificuldade.

As pessoas estavam tentando fugir.

*Deixe de ser fresco,* disse Luke para si mesmo.

— Ela apanhou o relógio... e... está indo embora — relatou em seu microfone.

E foi atrás dela.

CASSIOPEIA FICOU CHOCADA com o fato de o homem saber por que ela estava ali. Ele obviamente esperara até que ela fizesse sua tentativa. A voz parecia ser jovem, com o sotaque do sul que tinha aprendido a reconhecer em Cotton. Será que Stephanie a rastreara até ali? Parecia ser a única explicação, o que significava que o jovem não estaria sozinho.

Cassiopeia continuou a se movimentar, atravessando a massa escura de gente, dirigindo-se para a entrada. Seu carro estava esperando a apenas algumas centenas de metros atrás da casa. Chegar até ele atravessando os cômodos poderia ser problemático.

Rodear a propriedade pelo lado de fora funcionaria muito melhor.

Assim, tateou o trinco, abriu a porta e esgueirou-se para dentro da noite.

LUKE FOI EM DIREÇÃO à entrada principal e ao Grande Salão. As pessoas que permaneciam na Sala de Estar tinham constatado que havia vidro no chão por toda parte e que era aconselhável tomar cuidado, e ele se aproveitara da distração momentânea para sair dali, orientando-se no escuro.

Sua virilha ainda doía, mas a dor tinha melhorado.

Não fazia diferença, ele não deixaria Cassiopeia Vitt escapar. Malone e Stephanie lhe encheriam os ouvidos com aquela história, especialmente depois de ter sido advertido pelo veterano. Luke dobrou em um corredor e tateou seu caminho até o curto lance de degraus que o levaria ao vestíbulo de entrada.

Ouviu a porta da frente abrir, depois fechar.

Seria ela?

Fazia sentido.

Então ele foi para a saída.

Abriu a porta e saiu.

Não viu nada à sua frente.

Vislumbrou Cassiopeia Vitt junto à parede externa da casa, contornando-a em direção aos fundos. Dessa vez, não lhe fez qualquer advertência, e disse ao microfone:

— Ela está indo na sua direção, meu velho.

E a seguiu.

## Capítulo 57

RICHARD NIXON ENTROU NA SALA DE REUNIÕES *e trocou apertos de mão com o profeta Joseph Fielding Smith, seus dois conselheiros e todo o Quórum dos Doze Apóstolos. O presidente dos Estados Unidos tinha vindo a Salt Lake em campanha pelos candidatos republicanos locais nas eleições para o Congresso. Trouxera sua esposa, a filha Tricia e dois membros de seu gabinete — George Romney e David Kennedy, ambos santos. As habituais aparições públicas tinham sido feitas, e agora estavam em segurança dentro do principal prédio administrativo da igreja, a portas fechadas, paredes apaineladas e um teto em caixotões a enclausurá-los. Nixon e Smith sentaram-se nas cabeceiras de uma mesa de superfície polida, os demais apóstolos ocupando suas laterais.*

— *Sempre achei que minhas visitas a Salt Lake City foram extremamente calorosas* — *disse Nixon.* — *Sua igreja é uma grande instituição com enorme importância nesta administração.*

*A data era 24 de julho de 1970. Dia do Pioneiro. Feriado oficial de Utah, para comemorar a entrada, em 1847, da primeira leva de pessoas na bacia de Salt Lake. Desfiles, fogos de artifício, rodeios e outras festividades tradicionais marcavam esse dia. Para os santos dos últimos dias, era como o dia da independência. Depois dali, o próprio Nixon estava programado para comparecer ao famoso Rodeio dos Dias de 1947, no Salt Palace.*

— *Não tenho conhecimento de qualquer grupo no país que tenha contribuído mais para nossa forte liderança moral e altos padrões de ética, o espírito que ajudou os Estados Unidos a atravessarem tanto os momentos* ruins quanto os bons. Nenhum grupo colaborou tanto quanto os membros desta igreja.

— Por que está aqui? — perguntou Smith.

Nixon pareceu ficar chocado com aquela pergunta súbita.

— Acabei de lhe dizer. Vim para oferecer meu apreço.

— Sr. Presidente, foi o senhor, pessoalmente, quem solicitou esta audiência privada comigo, meus conselheiros e o Quórum dos Doze. Nenhum presidente jamais nos pediu isso antes. Certamente o senhor deve entender por que ficamos curiosos. E aqui estamos. Apenas nós. O que quer?

Smith, apesar de ser um homem muito educado, não era tolo. Era o décimo profeta a liderar a igreja, seu pai tinha sido o sexto, e seu avô, irmão do fundador Joseph Smith. Tornara-se apóstolo em 1910, aos 25 anos, e só fazia seis meses que tinha sido elevado a profeta, com 94, o homem mais velho a ser selecionado. Era o único na sala que efetivamente estivera presente na inauguração do templo em Salt Lake, em 1893.

Não se curvava a ninguém.

Nem mesmo a presidentes dos Estados Unidos.

A expressão no rosto de Nixon mudou, passando de um semblante de simpatia para o de um homem em cumprimento de uma missão.

— Está bem. Gosto de ser direto. Economiza bastante tempo. Em 1863, Abraham Lincoln deu a vocês uma coisa que nunca foi devolvida. Eu a quero de volta.

— Por quê? — perguntou Smith.

— Porque pertence aos Estados Unidos.

— Mas foi dada a nós para que a guardássemos.

Nixon estudou os homens sentados em torno da mesa.

— Vejo que você sabe do que estou falando. Muito bem. Isso torna tudo bem mais simples.

Smith apontou um dedo encarquilhado para o presidente.

— O senhor não faz ideia do que está escrito na carta, não é?

— Sei que é algo que deixou Lincoln aflito. Sei que ele a enviou para longe por algum motivo. Sei também que, como parte do acordo, Brigham Young deu ao presidente a localização de uma mina, uma que as pessoas buscam há muito tempo. Um lugar no qual grande parte do ouro de vocês pode estar escondido, ouro perdido durante a Guerra Mórmon, quando vinte e duas carroças desapareceram.

— Nada desse ouro foi perdido — disse um dos apóstolos. — Nem uma única onça. Todo ele foi reintegrado em nossa economia, depois que passou a ameaça de guerra por parte do governo federal. O profeta Brigham assegurou que assim fosse. Não existe mistério algum nisso.

— Essa é uma afirmação interessante — disse Nixon. — Solicitei que pesquisassem o assunto. Brigham Young mandou o ouro para a Califórnia. Mas, segundo seus próprios registros, as carroças foram atacadas. Homens foram mortos, e o ouro foi roubado e desapareceu. Você está dizendo que seu profeta esteve envolvido nesse roubo?

— Não estamos dizendo nada — respondeu outro dos apóstolos —, exceto que nenhum ouro se perdeu.

— A Profecia do Cavalo Branco não significa nada? Vocês não deveriam ser os salvadores da Constituição?

Alguns dos apóstolos riram.

— Isso é uma fábula — disse um deles. — Uma história concebida pelos primeiros pais da igreja como meio de dar impulso à nossa nova religião. Só fofocas e mal-entendidos que se espalharam, como costuma acontecer com boatos. Toda teologia tem histórias assim. Mas não é real. Faz muito tempo que renegamos seu conteúdo.

Nixon sorriu.

— Senhores, já joguei muitas partidas de pôquer, e joguei contra os melhores. Seu blefe não me engana. Brigham Young fez um acordo com Abraham Lincoln, e ambos os lados, para seu crédito, o honraram. Li um bilhete que sobreviveu da época. Uma mensagem escrita à mão por James Buchanan, endereçada a Lincoln, que foi remetida junto com um documento. Vi mais papéis que sugerem que ele acabou sendo enviado para cá, como a parte de Lincoln no acordo. Mas, graças à morte súbita e prematura do presidente, vocês ainda estão de posse desse documento.

— Apenas por hipótese — disse Smith —, se esse documento fosse devolvido, o que o senhor faria com ele?

— Isso depende do que ele trata. Meu palpite é que diz respeito aos Pais Fundadores e ao que podem ter feito, ou não, na Filadélfia.

— A Constituição é, para nós, uma norma gloriosa, fundamentada na sabedoria de Deus — disse o profeta. — É uma bandeira celestial para todos os privilegiados com as bênçãos da liberdade, é como o refrigério da sombra, as águas refrescantes de uma grande rocha numa terra sedenta e árida.

— Analogias maravilhosas — disse Nixon. — Mas ainda precisam responder à minha pergunta.

Smith olhou para os apóstolos em torno da mesa.

— Os senhores estão vendo aqui um exemplo do que temos enfrentado desde o início. A arrogância de um governo federal que vem até aqui, em nossa casa, exigindo que obedeçamos às suas ordens.

Algumas cabeças acenaram em concordância.

— Eu atendi a esse pedido de uma audiência privada na esperança de que este presidente seria diferente. — Smith olhou para George Romney e David Kennedy. — Dois de nós servem a esta administração, o que interpretamos como um bom sinal.

O profeta fez uma pausa, como se quisesse se recompor. O homem tinha servido por muitos anos como historiador e escrivão da igreja. Se havia alguém que sabia onde estavam aqueles registros, esse alguém era ele.

Finalmente, Smith encarou Nixon.

— Somos realmente os guardiões de algo que nos foi entregue há muito tempo. Mas Brigham Young tomou a decisão de guardar o que lhe foi dado e, desde então, todo profeta tem feito o mesmo. Essa decisão é, portanto, minha. Sendo assim, eu me recuso a atender à sua solicitação.

— Está recusando um pedido do presidente dos Estados Unidos?

— Em nossa Doutrina e Alianças 109, 54 se diz: *Tenha misericórdia, ó Senhor, de todas as nações da terra; tenha misericórdia dos governantes de nosso país; que esses princípios tão honrosa e nobremente defendidos, a saber, a Constituição de nosso país, de nossos pais, sejam estabelecidos para sempre.* É a isso que presto obediência... Sr. Presidente. Não ao senhor.

Rowan encarava Charles Snow e Danny Daniels.

Tinha ouvido Snow lhe contar o que acontecera quatro décadas atrás.

— Eu estava lá — disse o velho. — Sentado à mesa com os outros. Era um apóstolo relativamente novo, mas assisti a como Joseph Smith tratou a questão com Richard Nixon. Foi a primeira vez que tomei conhecimento de nosso grande segredo.

— E os outros sabiam?

Snow assentiu.

— Alguns dos mais antigos tinham conhecimento.

— Charles — disse Rowan —, você me pediu para encontrá-lo. Você me disse que procurasse.

— Não, Thaddeus. Eu lhe mostrei o que estava na pedra fundamental simplesmente para lhe dar corda suficiente para se enforcar. Já faz muitos meses que o presidente Daniels e eu conversamos sobre esse assunto.

Ele não podia acreditar no que estava ouvindo. O próprio profeta, um espião? Um traidor? Pondo os interesses dos gentios acima dos interesses dos santos?

— Joseph Fielding Smith — continuou Snow — foi um homem brilhante. Ele serviu à igreja durante três quartos do século XX. Naquele dia, depois que o presidente Nixon foi embora, todos nós fomos informados do que tinha acontecido em 1863. Mas só quando me tornei profeta fiquei sabendo do resto. Cada um de nós transmite essa informação a seu sucessor. Todos os outros homens que estiveram naquele dia com Nixon agora estão mortos. Só eu estou vivo. Mas o dever de passar adiante a história termina aqui e agora. Não vou lhe contar nada.

— Podemos fazer isso, Charles — disse Rowan. — Podemos sair deste país esquecido por Deus, com todas as suas leis e regras e impostos e problemas. Não precisamos mais disso. Fizemos pesquisas. A população é favorável à secessão. O povo de Utah apoiará qualquer decisão que clame por isso.

— Você se dá conta do que vai acontecer — perguntou Daniels — se levar isso a cabo? Os Estados Unidos são uma potência mundial.

— E perder Utah vai mudar o quê? — perguntou ele. — Você está sendo ridículo.

— Infelizmente, a secessão não ia parar em Utah. Como é seu plano. Outros estados o seguiriam. Você tem razão, nossos problemas são profundos. Há pessoas prontas para fugir. Pensam que existe coisa melhor. Mas estou aqui para lhe dizer que não existe. Com todos os seus defeitos, este é o melhor sistema político que o homem já concebeu. E funciona. Mas apenas como uma unidade feita de cinquenta estados. Não posso permitir que você destrua isso.

— Mesmo que os próprios fundadores tenham dito que não seria problema?

Snow suspirou.

— Thaddeus, nossos próprios fundadores disseram uma porção de outras coisas. Algumas foram sensatas; outras, bobagens. É nosso dever, nossa responsabilidade, ignorar as ruins e guardar as boas. Os tempos mudaram. O que talvez funcionasse em 1787 não funciona mais hoje em dia.

— Não cabe a nós decidir. — Sua voz se elevou. — Cabe ao povo escolher. As pessoas têm o direito de saber de tudo.

— Se é assim — disse Daniels —, então por que rotulamos certas informações como sigilosas? Por que nos reunimos secretamente para tomar decisões que afetam a segurança nacional? Porque cabe a nós, como representantes do povo, tomar decisões sensatas. As pessoas nos elegem e confiam que agiremos da maneira correta. E a cada quatro anos elas têm a oportunidade de nos dizer como estamos nos saindo. Senador, estamos lhe pedindo que ponha um fim nisso. Tanto o seu presidente quanto o seu profeta estão lhe pedindo que pare.

Seu primeiro pensamento foi sobre o que estaria acontecendo em Iowa. Será que o relógio de Lincoln continha a peça final daquele quebra-cabeça? Também ficou se perguntando sobre Stephanie Nelle e sua cumplicidade. Ela lhe oferecera informações vitais. Mas o que dissera Snow quanto à sua própria cooperação?

*Corda suficiente para se enforcar.*

— Você enviou Stephanie Nelle atrás de mim, não foi? — perguntou ele a Daniels.

— Não enviei ninguém. Ela é uma ladra e uma traidora. Vou demiti-la, e depois mandá-la apodrecer na prisão. É para onde você vai também, se não parar logo com isso.

Rowan encarou Snow.

— Temos o direito de viver livres, como quisermos, de acordo com nossos profetas. Conquistamos esse direito. *Nossos* fundadores previram isso.

— Nós *somos* livres, Thaddeus.

— Como pode dizer isso? É nosso dever fazer com que a Profecia do Cavalo Branco se realize.

— Trata-se de uma fantasia. Sempre foi.

— Não, não é. Fomos instruídos a *defender a Constituição dos Estados Unidos tal como foi entregue pela inspiração de Deus*. Isso quer dizer *em sua totalidade*. E é isso que estou fazendo. Os próprios fundadores disseram que um estado poderia se separar se assim o quisesse. Estou pronto para ver se é isso o que Utah deseja.

Então, algo lhe ocorreu.

— Vocês mentiram para Nixon quanto à profecia, não mentiram?

Snow o encarou de volta.

— Foi exatamente isso o que fizeram — insistiu Rowan. — Vocês lhe disseram que era uma fantasia.

— Simplesmente reiteramos o que a igreja declarou publicamente sobre esse pronunciamento — esclareceu Snow.

— O que era mentira. Você acabou de dizer que todo profeta, desde Brigham Young, tinha conhecimento da verdade. Sobre o que escondemos dos Estados Unidos.

— E isso não tem nada a ver com a profecia — disse Snow. — Mas sim com o futuro desta nação. Nós simplesmente optamos por não destruir o país. A Constituição realmente estaria por um fio se deixássemos você continuar com o plano.

— Onde está ele, Charles? — Seu corpo tremia intensamente. — Onde o documento está escondido? Preciso saber.

Snow balançou a cabeça.

— Isso não será passado do profeta atual para o próximo. E posso lhe garantir que sou o único que sabe.

— Então você traiu sua fé e tudo que existe em benefício dela.

— Estou preparado para responder por isso ao Pai Celestial. Você está?

— Plenamente. Sei que Abraham Lincoln travou uma guerra que nunca deveria ter travado. O sul tinha o direito de se separar, e ele sabia disso. O presidente fez uma escolha pessoal ao desencadear aquela disputa. Centenas de milhares morreram. O que vocês acham que o povo americano vai dizer quando isso for revelado?

— Que ele optou pela União — disse Daniels. — Optou por este país. Eu teria feito o mesmo.

— Então você também é um traidor.

— Lincoln decidiu que os Estados *Unidos* eram mais importantes do que os estados individualmente — insistiu Daniels. — Claro que os tempos mudaram. Não enfrentamos as mesmas pressões que ele enfrentou. Mas temos pressões que são tão imediatas quanto. Preocupações em nível mundial. É importante que esta nação sobreviva.

Rowan olhou fixamente para o presidente dos Estados Unidos.

— O. País. Vai. Cair.

— Eu o estou liberando de seu compromisso — disse Snow. — Quero sua renúncia da condição de apóstolo.

— E eu quero você fora do Senado — declarou o presidente.

— Vocês dois podem ir para o inferno.

Nunca na vida Rowan pronunciara palavras tão ofensivas. Praguejar representava o contrário de tudo em que acreditava. Mas estava furioso. E contava que Salazar tivesse êxito. Agora, tudo dependia disso.

Virou-se para a porta, mas não resistiu a um tiro de misericórdia.

— O mito de Lincoln vai acabar. A nação o verá como ele realmente foi. Um homem que travou uma guerra por nada, que ocultou a verdade para que seus próprios propósitos prevalecessem. Ao contrário de vocês dois, eu confio no julgamento do povo. Ele decidirá se esta União é eterna.

## Capítulo 58

MALONE CONTINUOU A VIGIAR a silhueta da Salisbury House. A eletricidade já estava cortada havia quinze minutos quando ele finalmente divisou lanternas no interior do chalé onde Cassiopeia tinha feito seu estrago. Alguns minutos depois, as luzes dentro e fora se reacenderam. Agora, estava bem evidente que alguém tinha desligado a chave de propósito. Não iria demorar para a polícia estar em toda parte.

— Ela está indo em sua direção, meu velho — disse Luke em seu ouvido.

Malone deixou seu posto e voltou em meio às árvores para onde havia estacionado o carro alugado. Estava no acostamento de uma rua orlada de árvores, todas as casas nos arredores recuadas da rua uns trinta metros. Um desses bairros mais antigos, construídos quando as pessoas prezavam a privacidade e os terrenos eram baratos.

Ele não sabia o que acontecera dentro da Salisbury House. O moleque tinha guardado os detalhes para si mesmo. O fato de que Cassiopeia agora tinha o relógio significava que Luke a subestimara.

Grande erro.

LUKE APERTOU O PASSO, a virilha ainda dolorida. Teria de retribuir Cassiopeia por aquilo. Ele chegou aos fundos da propriedade e virou a quina. Árvores e arbustos cresciam próximos à parede lateral.

Um ruído farfalhante mais à frente confirmou que a mulher seguia adiante. As luzes tinham voltado lá dentro, as janelas no nível do solo agora iluminadas desse lado da casa.

Ele continuou a avançar por entre as folhagens.

Malone devia estar em algum lugar no quintal dos fundos. Vitt se dirigia diretamente a ele.

CASSIOPEIA FICOU ENTRE AS ÁRVORES e passou pelos limites do quintal dos fundos. Seu carro a aguardava a cinquenta metros dali, em uma rua chamada Greenwood Drive. Ela estava com o relógio. Josepe ficaria satisfeito. Talvez, depois de entregá-lo, ele contasse qual era o seu significado. Tudo que Josepe tinha mencionado era que aquilo poderia ser a peça final de um grande quebra-cabeça. Contaria suas descobertas a Stephanie Nelle?

Provavelmente não.

Ouviu sirenes.

Com as luzes de volta na Salisbury House, o roubo ficaria evidente.

Hora de estar bem longe, e rápido.

— ELA DEVE ESTAR CHEGANDO EM VOCÊ — disse Luke ao microfone.

Nenhuma resposta.

— Malone.

Ainda silêncio.

Onde diabos estaria o veterano?

Luke decidiu cuidar do problema por conta própria. A dor finalmente havia desaparecido, e seus músculos duramente treinados estavam prontos, os nervos em alerta.

Então, acelerou o passo.

\* \* \*

CASSIOPEIA OUVIU UM FARFALHAR vindo em sua direção.

Aumentou o ritmo de suas passadas e chegou ao fim do quintal, correndo para o bosque, em direção a seu carro estacionado. Alguém estava se aproximando. As portas do carro não estavam trancadas, as chaves em sua bolsa junto com o relógio, que ela segurava firmemente.

As árvores terminavam no acostamento.

Ela divisou o automóvel e correu em sua direção, entrou já enfiando a chave na ignição e acionando o motor. Engatou a marcha, colocou o pé no acelerador, e estava a ponto de partir quando algo bateu no capô. Pelo para-brisa, viu um homem esparramado e um rosto. Mais jovem. Vinte e muitos ou trinta e poucos anos.

— Vai a algum lugar? — perguntou ele.

O braço esquerdo do rapaz ergueu-se, a mão segurando uma semiautomática, apontada diretamente para ela.

Cassiopeia sorriu e manteve os olhos fixos nos dele.

Então, seu pé direito afundou no acelerador.

LUKE TINHA ESPERADO ALGO ASSIM, e por isso sua mão direita estava agarrada à reentrância do capô, junto à base do para-brisa, onde os limpadores se escondem.

O carro deu um salto à frente, pneus a girar na terra e na grama, e depois se agarrando à pavimentação da rua.

Ela girou o volante para a esquerda, depois para a direita, tentando derrubá-lo.

Ele segurou firme.

Cassiopeia aumentou a velocidade.

— Meu velho — disse Luke —, não sei onde você está, mas preciso de ajuda. Vou ter de atirar nessa vaca louca.

As ordens de Stephanie haviam sido claras.

Pegue o relógio.

A qualquer custo.

* * *

Cassiopeia não queria ferir gravemente o homem, mas precisava se livrar dele. O rapaz com certeza trabalhava para Stephanie Nelle. Quem mais estaria ali?

Estavam em uma parte às escuras da rua, sem trânsito, árvores de ambos os lados, passando por ocasionais entradas de garagem.

À frente, algo surgiu entre as árvores.

Outro veículo. Bloqueando as duas pistas, perpendicular à sua direção.

A porta do motorista se abriu e surgiu o vulto de um homem.

Que ela conhecia.

Cotton.

Cassiopeia pisou no freio e parou o carro, derrapando.

Malone manteve-se firme onde estava.

Luke saltou do capô e abriu a porta do motorista, a arma apontada para Cassiopeia.

Ela não se moveu.

A luz da cabine lhe revelava o rosto, outra máscara de pedra, como em Salzburgo, o olhar fixo nele. Luke inclinou-se e desligou o motor.

— Saia já daí — gritou.

Cassiopeia o ignorou.

Malone foi até ela, passos lentos e firmes. Aproximou-se e viu a pequena bolsa no banco do carona. Preta. Chanel. Adornada com os enfeites icônicos que serviam, havia anos, como símbolos da marca. Ele a havia comprado em Paris, como um presente de Natal no ano anterior, para uma mulher que literalmente tinha tudo.

Foi até a porta do carona, abriu-a e tirou de lá a bolsa. Dentro dela, estava o relógio, que Malone pegou, jogando a bolsa de volta a seu lugar. Estava tão furioso com Cassiopeia quanto ela com ele; ambos ficaram calados.

Malone sinalizou que podiam ir embora.

— Tem certeza? — perguntou Luke.

— Deixe-a ir.

O rapaz deu de ombros, depois jogou as chaves no colo dela.

Mais uma vez, não houve o menor sinal de reação por parte de Cassiopeia. Em vez disso, a mulher fechou a porta com uma batida, ligou o motor e manobrou o carro para o outro lado antes de partir em velocidade.

— Isso não foi nada bom — disse Luke.

Malone olhou para o carro que desaparecia dentro da noite.

— Não — sussurrou. — Não foi.

# Capítulo 59

MARYLAND

ROWAN ESTAVA SENTADO no interior do templo.

Desde a infância, sempre se sentia seguro dentro dos muros de um templo. Na época, era o de Salt Lake. Quando viera para Washington, fizera daquele templo seu lar. Ali, atrás de uma grossa alvenaria e de portas trancadas, os santos podiam agir como lhes aprouvesse. Ninguém, a não ser os que tivessem recebido a recomendação do templo, podia entrar. As portas só eram abertas aos gentios durante as semanas anteriores à sua consagração. Em 1974, quase um milhão de pessoas andara por aquela magnífica estrutura na zona rural de Maryland. A *Time*, a *Newsweek* e a *U.S. News & World Report* haviam publicado histórias sobre ela. A permissão de visitas fora a norma desde os primeiros dias, um modo de conter os rumores infundados e as falsas concepções sobre o que haveria lá dentro. Mas, uma vez consagrado, um templo tornava-se reino exclusivo dos santos.

Rowan tinha saído da Blair House e tomado um táxi diretamente para lá, sua segunda visita naquela estada em Washington. Mais cedo, no lado de fora, no frio da manhã, havia planejado com seus colegas de congresso o que iria acontecer.

Agora, não tinha mais certeza de nada.

O próprio Charles R. Snow havia entrado na trama.

Uma ocorrência extraordinária, que ele nunca antecipara. Na verdade, estivera contando com a morte do velho. Uma vez ordenado profeta, o que era certo, ele teria toda a igreja à sua disposição. Em vez disso, Snow o havia dispensado, pedindo sua resignação. Aquilo não tinha precedentes. Apóstolos mantinham seus cargos até a morte. Atualmente, ele era o que servira por mais tempo, ascendendo ao longo de toda a hierarquia, agora a um pequeno passo de se tornar o profeta.

E não qualquer profeta.

O primeiro desde Brigham Young a liderar tanto a igreja quanto o governo. E o primeiro a fazê-lo com o status de uma nação independente e viável.

Deseret.

Era verdade que ainda tinha pela frente um plebiscito e uma luta no tribunal, mas confiava que ambos seriam vencidos.

Agora, o sonho parecia estar ameaçado.

Tanto Daniels quanto Snow sabiam de tudo. Será que Stephanie Nelle o entregara? Seria ela uma espiã? Seu aparecimento fora demasiadamente oportuno.

A paranoia estava se instalando.

Como tinha acontecido depois da Guerra Civil e antes da virada do século XX, quando santos foram perseguidos e presos sob a lei antipoligamia de Edmunds-Tucker. Quando a própria igreja fora declarada ilegal. Quando um se voltava contra o outro, havendo espiões por toda parte. A Época de Contratempos, como acabara sendo chamada. E que só havia terminado quando a igreja desistiu e se conformou.

Ele estava sozinho, em uma das salas celestiais.

Tinha de pensar.

O celular vibrou.

Normalmente não se permitiam esses dispositivos dentro do templo. Mas a situação estava longe de ser normal. Ele verificou a tela.

Salazar.

— O que aconteceu? — perguntou Rowan ao atender.

— O relógio se foi. O governo está com ele.

O senador fechou os olhos. A noite estava se tornando um desastre. Nada tinha dado certo.

— Vá para Salt Lake — ordenou. — Estarei lá pela manhã.

— Eles sabiam que estávamos aqui — disse Salazar.

Claro que sabiam. Por que não saberiam?

— Vamos conversar em Salt Lake.

E desligou.

NA SUÍTE DE JOSEPE, Cassiopeia o observava enquanto ele falava ao telefone.

A ligação terminou.

— O presbítero Rowan deu a impressão de estar derrotado — disse ele, a voz não muito mais que um sussurro. — Devo dizer que compartilho desse sentimento. Passamos vários anos trabalhando nisso. Mas foi só nos últimos meses que nosso objetivo passou a ser viável. Nadamos tanto para morrer na praia.

— Sinto muito por ter perdido o relógio.

— A culpa não é sua. É minha. Eu deveria ter previsto os problemas, preparando-me para agir. Deveria ter mandado meus funcionários com você.

— Eles teriam me atrapalhado. Fui eu quem não viu o que ia acontecer.

Josepe deixou escapar um longo suspiro.

— Que tal fazermos assim? Chega de conversa sobre derrotismo esta noite. Vamos jantar em algum lugar.

Cassiopeia não estava disposta a sair, encarnando ou não sua personagem.

— O fuso horário me deixou cansada. Você se incomoda se eu for dormir agora?

STEPHANIE TINHA MONTADO um quartel-general provisório em seu quarto no Mandarin Oriental, o laptop conectado ao servidor seguro do Magellan Billet, seu telefone a postos. Levara Katie Bishop consigo, e a mulher agora estava no quarto ao lado, passando um pente-fino nas anotações secretas de Madison, colhendo cada peça de informação relevante que pudesse. A jovem era brilhante e articulada, e aparentemente estava encantada com Luke Daniels. Na corrida de táxi a partir da Casa Branca, houvera muitas perguntas sobre esse assunto.

E agora o relógio era deles.

Luke e Cotton haviam conseguido.

Stephanie olhou para a tela e para a transmissão em vídeo enviada pelo laptop de Luke em Des Moines. Katie havia consultado os sites apropriados e conversado com o curador do Smithsonian, que explicara como o primeiro relógio de Lincoln tinha sido aberto.

Era bem simples.

O fundo podia ser rosqueado, da direita para a esquerda, no sentido anti-horário, expondo suas peças internas. O único truque era livrar as fissuras da ferrugem, pois havia muito tempo que não eram manuseadas. Algumas pancadinhas delicadas nos lugares certos funcionaram bem na primeira vez.

E tudo isso tinha sido passado adiante, para Iowa.

MALONE ERGUEU O RELÓGIO que estava sobre a mesa. Ele e Luke tinham alugado um quarto em um hotel do centro, distante do que hospedava Salazar, e conversavam por vídeo com Stephanie, em Washington.

Ele ficou admirando a peça, que estava em excelentes condições.

— Vamos tentar não destruí-lo — disse Stephanie na tela.

Malone sorriu para a ex-chefe.

— Isso foi direcionado a mim?

— Você tem uma tendência a quebrar as coisas.

— Pelo menos isso não é um Patrimônio da Humanidade.

Por suas experiências anteriores, estes pareciam ser seu alvo favorito.

O encontro com Cassiopeia pesava em sua mente. Os dois tinham um problema, e não havia conversa no mundo que o solucionaria facilmente. Ele fizera exatamente o contrário do que ela lhe pedira, e haveria consequências.

Malone estendeu o relógio a Luke.

— Faça as honras da casa.

O jovem agarrou firmemente o relógio e tentou afrouxar a placa traseira. As instruções de Stephanie diziam que poderia ser difícil, e estava sendo.

Outras três tentativas não produziram efeito.

— Não está girando — disse Luke.

Tentaram algumas pancadinhas de leve na parte lateral, como fora recomendado, mas nada. Malone se lembrou da época em que gostava de uma salada cítrica com laranjas e toranjas descascadas, conservadas em água e vendidas em um recipiente com tampa rosqueada de plástico. A tampa era sempre difícil de abrir na primeira vez. Finalmente, um dia, ele descobrira o segredo: não devia agarrar com tanta força. Em sua frustração, tentava apertar o plástico com tanta intensidade que ele não se soltava. Então, segurou suavemente o relógio pelas beiradas, firme o suficiente para que seus dedos não deslizassem.

Malone girou, sentindo a resistência das minúsculas roscas.

Mais uma tentativa e mais um movimento.

Leve.

Mas suficiente.

Tornou a segurar, mantendo o toque leve, e soltou a placa traseira.

Pousou o relógio na mesa, e Luke apontou a câmera do laptop para as molas e engrenagens expostas. Stephanie tinha enviado com antecedência uma imagem do interior do outro relógio de Lincoln, quando fora aberto no Smithsonian, e Malone tinha esperado ver a mesma matriz de gravações na estrutura interna.

Mas não havia nada.

Ele e Luke pareceram ter o mesmo pensamento, ao mesmo tempo. Assim, Malone assentiu para o rapaz.

Luke desvirou a placa traseira.

Rowan permanecia sentado no silêncio de uma sala de casamento. Haviam chegado algumas pessoas à sala celestial, e ele não estava a fim de companhia, por isso fora embora. Perguntou-se quantas cerimônias teriam sido realizadas ali. Pensou no seu próprio casamento, em uma sala no templo de Salt Lake. Noiva e noivo ajoelhados, olhando um para o outro através do altar, suas famílias sentadas atrás deles, de cada lado. Os dois de mãos dadas, pronunciando o pacto de serem fiéis um ao outro, a Deus e de cumprir Seus mandamentos. Serem selados em nome de Jesus, pela autoridade sacerdotal, em um templo, queria dizer estarem juntos por toda a eternidade — não apenas "até que a morte nos separe". Ali, como na maioria das salas de casamento, espelhos afixados nas paredes permitiam que o casal se visse simbolicamente em muitos reflexos, juntos por toda a eternidade.

*E eu darei a vocês as chaves do reino do céu; e o que quer que vocês unam na terra estará unido no céu.*

Mateus 16, 19.

Acreditar que o casamento era para sempre só fortalecia a ligação terrena entre marido e mulher. O divórcio, embora permitido pela igreja, era muito malvisto. A manutenção do compromisso era ensinada e esperada.

E não havia nada de errado nisso.

Rowan estivera rezando pela última meia-hora, inseguro quanto ao que fazer. Não conseguia acreditar que o Pai Celestial o levara até tão longe para, no fim, privá-lo de seu momento de glória.

O celular vibrou em seu bolso mais uma vez.

Ele verificou a tela.

Número desconhecido.

Decidiu atender.

— Você não pensou que eu ia confiar em você? — questionou Stephanie Nelle em seu ouvido.

— Você armou para mim.

— É mesmo? E como consegui fazer isso?

— Não tenho tempo nem vontade de me explicar para você.

— Quero que o interesse de seu comitê em meu departamento seja oficialmente retirado. Quero que o senhor me deixe em paz, senador. Quero o senhor fora da minha vida.

— Sinceramente, não dou a mínima...

— Estou com o relógio.

Teria ouvido bem?

— Mandei meu pessoal pegá-lo, e eles conseguiram.

— Como é que você sabe que eu o queria?

— Também li o que Lincoln deixou naquele livro. Fiz uma cópia da página antes de você arrancá-la.

Uma ajuda? Uma segunda oportunidade?

— Temos um acordo, senador?

Não havia escolha.

— Temos. Entregarei a carta amanhã. Meu comitê vai dizer que não precisa de nada que você possa ter.

— É o que eu espero. Só que preciso da carta redigida e assinada dentro de uma hora, o original entregue a mim.

— Feito. Agora, estou aguardando.

— Abra seu e-mail. Enviei algumas imagens juntamente com o endereço para entregar a carta. Se você não enviá-la dentro de uma hora, seu pequeno plano vai por água abaixo. Entendeu?

— Sim.

— Adeus, senador.

Ele tocou na tela de seu smartphone e encontrou o e-mail. Duas fotos foram baixadas. A primeira era de um relógio de bolso aberto. A segunda era a imagem ampliada da tampa traseira do relógio, no lado interior, com duas palavras gravadas na prata, em espanhol.

**FALTA NADA.**

Rowan pensou no mapa que Lincoln havia rabiscado no Livro de Mórmon, em como cada lugar tinha sido rotulado, exceto um.

E aqui estava o pedaço de informação omitido.

Ele sorriu, olhou para cima, para o Pai Celestial, e sussurrou:

— Obrigado.

Suas preces foram ouvidas. Havia alguns instantes estava atolado, literalmente no fim, e agora voltava à ativa. Melhor ainda, não precisava de Charles Snow, de Stephanie Nelle, de Danny Daniels, de Brigham Young ou de qualquer mapa que Lincoln pudesse ter deixado para trás.

Ele sabia exatamente onde seu prêmio estava.

## Capítulo 60

22:00

STEPHANIE SAIU DO MANDARIN ORIENTAL e foi de táxi em direção à Casa Branca. Fizera exatamente o que Danny Daniels pedira, passando a Rowan a informação obtida em Iowa. Para reforçar sua credibilidade, uma imagem do interior do relógio fora enviada também. Rowan, por sua vez, tinha assinado a carta abrindo mão da investigação sobre ela e a entregara no hotel, seguindo suas orientações. Mas, agora, Salazar e Cassiopeia saberiam o que Rowan sabia. Stephanie percebia a sensatez naquilo que o presidente queria que fosse feito, mas não gostava das consequências. Quase vinte anos no negócio da inteligência a haviam ensinado a reconhecer quando chegava o fim do jogo.

O táxi a deixou perto da Blair House, e ela caminhou o restante do percurso, sua entrada sendo permitida pelo Serviço Secreto, que a levou a uma sala com paredes amarelas e um retrato de Abraham Lincoln. Lá, esperando-a, estavam Daniels e Charles R. Snow, décimo sétimo profeta da Igreja de Jesus Cristo dos Santos dos Últimos Dias. Daniels já lhe informara por telefone sobre o que acontecera poucas horas atrás com Rowan.

Os dois homens pareciam agitados.

— Em 20 de dezembro de 1860, menos de dois meses após Lincoln ter sido eleito presidente, a Carolina do Sul separou-se da União — disse Daniels. — Foi o primeiro estado a fazer isso. Nos sessenta dias seguintes, Mississippi, Alabama, Geórgia, Louisiana e Texas fizeram o mesmo. Depois, em abril de 1861, Fort Sumter foi atacado. Cinco dias depois, Virgínia, Arkansas, Tennessee e Carolina do Norte deixaram a União.

Stephanie o ouvia falar, de volta ao mesmo tom tranquilo e monótono do dia anterior.

— Bem aqui, nesta sala — disse o presidente —, alguns dias após Sumter ter sido atacado, Francis Preston Blair conversou com Robert E. Lee. O presidente Lincoln queria que Lee comandasse as forças do Norte e pediu a Blair que verificasse se isso era possível. Lee, sendo quem era, recusou. *Como posso empunhar minha espada contra a Virgínia, meu estado natal?*

— Aquela guerra mudou a lealdade de todos — disse Snow. — Os santos também tiveram de fazer escolhas. Embora estivéssemos longe, no vale de Salt Lake, a guerra nos achou.

— Lincoln confiou em vocês o bastante para enviar aquele documento.

— Não tenho certeza de que o fez por confiança. Ele tinha de acalmar Brigham Young e assegurar o oeste. Sabia que Young nunca aceitaria apenas sua palavra, então enviou algo valioso o suficiente para demonstrar que estava falando sério.

— Mas Young poderia ter levado o documento para o sul — disse Stephanie. — E terminado com tudo. Pelo que li, os mórmons daquela época odiavam o governo federal.

— Isso é verdade. Sentimos que ele nos abandonara. Mas também é verdade que prezávamos a Constituição. Nunca achamos que era nosso dever destruir a nação.

— O senhor não acredita na Profecia do Cavalo Branco, acredita? — perguntou Daniels.

— Se você me perguntasse isso há alguns dias, eu diria que não. Agora, não tenho mais muita certeza. Boa parte do que ela diz está se tornando realidade.

O presidente parecia cansado.

— Seiscentas mil pessoas morreram na Guerra Civil. Mais do que em todas as nossas outras guerras juntas. É muito sangue americano derramado.

E ela ouviu o que não fora dito.

*Provavelmente por nada.*

— Mas não podemos culpar Lincoln pelo que ele fez — continuou Daniels. — O homem tinha uma decisão difícil a tomar, e a tomou. Estamos aqui graças a isso. O mundo é um lugar melhor graças a isso. Tornar público aquele documento teria acabado com a nação. Se tivesse sido assim, quem sabe como seria o mundo hoje? — O presidente fez uma pausa. — Sim, ele ignorou a vontade e as palavras dos fundadores. Ele escolheu sozinho, por conta própria, determinar o que era certo para este país.

E agora ela se dava conta da razão pela qual estava ali.

— Uma escolha que você também terá de fazer em breve.

Os olhos de Daniels encontraram os dela.

— Se esse documento ainda existir, tomarei a mesma decisão. As anotações de Madison são um problema, mas são apenas anotações Sua reputação de alterar e editar tudo faz com que elas se tornem suspeitas. Não são provas suficientes para dissolver o país. Mas o próprio documento, assinado e datado, seria definitivo. Sabe-se lá o que os tribunais fariam com ele! É impossível prever. E a opinião pública? Não seria nada boa.

Stephanie olhou para Snow e decidiu aproveitar a oportunidade.

— Qual o significado de *Falta nada*?

— É um lugar com o qual Rowan está bem familiarizado.

Ela captou algo no olhar do profeta.

— O senhor quer que ele vá até lá?

— É *preciso* que ele vá até lá. Mas é importante que seja por sua própria iniciativa. Rowan não deve sentir que está sendo influenciado.

— Você sabe muita coisa sobre o homem que foi o primeiro proprietário desta casa? — perguntou Daniels a ela, interrompendo o rumo da conversa.

Na verdade, Stephanie sabia. Francis Preston Blair. Membro do grupo informal de conselheiros de Andrew Jackson, o chamado Gabinete de Cozinha, editor de um influente jornal de Washington. Ele acabara por vender o jornal e se retirar da política, mas voltara à ativa em 1861, tornando-se um dos amigos em que Lincoln mais confiava.

— Lincoln mandou Blair para Richmond — disse Daniels — como enviado não oficial, para negociar a paz. Essas negociações aconteceram em Hampton Roads, em fevereiro de 1865. O próprio Lincoln compareceu, mas, quando o sul insistiu em sua independência como condição para a paz, não chegaram a um acordo. A União era inegociável, no que dizia respeito a Lincoln. Ele se manteve firme até o fim.

— Você não respondeu à minha pergunta por inteiro — disse Stephanie a Daniels.

Os olhos dele se focaram.

— Não quero ser forçado a tomar decisões quanto ao que fazer com aquele documento. Nem mesmo quero vê-lo.

— Então por que contar a Rowan o que estava escrito no relógio?

— Ele e Salazar têm de ser detidos — disse Snow. — Se eu morrer, o que pode acontecer a qualquer momento, Rowan será o próximo profeta. É assim que funciona conosco. Ele é o primeiro na linha sucessória. Uma vez profeta, não terá de prestar contas a mais ninguém.

— Tentamos fazê-lo desistir — disse Daniels. — Mas você pode imaginar como ele respondeu a isso.

Sim, ela podia.

— Neste momento — Daniels ergueu seus dedos —, temos dez pessoas que sabem do que está acontecendo. Dessas, controlamos todas, menos três: Rowan, Salazar e Cassiopeia. Não sabemos quanto Cassiopeia Vitt sabe, mas presumo que seja bastante. Não estou preocupado com nosso pessoal, nem comigo, com você ou o profeta aqui. Todos conseguimos guardar segredo, e nenhum dos nossos sabe de tudo, de todo modo. Mas esses outros três? São imprevisíveis.

Ela compreendeu.

— Mesmo que consigamos pegar o documento, Rowan, Salazar e Cassiopeia podem abrir o bico.

Daniels assentiu.

— E um deles vai se tornar o próximo chefe supremo de uma organização religiosa rica e influente. Rowan tem uma boa reputação e credibilidade em nível nacional. Tudo indica que Salazar estará do seu lado. É um homem perigoso, e sabemos que assassinou um dos nossos.

As consequências estavam se tornando mais claras.

— Você já ouviu falar do massacre de Mountain Meadows? — perguntou Snow a ela.

Stephanie sacudiu a cabeça.

— Um capítulo vergonhoso de nossa história. Uma caravana de carroças partiu de Arkansas com destino à Califórnia, passando pelo Território de Utah, em 1857. Foi no auge das tensões entre os santos e o governo federal. Um exército estava a caminho para nos subjugar. Sabíamos disso. O medo estava saindo de controle. As carroças fizeram uma parada em Salt Lake, depois foram para o sul, parando num lugar chamado Mountain Meadows. Por motivos ainda desconhecidos, as milícias locais atacaram as carroças e mataram cento e vinte homens, mulheres e crianças. Apenas dezessete crianças, com menos de 7 anos, foram poupadas.

— Que horrível — disse ela.

— Foi mesmo — rebateu Snow. — Mas é um sinal daqueles tempos turbulentos. Não defendo o que aconteceu, mas entendo como algo desse tipo pode ter ocorrido. A paranoia tomava conta de tudo. Viajamos para o oeste para ficarmos em segurança, para que nos deixassem em paz, mas, ainda assim, éramos atacados por um governo que deveria nos proteger.

Snow fez uma pausa, como se quisesse recompor-se.

— Foram necessários dezessete anos, mas, finalmente, em 1874, nove pessoas foram indiciadas pelos assassinatos. Mas só um homem acabou sendo julgado. John Lee. Foram precisos dois julgamentos, mas um júri todo constituído apenas de santos finalmente o condenou, e ele foi executado. Até hoje muitos acreditam que Lee foi um bode expiatório. Alguns dizem que o próprio Brigham Young estava envolvido. Outros dizem que isso não é possível. Nunca saberemos.

— Porque a verdade foi encoberta?

Snow assentiu.

— O tempo permite que tudo se torne confuso. Mas Brigham Young, como profeta, assegurou-se de que a igreja sobrevivesse. Essa também é a minha função.

— Mas a que custo? Pessoas morreram para que isso acontecesse.

— E parece que completamos um ciclo.

— Exceto pelo fato — disse Daniels — de que uma nação inteira tem de sobreviver a esta crise.

Stephanie percebeu o que isso queria dizer.

— Você quer Rowan e Salazar mortos?

Snow se eriçou com a franqueza dela, mas a pergunta precisava ser feita.

— Os Estados Unidos da América não matam pessoas — disse Daniels. — Nem aprovamos o assassinato político. Porém, se a oportunidade de não permitir a sobrevivência de Rowan se apresentar a terceiros, não acho que temos a obrigação de interferir.

Ela captou a mensagem. *Encontre uma maneira aceitável.*

— Mas Salazar? — disse o presidente. — Com ele, o caso é totalmente diferente.

E Stephanie concordava.

Os Estados Unidos da América vingavam os seus.

— O presbítero Salazar — disse Snow — cultua um ídolo que temo nunca ter existido. Joseph Smith, nosso fundador, teve muitas ideias boas, e era um homem decidido e valente. Mas pessoas feito Salazar se recusam a admitir quaisquer falhas. Só enxergam o que querem. Esses danitas que ele organizou são um grupo perigoso, assim como foram no tempo de Smith. Não têm lugar em nossa igreja.

— O senhor sabia que os danitas existiam antes de eu lhe ter contado? — perguntou Daniels.

— Ouvi boatos. E por isso estava vigiando Rowan e Salazar.

Stephanie lembrou o que Edwin Davis dissera. *Tínhamos esperança de que o tempo desse um jeito nas coisas, mas recebemos informação que indicam não ser esse o caso.* E então se deu conta de algo.

— O senhor nos passou as informações?

Daniels assentiu.

— Por mais de um ano. Nessa época, já vigiávamos Rowan também. Então trocamos informações. Cada um de nós sabia de coisas que o outro não sabia.

— E agora vocês dois são os únicos que sabem de tudo?

Não houve resposta.

— O fato de Salazar ter matado um de seus agentes me entristece — disse finalmente Snow. — Mas não me surpreende. Houve um tempo, bem lá no início, em que acreditávamos em expiação por meio de sangue. O ato de matar era racionalizado, até mesmo legitimado. Repudiamos essa barbárie há muito tempo. Nossa igreja não aprova, de maneira alguma, o assassinato, seja qual for o motivo. Meu coração sofre por esse homem que foi morto.

— Isso precisa acabar — disse Daniels, a voz mais forte. — Descobrimos movimentos separatistas espalhados por todo o país, e Rowan está ateando fogo nessas fogueiras. Ele tem pessoas prontas e esperando para explorar o que vai acontecer em Utah. Como descobrimos esta manhã, ele conta com o apoio da maioria do Legislativo de Utah, juntamente com o governador. Será como em 1860. A Carolina do Sul mostrou o caminho, e outros estados foram atrás rapidamente. Certamente não poderemos usar qualquer forma de violência, e, considerando o que sabemos sobre os fundadores, podemos não dispor de meios legais para evitar uma crise.

Um momento de tenso silêncio preencheu a sala. Parecia que cada um considerava as consequências do que tinha de ser feito.

— Quero que você acompanhe o profeta de volta a Utah e encontre um meio de deter Rowan e Salazar em *Falta Nada*. — O presidente fez uma pausa. — Permanentemente.

Mas havia outra coisa.

— E Cassiopeia? — perguntou Stephanie.

Cotton tivera a chance de cuidar dela em Iowa e fracassara. O relatório de campo de Luke também não fora encorajador. Cassiopeia estava envolvida demais no problema para continuar a ser eficaz.

Stephanie sabia o que devia ser feito.

— Vou cuidar dela também.

## Capítulo 61

SALT LAKE CITY
SÁBADO, 11 DE OUTUBRO
10:00

MALONE ADMIRAVA A PRAÇA DO TEMPLO. Nunca a visitara antes, mas tinha lido sobre o que acontecera ali muito tempo atrás. Uma placa de bronze fixada no alto muro de pedra ao redor de seu perímetro exterior registrava suas origens.

> FIXADA POR ORSON PRATT COM A ASSISTÊNCIA DE HENRY G.
> SHERWOOD, 3 DE AGOSTO DE 1847, AO SE COMEÇAR O
> LEVANTAMENTO ORIGINAL DA "GRANDE SALT LAKE CITY"
> EM TORNO DO LUGAR PARA O TEMPLO MÓRMON PROJETADO
> POR BRIGHAM YOUNG EM 28 DE JULHO DE 1847.
> AS RUAS DA CIDADE FORAM NOMEADAS E
> NUMERADAS A PARTIR DESTE PONTO.

Havia um monumento de concreto debaixo da placa no qual as palavras BASE e MERIDIANO haviam sido gravadas em cinzel. Aquele era o ponto a partir do qual tudo à sua volta — uma cidade inteira, hoje residência de 200 mil pessoas — tinha sido construído.

Era difícil não ficar impressionado.

Ele e Luke saíram de Des Moines logo após o amanhecer, em uma aeronave do Departamento de Justiça enviada por Stephanie. Foram informados de que Salazar e Cassiopeia também seguiam para lá. O senador Thaddeus Rowan deixara Washington, D.C., bem tarde na noite anterior, e já estava de volta à sua residência em Utah.

As instruções de Stephanie foram que os dois estivessem lá às dez da manhã. Tudo seria explicado, dissera ela. A placa e o monumento eram adjacentes à movimentada South Temple Street, bem em frente a um shopping e à Deseret Book Company. Ambos estavam armados com Berettas especiais do Magellan Billet, idênticas àquela que tinha debaixo de sua cama em Copenhague. Malone telefonara para a livraria mais cedo, depois de terem pousado, para saber como iam as coisas. Felizmente, as três senhoras que trabalhavam na loja cuidavam do estabelecimento como se fosse delas mesmas, então tudo estava sob controle. Ele valorizava seu trabalho duro e as recompensava com um alto salário e participação nos lucros. Considerando os percalços pelos quais a livraria havia passado nos últimos anos, era de surpreender que elas ainda continuassem por lá.

Um carro Lincoln Navigator com janelas escurecidas surgiu dentre o tráfego e parou junto ao meio-fio. O vidro da janela traseira baixou, e o rosto de um homem idoso apareceu.

— Sr. Malone. Sr. Daniels. Sou Charles Snow e vim buscá-los.

A porta do carona se abriu, e dela emergiu Stephanie.

— Por que não estou surpreso ao vê-lo aqui? — indagou Malone.

— Porque esta não é a sua primeira vez.

Ele olhou para Luke.

— Imagino que você sabia.

— Estou na folha de pagamento, meu velho.

O motorista, um homem jovem, saiu do carro e ofereceu um molho de chaves.

— Pensei, talvez, que o Sr. Daniels poderia dirigir — disse Snow.

— E nós dois poderíamos sentar aqui atrás, Sr. Malone.

Ele já identificara o nome e o rosto, reconhecendo em Snow o atual líder da Igreja de Jesus Cristo dos Santos dos Últimos Dias.

Malone sentou no banco de trás do Navigator, Luke e Stephanie nos da frente.

— É importante que eu vá com vocês — disse Snow. — Minhas pernas estão fracas, mas elas terão de funcionar. Vou cuidar para que funcionem.

Ele ficou curioso.

— Por que isso é tão importante?

Snow assentiu com a cabeça.

— É importante, tanto para *minha* igreja quanto para *nosso* país.

— Estamos indo para *Falta Nada*?

— É para onde estamos indo. Sr. Daniels, se ligar o GPS, a rota já está pré-programada. É um percurso que deve durar cerca de uma hora. — Charles Snow fez uma pausa. — Mas, nos velhos tempos, eram dois dias a cavalo.

Luke guiou o carro pelo caminho indicado, a tela do navegador iluminada com um mapa, uma seta apontando a direção a seguir.

— A Srta. Nelle me contou que o senhor foi um dos melhores agentes do governo — disse Snow.

— Ela é exagerada.

— O presidente Daniels disse a mesma coisa.

— Ele também sabe contar umas mentiras.

Snow deu um risinho.

— O presidente é um homem forte. Meu coração está sofrendo por ele. Talvez precise tomar algumas decisões difíceis em breve.

Malone pensou ter entendido.

— Salazar?

Snow assentiu.

— Um homem mau. Mas só percebi a dimensão de sua maldade nos últimos dois dias. Ele matou um de seus agentes. Eu orei pela alma que partiu.

— Isso não será de muito consolo para sua viúva e seus filhos.

Snow o avaliou com um olhar duro.

— Não. Imagino que não.

Malone entendia a matança. Nunca era uma coisa boa. Mas havia uma diferença entre a autodefesa no calor da batalha e o ato cometido a sangue-frio, com o qual Josepe Salazar parecia não se importar.

— Preciso saber o que é *Falta Nada*.

Ele notou que Stephanie não se virara para participar da conversa. Em vez disso, mantinha o olhar fixo na paisagem adiante, a boca fechada.

— Nunca pensei que viajaria novamente para as montanhas — disse Snow. — O que acontece, Sr. Malone, é que estou morrendo. Basta olhar para saber. Mas, recentemente, uma nova força se instalou em mim. Talvez seja o último pedacinho de vida antes que a morte assuma o controle. Só espero que dure até terminarmos isso.

Malone sabia o bastante sobre a situação para dizer:

— Essa confusão está sendo armada há muito tempo. O senhor apenas a herdou.

— É verdade. Mas Rowan é o *meu* problema. O presidente e eu tentamos obter sua renúncia, mas ele recusou. Não posso desafiá-lo publicamente devido à sua posição e à extrema sensibilidade de toda a situação. Em vez disso, *nós* temos de cuidar dele. Hoje.

Poucos homens chegavam a conduzir as maiores religiões do mundo. Papas católicos. Patriarcas ortodoxos. Arcebispos protestantes. Ali estava o profeta dos santos. Malone se compadecia tanto com a saúde do homem quanto com sua situação difícil, mas eles estavam se dirigindo a um perigo desconhecido.

Precisava se preparar.

— *Falta Nada* — disse ele. — Quero saber mais sobre isso.

*Utah se estabeleceu dois anos antes da corrida do ouro para a Califórnia, em 1849. A Igreja de Jesus Cristo dos Santos dos Últimos Dias opunha-se à exploração do ouro em todas as suas formas, pois distraía seus membros dos trabalhos de construção de Zion. Em 1847, quando chegaram os pioneiros, a* maioria não tinha um centavo. Mas, em 1850, os santos estavam cunhando moedas de ouro e forrando seu novo templo com folhas douradas. De onde viera toda essa riqueza?

Havia muito tempo que a bacia de Salt Lake era ocupada pelos utes. Surpreendentemente, os nativos deram boas-vindas aos imigrantes religiosos. Wakara, seu chefe, tornou-se próximo dos recém-chegados, especialmente de um santo chamado Isaac Morley. Posteriormente, Wakara admitiu para o irmão Isaac que, anos atrás, ele tivera uma visão de Towats, a palavra ute para "Deus". Nessa visão, fora dito ao chefe que desse ouro aos "cartolas" que um dia viriam para sua terra. Os santos correspondiam perfeitamente a essa descrição e, assim, Wakara levou o irmão Isaac a Carre-Shinob, um lugar sagrado, supostamente construído pelos ancestrais. Lá, Morley reuniu cinquenta e oito libras de ouro refinado e as enviou a Brigham Young, em Salt Lake City. Então, foi feito um acordo para receber mais daquela provisão, que Wakara aceitou sob duas condições. Apenas um homem poderia conhecer a localização da mina, e esse homem tinha de contar com a confiança de ambas as partes. O irmão Isaac foi escolhido para a função, mas, com o passar do tempo, ficou velho demais para fazer a viagem anual.

Em 1852, foi escolhido outro homem.

Thomas Rhoades.

De sua primeira jornada à mina secreta, Rhoades voltou com sessenta e duas libras de ouro. Outras viagens foram feitas em anos subsequentes. Wakara morreu em 1865, e seu filho, Arapeen, sucedeu-lhe como chefe. Ao mesmo tempo, Rhoades também adoeceu e não pôde mais fazer a viagem anual para as montanhas.

Assim, Brigham Young estava com um problema.

Ele não tinha certeza de que o novo chefe honraria o acordo. Se o fizesse, Young precisava da permissão de Arapeen para que Caleb Rhoades, filho de Thomas Rhoades, assumisse a extração de ouro. Isso foi acordado com ressalvas, e um nativo teria de escolher Caleb em suas visitas. Com o tempo, Caleb ganhou a confiança de Arapeen para ir sozinho, e fez muitas viagens. O sucessor de Arapeen pôs fim ao acordo, mas Caleb Rhoades continuou a fazer suas jornadas, agora em segredo. Ele até fez uma petição ao Congresso *por um arrendamento de terras, mas ela foi negada. O governo federal posteriormente contratou outras companhias para que pesquisassem e minerassem a região. Geólogos pagos pelo governo vieram e perscrutaram, mas nunca acharam a fabulosa Mina de Rhoades.*

*Brigham Young sabia que, se a notícia de que Utah possuía tal tesouro se espalhasse, uma corrida do ouro ainda maior do que a da Califórnia se desencadearia. Essa era a última coisa que ele queria, já que os santos tinham fugido para o oeste para escapar dos gentios. Assim, proibiu qualquer menção à mina. Todo santo que participasse da prospecção seria excomungado.*

— A Mina de Rhoades é uma de nossas lendas — disse Snow. — Poucos fatos são conhecidos sobre ela, graças à ordem de Young de se guardar silêncio. Só uma porção de histórias improváveis. Mas não é de todo uma mentira.

— Que interessante ouvir você admitir isso — disse Malone.

— Até recentemente, era só uma lenda inofensiva. Agora, contudo, as coisas mudaram.

Para dizer o mínimo.

— Brigham Young tinha um trabalho difícil — continuou Snow. — Ele estava construindo uma nação *e* uma fé. Seus santos viviam em um dos lugares mais agrestes que se possa imaginar. Dinheiro era algo inexistente. Então ele fez o que tinha de ser feito.

Malone observava o percurso enquanto Luke entrava na Interstate 15, seguindo para o norte, deixando Salt Lake em direção a Ogden. Notou também os olhos do homem mais jovem a observá-los pelo retrovisor.

E Stephanie continuava em silêncio.

— Havia ouro refinado na mina sagrada que Wakara mostrou a Isaac Morley — prosseguiu Snow. — Muito provavelmente trazido do México para o norte por espanhóis, séculos antes, e guardados lá em segredo. Barras, moedas, pepitas, ouro em pó. Os utes descobriram o esconderijo, mas ouro não era algo precioso para eles. Assim, Wakara fez o acordo pensando estar agradando não apenas os recém-chegados, mas também seu próprio Deus. Ao contrário do que diz a lenda, foi Young, e não os utes, que insistiu que somente uma pessoa tivesse acesso. Durante dez anos, ele ordenhou a mina, permitindo que ouro escoasse lentamente para nossa economia. Moedas foram cunhadas, salários foram pagos com as moedas, bens foram trazidos com esses pagamentos. Ninguém jamais questionou a fonte. As pessoas só ficavam felizes com o fato de o dinheiro existir. Lembre-se, nós éramos uma sociedade fechada. Aquele ouro só se movia em círculos, nunca saía de lá, sempre beneficiando cada pessoa que o possuísse. Depois, em 1857, com a chegada da guerra contra os Estados Unidos, veio também a ameaça de se perder a riqueza. Então, Young ordenou que o ouro fosse repatriado. Tudo foi derretido, carregado em carroças e supostamente enviado para a Califórnia, para ser guardado em segurança, até que passasse a ameaça.

Snow procurou no bolso e dele tirou algo, estendendo-lhe.

Uma moeda de ouro.

Em uma das faces, havia mãos que se apertavam, rodeadas pelas letras maiúsculas G S L C P G, e o valor anotado de cinco dólares. No verso, um olho que tudo vê rodeado pelas palavras SAGRADO É O SENHOR.

— Essas letras significam *Greater Salt Lake City Pure Gold*, um nome um tanto equivocado, já que as moedas foram feitas de lingotes de metal que continham prata e cobre. São cerca de oitenta por cento de ouro. É uma das moedas cunhadas por Young, incluídas em uma cápsula do tempo que ele montou dentro de uma pedra fundamental do templo de Salt Lake. Nós a abrimos em 1993. As moedas eram todas iguais, diferindo apenas no valor, que ia de dois dólares e cinquenta centavos até vinte dólares. O assim chamado dinheiro mórmon.

— Isso foi uma das causas dos problemas que ele teve com o governo federal — disse Malone. — A Constituição diz que só o Congresso pode emitir dinheiro.

— Brigham Young tendia a ignorar as leis com as quais não concordava. Mas, em sua defesa, estávamos muito longe dos Estados

Unidos e precisávamos sobreviver. Para isso, era necessário ter uma economia que pudéssemos controlar. Então, ele criou uma.

— Só que aquelas carroças nunca chegaram à Califórnia — interveio Luke do banco da frente. — Na verdade, elas foram encontradas alguns dias atrás, no Zion National Park, escondidas em uma caverna com quatro esqueletos.

— É verdade — confirmou Snow. — Em 1857, a mina sagrada dos utes foi tampada. Assim, Brigham Young tomou a decisão de recompor seu suprimento com o ouro das carroças. A mesma riqueza, de volta ao ponto inicial. Mas, dessa vez, não ficaria escondida na mina sagrada. Young conseguiu a concessão de um terreno privado na legislatura territorial e criou um novo lugar, particular, que ele controlava. *Falta Nada.*

— O nome tem um toque de ironia?

— Sempre pensei que sim. Aos poucos, nas duas décadas seguintes, o ouro foi se infiltrando de volta em nossa comunidade.

— Mas não para seus proprietários legítimos.

Snow fez uma pausa, depois balançou a cabeça.

— Não. Mais uma dessas decisões difíceis tomadas por Young. Mas acabou sendo um ato brilhante. Nossa economia floresceu. Prosperamos muito após o fim da Guerra Civil, especialmente na passagem do século XIX para o XX.

— Quatro homens foram mortos naquela caverna com as carroças — disse Luke do banco da frente.

— Eu sei — respondeu Snow. — Fjeldsted. Hyde. Woodruff. Egan. Sabemos seus nomes há muitos anos.

— O que significa a mensagem na caverna? — perguntou Luke.

— *Maldito seja o profeta. Não se esqueçam de nós.*

Ninguém tinha contado nada a Malone sobre qualquer caverna, mas ele deixou passar.

— Temo que seja difícil ignorar as consequências. Young era o profeta na época, e eles o culpavam por suas mortes.

— Parece que tinham boas razões para isso — disse Luke.

— O que lhes contei até agora tem sido passado de profeta para profeta, e só para eles. Mas, quando aquelas carroças foram encontradas, descobri um novo aspecto da história. Os quatro homens assassinados nunca constaram nas informações passadas.

— Rowan sabe disso?

Snow balançou a cabeça.

— Ele sabe das carroças, mas não lhe contei nada sobre os outros detalhes, nem contarei.

O carro continuava a passar velozmente pela estrada, a paisagem tornando-se mais rural e agreste.

— *Falta nada* eventualmente se tornou um lugar para os profetas — disse Snow. — O ouro tinha acabado, a fornalha de fundição fora removida. Assim, passou a ser um lugar de refúgio no deserto.

Malone não estava gostando daquele silêncio no banco dianteiro, então perguntou:

— Stephanie, onde estão Salazar e Cassiopeia?

— Bem à nossa frente — disse ela, os olhos ainda voltados para o para-brisa. — Já devem ter chegado lá, junto com Rowan.

Ele percebeu o tom inexpressivo. O que era preocupante — de muitas maneiras. Malone conhecia bastante a situação para saber que nenhuma dessas informações poderia jamais ver a luz do dia. Explosivas demais, com consequências profundas demais. Não só para a igreja mórmon, mas também para os Estados Unidos da América.

Salazar?

Rowan?

Eles eram uma coisa.

Mas Cassiopeia.

Ela era outra, totalmente diferente.

E, dessa vez, estava em apuros.

# Capítulo 62

CASSIOPEIA ESTAVA JUNTO DO CARRO. Ela e Josepe haviam feito a viagem ao nordeste a partir de Salt Lake City em pouco mais de uma hora, e fazia vinte minutos que esperavam no ar matinal da montanha. Os picos que os rodeavam não eram especialmente elevados, mas as geleiras tinham feito esculturas, nitidamente evidenciadas por rachaduras profundas e cânions escuros. A estrada de duas pistas para leste, saída da interestadual, serpenteava através de uma paisagem espetacular e deserta, espessamente coberta de álamos, bétulas e espruce, todos vestidos de ouro outonal. Mais três quilômetros de um caminho de cascalho os levaram a uma clareira entre as árvores, onde, então, estacionaram. Um cartaz em um poste anunciava:

PROPRIEDADE PRIVADA
Não ultrapasse
Terrenos patrulhados

Josepe ficara calado tanto no voo de Iowa quanto no percurso de carro para o norte do aeroporto. Ela preferia esse silêncio, uma vez que sua própria ira estava ficando cada vez mais difícil de controlar. Alguém estava passando informações para Thaddeus Rowan. Alguém que recebera essas informações de Cotton. De que outro modo alguém saberia o que havia dentro daquele relógio? Cotton certamente o tinha aberto e relatado a Stephanie o que encontrara. Depois, isso fora passado ao senador. Cassiopeia acabara pressionando Josepe, que ligara para Rowan, o qual, por sua vez, revelara que tinha uma fonte dentro do governo, agindo como seu aliado.

Mas por que confiar em tal fonte?

A resposta era fácil.

Rowan *queria* acreditar. Assim como Josepe. Tinham perdido toda a objetividade, dispostos a assumir riscos que qualquer pessoa cautelosa jamais assumiria. Eram tolos. E ela, o que era? Uma mentirosa? Uma trapaceira?

Pior?

Estava com raiva de Cotton. Pedira a ele que ficasse fora daquilo, mas ele a ignorara. Estivera pronto e a postos em Des Moines, aparentemente ciente de cada movimento dela. Mas por que não estaria? Os dois se conheciam; se amavam.

Pelo menos era o que Cassiopeia pensava.

Mas também precisava aceitar que aquilo envolvia o país *dele*, não o dela. A ameaça era muito mais real e imediata para Cotton. E isso fazia claramente diferença, ao menos na visão dele.

— Este lugar é lindo — disse Josepe.

Ela concordou. O lugar era alto, com o ar cristalino e revigorante a refrescá-los, fazendo-a se lembrar de Salzburgo. A neve pontilhava os picos distantes, um platô arborizado estendia-se diante deles por quilômetros, as marcas de incêndio do passado ainda visíveis. O sol da manhã brilhava na superfície de um lago próximo. Os dois danitas também tinham vindo e mantinham seu empregador sob vigilância cerrada. Cassiopeia presumia que ambos estivessem armados. Assim como Josepe. Vislumbrara um coldre à altura do ombro, sob seu paletó.

Não era interessante que não lhe tivessem oferecido uma arma?

SALAZAR NUNCA SE AVENTURARA para além de Salt Lake, na região deserta que fora atravessada pelos pioneiros. Mas lá estava ele, entre as árvores e as montanhas de Deseret, por onde os primeiros santos haviam passado em seu caminho para a terra prometida. Aqueles primeiros colonos eram bem diferentes de outros imigrantes ocidentais. Não empregavam guias profissionais, preferindo achar, sozinhos, seu caminho. Também iam aprimorando o percurso enquanto viajavam, a fim de torná-lo melhor para o próximo grupo. Eram coesos, movendo-se juntos, uma cultura, uma fé, um povo — peregrinos modernos, expulsos de suas casas pela intolerância e pela perseguição —, com a intenção de encontrar sua salvação na terra.

Levara dois anos para que o primeiro grupo percorresse os mais de dois mil quilômetros de Illinois até a Grande Bacia. Em 1847, 1.650 conseguiram chegar ao vale. O primeiro ano fora árduo, mas o seguinte fora ainda pior. As plantações de primavera pareciam ser promissoras, mas hordas de grilos as invadiram — *três a quatro por folha*, como descrevera um santo — e começaram a devorar as colheitas. Os peregrinos lutaram contra a praga usando vassouras, pedaços de pau, fogo e água. Qualquer coisa, todas as coisas. Preces também. Que finalmente foram ouvidas, com um sinal dos céus. Gaivotas. Que vieram aos milhares e devoraram os insetos.

O Milagre das Gaivotas.

Alguns dizem que a história estava exagerada. Outros, que nunca acontecera. Mas Salazar acreditava em cada palavra. E por que não acreditaria? Deus e os profetas sempre traziam a providência — por que seria impossível que a ajuda viesse exatamente no momento certo? A gaivota era a ave do estado de Utah, e ele tinha certeza de que continuaria a ser na iminente nação independente de Deseret.

Ele se sentia revigorado.

Logo, mais uma vez, tudo aquilo seria dos santos.

— Este é um lugar especial — disse ele a Cassiopeia.

— Não há nada aqui — respondeu ela.

— Precisamos caminhar. *Falta Nada* está perto.

Salazar ouviu o ronco de um motor e se virou para ver um pequeno carro vermelho se aproximar. O veículo parou, e o presbítero Rowan saiu dele, usando jeans e botas, pronto para o deserto.

Cumprimentaram-se com um aperto de mão.

— É bom vê-lo aqui novamente, irmão — disse o senador. — Este é um grande dia, igual ao momento em que os pioneiros chegaram pela primeira vez. Se tivermos sucesso, tudo vai mudar.

Salazar também estava energizado pelas possibilidades.

Rowan notou a presença de Cassiopeia.

— E quem é esta?

Ele a apresentou.

— Ela tem sido uma ajuda inestimável nestes últimos dias. Foi Cassiopeia quem pegou o relógio antes de ele ser roubado outra vez.

— Você nunca a mencionou — comentou o senador.

— Eu sei. Tudo aconteceu muito rápido.

Salazar explicou como os dois se conheciam desde a infância, como tinham sido próximos, depois seguido seus caminhos, e agora novamente se reuniam. Rowan pareceu ficar contente com o redespertar de Cassiopeia e com o fato de a família dela estar entre os primeiros convertidos europeus.

— Na verdade, eu me lembro do seu pai — disse Rowan. — Na década de 1970, eu estava trabalhando com a igreja na Europa. Ele liderava a estaca em Barcelona, se não me falha a memória. Um homem realmente espiritualizado e dedicado.

— Obrigado por mencionar isso. Sempre pensei assim também.

Apesar de a presença de Cassiopeia trazer apreensão aos olhos do presbítero no início, agora ele exibia tranquilidade. Talvez por saber que ela era uma santa de nascença?

— Cassiopeia está ciente do que estamos fazendo. Ela também ajudou a cuidar dos americanos em Salzburgo. Nós dois estamos conversando sobre um futuro juntos.

Salazar esperava não estar sendo presunçoso com a revelação.

— Eu gostaria que ela participasse disso — continuou ele.

— Então ela irá — disse Rowan. — Percorremos um longo caminho, irmão. Houve tempos em que duvidei de que chegaríamos tão longe. Mas estamos aqui. Então, vamos todos reclamar nosso prêmio.

Salazar olhou para seus dois homens.

— Fiquem aqui e vigiem. Podemos nos falar por telefone se for necessário.

Os dois danitas assentiram.

Não era apropriado que testemunhassem nada do que estava prestes a acontecer.

Ele se virou para o presbítero Rowan.

— Por favor, mostre o caminho.

O SENADOR ROWAN já estivera ali, uma vez, anos atrás. O profeta que servira antes de Charles Snow havia organizado um retiro para os presbíteros. Passaram três dias rezando, tomando decisões que governariam a igreja nos anos a seguir. Desde então, ouvira pouco sobre o lugar, embora soubesse que ainda era mantido. A casa tinha sido construída cerca de cinquenta anos atrás e passara por reformas várias vezes. Duzentos e quarenta acres de floresta rodeavam a construção, todos de propriedade da igreja. Até onde se lembrava, uma empresa de segurança privada vigiava o terreno, então teria de lidar com isso em algum momento. Era improvável, contudo, que causassem qualquer problema para a segunda maior autoridade da igreja.

Rowan ia à frente, abrindo caminho entre árvores, seguindo uma trilha que serpenteava pelo bosque, sempre subindo. Os santos se haviam estabelecido principalmente ao longo do limite ocidental da Cordilheira de Wasatch, onde escoavam os rios, fundando vinte e cinco cidades ao longo de cento e sessenta quilômetros de fachada montanhosa. Oitenta e cinco por cento da população de Utah ainda vivia ao redor de vinte e cinco quilômetros da cordilheira de Wasatch, dois milhões de pessoas, no que era simplesmente chamado de a Frente. As encostas do leste eram mais suaves, abrigando estações de esqui. Ali, na encosta ocidental, o terreno era muito mais difícil de percorrer e 1.600 metros mais alto do que em Salt Lake. A ideia de *Falta Nada* havia sido modelar algo que lembrasse os primeiros tempos, e, por entre as árvores, Rowan divisou a casa de três andares. Maciças toras cortadas pelo homem haviam sido entalhadas e ajustadas umas às outras, os interstícios preenchidos com argamassa e delineando a madeira antiga com suas linhas cinzentas e espessas. Grandes janelas panorâmicas salientes pontilhavam o andar térreo, com outras mais acima, a casa toda uma prazerosa mistura de madeira, pedra e vidro. Ficava a quase cem metros da montanha, e uma trilha em zigue-zague subia sinuosamente entre as árvores.

— A casa não é *Falta Nada* — explicou ele. — Foi construída depois de o refúgio ter sido descoberto.

— Então para onde estamos indo? — perguntou Salazar enquanto seguiam em frente.

Rowan apontou para a montanha.

— Lá para dentro.

## Capítulo 63

LUKE FEZ UMA CURVA NA ESTRADA DE TERRA e avistou dois carros estacionados à frente. Tinham deixado a interestadual trinta minutos antes e uma estrada de asfalto alguns quilômetros atrás, seguindo o GPS. Stephanie passara o percurso inteiro sentada a seu lado e pouco falara. Malone e Snow, no assento de trás, também já estavam calados havia algum tempo. Todos pareciam estar ansiosos. Ele queria acabar logo com aquilo. Divisou dois homens sentados junto aos carros.

— São os mesmos dois sujeitos de Salzburgo — disse Malone. — Duvido que fiquem felizes ao me ver.

— Posso cuidar deles — disse Snow. — Libere a trava do meu lado.

Luke parou o carro, e o profeta baixou o vidro de sua janela. Os dois danitas pareciam a postos, as mãos dentro dos paletós, com certeza em suas armas. A mão direita de Luke achou sua própria pistola.

— Vocês sabem quem eu sou? — perguntou Snow.

Eles assentiram.

— Então façam exatamente o que eu disser. Está claro?

Ambos ficaram calados.

— Eu sou o seu profeta. Vocês juraram me proteger, não juraram?

Os homens assentiram novamente.

— *Dan será uma serpente no caminho, uma cobra na trilha, que morde os cascos do cavalo para que seu cavaleiro caia para trás.* Vocês sabem o significado dessas palavras?

— São do Gênese. Juramos viver de acordo com elas.
— Então tirem suas armas e as coloquem no chão.
Os dois obedeceram.
— Fiquem aqui e esperem.
A janela fechou-se com um ruído.
— Vou rezar com esses pobres pecadores, pedindo perdão — disse Snow. — Vocês três têm um trabalho a fazer.

Luke captou o olhar de Stephanie, a primeira vez que ela virava em sua direção. Tinham conversado antes pelo telefone, logo após ele e Malone terem chegado a Utah. Ela lhe dissera o que precisava ser feito, e Luke não estava gostando nada daquilo. Seu olhar agora lhe perguntava se ele compreendia que — assim como os danitas lá fora — havia jurado cumprir seu dever.

Ele assentiu com a cabeça.

— Vou rezar pelo seu sucesso — continuou Snow.

Luke virou-se e encarou o profeta.

— Meu velho, o senhor não está enganando ninguém. Trouxe Rowan e Salazar até aqui porque esse quinto dos infernos fica no meio do nada. Agora, quer que façamos seu trabalho sujo. Então não tente dar um ar de moralidade às coisas. Não tem nada de correto ou de sagrado aqui.

— Devo pedir desculpas — disse Stephanie — pela falta de educação de meu agente.

— Ele tem razão — disse Snow. — Não há moralidade alguma nisso tudo. É um negócio desprezível. Passei a noite inteira me perguntando se foi assim que Brigham Young se sentiu quando ordenou que aquelas carroças fossem tomadas para recuperar o ouro. Ele deve ter sabido que os homens morreriam. Mas não tinha escolha. Nem eu.

Luke abriu sua porta e saiu do carro.

Malone e Stephanie o seguiram.

Os dois danitas reagiram ao ver Malone aparecer, recuperando suas armas.

— Ele é nosso inimigo — disse um deles.

— Não, não é — rebateu o profeta. — Seu inimigo é muito mais complexo.

Nenhum dos dois homens recuou.

— Não vou me repetir — anunciou Snow. — Larguem as armas e me obedeçam. Ou paguem o preço no céu.

Os dois largaram as armas mais uma vez.

O profeta fez sinal aos outros para que fossem embora.

— Podem ir. Vou alcançar vocês.

Stephanie assumiu a dianteira na trilha.

— Você não vai machucá-la — disse Malone.

Stephanie parou e olhou para seu ex-empregado.

— E você acha que eu faria isso?

— Depende do que vai acontecer.

— Recebi ordens para garantir que não saia nada deste lugar que possa prejudicar o futuro dos Estados Unidos da América.

— Ótimo. Faça seu trabalho. Mas é melhor deixar claro, agora mesmo, para você e o moleque, que ninguém vai machucá-la. E ponto final.

— Também tenho um trabalho a fazer — disse Luke.

— Faça-o. Mas, se tentar mexer com Cassiopeia, eu mato você.

Luke não gostava nem um pouco de ser ameaçado. Nunca tinha gostado. Mas Stephanie também lhe dissera para não provocar Malone. Cuidariam de Cassiopeia à medida que a situação progredisse. Ela o advertira de que Malone perceberia o que estava acontecendo, então seria melhor acalmá-lo do que desafiá-lo.

Não estavam lá para vencer batalhas, apenas para ganhar a guerra.

MALONE FALARA SÉRIO. Atiraria em Luke, para matar, se Cassiopeia sofresse um arranhão. Ele percebera a gravidade da situação no silêncio de Stephanie, e sabia que cada pendência daquela operação teria de ser totalmente resolvida. Stephanie, Luke, ele mesmo? Eram profissionais. Haviam jurado guardar segredo. Não havia risco de que revelassem qualquer coisa. Mas Rowan, Salazar e Cassiopeia? Eles eram uma questão totalmente diferente. Especialmente Cassiopeia, que não estava pensando por si mesma. Malone nutria um grande respeito por Stephanie, até mesmo compreendia seu dilema — ordens eram ordens —, e os riscos eram os mais elevados que já enfrentara. Mas isso não mudava nada. E se Cassiopeia estivesse envolvida demais para cuidar de si mesma, ele o faria por ela.

Ela o tinha feito por ele muitas vezes.

Era tempo de retribuir o favor.

Quisesse ela ou não.

STEPHANIE ESTAVA ARMADA. O que era algo incomum para ela. Uma Beretta enfiada no coldre junto ao ombro, por baixo do casaco. Malone certamente tinha percebido isso. Antes de ela sair de Blair House, Danny Daniels a levara para um canto, longe de Charles Snow.

— *Não temos escolha* — disse ele. — *Nenhuma mesmo.*

— *Sempre há opções.*

— *Neste caso, não. Você se deu conta de que existe um bando de gente neste país que levaria a sério a secessão. E Deus sabe que a culpa é nossa. Tentei governar durante oito anos, e isso não foi fácil, Stephanie. Na verdade, poderia ter sido impossível. E se um estado resolvesse sair? Eu poderia entender por quê. E não importa se a tentativa será ou não bem-sucedida. A simples existência daquele documento é suficiente para pôr em risco o futuro desta nação. Nada será mais o mesmo, e não posso permitir que isso aconteça. Conseguimos manobrar todos os nossos problemas para que fossem parar num só lugar. Então, é a sua vez, e a de Luke. Tratem disso.*

— *Ainda temos Cotton.*

— *Eu sei, mas ele também é um profissional.*

— *Nenhum de nós é um assassino.*

— *Ninguém disse que eram.*

Ele segurou delicadamente o braço dela. Um calafrio percorreu seu corpo.

— Isso é exatamente o que Lincoln enfrentou — disse ele, a voz quase um sussurro. — Ele teve de fazer uma escolha. A única diferença é que, no caso dele, os estados já se haviam separado, e uma guerra precisou ser travada para trazê-los de volta. Não é de admirar que o homem se sentisse culpado por cada uma das vítimas da guerra. Ele, apenas ele, tomou aquela decisão. E precisou se perguntar: Faço aquilo que os fundadores queriam? Ou os ignoro? A escolha era dele, certo? Só dele. Mas o país sobreviveu e se tornou o que somos hoje.

— Um fracasso?

O presidente olhou para ela com mágoa nos olhos.

— A melhor porcaria de sistema fracassado do planeta. E não vou permitir que ele simplesmente se dissolva.

— Os fundadores deste país pensavam diferente.

— Na verdade, Lincoln também.

Stephanie ficou esperando por mais.

— Ele fez um discurso em 1848. Edwin o encontrou. Disse que todo povo, em qualquer lugar, tem o direito de se erguer, depor seu governo e formar um que lhe sirva melhor. Afirmou que isso era um direito valioso e sagrado. Pior ainda, disse que esse direito não estava confinado ao total das pessoas sob um governo. Qualquer porção dessas pessoas, como um estado ou um território, poderia traçar o próprio caminho. O filho da puta declarou, expressamente, que a secessão era um direito natural.

"Mas então, treze anos depois, como presidente, quando chegou a hora de permitir que esses estados se fossem, ele preferiu o país aos direitos dos estados. Estou tomando a mesma decisão. Todo presidente, no crepúsculo de seu mandato, pensa na história. Eu mentiria se dissesse que não estou fazendo o mesmo. Meu legado, Stephanie, é esse. Nenhuma alma há de saber, fora nós, mas essa é a decisão certa. Como Lincoln, escolho salvar os Estados Unidos da América."

Ela ouvira o que Malone havia dito a Luke e sabia que a ameaça também era dirigida a si mesma. Os nervos de Malone estavam desgastados, sua paciência, no fim.

Mas não era ele quem estava no comando.

— Cotton — disse ela. — Vamos fazer o que tiver de ser feito.

Malone parou de andar e chegou mais perto. Os dois se conheciam havia muito tempo, tinham passado por muita coisa. Ele sempre a ajudara quando realmente precisara, e Stephanie devolvera esses favores como amigos fazem um com o outro.

— Stephanie, eu entendo. Esta luta é diferente. Mas foi você quem colocou Cassiopeia nessa furada, e mentiu para que ela continuasse colaborando. Depois, você me meteu nisso. Então, vou repetir. Deixe. Ela. Em. Paz. Eu vou cuidar de Cassiopeia. Ela não será um problema.

— E se você estiver errado?

A expressão de Malone endureceu.

— Não estou.

E se afastou.

## Capítulo 64

Cassiopeia admirava o vasto cenário que se divisava do alto. Tudo parecia tranquilo e agradável, não amedrontador e agourento, o que mais se teria aproximado da verdade. Tinham rodeado a enorme casa e encontrado uma trilha pedregosa que ziguezagueava para cima. Cornisos escarlates espalhavam-se em meio a um tapete de musgo verde. Pinheiros, bordos e carvalhos os envolviam em suas frondes, as folhas caindo em ondas. Dois veados sugiram dentre a folhagem, depois saíram, vagueando, parecendo não estar com medo.

— Não permitimos a caça aqui — disse Rowan. — Deixamos tudo por conta da natureza.

Estava tentando chegar a uma conclusão sobre o senador. Ele era um homem mais velho, bem-apessoado, cheio de vigor. Dava conta da trilha inclinada com facilidade, raramente enxugando o suor ou arfando. Comportava-se feito um homem no comando — o que, segundo Josepe, era adequado, já que ocupava a segunda mais elevada posição na igreja. O próximo profeta. Percebera a cautela em seus olhos quando se conheceram. Conseguia se lembrar de muitos homens em ternos escuros, camisas brancas e gravatas estreitas indo à sua casa durante a infância. Sempre soubera que o pai era um líder da igreja, e a mãe lhe explicara que os visitantes eram outros líderes que vinham de longe. Mas eles a faziam se sentir desconfortável.

E agora sabia por quê.

Eram seguidores.

Percorriam cegamente o caminho traçado por outros homens, esperando, ao longo do trajeto, obter vantagens para si mesmos. Nunca decidiam nada por conta própria.

Rowan e Josepe eram diferentes.

O caminho que seguiam era realmente deles.

E estavam se aproximando do fim.

Uma subida de dez minutos pela trilha os levou a um corte escuro na encosta da montanha. Uma placa de metal advertia os passantes para que não entrassem na caverna, uma vez que era propriedade particular. Uma grade de ferro barrava a entrada, fechada com cadeado.

Com algumas sacudidelas, Rowan testou o portão.

Trancado.

O senador então fez um sinal para Josepe, que tirou sua arma e disparou três tiros na fechadura.

ATRAVÉS DA FLORESTA, Stephanie ouviu três estampidos.

Tiros.

Malone e Luke apertaram o passo, e ela os seguiu. Nunca se sentira tão longe de Cotton. Mas não havia escolha. Não tinha ideia do que faria quando deparasse com o problema. Estava improvisando conforme as coisas aconteciam.

Mas uma coisa era certa.

Stephanie concordava com Danny Daniels.

Os Estados Unidos tinham de sobreviver.

SALAZAR SOLTOU O QUE RESTAVA do cadeado e abriu o portão de ferro. Logo na entrada do túnel, ele divisou uma caixa de luz, um grosso cabo a se projetar de seu fundo e indo até o solo, depois desaparecendo lá na frente. Rowan passou por ele e ergueu uma alavanca no lado da caixa.

Luzes se acenderam, dissolvendo a escuridão.

— Isto é *Falta Nada* — anunciou Rowan.

Ele e Cassiopeia seguiram o presbítero por um túnel largo que levava a um recinto menor. Estalactites, estalagmites e rochas calcárias retorciam-se diante deles, desafiando a gravidade, cada uma delicada e frágil como vidro soprado. Cores abundavam nos prismas criados pelas luzes que incidiam nos cristais. Um cenário deslumbrante, cuidadosamente iluminado para maximizar o efeito.

— É de tirar o fôlego, não é? — perguntou Rowan.

Ela estudava alguns desenhos na parede de rocha. Salazar também os examinava, e viu estranhos animais de carga, como lhamas, conduzidos por um homem que vestia como um tipo de armadura.

— Os espanhóis — disse Rowan, notando o interesse deles. — Encontraram esta caverna quando vieram do México para o norte, no século XVI, e praticaram mineração nessas montanhas, em busca de ouro. — O senador foi até uma pilha de quartzo branco e ergueu uma das pedras. Era possível ver filões amarelos. — Encontramos isto, além de marcas de ferramentas nas paredes, feitas por pás e picaretas. Eles estiveram aqui muito antes dos santos.

O senador foi até uma passagem.

— Tem mais.

Rowan deixou que Salazar e Cassiopeia Vitt fossem na frente, devolveu o quartzo à pilha e os seguiu. Fizera-se de bobo quando Josepe apresentara sua companheira, fingindo ignorância, e por fim manifestando sua aceitação.

Mas ele sabia tudo sobre Cassiopeia Vitt.

— *Ela trabalha para o presidente* — dissera Stephanie Nelle.

Recebera a ligação pouco antes de deixar sua casa em Salt Lake City e seguir para o norte.

— *Ela está envolvida com Salazar por algum tempo. Foram amantes na juventude, então acharam que ela poderia chegar mais perto do que outras pessoas. E Vitt conseguiu. Ele não faz ideia disso.*

Rowan ouvira com um misto de ansiedade e raiva. Quantas vezes o governo federal tinha se intrometido nos negócios da igreja? Quantos espiões houvera? O número era grande demais para ser contado. Todos diziam que esse tipo de violação era coisa do passado. Como estavam enganados!

— *Ela foi enviada por Daniels. Ele tem vigiado você e Salazar há mais de um ano. Seu profeta, Charles Snow, também está trabalhando com ele.*

Isso, Rowan sabia.

— *Descobri sobre Vitt e Snow agora há pouco.*

— *Por que está me contando isso?*

— *Porque preciso que você seja bem-sucedido no que quer que esteja fazendo. Isso vai me ajudar. Então achei que devia passar a informação adiante.*

— *Estou contente que o tenha feito. Mas o que espera que eu faça com isso?*

— *Não dou a mínima. Só trate de acabar o que quer que esteja fazendo e mantenha o presidente ocupado. É tudo de que preciso.*

Na verdade, ele ainda não sabia o que fazer. Seu próprio profeta, um inimigo? Seu presidente, um obstáculo? E agora seu principal aliado tinha uma espiã junto dele? Rowan não tinha ideia de qual seria a solução, mas estava certo de que, quando a verdade se revelasse, Josepe saberia o que fazer. Os danitas tinham sua utilidade. Ele nunca ficara sabendo de nada que envolvesse alguma atitude imprópria ou ilegal. Então, seu coração estava puro. Os detalhes tinham sido deixados com Salazar, e o espanhol, a seu crédito, sempre dera conta de tudo.

E é isso que aconteceria hoje também.

Ali, em *Falta Nada*.

Um nome apropriado.

Nada estava faltando.

# Capítulo 65

MALONE SUBIU CORRENDO A TRILHA na direção dos três disparos, com Luke o seguindo de perto. Depois de uma curva, surgiu a visão de uma casa enorme. Mistura de madeira e pedra, três andares, com grandes janelas projetadas e um íngreme telhado em cumeeira. Duas chaminés de pedra se erguiam em direção ao céu. Árvores cresciam por todos os lados, uma montanha fazia o pano de fundo e uma clareira relvada levava à sua porta da frente.

Stephanie trotava atrás deles.

— É aqui — disse ela. — Eles estão aí dentro.

— Vou pela frente — disse ele a Luke. — Você vai por trás. — Olhou para Stephanie. — Espere aqui.

Ela assentiu.

Luke partiu feito um raio pela direita, arma na mão, tecendo um caminho entre as árvores.

Malone correu abaixado até uma escadaria de sequoia que subia por três metros até a porta da frente. Olhou para trás e viu Stephanie dar cobertura atrás do tronco de uma árvore. Ele começou a subir os degraus de madeira, frágeis em alguns pontos por anos de exposição ao tempo. A casa em si mesma parecia estar em bom estado. Alguém tinha providenciado uma manutenção regular. Ele chegou à varanda, que parecia envolver completamente o exterior da casa.

A porta era uma prancha sólida, em uma moldura de madeira. Malone testou a maçaneta com cuidado.

Trancada.

Havia mais janelas, e ele olhou discretamente através de cada uma delas, escutando com atenção, mas sem ouvir nada.

LUKE ESTAVA DIANTE DA PORTA DOS FUNDOS, em um terraço coberto. Uma montanha erguia-se a uma distância de cem metros, com uma densa floresta a se estender para cima. Ele experimentou o trinco e viu que estava trancado. Havia janelas junto à entrada, e Luke olhou para dentro, avistando uma grande sala decorada com madeira não pintada, os tons de pinho e espruce mesclando-se com o das colunas e traves que sustentavam um teto alto. A mobília era simples e funcional, com pontos de cor surgindo do estofamento de sofás e poltronas. Outra janela dava para uma cozinha equipada com balcões de pedra, armários de madeira e eletrodomésticos de aço inoxidável. De trás do deque vinha o murmúrio de um riacho, e ele avistou uma roda de água girando.

Alguma coisa estava errada.

Não ouvia vozes dentro da casa.

Ele teria de chutar a porta fora do batente para entrar, o que não seria exatamente um problema, mas a ação deixaria sua presença óbvia.

Ouviu uma movimentação no deque.

E sentiu uma vibração percorrer o chão de madeira.

MALONE OLHOU PELAS JANELAS enquanto rodeava a varanda coberta. Tudo lá dentro transmitia o aspecto e a sensação de um típico chalé de montanha, seu tamanho e seus móveis sinalizando opulência. Ainda não ouvia um som sequer vindo de dentro da casa. Será que os teriam visto chegar e se retirado para um lugar seguro?

Ele achava que não.

Seu palpite foi confirmado pelo chão de madeira lá dentro, onde uma camada de poeira cobria as tábuas. Intacta. Nenhum sinal de que alguém tivesse entrado e caminhado por lá.

Aquilo era perda de tempo.

— Luke — disse ele.

O jovem agente apareceu de um canto da casa.

— Estava torcendo para que fosse você. Não há ninguém aqui.

Malone acenou com a cabeça, concordando. Mas Stephanie havia dito especificamente que Rowan, Salazar e Cassiopeia tinham vindo para cá.

— Ela mentiu para nós.

Os dois dispararam para a porta da frente. Stephanie não estava à vista em lugar algum. Malone desceu os degraus de dois em dois e correu para a árvore onde a tinha visto pela última vez na esperança de alcançá-la.

Não estava lá.

Um ruído na trilha que vinha da estrada chamou sua atenção. Ele girou e ergueu a arma. Luke fez o mesmo. Charles Snow apareceu, os dois jovens danitas o ajudando a caminhar.

Eles baixaram as armas.

— O que está acontecendo? — perguntou Snow enquanto tirava os braços dos ombros de seus ajudantes.

— Stephanie foi embora — disse Malone.

— A casa está vazia e completamente trancada — observou Luke.

— Ela não contou a vocês? A casa não é *Falta Nada*.

Essa informação atraiu toda a atenção de Malone.

— Ela foi construída mais tarde. — Snow apontou para a montanha. — *Falta Nada* está lá em cima. É uma caverna, não tem como não encontrá-la.

STEPHANIE APRESSOU-SE EM SUBIR pela trilha rochosa, escalando a serra coberta de floresta. O ar estava perceptivelmente mais frio. Ela enganara Cotton e Luke para conseguir fugir. Snow lhe contara os detalhes no voo para oeste, na noite anterior.

— Tem uma coisa que você precisa saber sobre esse lugar — disse ele. — Há uma casa lá, mas ela não é Falta Nada. O local fica depois disso, dentro da montanha. A trilha é fácil de encontrar. Um dos primeiros colonos descobriu a caverna. Reza a lenda que ele estava cortando lenha quando divisou pegadas de um leão da montanha. Ele as seguiu até o alto e descobriu uma fenda na rocha. Além dela, abria-se uma caverna, a qual ele explorou. Cinquenta anos atrás, nós instalamos fiação e luzes na caverna, que permanecem lá. É um lugar que poucas pessoas viram. Já foi especial, hoje está esquecido. Não é de surpreender o fato de Brigham Young tê-lo escolhido como cofre para o ouro e para aquilo que Lincoln lhe enviou.

Malone tinha razão. Ela havia criado toda aquela confusão, e agora era sua responsabilidade consertá-la. Como fazer isso ainda era um mistério, mas Stephanie daria um jeito. Luke ou Cotton teriam dificuldade para encontrá-la, já que não faziam ideia do verdadeiro local. Claro, Charles Snow poderia lhes contar. Mas, com o tempo que levariam para voltar até os carros, descobrir a verdade e retornar, tudo estaria acabado quando chegassem.

Stephanie avistou à frente a entrada da caverna, emoldurada por um portal formado por estacas de pinheiro cobertas de musgo verde. Um portão de ferro, no centro, estava semiaberto, com um cadeado destruído no chão. Ela o pegou e avaliou o dano. Agora sabia por que haviam sido disparados três tiros.

Jogou o cadeado para um lado e pegou sua arma.

À sua frente, havia uma passagem iluminada.

Estava na hora de praticar o que exigia dos outros.

Dois passos e já estava dentro.

MALONE ESTAVA FURIOSO.

Ele havia provocado Stephanie, e agora ela estava se metendo em algo com o qual não saberia lidar.

— Meu velho, isso não é nada bom — disse Luke enquanto corriam trilha acima.

— Ela vai acabar morrendo.
— Não vamos deixar isso acontecer.
— Esse é o plano. Infelizmente, não temos ideia do que existe lá em cima. A menos que você saiba de algo que eu não sei.
— Não desta vez. Ela não me contou nada.
Malone olhou para a trilha que subia. Todo mundo tinha vantagem em relação a eles.
— Somos só nós dois — disse ele a Luke.
— Já percebi isso. E eu estou com você, até o fim.

## Capítulo 66

Cassiopeia estava impressionada. A câmara em que estavam tinha vinte metros de comprimento e mais ainda de largura, o mesmo de altura. Estalactites pendiam como se fossem pingentes de gelo. Cristais em forma de agulha e helictites lisas e espiraladas serpenteavam para baixo feito saca-rolhas. Cortinas de calcita alaranjada desciam, finas como papel, o que permitia que a iluminação incandescente das luminárias as atravessasse, em um efeito espetacular. Torrões de rocha branca, como se fossem pipoca, pontilhavam as paredes. Mais para o centro, havia um lago com água tranquila e esverdeada, a superfície lisa como um espelho. Em um canto, sobre um pedestal, uma enorme estátua do anjo Moroni. A escultura tinha quatro metros de altura, esculpida em pedra, na familiar postura de soprar um clarim, tudo folheado a ouro.

Ela se aproximou da imagem.

— *Tendo o evangelho eterno de pregar aos que habitam na terra, e a toda nação, tribo, língua e povo* — disse Rowan. — Apocalipse 14, 6. O anjo Moroni é nosso mensageiro do céu. Esse aqui é o modelo original do qual foi criada a estátua em cobre martelado que fica no topo do templo de Salt Lake. Foi o próprio profeta Brigham Young quem o trouxe para cá.

Josepe estava claramente admirado.

— Ele é o anjo da luz, que vestia uma roupa da mais primorosa brancura. Uma testemunha de tudo que jamais foi visto. Todo o seu ser era glorioso, além de qualquer descrição.

Rowan assentiu.

— Você cita bem o profeta. Foi exatamente como Joseph Smith descreveu Moroni, e é como tentamos representá-lo.

— Mas ele é dourado, não branco — disse ela.

— Nossa maneira de acentuar o brilho.

Mas Cassiopeia não tinha muita certeza disso.

Havia lido uma vez que Smith poderia ter chegado ao nome Moroni depois de ler as histórias de caça ao tesouro de William Kidd. Rezava a lenda que Kidd enterrara seu tesouro nas ilhas Comores. Moroni era a capital da União das Comores. Smith também chamara a colina na qual encontrara as placas douradas de Cumorah. Coincidência? Ela se perguntou quais seriam as probabilidades disso.

— Este é um templo subterrâneo — disse Rowan. — Criado há muito tempo pelos profetas como um lugar de culto dentro da terra. Poucos ainda têm acesso a ele. Mas foi aqui que o profeta Brigham escondeu o que Abraham Lincoln lhe deixou.

Cassiopeia ainda examinava a câmara. A não ser pela estátua e a iluminação artificial, nada mais à vista era produzido pelo homem.

— Na única vez que vim aqui — disse Rowan —, havia uma exposição de artefatos dos espanhóis. Peças de osso, botões, pedaços de ferro e jugos para humanos. Os jugos eram de cedro, com cerca de um metro de largura, com uma curva no centro onde se encaixava o pescoço do carregador. Havia entalhes em cada extremidade, para pendurar pesados sacos de couro com minério. Fiquei pasmo ao imaginar como tinham sobrevivido a tantos séculos.

Mas agora os artefatos não estavam ali.

— Onde vamos procurar? — perguntou Josepe.

— Num instante — disse Rowan. — Primeiro, tem um assunto do qual precisamos tratar.

Ele apontou um dedo na direção de Cassiopeia.

— Essa mulher é uma espiã.

SALAZAR LEVOU UM CHOQUE com a declaração do apóstolo.

— Uma espiã? O senhor está enganado.

— Estou? Pergunte a si mesmo, Josepe, como foi que ela reapareceu em sua vida? Depois de tantos anos, exatamente neste momento.

— Ela só me ajudou.

— Como fazem os espiões. De que outro modo conseguem ganhar sua confiança? Você me pressionou ontem sobre como eu soube deste lugar. Finalmente lhe revelei que tenho uma fonte dentro do governo, bem próxima de nossos inimigos. Minha fonte me contou não só da caverna, mas também que essa mulher está trabalhando para o presidente dos Estados Unidos.

— E você acreditou nisso? — perguntou Cassiopeia. — É claro que seus inimigos querem criar confusão com seus aliados. E nada melhor para isso do que passar informações falsas.

— Como minha fonte sabia seu nome? — perguntou Rowan. — Como sequer sabia que você existe?

Salazar esperou por uma resposta.

— Só posso presumir — disse ela — que sua fonte está no campo da inteligência, ciente do que aquele homem, Malone, estava fazendo.

— É interessante que tenha mencionado esse nome. Minha fonte também disse que você não só conhece Cotton Malone, como está afetivamente envolvida com ele.

— Isso é verdade? — perguntou Salazar, a voz se elevando.

CASSIOPEIA SE SENTIA ENCURRALADA.

Stephanie a comprometera de propósito, certamente como reação ao fato de ela ter interrompido todo contato e roubado o relógio.

Ela ouviu o tom de raiva na pergunta de Josepe.

Tinha duas opções.

Mentir ou contar a verdade.

SALAZAR ESPEROU POR UMA RESPOSTA, incerto quanto ao que poderia vir da boca de Cassiopeia. O fato de ela não ter negado a acusação no mesmo instante o deixara preocupado. Seu coração batia forte, ele arfava. A cabeça girava.

O anjo apareceu.

Pairando perto da estátua de Moroni, o rosto sem o adorno de seu costumeiro sorriso reconfortador.

— *Talvez estivéssemos errados quanto a ela.*

Salazar não podia responder, então apenas negou com a cabeça, discreto, recusando-se a reconhecer o fato.

— *Não se envergonhe, Josepe. O tempo do fingimento acabou. Revele-me a eles. Deixe-os saber que os profetas estão com você.*

Ele nunca contara a ninguém sobre o anjo.

— O que você está olhando? — perguntou-lhe Rowan.

Salazar ignorou o presbítero e concentrou-se na visão.

— *Proteja-me.*

E Salazar viu algo no rosto do anjo que nunca vira antes.

Preocupação.

Sua mão direita mergulhou sob o paletó e encontrou a arma.

STEPHANIE TINHA LENTAMENTE feito seu trajeto através da passagem, seguindo as luzes até as vozes. Atravessou uma pequena câmara, depois encontrou uma maior, esgueirando-se para dentro sem ser notada, entre mais formações de rocha iluminadas. Ouviu o que diziam Rowan, Salazar e Cassiopeia, e a raiva do espanhol diante do que o senador tinha revelado.

— Josepe — disse Rowan. — Estou falando a verdade. Essa mulher é uma espiã. Não é diferente daqueles que se voltaram contra nós durante a Época de Contratempos. Quantos de nossos irmãos foram para a prisão graças a espiões? Sou seu presbítero. Nunca menti para você, e não estou mentindo agora.

Porém, o foco de Salazar não estava em Rowan, mas na estátua sobre o pedestal, os olhos distantes, a cabeça voltada para o teto.

Que estranho!

A mão direita de Salazar empunhava a arma.

Stephanie pegou a sua.

Não.

Isso só pioraria a situação.

Havia apenas uma maneira. Não estava certa do que faria quando entrara ali, mas agora o caminho estava claro. Largou a arma, deu um passo à frente, saindo de seu esconderijo, e exclamou:

— Ele está dizendo a verdade.

Os três viraram-se para ela.

— Eu sou a fonte do senador.


ROWAN LEVOU UM CHOQUE quando Stephanie Nelle apareceu.

Ela não deveria estar ali.

Observou-a se aproximar lentamente. A arma de Salazar estava agora apontada para ela, e o presbítero não gostou do aspecto selvagem nos olhos do espanhol.

— Quem é você? — quis saber Salazar.

— Stephanie Nelle. Departamento de Justiça dos Estados Unidos. Diga a ele, Cassiopeia. Conte a verdade.

— Que verdade? — gritou Salazar.

Nelle manteve os olhos fixos em Vitt.

— Diga o que você queria dizer a ele.

— Rowan tem razão. Sou uma espiã.

Uma expressão de incredulidade tomou conta do rosto de Salazar.

— Não pode ser. Eu me recuso a acreditar nisso.

— É verdade — confessou Vitt. — Essa mulher me pediu para fazer contato com você a fim de ajudar o governo americano, e eu fiz. Mas agi sozinha. — Ela fez uma pausa. — Eu me lembro de você como um homem bom, delicado e gentil. Essas lembranças me eram preciosas. O que aconteceu, Josepe? O que mudou sua alma?

Salazar não respondeu. Em vez disso, sua atenção parecia estar novamente desviada para a estátua, os lábios se movendo, mas sem emitir som.

— O que você está vendo? — perguntou Vitt.

— Irmão Salazar — disse Rowan.

— O profeta Joseph está aqui. Ele tem estado comigo há algum tempo. — Salazar apontou sua arma para Vitt. — Ele também foi enganado por você.

— Ela não foi a única que o enganou — disse Nelle, apontando na direção dele. — O senador também é um espião.

## Capítulo 67

LUKE FORA SINCERO no que tinha dito a Malone. Daria cobertura a ele. Stephanie enganara a ambos e agora estava em uma grande encrenca. Teriam de trabalhar juntos. Sem rixas, sem discussões. Malone interpretara perfeitamente as ações de Cassiopeia em Iowa, estando sempre um passo à frente dela. O veterano também conhecia a chefe melhor do que Luke. Infelizmente para os dois, haviam sido deixados para trás pelo grupo.

Os dois subiram correndo o aclive coberto pela floresta. Dentro do túnel, fizeram o reconhecimento de uma pequena câmara iluminada, que ia dar em outro túnel, que levava a um segundo salão interior. Tudo era surreal, as formações rochosas pareciam obras de arte, as luzes como uma pintura sobre tela.

Malone ergueu a mão, fazendo sinal para que parassem.

Era possível ouvir vozes além da saída do túnel.

Eles seguiram lentamente até quase o fim, e Luke avistou Vitt, Rowan e Salazar, que tinha uma arma apontada diretamente para Stephanie, de pé a uns seis metros do espanhol, braços erguidos no ar.

Seu primeiro instinto foi entrar na câmara.

Tinham duas armas, e Salazar, uma só.

Mas Malone pareceu ler seu pensamento e balançou a cabeça.

\* \* \*

Malone não gostava nada do que via.

Stephanie fora comprometida ou comprometera a si mesma. Ele optou pela segunda hipótese, ainda mais depois de avistar sua Beretta no chão, aninhada junto a um grande pedregulho, oculta. Ela, deliberadamente, tinha enganado a ele e a Luke a fim de ganhar tempo suficiente para chegar até ali. A ex-chefe devia ter suposto que eles voltariam até Charles Snow, onde, então, tomariam conhecimento da caverna, o que significa que ganharia uma vantagem de quinze a vinte minutos.

Felizmente, os dois haviam reduzido esse tempo à metade e já estavam ali.

*Pense.*

*Esteja certo.*

Stephanie continuava com os braços erguidos e encarando Salazar. Não sentia medo, embora devesse. Danny Daniels lhe dissera que, se terceiros por acaso interviessem e criassem problemas, quem seriam eles para interferir? Mas ela compreendera o que o presidente dos Estados Unidos não tinha dito. *E se você puder causar esse problema, melhor ainda.*

— Como é possível que o presbítero Rowan seja um espião? — perguntou Salazar.

— Ele é membro do Senado dos Estados Unidos há muito tempo. Jurou respeitar as leis e a Constituição deste país. É um dos homens mais poderosos de Washington.

— Também sou um santo dos últimos dias — disse Rowan. — Um dever que levo mais a sério do que meu juramento a este país.

Stephanie precisava armar a situação com cuidado.

Fazer as coisas no momento certo seria fundamental.

— O que o senador disse sobre Cassiopeia é verdade. Quando eu soube da fotografia em seu escritório, me dei conta de que você talvez ainda sentisse algo por ela. Pedi a Cassiopeia para que se aproximasse de você, e ela concordou.

— Isso é verdade? — perguntou Salazar.

Cassiopeia assentiu.

— Soube que você estava envolvido em algumas atividades ilegais. Até mesmo assassinato. Eu queria limpar seu nome.

— Assassinato? — repetiu Rowan.

— Ele assassinou um homem em Michigan por causa de um diário mórmon — disse Stephanie. — Depois matou um de meus agentes.

O senador pareceu ficar genuinamente chocado com aquela informação.

— Josepe — disse Rowan. — Por favor, diga que ela está mentindo.

SALAZAR OLHOU NA DIREÇÃO DO ANJO, pedindo orientação.

— *Eles não sabem o que enfrentamos. Nós protegemos os santos e tudo que lhes é caro. O presbítero Rowan queria que isso fosse feito. Não pode reclamar quanto aos métodos.*

— O agente foi enviado para nos destruir — disse Salazar. — Minha missão era não permitir que isso acontecesse. Ele não foi assassinado. Expiou seu pecado, da maneira apropriada, e agora está com o Pai Celestial, comemorando sua recompensa.

— Você o espancou — acusou Stephanie. — Depois lhe deu um tiro. Ele tinha esposa e filhos.

— *A culpa é dessa mulher, não sua.*

— Josepe — disse Rowan. — O que ela está dizendo é verdade?

— *Não tenha medo.*

— É verdade.

— Então você cometeu um grande pecado.

— Nossa conduta sempre foi a de oferecer expiação a nossos inimigos. Era assim no princípio, e continua a ser assim agora.

— Não — declarou Rowan. — Renunciamos à violência faz muito tempo. Um fim nunca deve justificar os meios. Passei a vida trabalhando por uma forma para os santos serem independentes, livres de influência externa, *sem* violência.

Estaria ouvindo bem? Estava sendo criticado por ter feito o que era esperado. E Cassiopeia?

— Por que você mentiu para mim? — perguntou Salazar a ela. — Por que fez uma coisa dessas?

— Foi necessário. O que você fez está errado.

— *Como é que ela ousa! Essa mulher precisa ser posta em seu lugar.*

— Jurei obedecer aos profetas, e é isso que tenho feito.

— Quando sugeriu a formação de danitas — disse Rowan —, nunca imaginei que você iria tão longe.

— *Ele é fraco, Josepe. Um tolo, como todos os outros. Não tolere isso. Não podemos tolerar isso. Não mais.*

O anjo estava certo.

— O profeta Joseph me diz que você está errado.

— Joseph Smith está morto há mais de cento e cinquenta anos — disse Stephanie.

— Cale a boca — gritou Salazar, apontando a arma na direção dela, o cano na altura do peito. — Nunca diga uma coisa dessas. Ele está vivo.

— *Descubra o que aconteceu com o presbítero. Precisamos saber qual é a posição dele.*

— Ele é um traidor? — perguntou a ela, gesticulando na direção de Rowan com a arma.

ROWAN DERA RÉDEA SOLTA A SALAZAR, e fazia poucas e preciosas perguntas, mas, sinceramente, nunca pensara que o espanhol assassinaria alguém.

— Você matou esse homem em Michigan, como a Srta. Nelle disse? — perguntou ele.

— Precisávamos do diário, e ele não queria vender. Então recebeu a expiação por seu pecado.

— Que foi?

— Ambição. Qual mais? E estamos aqui hoje em parte devido a meu ato de bondade para com ele.

— É assim que você descreve um assassinato? — perguntou o senador. — Um ato de bondade?

— Foi assim que o profeta declarou. — A atenção de Salazar se voltou para Nelle. — Como o apóstolo é um traidor?

— Você está aqui para encontrar um documento que Lincoln confiou aos mórmons. Então, pergunte a ele, onde está o documento?

Uma pergunta que Rowan estivera fazendo a si mesmo. Tinha presumido que tudo ficaria óbvio uma vez que chegasse ali. Mas não havia nada em *Falta Nada* a não ser rochas, o lago e a estátua. Só que fora para lá que Lincoln tinha apontado. Ele vira o interior do relógio. Mas estava presumindo que tanto o relógio quanto o que estava escrito em seu interior eram autênticos.

Rowan apontou para Nelle.

— Ela me disse que este era o lugar.

— E é — confirmou ela. — Este é o lugar que Brigham mencionou a Lincoln. Onde estava estocado o ouro dos mórmons. Lincoln o gravou no relógio. Então, cadê o documento?

Nelle fez a pergunta diretamente a ele.

Rowan viu que Salazar estava esperando uma resposta.

Mas ele não tinha resposta alguma.

Nelle baixou os braços.

— Ele não tem a resposta porque não existe nada aqui. Rowan não é seu aliado. Na verdade, ele é seu inimigo. Diz a você que não tem problema formar os danitas, depois fica contrariado com a maneira como operam. Ele quer resultados, mas reclama de como são obtidos. Ele é um membro respeitado do Senado. Parte do governo dos Estados Unidos. Você achou mesmo que um senador assumiria qualquer responsabilidade por seus atos ilegais?

Ela estava provocando Salazar.

— Pare de ouvir o que ela diz — gritou Rowan.

Salazar o encarou.

— Por quê? Porque está dizendo a verdade?

— Isso tem de acabar, Josepe.

— E está prestes a ficar muito pior — continuou Nelle. — Há mais agentes a caminho daqui. Tudo vai acabar muito em breve. O senador Rowan sabe disso. Nós bolamos o plano juntos.

Rowan avançou em direção a Salazar.

A arma girou em sua direção, detendo sua aproximação.

— Josepe — disse ele, em uma voz calma. — Você tem de me ouvir.

CASSIOPEIA ESTAVA EM SILÊNCIO, ouvindo, tentando avaliar quão profunda era a loucura de Josepe. Ele alegava estar vendo Joseph Smith, agora, bem ali. Mas ela também havia captado a mágoa em seus olhos quando, pela segunda vez na vida, ela o havia ferido.

— Não se movam, nenhum de vocês — disse Josepe a Rowan.

— O profeta ainda está aqui? — perguntou ela.

— Ele vigia todos vocês, assim como me vigia.

— Há quanto tempo você o vê?

— Há muitos anos. Mas só recentemente ele me revelou sua verdadeira natureza. Sempre pensei que fosse Moroni.

— O profeta lhe disse para matar meu agente? — perguntou Stephanie.

Josepe a encarou.

— Ele me disse que lhe oferecesse a expiação por seus pecados para que pudesse usufruir da felicidade eterna. E foi isso que eu fiz.

— Você foi feito de idiota — acusou Stephanie. — Por Rowan e por Cassiopeia.

— No entanto, aqui estou, com uma arma apontada para vocês.

Cassiopeia percebeu que Stephanie estava tentando provocar uma reação e que, se continuasse a pressionar, teria uma.

— Josepe, por favor, abaixe a arma e termine logo com isso. Chega.

— Chega? Nós apenas começamos. Diga a ela, *presbítero* Rowan. Conte a ela da grande visão que vai se tornar realidade.

— Sim, senador — disse Stephanie. — Fale sobre a glória que está chegando. É claro, vocês precisam do documento assinado pelos fundadores para que isso aconteça. Ainda não se lembra de onde ele está?

— Você armou para mim — cuspiu Rowan. — Você me enrolou e armou para mim.

— Eu lhe disse a verdade, a cada passo do caminho. Dentro do relógio de Lincoln está escrito *Falta Nada*. A carta de Mary Todd é real, assim como as anotações de Madison. Eu lhe entreguei tudo isso. E, a propósito, você partilhou qualquer uma dessas informações com seu ajudante?

— Pare com isso — gritou Cassiopeia.

— É mesmo? — disse Stephanie. — Quer que eu pare agora? Você não quis parar quando foi para a Áustria. Ou quando foi para Iowa. É claro, seu ex-amante não sabia a verdade. Você mentiu para ele, o usou. Cumprindo as *minhas* instruções.

— Cale a boca.

Stephanie voltou a Josepe.

— Pergunte a seu profeta qual é a punição para quem mente.

SALAZAR NÃO QUERIA OUVIR, mas não conseguia bloquear as palavras. A própria Cassiopeia admitira ter mentido. E o presbítero Rowan não fazia ideia da razão pela qual estavam ali. Tudo isso lhe suscitava perguntas. Estaria sendo enrolado? Nelle tinha declarado que havia mais agentes a caminho. Talvez ele devesse sair e ligar para seus dois homens. Mas isso não poderia ser feito dentro da caverna. E ainda havia a questão de Cassiopeia, Nelle e Rowan.

— *Ela tem razão, Josepe. O castigo por mentir é rigoroso. Uma expiação se faz necessária. Todas essas três almas perdidas exigem a sua benevolência. Matar em benefício da alma não é um pecado.*

## Capítulo 68

Malone já ouvira o bastante. Salazar estava louco, era evidente. Mas também estava armado. Poderiam entrar atirando e acabar com o problema, mas, então, haveria o risco de danos colaterais.

Ou poderiam agir com mais sutileza.

Ele ouvira como Stephanie continuava a provocar Salazar, confundindo-o com as traições de Cassiopeia e Rowan. Tinha uma boa noção do que ela estava fazendo, mas não deixaria que continuasse a pôr a si mesma e Cassiopeia na linha de fogo.

Malone sussurrou para Luke:

— Temos de entrar lá.

O rapaz assentiu.

Ele fez um gesto com a arma e balançou a cabeça.

— Mas não com estas.

Luke pareceu ter compreendido.

Mas Cotton não era tolo.

— Imagino que você carregue duas armas? — sussurrou.

Luke levantou a barra da perna direita da calça para revelar um pequeno revólver preso à perna. Houvera tempos em que Malone fazia o mesmo. O rapaz soltou a arma e a entregou. Ele a enfiou no cinto de Luke, na base das costas.

*Fique na minha frente*, articulou com os lábios.

\* \* \*

STEPHANIE SABIA QUE não havia nada naquele lugar. Antes de deixar a Blair House, a última coisa que Danny Daniels lhe disse fora que o documento realmente estivera guardado ali no tempo de Lincoln, mas havia sido mudado desde então. Charles Snow tinha contado tudo ao presidente, e ele lhe passara a informação. Ela omitira de Rowan os detalhes porque o queria lá, com Salazar e Cassiopeia. Se estivesse certa — e vinte anos observando o comportamento alheio haviam feito dela uma especialista —, Cotton e Luke já deviam estar por perto.

— O castigo de quem mente *é* severo — disse Salazar. — Sempre foi.

— Eu *não* estou mentindo — rebateu Stephanie. — De fato, sou a única que está dizendo a verdade. O senador Rowan ainda não lhe contou onde está o documento. Ele não pode, porque não sabe. Sou a única pessoa que sabe. A ideia era trazê-lo aqui, para que eu pudesse cuidar de você. Ele participou disso.

— Cuidar de mim? — perguntou Salazar.

Stephanie o encarou.

— O castigo por ter matado meu agente também é severo.

— Brigham Young cometeu um erro quando confiou no governo federal — disse Rowan. — Lincoln realmente era diferente, mas os presidentes que vieram depois, não. Eram todos umas víboras. Essa mulher é exatamente como eles, Josepe. Eu nunca confiei no governo. Você sabe bem disso.

— Mostre o documento — disse Salazar.

Stephanie detectou um novo tom resoluto na voz.

Um teste?

— AGENTES FEDERAIS — gritou Malone, mantendo a si mesmo e a Luke fora do campo de visão, na passagem. — Acabou, Salazar. Pegamos você.

Ele espiou da saída do túnel e viu a reação do espanhol, arremetendo na direção de Stephanie, passando um braço em volta de seu pescoço e pressionando a arma em sua jugular.

— Saia daí — gritou Salazar.

Ele gesticulou, e Luke foi na frente.

Os dois seguravam Berettas, as armas no ar, claramente visíveis. Esperava que Salazar não estivesse raciocinando com clareza e se satisfizesse com o óbvio.

— Joguem as armas na água — ordenou o espanhol.

Eles hesitaram por um momento, depois obedeceram.

— São só vocês?

— Só nós dois — disse Luke. — Mas somos o suficiente.

Malone quase sorriu. Era impossível não gostar de toda aquela marra.

Ele continuava atrás do jovem, a arma à mão, a uns trinta centímetros de distância. Captou o olhar de Stephanie e tentou registrar o que ela estava pensando. Voltou-se para Cassiopeia, que o fitava com um olhar vago. Nada tinha corrido bem no que dizia respeito a ela.

— Eu devia ter atirado em você em Salzburgo — disse-lhe Salazar. — Quando tive a oportunidade.

— E o que deteve você? — perguntou Stephanie.

Salazar não disse nada.

Stephanie apontou para Cassiopeia.

— Foi ela.


CASSIOPEIA CONHECIA COTTON o bastante para saber que ele não apareceria sem ter uma alternativa. Tanto ele quanto o agente mais jovem, o mesmo de Iowa, tinham desistido de suas armas com muita facilidade. Os dois poderiam ter ficado escondidos e atacado quando quisessem. Em vez disso, agora estavam com os braços erguidos, vulneráveis.

Ou não?

— Josepe, por favor, estou implorando — pediu ela. — Abaixe sua arma. Não faça isso.

— Você conhece Malone?

Cassiopeia assentiu.

— Você está... envolvida com ele?

Ela hesitou, mas não havia saída.

Assentiu novamente.

— Você mentiu para mim sobre tudo — gritou ele. — Você não reencontrou a religião. As palavras do profeta não a tocaram. Você zomba de tudo que é sagrado.

— Você não é o homem que conheci.

— Sou exatamente o mesmo homem. Eu era, e continuo sendo, um seguidor devoto do profeta Joseph Smith. O Pai Celestial me enviou o profeta. Ele está aqui agora, olhando para todos vocês. Ele é meu guia. Ele *nunca* mente.

— Ele não é real — disse Cassiopeia.

A arma se movia, apontando para todos eles alternadamente, um dedo trêmulo no gatilho. Ela sabia que Josepe era um atirador exímio, mas a mente dele vacilava.

— Irmão Salazar — disse Rowan. — Estou indo embora. Não quero participar disso.

— Veja só, Salazar. O presbítero Rowan deixa o trabalho sujo para você — provocou Stephanie. — Assim, ele poderá negar qualquer envolvimento. Pergunte à visão se é isso que *ela* quer que o apóstolo faça.

O olhar de Josepe disparou feito um dardo na direção da estátua, e ele a fitou por alguns momentos.

— Você realmente o vê? — perguntou Cassiopeia.

O espanhol assentiu.

— É uma visão maravilhosa.

— Josepe — disse Rowan, a voz cheia de piedade.

— Olhe o que ele pensa de você — interferiu Cotton. — O senador permitiu que você matasse o agente na Dinamarca. Por ele, tudo bem, contanto que seja você quem puxe o gatilho. Agora, não quer nem saber o que vai fazer conosco, desde que ele não participe.

Rowan virou-se e começou a ir embora.

— Pare — gritou Josepe.

O senador hesitou, virou a cabeça e disse:

— E o que você vai fazer? Atirar em mim? Sou um membro do Quórum dos Doze Apóstolos. Você professa tanto a obediência. Então imagino que isso signifique alguma coisa para você.

— Ele está abandonando você — disse Stephanie. — Deixando-o para nós. Mas não pode matar todos nós antes que o peguemos. Acha mesmo que eu só trouxe dois agentes?

Na verdade, Cassiopeia achava exatamente isso.

As coisas que Josepe fizera já eram ruins o bastante.

Ela não podia permitir que ele fizesse mais.

A MENTE DE SALAZAR GIRAVA.

Ele olhou para o anjo novamente.

— *Eu fui o profeta, o vidente, o revelador. Fui o ditador nas coisas de Deus, e era dever de todo fiel me ouvir e fazer o que eu lhes dizia.*

Salazar sabia que isso era verdade.

— *Meu plano era formar um reino temporal que não se sujeitasse a quaisquer leis e a governo algum. Faríamos nossas próprias regras e teríamos nossos próprios funcionários para executá-las. Quando seus éditos fossem promulgados, todos obedeceriam, sem um só murmúrio.*

Esse também era seu sonho.

— Irmão Salazar — chamou Rowan. — Olhe para mim.

Ele desviou o olhar da aparição.

— Não há nada ali. Joseph Smith está morto. Ele não está lhe dando nenhuma orientação.

— *Ele blasfema. Ele me insulta. Eu sou seu profeta. Faça-o obedecer.*

LUKE TINHA CADA MÚSCULO FLEXIONADO, pronto para reagir, os nervos, pura adrenalina. Salazar poderia adotar qualquer atitude, e ele estaria preparado para se contrapor. Sentia a arma pressionando suas costas. Malone estava logo atrás dele, à sua esquerda, de onde a mão direita poderia facilmente alcançar o revólver. Mas não com

Salazar os encarando. Precisavam de uma distração, de preferência uma que não envolvesse alguém levando um tiro.

— Irmão Salazar — chamou Rowan novamente —, vou rezar ao Pai Celestial pela sua alma, porque você perdeu o rumo.

— Se perdeu — instigou Stephanie —, foi por sua causa. Diga-me, Señor Salazar, quem o incentivou a formar os danitas? Quem o orientou em cada passo ao longo do caminho? Quem lhe deu todas as ordens? E quem obedeceu? Agora, pergunte a si mesmo, esse homem, esse senador dos Estados *Unidos,* está com você ou contra você?

Salazar estava claramente aturdido.

— Qual é a resposta? — perguntou a Rowan. — A favor? Ou contra?

SALAZAR ESPERAVA PELA RESPOSTA, assim como o anjo, que fitava o presbítero Rowan com um olhar duro.

— Eu não incentivei nem aprovei assassinatos — afirmou Rowan. — Nunca fiz isso.

— *Não assassinamos ninguém* — rebateu o anjo. — *Salvamos os pecadores do frio e da escuridão. Isso é bom, e justo e correto. Ele está contra nós, Josepe. A mulher está dizendo a verdade.*

— Não cometi assassinatos. Eu dei expiação a pecadores. É como fazemos as coisas.

— Não. Não é. Ninguém, nada em nossa igreja aprova tal atrocidade. O que você fez está errado em todos os sentidos.

Salazar ficou magoado com a censura.

— Nós tínhamos uma grande visão — continuou Rowan. — Uma nova Zion. Como queria o profeta Joseph. Isso ainda está a nosso alcance. Mas você e sua loucura puseram tudo em risco.

— Onde está o documento? — exigiu ele.

— Eu pensava que estivesse aqui. Mas me enganei.

— *E agora ele pretende entregá-lo aos inimigos.*

Rowan lhe deu as costas e se afastou.

Os outros ficaram olhando para ele.

Salazar ainda segurava a arma, o dedo no gatilho. Os olhos de Cassiopeia lhe imploravam.

— *Atire.*

Não consigo.

— *Então você não é melhor do que ele. Você falhou comigo.*

Essa era uma censura que Salazar não conseguiria suportar. O anjo o acompanhara por muito tempo, nunca desistindo, guiando-o até este exato momento em que tinha de decidir o que era mais importante.

O momento atual ou a eternidade?

Salazar sempre pensara que a opção era óbvia.

Mais do que qualquer outra coisa, ele era leal aos profetas.

Então, mirou a arma e atirou.

Rowan ouviu o estalar do tiro e sentiu a bala perfurar seu ombro direito, por trás. Primeiro, foi como se alguém o tivesse empurrado com violência e, então, uma dor cáustica explodiu para cima e para fora, com uma intensidade que nunca havia sentido.

Ele cambaleou alguns passos, depois se virou.

A dor o enfraquecia e o assustava.

Salazar ainda tinha a arma apontada para ele.

Abriu a boca para protestar, para perguntar a razão, para questionar a loucura de um ato tão irracional, mas outra explosão lhe encheu os ouvidos.

E o mundo acabou.

## Capítulo 69

STEPHANIE OBSERVOU O SENADOR Thaddeus Rowan morrer.

Nem ela nem Luke, Cotton ou Cassiopeia se mexeram.

Todos ficaram paralisados enquanto Salazar dava cabo de um problema.

Um resolvido.

Restavam dois.

CASSIOPEIA RETRAIU-SE ENQUANTO Josepe cometia o assassinato. Sua primeira sensação foi de repugnância; a segunda, de raiva.

— Foi você quem fez isso — gritou ela para Stephanie. — Você o provocou.

— Esse homem é um assassino. Pior que isso, é um assassino louco. Ele realmente acha que está fazendo o bem.

— Sou um guerreiro de Deus. Servidor dos profetas — anunciou Salazar, a arma apontada agora para Nelle. — Fique. De. Joelhos.

— É isso que o anjo quer?

— Você está zombando dele?

Cassiopeia decidiu tentar.

— Josepe. Por favor. Deixe essa gente em paz, e vamos embora, você e eu.

— *Você* mentiu para mim. Você me usou. Você é tão ruim quanto eles.

— Não sou nada igual a eles.
Salazar gesticulou com a arma na direção de Stephanie.
— Eu lhe disse para ajoelhar.

M‌ALONE SE DEU CONTA de que as coisas estavam ficando complicadas.

Salazar estava louco. Mas isso não queria dizer que não podia ser manipulado. De fato, a loucura podia tornar a tarefa mais fácil. Ele captou o olhar de Stephanie e lhe direcionou um leve aceno de cabeça, suficiente para que ela soubesse que tinha um plano.

Então, ela se ajoelhou no chão árido.

Luke continuava à sua frente, os dois mantendo os braços ao lado do corpo, a arma a não mais do que alguns centímetros dele, oculta da vista de todos, menos da sua. Foi buscar em sua memória fotográfica o que tinha lido no livro, em sua livraria. Salazar claramente vivia no passado, então poderia usar isso contra o espanhol.

Então disse:

— *Por conseguinte, esta é a terra prometida e o lugar para a cidade de Zion. E assim disse o Senhor seu Deus, se você aceita sabedoria, aqui está a sabedoria.*

— Você conhece Doutrina e Convênios?

— Eu a li. *Esta é verdadeiramente a palavra do Senhor, de que a cidade de Nova Jerusalém seja construída pela reunião dos santos.*

— E nós a construímos. Em Ohio, Missouri, Illinois. E finalmente em Salt Lake. Se você conhece nossos ensinamentos, então sabe que o profeta Joseph Smith declarou que a redenção de Zion só virá pela força.

— Mas você não tem nenhuma.

— Tenho esta arma. Tenho minha inimiga de joelhos. Tenho o resto de vocês à minha mercê.

— *Vocês, presbíteros de Israel, não fizeram uma aliança com Deus de que nunca trairiam um ao outro? Um pacto de não falar contra o ungido.* — Ele estava citando mais daquilo que tinha lido, uma declaração feita por um dos primeiros presbíteros da igreja.

— Todo santo se compromete com isso — confirmou Salazar.
— Devemos permanecer juntos. Obtemos nossa força do fato de estarmos juntos.
— Mas você estava cercado de mentirosos — afirmou Stephanie.

SALAZAR ESTAVA TENTANDO se concentrar na realidade, mas havia muita coisa o cercando. Felizmente, o anjo continuava ali, observando, mantendo-se em silêncio, dando-lhe tempo para pensar. Ele estava com raiva de todos, inclusive de Cassiopeia. O presbítero Rowan jazia no chão, o corpo imóvel, muito provavelmente morto.

— *O derramamento de sangue humano é necessário para a remissão do pecado* — afirmou o anjo. — *O apóstolo pecou. Ele está com o Pai Celestial agora, feliz, e um dia vai agradecer a ele. Sua alma torturada só poderia ser salva pelo derramamento de seu sangue.*

Salazar sentiu-se confortado pelo entendimento.

Ainda assim, Rowan havia sido escolhido.

Teria cometido um erro ao expiar seus pecados?

— *Não fique alarmado pela morbidez em Zion. Se eu quisesse encontrar o melhor homem do mundo, iria buscá-lo em Zion. Se quisesse encontrar o maior dos demônios, também o encontraria lá. Pois é entre o povo de Deus que posso encontrar os maiores canalhas.*

O que certamente explicava a traição de Rowan.

*E agora?*, perguntou Salazar mentalmente, olhando fixo para a aparição.

Sua inimiga ainda estava ajoelhada.

— *Você tem de expiá-la de seus pecados.*

Salazar concordou.

— *Todos eles terão de expiar seus pecados.*

Inclusive Cassiopeia?

— *Ela mais do que todos. Essa mulher traiu você para seus inimigos.*

— Salazar.

A voz de Malone o distraiu da visão.

— Acabou.
— Não, nada disso.
— Sim, acabou — disse Cassiopeia.
Ele virou a arma em sua direção.
— Não diga isso. Nunca mais diga isso. Você não tem o direito de me julgar, ou a qualquer outra pessoa.
— Você vai atirar em mim? — perguntou ela.
— *Faça-a expiar seus pecados.*
— Não consigo — gritou ele. — Não consigo.

STEPHANIE ESTAVA PREOCUPADA com Cassiopeia. Salazar não só via coisas, como falava com elas. Não havia como prever o que faria em seguida. Ela presumia que Luke e Cotton estavam no controle da situação. Livraram-se das pistolas com muita tranquilidade, o que significava que ao menos um deles ainda estava armado. Ela percebera como Cotton permanecia perto de Luke, mantendo-o à sua direita, à sua frente, nunca muito afastado.

Aquilo não era à toa.

E, felizmente, em seu estado atual, Salazar era incapaz de perceber qualquer coisa.

CASSIOPEIA DEU UM PASSO em direção a Josepe.

Ele reagiu apontando a arma para ela, os olhos brilhando de raiva.

— Você se lembra de quando éramos jovens — disse ela, baixinho — De quando estávamos juntos. De quando se apaixonou por mim pela primeira vez.

— Penso nisso todo dia.

— Eram tempos de inocência. Não podemos voltar a eles, mas podemos ter algo novo e diferente. Abaixe sua arma e desista disso.

— O profeta quer que eu lute.

— Não existe nenhum profeta aqui.

— Eu gostaria que você pudesse vê-lo. Ele é tão bonito, banhado em luz, cheio de bondade. Nunca me levaria para o mau caminho.

— Josepe, eles não vão machucá-lo se você estiver desarmado.

— Eles não podem me machucar.

Cassiopeia olhou para Malone e para Luke.

— Podem, sim. Só estão esperando uma oportunidade para matar você.

Não havia qualquer traço de medo nos olhos que a encaravam. Em vez disso, ela viu estratagemas nos olhares frios que vinham dos três profissionais. Josepe não era páreo para eles. Os outros sabiam disso. Josepe, não.

— Por favor — disse ela. — Eu imploro a você. Nenhum deles vai atirar num homem desarmado.

Josepe parecia estar confuso.

— Você não entende? — insistiu Cassiopeia. — Eles vieram aqui para matar você. Nem você nem Rowan deveriam sair daqui vivos.

— Como é que você sabe disso?

— Porque o trabalho dela era trazê-lo até aqui — disse Stephanie.

LUKE ENCOLHEU-SE AO OUVIR as palavras de Stephanie. De joelhos, desarmada, mas ainda na ofensiva. A mulher era durona. Ele adquiriu um novo respeito por sua chefe.

— Ela só está tentando provocá-lo — disse Cassiopeia. — Mas não vai conseguir se você largar a arma e se render.

— Você não tem mais poder sobre mim.

— Josepe, você tem de escutar. Essas pessoas sabem o que estão fazendo. Você não está no controle.

— Eles não me parecem ser um problema — disse Salazar. — Seria fácil matá-los.

— Então faça isso — disse Luke.

— Eu devia estourar seus joelhos e deixar que vivessem como aleijados pelo resto de suas vidas. É o que merecem. A morte seria boa demais para qualquer um de vocês.

— Isso me inclui? — perguntou Cassiopeia.

— Seus pensamentos são impuros. Seus motivos, contaminados. Você brincou comigo anos atrás, e agiu da mesma maneira nos últimos dias. Portanto, sim, isso inclui você.

MALONE AVALIAVA A DISTÂNCIA entre sua mão direita e a arma alojada junto às costas de Luke. Quarenta e cinco centímetros. No máximo. Ela estava virada para o outro lado, o que tornava fácil agarrá-la com firmeza. Mas isso teria de ser feito com rapidez e cuidado, sem que Salazar percebesse. Cassiopeia tinha adivinhado suas intenções. Felizmente, o espanhol estava confuso o bastante para não saber exatamente no que acreditar.

— Josepe — insistiu Cassiopeia —, quero que você largue a arma e venha comigo. Nós podemos dar um jeito nisso.

— Como?

— Não sei. Vamos pensar numa solução. Não piore as coisas. Não há como fugir daqui.

Salazar deu um risinho.

— Você está me subestimando. Meus dois homens estão lá fora, esperando. Acho que não tem mais ninguém do governo por aqui. Se tivesse, já os teríamos visto.

Salazar apontou a arma para Stephanie.

Cassiopeia se interpôs entre eles, desafiando-o a atirar.

A mão de Malone moveu-se na direção da arma.

— Não vou permitir que faça isso — disse Cassiopeia. — Você terá de atirar em mim primeiro.

— Não sinto nada por você — esclareceu Salazar. — Não mais.

SALAZAR LUTAVA PARA MANTER A COMPOSTURA.

— *Ela não deveria esperar mais proteção de você do que espera o lobo ou o cão que o pastor descobriu estar matando as ovelhas. Nosso dever é ani-*

*quilar de nosso meio todos os que não são puros. Deixe que o Pai Celestial possa cuidar deles.*

O anjo o encarava.

— *Quando um homem reza por algo, tem de estar pronto para realizá-lo por conta própria.*

E ele estava.

— *Mate todos. Comece com a sedutora mentirosa.*

A MÃO DE MALONE envolveu a arma. Ele sentiu que Luke ficou tenso quando seu dedo achou o gatilho. Cassiopeia tinha distraído a atenção de Salazar o bastante para que ele pudesse mover-se sem ser percebido.

— Se você viola e pisoteia os sagrados mandamentos de Deus — disse Salazar a Cassiopeia — e descumpre suas santas e solenes alianças, traindo o povo de Deus, mereceria ou não a morte?

— Você não pode...

— Você cometeu um pecado que não pode ser perdoado neste mundo.

A voz de Salazar se elevou.

— Que ascenda a fumaça, e que o incenso possa assim chegar a Deus como expiação de seus pecados!

Malone ouviu a palavra mágica.

*Expiação.*

Ele segurou a arma com mais força, mas ainda sem libertá-la do cinto de Luke.

— Pare com isso — pediu Cassiopeia. — Pare com isso agora.

— Você não é diferente de Judas, que enganou e traiu Jesus Cristo.

Salazar estava gritando.

Tentando reunir coragem.

— Nem um pouco diferente. Os profetas dizem que é preferível nos deixarmos eviscerar a sermos privados da aliança que fizemos com Deus. Judas foi como o sal que perdeu sua capacidade de conservar, que não presta para nada exceto para ser jogado fora e pisado sob os pés dos homens.

Ele soltou a arma.

— Um — sussurrou para Luke, sem movimentar os lábios.

— Eu amo você, Josepe.

As palavras de Cassiopeia lhe cortaram o coração.

Seriam mesmo verdadeiras ou simplesmente destinadas a deter Salazar?

— Você não é digna de amor — berrou Salazar em resposta. — Não posso acreditar em você.

— Por favor.

Lágrimas rolavam pelo rosto dela.

— Por favor, Josepe.

A atenção do espanhol estava totalmente concentrada em Cassiopeia. Stephanie continuava de joelhos, as costas eretas, observando. A arma estava apontada para o peito de Cassiopeia. Malone se ressentia de estar naquela situação. Nelle viera para resolver o problema.

Mas a missão acabara virando sua.

— Dois — soprou ele.


SALAZAR CRIOU CORAGEM.

— *Se os gentios querem ver alguns truques* — disse o anjo —, *nós podemos fazê-los. Eles lhe chamam de demônio. Isso não é um insulto. Nós, santos, temos os piores demônios da terra entre nós. Não podemos alcançar nosso prêmio sem que esses demônios estejam presentes. Não podemos progredir nem prosperar no reino de Deus sem eles. Sempre tivemos a necessidade de ter entre nós aqueles que roubam as estacas de nossa cerca, ou o feno do monte de um vizinho, ou o milho de um campo. Esses homens sempre atenderam a uma necessidade. Como você faz.*

Salazar se ressentiu de ser chamado de demônio, mas entendeu o que a visão estava dizendo. Trabalhos duros sempre requeriam homens duros. Ele viu as lágrimas de Cassiopeia aumentarem. Nunca a tinha visto chorar antes, e aquilo era desconcertante.

E aquelas palavras.
*Eu amo você.*
Elas lhe suscitaram uma pausa.
— O Pai Celestial será misericordioso com suas almas.
Ele gostou disso.
— *Vamos possuir a terra porque ela pertence a Jesus Cristo, e ele pertence a nós, e nós a ele. Somos todos um, e vamos tomar o reino e possuí-lo, sob todos os céus, e reinar nele para todo o sempre. E vocês, reis e imperadores e presidentes, tentem se salvar, se puderem.*
— Isso é verdade — disse Salazar para a visão.
— *Nações hão de se curvar a nosso reino, e o inferno não pode deter isso. Cumpra o seu dever. Cumpra-o agora.*

— Três.
Malone girou o braço com o revólver na mão enquanto Luke atirava-se no chão.
Ele apontou a arma.
Salazar reagiu, movendo-se para a esquerda.
— Não! — gritou Cassiopeia.
— Largue a arma — gritou Malone. — Não me obrigue a fazer isso.
O braço de Salazar não se deteve, o ponto negro do cano apontando para ele.
Não havia escolha.
Malone atirou.
A bala atingiu Salazar no peito, jogando-o para trás. O espanhol recuperou o equilíbrio e não hesitou em tornar a apontar a arma.
Malone atirou mais uma vez.
Na cabeça.
A bala penetrou em um nítido orifício escarlate, então explodiu na nuca, sangue e cérebro espirrando nas rochas.

\*\*\*

SALAZAR PROCUROU O ANJO. Mas a visão havia ido embora.

Ele ainda segurava a arma, mas nenhum músculo em seu corpo parecia mover-se. Ficou assim por um instante, os músculos se desligando, mas ainda tinha consciência do que o cercava.

A escuridão o envolveu.

O mundo entrava e saía de foco.

A última coisa que viu foi o rosto de Cassiopeia.

E seu último pensamento foi querer que as coisas tivessem sido diferentes entre eles.

CASSIOPEIA CORREU PARA SALAZAR enquanto ele caía na terra dura. Não havia dúvida de que estava morto. Malone atirara duas vezes, uma no peito, outra na cabeça. Exatamente como ela sabia que aconteceria.

Stephanie ficou de pé.

Os olhos de Cassiopeia estavam cheios de desprezo quando olhou para Malone.

— Está satisfeito agora?

— Eu lhe dei uma chance para parar.

— Não muita.

— Ele teria atirado em você.

— Não, não teria. Você dois deveriam ter me deixado cuidar dele.

— Isso era impossível — disse Stephanie.

— Vocês são assassinos.

— Não, não somos — retirou Stephanie, levantando a voz.

— Diga isso a si mesma. Talvez se sinta melhor assim. Mas vocês não são nem um pouco diferentes do que ele era.

## Capítulo 70

WASHINGTON, D.C.
SEGUNDA-FEIRA, 13 DE OUTUBRO
4:50

Stephanie seguia atrás de Danny Daniels enquanto subiam a escadaria do Monumento a Washington. O presidente viera caminhando da Casa Branca no frio da madrugada. Ela o estivera esperando lá embaixo, no lado de fora da entrada. Ele lhe telefonara na véspera, durante o voo de volta de Utah, e pedira para que o encontrasse ali.

Ela e Luke tinham voltado sozinhos. Malone embarcara em um voo transatlântico para Copenhague. Cassiopeia tinha ficado, com a intenção de despachar o corpo de Salazar para a Espanha. Em *Falta Nada*, o clima ficara tenso depois. Cassiopeia recusava-se a falar com qualquer um deles. Malone tentara se aproximar dela, mas fora dispensado. Sabiamente, ele optara por deixá-la em paz. Cassiopeia, em parte, tinha razão. Eles *eram* assassinos. Só que com salvo-conduto para ficarem fora da cadeia. Stephanie sempre se perguntara por que era correto matar naquele ramo. Toda aquela ladainha do *bem maior*, supunha. Mas matar era matar, não importava onde, como ou por quê.

— Meu garoto foi bem, não? — perguntou Daniels enquanto subiam.

Ela sabia quem era *meu garoto*.

— Luke foi bastante profissional.

— Ele vai ficar bem. Você vai ficar satisfeita de tê-lo com você. Até acho que nós dois podemos fazer as pazes.

Stephanie estava contente por Danny ter resolvido mais um problema.

Mais um passo na direção da aposentadoria.

Ela nunca estivera no interior do monumento a Washington. Estranho, considerando que o vira milhares de vezes. Fora apenas uma dessas visitas que são sempre adiadas. Feito inteiramente de mármore, granito e gnaisse de pedra azul, o obelisco com cento e setenta metros de altura trazia consigo a distinção de ser a mais alta estrutura de pedra do mundo. Estava de pé desde 1884, quando sua pedra fundamental fora finalmente colocada. Um raro terremoto na costa leste alguns anos depois danificara seu exterior, que levara três anos para ser reparado.

— Tem algum motivo para não usarmos o elevador? — Stephanie quis saber.

— Você vai ver.

— Aonde estamos indo?

O Serviço Secreto aguardava ao pé da escada, que se dobrava em ângulos retos do chão até o topo — uma longa escalada, de oitocentos e noventa e sete degraus, como explicara lá embaixo o superintendente do monumento.

— Só até a metade do caminho — disse ele. — O que é? Está fora de forma?

Stephanie sorriu. Danny parecia ter voltado a agir como ele mesmo.

— Consigo acompanhá-lo sempre, em qualquer lugar.

Ele parou e se virou para trás.

— Vou cobrar isso de você.

— Espero mesmo que sim.

Os dois estavam sozinhos, ambos confortáveis na presença um do outro. Logo, ele não seria mais presidente dos Estados Unidos, e ela não seria sua funcionária.

Stephanie apontou para o que ele estava segurando.

Um laptop.

— Achei que você não soubesse usar um desses.

— Para a sua informação, sou ótimo com computadores.

Danny não explicou por que trouxera o laptop, mas ela não esperava que fizesse isso.

Voltaram a subir os degraus.

Ao longo do caminho, embutidas nas paredes exteriores, havia pedras comemorativas, entalhadas com mensagens patrióticas de seus doadores. Stephanie notou referências a cidades específicas, a estados, muitos países, lojas maçônicas, versículos da Bíblia, mapas, regimentos militares, faculdades, um pouco de cada coisa.

— Tudo isso foi doado? — perguntou.

— Cada uma delas. Tudo em homenagem a George Washington. Há cento e noventa e três delas no lado de dentro.

Não tinham falado sobre Rowan ou Salazar além do relatório sucinto dela de que os dois haviam morrido, nenhum deles pela mão de alguém oficialmente ligado ao governo americano. Charles Snow esperara pelo grupo do lado de fora da caverna, uma expressão triste e desamparada no rosto. Soldados do Exército foram enviados para remover os corpos. Toda e qualquer evidência de ferimentos produzidos por balas fora removida dos restos mortais do senador Rowan, as feridas fechadas em uma necropsia extensa realizada por patologistas militares. A família do presbítero fora informada de que ele tivera um ataque cardíaco enquanto estava cuidando de assuntos da igreja juntamente com o profeta Salazar. O homem teria um elaborado funeral em Salt Lake em algum dia daquela semana. O corpo de Salazar fora deixado aos cuidados de Cassiopeia, que seguira para a Espanha no jato dele.

Daniels parou à sua frente no patamar seguinte.

— Aqui fica o marco de sessenta e sete metros. Minhas coxas estão doendo. Não estou acostumado com tanto exercício.

As dela também latejavam.

— Viemos aqui para ver isso — disse ele, apontando para outra das pedras comemorativas.

Stephanie examinou o retângulo, este apresentando o que parecia ser uma colmeia em cima de uma mesa. Sobre a colmeia, um olho que tudo vê que se irradiava para baixo, revelando as palavras SANTO É O SENHOR coroando a colmeia. Embaixo da mesa, estava entalhado o nome DESERET. Todo um sortimento de clarins, flores, vinhedos e folhas tridimensionais saltavam da pedra.

— Ela foi doada em setembro de 1868 pelo próprio Brigham Young. A pedra foi extraída de uma pedreira em Utah e entalhada por um pioneiro mórmon chamado William Ward. A colmeia é o símbolo do estado de Deseret, como Young queria chamar sua nova terra. Nós, é claro, tínhamos outras ideias. Isso foi quase trinta anos antes de o território virar um estado independente, mas ilustra claramente as intenções de Young na época.

Daniels abriu o laptop e o colocou sobre um degrau no lance acima de onde estavam. A tela ganhou vida, com uma imagem de Charles Snow.

— Ainda é muito cedo aí onde o senhor está — disse o presidente para o profeta.

— É mesmo. Mas não tenho dormido muito nestes últimos dias.

— Sei como se sente. Eu também não.

— Tenho orado pelo presbítero Rowan e pelo irmão Salazar. Só espero que o Pai Celestial seja bom com eles.

— O senhor fez o que precisava ser feito. Sabe que isso é verdade.

— Eu me pergunto quantos de meus predecessores disseram a mesma coisa. Eles também fizeram coisas que achavam que tinham de ser feitas. Mas será que isso as torna corretas?

— Os dois não nos deram escolha — disse o presidente. — Nenhuma escolha.

— Estou vendo a pedra ali atrás. Faz muito tempo desde que a vi pela última vez. Visitei o monumento em uma ocasião, há muito tempo, quando ainda era possível subir pelas escadas e vê-las.

Stephanie se perguntou o que estaria acontecendo. Por que a conexão remota com Utah, que ela presumia ser em uma linha protegida por código?

— Nossa igreja sempre gostou de pedras — disse Snow. — É nosso material de construção predileto. Talvez porque seja mais difícil destruí-las. Nossos templos de madeira nunca ficaram de pé por muito tempo, a maior parte incendiada pelas turbas. Só depois que começamos a construí-los com pedras grossas, eles duraram. Até hoje, quase todas essas primeiras estruturas permanecem.

Ela olhou novamente para a doação de Utah.

— A pedra sempre teve outro propósito especial — disse Snow. — Quando Joseph Smith vislumbrou as placas douradas pela primeira vez, elas estavam dentro de uma caixa de pedra. Em 2 de outubro de 1841, Smith pôs o manuscrito original do Livro de Mórmon dentro da pedra fundamental do Hotel Nauvoo. Brigham Young lacrou documentos e moedas dentro da pedra fundamental do templo de Salt Lake, prática que foi repetida muitas vezes em outros templos. Para nós, lacrar coisas dentro de pedras é um sinal de reverência.

A ficha caiu.

— O documento dos fundadores está aqui?

— Brigham achou que seria adequado devolvê-lo a Washington — disse Snow. — Então o guardou e lacrou dentro de seu presente ao monumento. Ele contou isso a John Taylor, o homem que o sucedeu, e o segredo foi passado de profeta em profeta. Nós veneramos esta nação, e sentimo-nos honrados por sermos parte dela. Apenas uns poucos, como Rowan, pensam diferente. Mas eles são anomalias, não diferentes dos radicais de qualquer outra religião. Os homens que finalmente vieram a liderar a igreja se deram conta da gravidade daquilo que sabiam, e por isso guardaram segredo. Como deveriam.

— Por isso Nixon foi rejeitado em 1970? — perguntou Daniels.

— Exatamente. A informação não poderia ser revelada. Rowan, a seu crédito, foi o primeiro a descobrir tanta coisa. Mas ser o próximo na linha de sucessão deu-lhe um acesso que poucos tiveram. O fato de ser senador proporcionou-lhe ainda mais recursos.

Stephanie foi até a pedra comemorativa e acariciou de leve sua pálida superfície cinzenta. Atrás daquela fachada havia um documento que poderia acabar com os Estados Unidos da América.

— Por que estou aqui? — perguntou ela. — Por que deixar que eu saiba de tudo isso?

— As mortes deles são um peso para todos nós — disse Daniels. — Você tem o direito de saber que aquilo pelo qual os dois morreram realmente existe.

Stephanie apreciou esse gesto. Mas já passara por situações assim vezes demais para contá-las. Muita gente havia morrido sob o seu comando. Nenhuma das mortes fora fácil, e nenhuma fora esquecida.

— A reputação de Abraham Lincoln permanece intacta — disse Snow na tela. — Como deveria ser. Toda nação precisa de heróis.

— *O maior inimigo da verdade muitas vezes não é a mentira, que é deliberada, tramada e desonesta, mas o mito, que é persistente, persuasivo e irreal.*

Ela ficou impressionada com a declaração de Daniels e perguntou qual era sua origem.

— John Kennedy. E ele tinha razão. É muito mais difícil lutar contra um mito do que contra uma mentira. Permitimos que o mito de Lincoln continuasse. Parece que ele tem servido bem a este país.

— Na Profecia do Cavalo Branco — disse Snow —, o povo das Montanhas Rochosas, os santos, foram descritos como o Cavalo Branco. Foi dito que eles se estabeleceriam em Zion e protegeriam a Constituição. O povo dos Estados Unidos era o Cavalo Pálido. O Cavalo Preto eram as forças da escuridão que ameaçam a Constituição. E então havia o Cavalo Vermelho, não identificado especificamente, mas percebido como uma força poderosa que desempenharia um papel-chave. — Snow fez uma pausa. — Srta. Nelle, a senhorita, o Sr. Malone e o jovem Sr. Daniels são esse Cavalo Vermelho. Joseph

Smith disse que ele *amava a Constituição. Foi inspirada em Deus e será preservada e salva pelos esforços do Cavalo Branco e do Cavalo Vermelho, que se unirão em sua defesa.* Sempre achamos essa profecia suspeita, criada muito depois da Guerra Civil, mais ficção do que verdade, mas tudo aconteceu exatamente como previsto. Assim, quem a criou, seja lá quem for, estava certo.

— O que faremos com o que está dentro da pedra? — perguntou ela.
— Nada — disse Daniels. — Vai ficar aí.
— E as anotações de Madison sobre a questão?
— Eu as queimei.

Stephanie ficou chocada ao ouvir isso, mas compreendeu que era necessário. Katie Bishop já tinha jurado manter segredo, sob pena de processo criminal. Mas, sem qualquer prova tangível, nunca se acreditaria em nada que a jovem pudesse dizer.

— Nada vai mudar — disse Daniels.

Mas ela se questionava quanto a isso.

CASSIOPEIA ENTROU NO pequeno cemitério adjacente à propriedade dos Salazar. Cerca de cinquenta túmulos preenchiam o terreno gramado. Solo sagrado, onde, por mais de um século, os Salazar haviam sido sepultados. Ela chegara na véspera e providenciara que o corpo de Josepe fosse cremado. Era verdade que isso não era um costume mórmon, mas pouco do que Josepe fizera se encaixava nessa categoria. Mesmo que o céu existisse e houvesse realmente um Deus, ela duvidava de que Josepe estaria na Sua presença.

Seus pecados tinham sido grandes demais.

Apesar de ele ter vários irmãos, Cassiopeia não fizera contato com nenhum deles. Em vez disso, providenciara que seus próprios empregados a encontrassem no aeroporto e levassem o corpo ao local do crematório, que acatou seu pedido para uma cremação imediata. Ela decidira que seria complicado demais explicar aos irmãos e irmãs como um deles tinha entrado em parafuso e enlouquecera. E certamente não podia lhes contar que o governo dos Estados Unidos tinha sancionado a morte do irmão.

A raiva ainda ardia em Cassiopeia. Não havia necessidade de matar Josepe. Ela poderia tê-lo mantido sob controle. Aparentemente, a ameaça que ele representava era tão grande que o assassinato se tornara a única opção aceitável.

E ela até conseguia entender isso, em parte.

Mas não o bastante para achar que fosse correto.

Malone não devia ter puxado o gatilho.

E não uma vez só.

Mas duas.

Era imperdoável, não importava o que Josepe tivesse feito.

Era para isso que havia tribunais. Mas Stephanie nunca poderia permitir que ele falasse em público. Em vez disso, Josepe tivera de ser silenciado.

Um dos empregados já tinha cavado um buraco grande o bastante para caber a urna de prata. Ela depositaria Josepe ali e, depois, explicaria à família o que tinha acontecido, omitindo as partes terríveis, observando apenas que seu irmão cruzara uma linha tênue e que não havia retorno possível.

Mas isso seria em outro momento.

Hoje, ela se despediria.

MALONE SAIU DE trás do balcão de sua livraria. O movimento estava fraco, como era normal em uma manhã de segunda-feira. Tinha chegado em casa vinte e quatro horas antes, depois de uma noite inteira voando desde Salt Lake City, com escala em Paris. Não se lembrava de nenhuma vez em que estivesse tão aturdido. Cassiopeia falara pouco com ele, saindo irritada de *Falta Nada*.

Ele estava frustrado, cansado e sofrendo com o jet lag.

Nada disso era novidade, exceto pela frustração.

Suas funcionárias tinham, mais uma vez, realizado um trabalho de mestre, mantendo a loja em funcionamento. Eram as melhores.

Malone lhes dera o dia inteiro de folga, resolvendo cuidar, ele mesmo, das coisas. O que acabou favorecendo seu humor, pois não estava a fim de se socializar.

Foi até uma das vitrines de vidro laminado e olhou para fora, para a Højbro Plads. O dia estava úmido e tempestuoso, mas as pessoas ainda passavam apressadamente de um lado para outro. Tudo havia começado ali, na loja, cinco dias antes, com uma ligação de Stephanie. Ele pensou em Luke Daniels e no que o jovem faria em seguida. Despedira-se dele em Salt Lake desejando o melhor, e esperava que, talvez, um dia, seus caminhos voltassem a se cruzar.

Seus pensamentos foram interrompidos quando a porta da frente se abriu.

Um portador da FedEx entrou com um pacote e precisava de sua assinatura no recibo. Malone assinou na tela eletrônica e, quando o portador saiu, abriu o envelope rasgando a lingueta perfurada. Dentro, havia um livro envolto em um plástico-bolha. Colocou o pacote sobre o balcão e desembrulhou-o cuidadosamente.

O Livro de Mórmon.

Edição original, de 1830.

O que arrematara no leilão em Salzburgo, roubado dele por Cassiopeia e Salazar.

No topo, solto, havia um pedaço de papel. Ele o retirou e leu o bilhete escrito em tinta preta.

*Isso foi encontrado no avião de Salazar, quando foi revistado. Decidi que você devia ficar com ele em compensação por tudo que fez. Ninguém deve trabalhar de graça. Sei quanto a situação foi difícil, e me disseram que poderá haver consequências. Deus sabe que eu não deveria dar conselhos sobre mulheres a ninguém, mas tenha calma e seja paciente. Ela vai mudar de ideia.*

*Danny Daniels*

Malone balançou a cabeça e sorriu. Tinha pago mais de um milhão de dólares pelo livro. A edição valia um quarto disso, mas, ainda assim, não era um mau pagamento. A realidade era que boletos tinham de ser pagos, e vagabundear pelo mundo raramente dava conta disso.

Assim, ficou grato pelo gesto.

Sentiria falta de Danny Daniels.

Ele foi até a janela da frente e olhou para a tempestade.

Perguntou-se o que Cassiopeia estaria fazendo.

CASSIOPEIA DEPOSITOU A última pá de terra no buraco e, com batidas suaves, acomodou-a no lugar.

Josepe fora sepultado. Seu pai, sua mãe e seu primeiro amor tinham ido embora. Sentia-se só. Não deveria estar tão triste, considerando as coisas horríveis que Josepe fizera. Mas a melancolia havia criado raízes dentro dela, e Cassiopeia duvidava de que conseguiria livrar-se daquilo tão cedo.

Nenhum amor lhe preenchia o coração.

Independentemente do que dissera a Josepe na caverna.

Em vez disso, sentia raiva de Stephanie e de Malone, e a única coisa que queria era que os dois a deixassem em paz.

Era tempo de acabar com tudo.

Uma vida nova.

Desafios novos.

Cravou a pá na terra úmida e foi até o portão.

A zona rural espanhola era muito tranquila, o dia estava fresco e ensolarado. A propriedade de sua família não ficava longe dali. Tinha visitado aquele lugar muitas vezes. Esta seria a última. Mais uma conexão com o passado sendo cortada.

Cassiopeia pegou seu celular, localizou os contatos e desceu até Cotton Malone.

Estava tudo lá.

Número do celular, da livraria, e-mail.

Tudo que um dia fora especial para ela.
Não mais.
Selecionou APAGAR.
O telefone perguntou — TEM CERTEZA?
Sim.


MALONE AINDA SEGURAVA o Livro de Mórmon.
    Poderia leiloá-lo e convertê-lo em dinheiro. Suas palavras não tinham significado especial para ele, como tinham para milhões de outras pessoas. Cinco dias atrás, achava que sua vida estava em ordem. Agora tudo mudara. Fazia tempo que ele não se apaixonava, e estava começando a se acostumar com o sentimento, a se adaptar às suas exigências. Tinha matado Salazar porque, em primeiro lugar, o FDP merecia e, em segundo, porque não havia escolha. Ele dera ao homem a oportunidade de recuar. Não fora por culpa sua que a oportunidade fora recusada. Malone *nunca* gostara de matar. Mas, algumas vezes, isso tinha de ser feito.
    Os Estados Unidos da América estavam firmes e em segurança.
    A ameaça fora afastada.
    A justiça fora feita.
    Tudo estava certo, exceto por uma coisa.
    Ele olhou para a chuva que caía.
    E se perguntou se algum dia veria Cassiopeia Vitt novamente.

# Nota do autor

Este livro envolveu várias viagens de campo. Elizabeth e eu visitamos Washington, D.C., Des Moines, Iowa, Salt Lake City, Utah. E Salzburgo, na Áustria.

Este é o momento de separar o real do imaginado.

O encontro descrito no prólogo, entre Abraham Lincoln e a Sra. John Fremont, realmente aconteceu. O local (o Salão Vermelho da Casa Branca) está correto, e a maior parte do diálogo foi retirada de relatos históricos. O general Fremont realmente ultrapassou os limites de sua autoridade, e Lincoln acabou o demitindo. O que Lincoln disse a Jesse Fremont quanto a libertar os escravos e salvar a União é tirado literalmente de uma resposta do presidente a uma carta de Horace Greeley, o editor do *New York Tribune*, publicada em 1862. As citações de James Buchanan e o documento de George Washington lido por Lincoln são invenções minhas, embora Buchanan realmente tenha dito que achava que seria o último presidente dos Estados Unidos.

A Igreja de Jesus Cristo dos Santos dos Últimos Dias desempenha papel proeminente nesta história. É uma religião quintessencialmente americana — nascida, criada e nutrida aqui. É a única religião que inclui a Constituição dos Estados Unidos como parte de sua filosofia (capítulos 37, 57). Não há dúvida de que os mórmons desempenharam papel relevante na história americana, crescendo, com um início modesto, para se tornar uma igreja que hoje conta com mais de 14 milhões de membros no mundo inteiro. Eles literalmente criaram e construíram o estado de Utah.

Ao longo do romance, as palavras *mórmons* e *santos* são usadas alternativamente. Houve um tempo em que o termo *mórmon* seria considerado ofensivo, pois era um rótulo aplicado a eles no século XIX por todos aqueles que os perseguiam. Mas, agora, não é mais assim, e *mórmon* é uma definição aceita. Mesmo assim, permiti que crentes devotos, como Rowan e Salazar, usassem a palavra *santos* ao se referirem a seus irmãos. Um termo moderno, SUD (Santos dos Últimos Dias), é comum, mas decidi não usá-lo aqui. Além disso, o chefe da Igreja de Jesus Cristo dos Santos dos Últimos Dias é chamado "presidente" ou "profeta". Adotei este último para não suscitar qualquer confusão com os presidentes dos Estados Unidos.

É esperado que os apóstolos da igreja se dediquem em tempo integral a seus deveres. Thaddeus Rowan, no entanto, continua como senador dos Estados Unidos. Embora seja um arranjo excepcional, há um precedente. Reed Smoot (capítulo 11) serviu como apóstolo e também como senador no início do século XX.

A expiação pelo sangue, primeiro mencionada no capítulo 2, já foi um componente da comunidade mórmon — ao menos como ideia. Ela cresceu como reação à violência a que eram sujeitos os primeiros crentes. Se foi efetivamente praticada, essa é uma questão para debate. Uma coisa é certa: toda ideia ou aplicação dela desapareceu há muito tempo, e isso já não faz parte da teologia mórmon. O mesmo vale para os danitas (capítulo 8), grupo que não existe mais. A citação de Sidney Rigdon no capítulo 8 era então verdadeira, mas já deixou de ser. A poligamia foi oficialmente abandonada pela igreja em 25 de setembro de 1890 (capítulos 18, 55).

Ao longo do romance, Josepe Salazar é visitado por um anjo, uma figura criada por sua mente perturbada. Quase tudo que o anjo diz foi tirado da doutrina mórmon no século XIX, discursos, sermões e a expiação pelo sangue e os danitas, tudo isso reflete o mundo hostil em que essas pessoas se encontravam. Nada disso se aplica hoje em dia. O anjo Moroni, contudo, permanece como um elemento central na teologia mórmon (capítulo 39).

A descrição do Zion National Park (capítulo 3) é precisa. A lenda das vinte e duas carroças perdidas é parte da tradição mórmon (capítulo 11), mas nunca se descobriu qualquer vestígio delas. A Guerra Mórmon de 1857 aconteceu, e Lincoln realmente fez um acordo (como relatado no capítulo 9) com Brigham Young. Suas palavras são aqui citadas com exatidão. Ambos os lados honraram o acordo. A lei antipoligamia Morrill de 1862 nunca foi exercida, e os mórmons ficaram de fora da Guerra Civil. A suposta troca de segredos para o acordo (por parte de ambos os lados) foi invenção minha.

Os locais em Copenhague, Kalundborg, Salzburgo, Iowa, Washington, D.C., e Utah existem. Os leitores de aventuras anteriores de Cotton Malone talvez reconheçam o Café Norden (capítulo 10) no fim da Højbro Plads, em Copenhague. A residência do vice-presidente no terreno do Observatório Naval corresponde à forma como foi descrita (capítulo 25). O Hotel Mônaco em Salt Lake City (capítulo 26) e o Mandarin Oriental na capital (capítulo 38) são lugares maravilhosos.

O templo em Washington, D.C., é um marco de Maryland (capítulos 50, 59). O tempo em Salt Lake City (descrito no capítulo 14) é um monumento icônico, assim como a Praça do Templo que o circunda (capítulo 61). A canção citada no capítulo 11 é real, e o local em que vive o profeta em Salt Lake City está descrito acuradamente.

A pedra fundamental (mencionada no capítulo 14) foi desencavada do templo de Salt Lake em 1993. Dentro dela havia vários objetos, lá deixados por Brigham Young em 1867. O inventário apresentado no capítulo 14 é exato, à exceção do acréscimo da mensagem de Young. A história conta que Joseph Smith vislumbrou as placas de ouro pela primeira vez dentro de uma caixa de pedra. Em 2 de outubro de 1841, Smith colocou o manuscrito original do Livro de Mórmon dentro da pedra fundamental do Hotel Nauvoo. O que Brigham Young fez — lacrar objetos, documentos e moedas de ouro dentro de pedra —

tornou-se um sinal de reverência (capítulo 70), repetido em templos por todo o mundo. Por isso, fazia sentido lacrar o documento que Lincoln enviou para o oeste dentro da placa de pedra que Young doou ao Monumento de Washington (capítulo 70). Esse presente ainda está lá dentro, na altura de sessenta e sete metros.

O assassinato de Joseph Smith e de seu irmão em 27 de junho de 1844 é um fato (capítulo 16). Edwin Rushton também existiu, assim como seu diário. A Profecia do Cavalo Branco, várias vezes citada (capítulos 17, 18) fez parte do folclore mórmon. Ninguém sabe quando a profecia foi registrada, mas a maioria concorda que foi muito depois de ser pronunciada por Joseph Smith, em 1843. O texto no capítulo 17 é uma citação do diário de Rushton, datado da década de 1890. A profecia em si mesma é tão precisa, tão detalhada, que suscita a questão de ter sido ornamentada após o fato. Seja como for, foi repudiada pela igreja no início do século XX (capítulo 52), apesar de ainda haver referências a ela em vários textos mórmons.

A citação de Brigham Young no capítulo 51 — *A Constituição será destruída? Não. Será mantida inviolável pelo povo e, como disse Joseph Smith, "Virá o tempo em que o destino de nossa nação penderá por um fio. Nessa conjuntura crítica, nosso povo tomará iniciativa e a salvará da destruição que a ameaça"* — é verdadeira. Assim como a profecia de John Taylor, primeiro anunciada em 1879 (capítulo 51), que também acerta bem no alvo, de maneira suspeita.

O Livro de Mórmon original de 1839 descrito nos capítulos 20 e 30 é raro e valioso. A edição de 1840 encontrada na Biblioteca do Congresso (capítulo 41) está mesmo lá. Lincoln permanece como o primeiro (e único) presidente a tê-lo lido, e as datas em que manteve a posse do livro (registradas no capítulo 41) foram extraídas dos registros da Biblioteca do Congresso. Todas as notas manuscritas acrescentadas são ficcionais, mas as passagens citadas no capítulo 43 são exatas. A visita de Joseph Smith ao presidente Martin Van Buren aconteceu como relatada (capítulo 21).

Salzburgo é uma cidade maravilhosa. O Goldener Hirsch tem dado boas-vindas a seus hóspedes por muitos séculos (capítulo 27), e a fortaleza de Hohensalzburg ainda está de guarda nas alturas. O cemitério de São Pedro, as catacumbas e a Capela Gertraude estão descritas acuradamente (capítulos 34, 47), assim como o alto Mönchsberg (capítulo 48). A Dorotheum (capítulos 20, 30) é uma firma de leilões europeia de verdade, que existe há muito tempo.

Mary Todd Lincoln sofreu muitos golpes duros. Perdeu quase todos os seus filhos e o marido em mortes prematuras. Sua carta, no capítulo 28, é falsa, mas seu estilo foi tirado de sua correspondência real. O relógio de Lincoln (descrito no capítulo 47) está exposto no Museu Nacional de História Americana Smithsonian. A inscrição no seu interior foi encontrada quando o relógio foi aberto em 2009. O acréscimo de um segundo relógio foi criação minha. A Salisbury House, em Des Moines, Iowa, está descrita com exatidão — o terreno, sua geografia, seus móveis (capítulos 53, 58). Apenas o acréscimo do chalé no jardim é ficcional. Do mesmo modo, a Blair House, em Washington, D.C., existe, assim como a sala com o retrato de Lincoln (capítulos 55, 60).

Richard Nixon realmente teve um encontro privado com a liderança da Igreja Mórmon em julho de 1970 (capítulo 31). Uma reunião sem precedentes, numa sessão de trinta minutos a portas fechadas. Ninguém, até hoje, conhece o teor daquela conversa, e todos os que participaram dela já faleceram.

Montpelier, o templo no jardim e o poço de gelo são reais (capítulos 33, 35, 40, 42). O poço em si está lacrado, e não consegui encontrar fotos de seu interior. Assim, foi fácil inventar o acréscimo de numerais romanos.

A mina de ouro de Rhoades é, até os dias de hoje, parte da história mórmon. A história da mina, de como foi encontrada e explorada, é contada com fidelidade no capítulo 61. O lugar tem tantas lendas que é difícil saber o que é real ou não. O mapa mostrado no capítulo 18 é uma das inúmeras versões do "verdadeiro". A história segundo a qual Brigham Young derrete todo o ouro mórmon e o transporta para o oeste, para a Califórnia (capítulo 61), a fim de ser guardado lá, é factual. Essas vinte e duas carroças realmente desapareceram. Neste romance, misturei a mina Rhoades com a história do ouro perdido dos mórmons e lancei a hipótese de que Brigham Young tenha simplesmente confiscado aquela fortuna e a reciclado de volta para a comunidade (capítulo 61), usando a mina como cobertura. Isso parecia fazer sentido, mas não há como saber se é verdadeiro. Moedas de ouro, como as descritas no capítulo 61, foram cunhadas e ainda existem nos dias de hoje. O lugar mencionado como *Falta Nada* é criação minha.

Este livro trata de secessão, um assunto que a Constituição dos Estados Unidos não aborda. Não há qualquer menção a como um estado poderia deixar a União. O registro definitivo da convenção constitucional é o *Notes of Debates in the Federal Convention of 1787*, de James Madison. As falas citadas no capítulo 46 vêm dessas notas. O teor é noventa por cento exato, e o único acréscimo são os comentários sobre uma forma de sair da União.

Mas as anotações de Madison são realmente suspeitas.

Não foram publicadas até se passarem cinquenta e três anos após a convenção, depois que todos os participantes da reunião já haviam morrido, e Madison admitiu abertamente que tinha alterado o relato (capítulo 25). Nunca saberemos o que realmente aconteceu na Convenção Constitucional. Assim, dizer que a secessão é inconstitucional, ou que os fundadores não contemplaram tal possibilidade, seria errado. Mas foi exatamente o que a Suprema Corte dos Estados Unidos disse em *Texas versus White* (1869). Os trechos dessa decisão citados no capítulo 19 são excelentes exemplos de como ela foi mal argumentada. Mas que outra coisa a Suprema Corte poderia fazer? Concluir que toda a Guerra Civil fora um desperdício de esforço? Que seiscentas mil pessoas morreram por nada?

Claro que não.

Os juízes literalmente não tiveram escolha.

Nós, contudo, dispomos de um luxo maior.

A Revolução Americana foi claramente uma guerra de secessão (capítulo 9). O objetivo dos colonos não era derrubar o Império Britânico e substituir o governo por alguma coisa nova. Em vez disso, eles simplesmente queriam sair. A Declaração de Independência foi uma declaração de secessão (capítulo 26). Por que os Pais Fundadores lutariam em uma guerra sangrenta para se livrar do jugo de um rei autocrático somente para estabelecer outra autocracia sob o seu novo governo?

A resposta está clara.

Eles não fariam isso.

O que precedeu a Constituição foram os Artigos da Confederação e União Perpétua, que duraram de 1781 a 1789 — quando, então, foram sumariamente descartados e substituídos pela Constituição dos Estados Unidos.

O que aconteceu com aquele *união perpétua*?

Mais expressivo ainda, a nova Constituição nada menciona sobre *perpétuo*. Em vez isso, o Preâmbulo declara: *Nós, o povo dos Estados Unidos, para podermos formar uma União mais perfeita.*

Uma *União mais perfeita* significa que não é perpétua?

Essa é uma questão interessante.

E, como observado no capítulo 26, Virgínia, Rhode Island e Nova York, em seus votos de ratificação da nova Constituição, reservam-se especificamente o direito de se separar, ao que não se opuseram os outros estados.

A secessão continua a ser um tema polêmico, e todos os argumentos que Thaddeus Rowan considera no capítulo 26 fazem sentido. O texto citado aqui, de uma petição no Texas assinada por 125 mil pessoas, é exato. E 125 mil texanos assinaram esse documento em 2012. Todas as enquetes mencionadas podem ser encontradas em relatos de notícias. O efetivo caminho legal para a secessão — como poderia ser realizada, assim como suas ramificações políticas e econômicas (como descrito no capítulo 50) — foi extraído de textos fidedignos que consideraram a questão. Se um estado se separasse, haveria realmente outra luta no tribunal, um teste para *Texas versus White*, mas, dessa vez, a decisão poderia ser bem diferente, especialmente na ausência de uma personalidade tão forte e determinada quanto a de Abraham Lincoln para conduzir à conclusão.

Lincoln foi realmente um homem mais feito de mito do que de fato.

A citação na epígrafe do romance é um bom exemplo. Lá, ele deixa claro que *qualquer povo, em qualquer lugar, se estiver propenso e dispuser de poder, tem o direito de se erguer e se livrar do governo existente, bem como de instituir um novo, que lhe sirva melhor. Este direito é um dos mais valiosos e sagrados — o direito, assim esperamos e cremos, de libertar o mundo. E tal direito não está restrito a casos em que um povo inteiro sob o regime de um governo decida exercê-lo. Qualquer parcela de um povo que seja capaz de assim proceder pode revolucionar e tornar seu o território que habita.*

Lincoln com certeza acreditava que a secessão era legal.

Ao menos em 1848.

Mas os mitos sobre ele dizem outra coisa.

Toda criança aprende na escola que Lincoln libertou os escravos com sua Proclamação de Emancipação. Mas nada pode estar mais longe da verdade. O que é dito no capítulo 7 sobre esse esforço é um fato histórico. Na época da proclamação, a escravidão era reconhecida e consentida pela Constituição (capítulo 7). Nenhum presidente tinha poder ou autoridade para alterar isso. Apenas uma emenda constitucional poderia realizar essa mudança. E, eventualmente, uma o fez, a Décima Terceira Emenda, ratificada muito depois da morte de Lincoln.

Então, aí está o motivo primordial que levou o presidente a travar a Guerra Civil. O mito diz que foi para acabar com a escravidão. Mas Lincoln deixou clara sua opinião em 1862, quando disse: *Minha tarefa é salvar a União. Seria mais rápido fazer isso seguindo a Constituição. Se a solução para salvá-la fosse não libertar um só escravo, eu faria isso. Se a solução para salvá-la fosse libertar todos os escravos, eu o faria. Se a solução para salvá-la fosse libertar alguns e abandonar outros, eu faria isso também. Minhas atitudes em relação à escravidão e à raça negra são tomadas na crença de que elas ajudarão a salvar a União. Se eu me abstiver de fazer algo, será por não acreditar que isso poderia ajudar a salvar o país.*

Mais uma vez, sua intenção é inquestionável.

E diretamente oposta ao mito.

Como presidente, Lincoln ignorou totalmente o que dissera em 1848 e lutou por estabelecer, além de qualquer questão, que o sul não tinha o direito de deixar a União. As negociações de paz referidas no capítulo 60, em Hampton Roads, em fevereiro de 1865, realmente aconteceram. O próprio Lincoln estava lá, e, quando o sul insistiu na independência como condição para terminar a guerra, ele encerrou a discussão.

Para Lincoln, a União era inegociável.

John Kennedy foi quem melhor explicou: *O maior inimigo da verdade muitas vezes não é a mentira, que é deliberada, tramada e desonesta, mas o mito, que é persistente, persuasivo e irreal.*

A ideia de uma união inseparável, perpétua, de estados não existia antes de 1861. Ninguém acreditava em tal absurdo. Os direitos dos estados dominavam naquela época. O governo federal era tido como pequeno, fraco e inconsequente. Se um estado podia optar por aderir à União, então também poderia optar por deixá-la.

Como observado no prólogo, James Buchanan, predecessor de Lincoln, realmente abriu caminho para a secessão da Carolina do Sul, pondo a culpa por esse ato na *interferência destemperada do povo do norte na questão da escravidão*. Buchanan também deu expressão ao que muitos na nação consideravam ser verdadeiro: que os estados escravocratas deviam ser deixados em paz para conduzir suas questões domésticas à sua própria maneira. Os estados do norte deveriam também rejeitar todas as leis que incentivavam os escravos a fugir. Caso contrário, como disse Buchanan, *os estados atingidos, depois de terem primeiro usado todos os meios pacíficos e constitucionais para fazer uma retificação, estariam justificados para uma resistência revolucionária ao governo da União.*

Palavras fortes de nosso décimo quinto presidente.

Mas as coisas mudaram rapidamente.

Nosso décimo sexto presidente acreditava numa *união perpétua*, da qual nenhum estado seria livre para sair.

Isso é um fato que fica além do mito.

Lincoln não lutou a Guerra Civil para *preservar* a União.

Ele lutou aquela guerra para *criá-la*.

Este livro foi composto na tipologia Palatino
LT Std, em corpo 11/16, e impresso em
papel off-white no Sistema Cameron da
Divisão Gráfica da Distribuidora Record.